Dietrich Weichold

Börsenfeuer

Dietrich Weichold

Börsenfeuer

Ein Gäu-Krimi

Silberburg-Verlag

Dietrich Weichold, 1944 geboren, studierte in Tübingen Germanistik und Anglistik. Bis zu seiner Pensionierung 2008 unterrichtete er Deutsch, Englisch und Spanisch an verschiedenen Gymnasien in Tübingen, Madrid und Rottenburg. Neben kleineren Veröffentlichungen für den Schulgebrauch ist bisher ein Kriminalroman von ihm erschienen. Er lebt mit seiner Frau in Ammerbuch-Entringen.

1. Auflage 2010

Lektorat: Michael Raffel, Tübingen.
Umschlaggestaltung: Wager ! Kommunikation, Altenriet.
Druck: CPI books, Leck.
Printed in Germany.

ISBN 978-3-87407-880-1

15. November 2008
Gommel fährt ins Grüne

Trotz allem konnte Markus Gommel noch von Glück sagen. Wenn die Spaziergänger am Lotharpfad den Knall des Crashs und das mehrmalige Aufschlagen seines Wagens nicht gehört hätten, wäre er nicht mehr rechtzeitig gefunden worden. Denn es wurde schon dunkel und Nebel zog auf. So aber konnte man ihn noch schnell genug aus dem Wrack herausschneiden.

Es war Samstag, der 15. November 2008.

Als er am vierten Tag schließlich zu sich kam, erinnerte er sich natürlich an nichts mehr. Er wusste nur noch, dass er nach dem köstlichen Arbeitsessen in Baiersbronn seinen Freund und Geschäftspartner Wilfried Sannwald in Freudenstadt vor dem Kurhaus abgesetzt hatte und dann über die Schwarzwaldhochstraße nach Baden-Baden fahren wollte, wo ihn seine Frau erwartete. Er konnte sich noch schwach daran erinnern, dass sie beim Essen über einen neuen Fonds diskutiert hatten. Darüber hatte er mit Sannwald auch noch auf der kurzen Fahrt nach Freudenstadt geredet, ehe er dann alleine weiterfuhr.

Bereits am nächsten Tag hatte die Verkehrspolizei den Unfallhergang rekonstruieren können. Gommel war in seinem 720er BMW mit annähernd hundert Stundenkilometern auf der Schwarzwaldhochstraße nordwärts gefahren. Er hatte eben den Parkplatz Lotharpfad passiert und befand sich in einer lang gezogenen Rechtskurve, als er im Zuge eines vom Täter genau berechneten Manövers von links gerammt und in den Windbruch geschickt wurde. Wo an Weihnachten 1999 der Orkan Lothar die Rottannen wie Streichhölzchen umgeknickt hatte, überschlug sich sein BMW mehrmals, stieß gegen Felsbrocken und Bruchholz, ehe er dann gut vierzig Meter neben der Straße mit dem Dach gegen den toten Stamm einer Rottanne von dreißig Zentimetern Durchmesser krachte. Die Wucht des Aufpralls knickte die Karosserie etwas um den Stamm.

Man schnitt ihn heraus und flog ihn mit dem Rettungshubschrauber in die Universitätsklinik Freiburg. Schädel-Hirn-Trauma, Schlüsselbein- und Rippenbruch, Bruch des rechten Oberschenkels, der linke Oberschenkel leicht ins Becken gestaucht und aufgrund der Schnittwunden im linken Oberarm ein großer Blutverlust. In einem kleineren Auto, meinte der Notarzt, hätte er die Karambolage nicht überlebt.

Zwei Tage später fand man auch das Täterfahrzeug: An einem schwarzen SUV der Marke Mercedes, abgestellt auf dem Parkplatz des Ruhesteinhotels keine fünfzehn Kilometer vom Unfallort entfernt, entdeckte man rechts vorn ein paar Beulen und Lackspuren, die von Gommels BMW stammten. Nachforschungen ergaben, dass das Fahrzeug fünf Tage zuvor in Frankfurt gestohlen und mit gefälschten Nummernschildern versehen worden war. Diese Erkenntnis legte die Vermutung nahe, dass man Gommel mit diesem Fahrzeug schon seit Frankfurt bis hierher verfolgt hatte.

Als Gommel eine Woche nach dem Unfall endlich in vollem Umfang vernehmungsfähig war, konnte er nur sagen, dass er von einer Verfolgung nichts bemerkt hatte. Er sei auf der ganzen Fahrt von Frankfurt über Baden-Baden nach Baiersbronn sehr in Gedanken gewesen, es seien ja wichtige geschäftliche Entscheidungen angestanden, und bis Baden-Baden habe seine Frau zusätzlich noch etwas Aufmerksamkeit beansprucht. Auf die Frage, ob er sich vorstellen könne, warum ihm jemand nach dem Leben trachtete, oder ob er irgendjemanden als seinen Feind betrachten müsse, antwortete er mit Nein. Soviel er auch darüber nachdenke, er könne sich nicht vorstellen, dass ihm jemand ans Leben wolle.

Die Landeskriminalämter Baden-Württemberg und Hessen vereinbarten bei den Ermittlungen in diesem Fall enge Zusammenarbeit.

17. November 2008
Pech im Spiel, Glück in der Liebe

Gegen 18 Uhr trat ein junges Pärchen, Studenten aus Karlsruhe, aus dem Kurhaus Baden-Baden hinaus in den nebligen Abend. Es war kalt und schon dunkel. Der langhaarige junge Mann löste den Krawattenknoten, zog das lästige Schmuckstück unter dem abgestoßenen Kragen seines weißen Hemds vor, steckte es in die Tasche seines Parkas und sagte: »Und dafür musste man sich in Schale werfen. Die können mich doch mal mit ihrem bescheuerten Casino.«

Sie aber lachte, drehte sich ihm zu, hängte sich an seinen Hals und sagte mit einem triumphierenden Lachen: »Ich habe es dir ja schon vorher gesagt: Pech im Spiel, Glück in der Liebe!« Und sie gab ihm einen langen Kuss.

»Hmm«, brummte er.

»Oder wäre es dir umgekehrt lieber? Hast du gesehen, was da für alte Hexen am Roulette standen? Stell dir mal vor, du müsstest mit einer von denen ins Bett.«

»Oh nein, o nein«, wehrte er ab, als hätte sie ihn in panischen Schrecken versetzt, »wenn ich bloß an die Alte mit diesen Perlenketten und Goldringen denke! Die sah aus wie ein Christbaum in den Sommerferien. Hatte sogar Tannennadeln am Kinn.«

Beide lachten laut los.

»Und wie viel haben wir verzockt?«

»Ich glaube hundertzwanzig.«

»Aber zum Einkaufen reicht es noch?«

»Schon. Nur Kaviar und Champagner sollten wir uns heute ausnahmsweise verkneifen.«

»Gut, heute begnüge ich mich mit Steak und Rotwein.«

»Genehmigt«, sagte sie, »aber nur, weil du Geburtstag hast. Wir fahren jetzt sofort zurück, kaufen schnell was ein, kochen, essen und dann gehen wir ins Bett, oder?«

»Reihenfolge ändern. Einkaufen, Bett, kochen, essen.«

»Oder einkaufen, Bett, kochen, essen, Bett, und nichts anbrennen lassen.«

»Einverstanden, dein Time Management war schon immer besser als meins. Auf geht's.«

Er umfasste ihre schmalen Schultern, sie legte ihren Arm um seinen Rücken, knautschte den Stoff seines Parkas, und sie gingen umschlungen in Richtung Parkplatz. Immer wieder blieben sie stehen und lachten ausgelassen.

»Hast du den Dicken mit der Hakennase beobachtet?«

»Und dann die Alte, die alles verloren hat: ›Wenn ich in die Oper gegangen wäre, hätte es auch so viel gekostet‹«, imitierte sie die künstliche Kratzstimme der Verliererin.

»Und das Hängebauchschweinchen im Smoking. Ich möchte nicht wissen, wie viel der verzockt hat. Der hatte eine ganz rote Birne, als er wegging.«

Der Parkplatz war fast leer. Aber ausgerechnet neben ihrem rostigen Polo stand ein dicker schwarzer Mercedes mit Baden-Badener Nummer. Leise hörte man den Motor laufen, der linke Blinker war aktiviert, aber die Scheinwerfer waren aus.

»Muss der Bonze seinen Schlitten so dicht an unser schönes Fahrzeug stellen?«, sagte er. »Soll doch endlich wegfahren, dieses Umweltferkel.«

Als sie näher herantraten, sahen sie, dass die Beifahrertür des Mercedes offen stand und fast ihre Fahrertür berührte. Die Innenbeleuchtung war eingeschaltet, aber die Heckscheibe war etwas angelaufen, so dass man keinen klaren Blick in das Wageninnere hatte.

»Und dann noch mit der Tür unsere Karosse beschädigen. Ich zeig' das Schwein sofort an und mache die hundertzwanzig Miesen wieder gut«, drohte er im Spaß.

»Psst«, sagte sie. »Der sitzt da drin und schläft. Nicht wecken.«

»Vielleicht hat er zu viel getankt, ich schnupper mal«, sagte er und trat näher. Eben wollte er die Tür des Mercedes zur Seite drücken, damit er sein Auto aufschließen konnte, als er stutzte.

»Verena, ich glaube, der ist tot.«

Jetzt riss er die Tür ganz auf und schaute hinein. Er schreckte zurück.

»Schau lieber nicht hinein, sonst vergeht dir der Appetit«, sagte er und konnte sich gerade noch von ihr abwenden, ehe er sich übergeben musste.

Auf dem Fahrersitz war ein Mann im Nadelstreifenanzug zusammengesackt. Sein Kopf hing nach vorn, leicht nach rechts gedreht, die Arme schlaff neben dem Körper, nur der angelegte Sicherheitsgurt hielt ihn einigermaßen aufrecht. Sein Hemd war über die ganze Brust hinweg dunkel von dem Blut, das immer noch aus der langen Wunde an seinem Hals quoll. Jemand hatte ihm die Kehle durchgeschnitten.

Der Tote hieß Georg Probst, war 45, geschieden und alleinlebend, selbständiger Finanzberater, wohnhaft in Bühl bei Baden-Baden. Nachforschungen ergaben, dass er sich mittags mit einem Klienten zum Essen getroffen hatte und dann, wie er es öfters tat, ins Kurhaus gegangen war, um »in der Bar Akquise zu betreiben«, wie er das nannte.

Seine Sekretärin, Beate Lämmle, 43, erlitt auf die Nachricht von seinem Tod hin eine Art Schock. Sie saß einfach nur da und schüttelte den Kopf. Sie konnte absolut keine Erklärung für die Ermordung ihres Chefs finden. Nach ihrer Aussage war er ein ebenso erfolgreicher wie beliebter und ehrlicher Geschäftsmann gewesen, der sich dank seiner umgänglichen Art und seines Kommunikationsgeschicks eines ebenso großen wie zufriedenen Kundenstamms erfreuen konnte.

18. November 2008
Morgenschwimmer ticken anders

Als OW merkte, dass er der Letzte im Becken war, warf er bei der nächsten Wende einen Blick auf die Uhr: 7.31 Uhr. Es reichte noch für zweihundert Meter, bis der Bademeister die volle Beleuchtung einschalten würde, um damit anzuzeigen, dass die Zeit der Frühschwimmer zu Ende war. Mit gleichmäßigen Schlägen schwamm er auf die verglaste Ostwand des Bades zu, in der sich die gedämpft erleuchtete Schwimmhalle spiegelte. Draußen wurde es allmählich hell.

Bei 1200 Metern hatte er aufgehört zu zählen. Er war über den toten Punkt weg und fühlte sich, als hätte er ewig weiterschwimmen können. Zwei Armschläge, rechts, links; wenn er links durchzieht, den Kopf nach rechts drehen und einatmen, dann das Kinn gegen die Brust ziehen und die ganze Atemluft gleichzeitig aus Mund und Nase strömen lassen. Immer in der Rollbewegung bleiben, Arme nach vorn strecken, Handflächen leicht nach außen drehen, und dann tief ins Wasser greifen und durchziehen. Er spürte den Zug auf den Händen und Unterarmen und fühlte das Widerlager des Hebels in den Schultern. Die letzten beiden Bahnen schwamm er etwas schneller. Den kleinen Endspurt leistete er sich nach vierzig Minuten in fast gleichmäßigem Tempo, schon weil er sich beweisen wollte, dass er seine Grundschnelligkeit noch nicht ganz verloren hatte.

Tief durchatmend stieg er aus dem Becken, streifte die Schwimmbrille ab, zog die Ohrstöpsel heraus und betrat den Duschraum. Er war schon fast leer. Nur unter der Dusche gleich bei der Tür zu den Umkleidekabinen frottierte sich ein großer schlanker Mann ab, den er noch nie gesehen hatte. Sicher über einsneunzig. Leichter Spitzbauchansatz. Rundrücken, wie ihn die Hochgewachsenen oft haben. Dunkles Haar und mindestens Fünftagebart. Der Mann griff nach seiner Badetasche und drehte sich dabei. Rechts auf seinem Gesäß prangte eine Tätowierung, eine herausgestreckte Zunge. Er schlug ein dunkelrotes Handtuch um seine Lenden und verließ grußlos den Raum. Ungewöhnlich. Die Morgenschwimmer reden nie viel miteinander, sie kennen sich vom Sehen so wie Leute, die sich auf dem Weg zur Arbeit regelmäßig an der Bushaltestelle begegnen und dann wieder auseinanderlaufen, ohne einander nähergekommen zu sein. Aber sie zeigen sich gegenseitig, dass sie einander wahrnehmen, und niemand geht weg, ohne den anderen nicht wenigstens freundlich zugenickt zu haben.

OW dachte aber nicht länger über diesen Neuen nach. Vielleicht war er ja gar nicht aus der Herrenberger Gegend und kam nie wieder. Er stellte sich unter die Dusche und massierte Schultern, Genick und Kopf mit dem warmen Wasserstrahl. Als die Dusche automatisch ausging, drückte er ein zweites Mal auf den Knopf und hielt seinen Rücken hin. Und dann duschte er kalt nach, bis seine Haut gerötet war. Er versuchte sich abzutrocknen, zuerst den Kopf, dann die Schultern und immer weiter abwärts. Aber als er an den Füßen war, merkte er, dass er nachschwitzte. Sein Hals wurde schon wieder nass. Er hängte das Handtuch um die Schultern und verließ den warmen Duschraum. Kühl war es draußen und totenstill. Es schien niemand mehr da zu sein. Er genoss das Gefühl, das ganze Bad für sich allein zu haben. In allen Spinden steckten die Schlüssel, die Türen waren leicht geöffnet.

Gewohnheitsmäßig ging er zu der Desinfektionsanlage für die Füße. Er streckte seinen linken Fuß unter den Ausgang der Röhre und drückte auf den Knopf, und wieder kam nichts aus der Düse. Na ja, dann eben nicht, sagte er sich. Durch die Glasscheibe sah er die verlassene Schwimmhalle im grauen Dämmerlicht vor sich liegen. Die Wasserfläche war so glatt, als sei sie schon seit Stunden nicht mehr aufgewühlt worden. Hinter der Glasfront lösten sich aus dem Morgendunst die Silhouetten einiger Pappeln, die sich im Becken spiegelten. Das Landschaftsbild überlagerte das Raster der hellblauen Fliesen und schwarzen Längsstreifen des Beckens, das in dieser Regungslosigkeit wie ein doppelt belichtetes Foto wirkte. Immer wieder genoss er das Bild. Schon deswegen schwamm er meistens, so lange es ging. Er vertiefte sich gerne einen Moment in diesen Anblick, ehe irgendwelche Schulklassen mit gellendem Geschrei Viertel vor acht das Hallenbad stürmten.

Als er sich gerade abwendete, hörte er ein Röcheln, gefolgt von einem dumpfen Schlag. Eine Kabinentür klappte zu, als träte jemand dagegen. Schnelle Schritte entfernten sich, Gummisohlen, die auf den Fliesen leicht quietschten. Er lauschte. Die Schritte verklangen. Dann Stille. Er ging zu seinem Spind und schloss auf. Wieder hörte er ein Geräusch, das er nicht einordnen konnte. Es war, als streiche jemand kräftig mit der Hand über eine der vielen Kabinentüren. In seinem Kabinengang. Nur einen Moment, dann war es wieder still. OW lauschte kurz dem Geräusch nach. Dann setzte er seine Brille auf, auch seine Mütze, damit er sie nicht vergaß, nahm den Bügel mit den Kleidern und seine Schuhe und begab sich in die Familienkabine am Ende des Ganges, die um diese Zeit sicher von keiner Familie beansprucht wurde. Er griff noch einmal zu seinem Frotteetuch, spannte es über seinen Rücken und zog es hin und her. Dabei schaute er in den Spiegel und sah, dass sein rechtes Auge vom Chlorwasser leicht gerötet war. Er musste sich unbedingt eine neue Schwimmbrille kaufen, dachte er. Schon wieder bildeten sich Schweißperlen auf seiner Stirn. Er fuhr sich mit dem Handtuch über den Kopf. Dann setzte er sich auf die Bank, um seine Füße abzutrocknen.

OW musste zweimal hinsehen, ehe er begriff. Auf dem Boden der Nachbarkabine hatte sich eine Blutlache gebildet. Sie weitete sich weiter aus, kam näher, war schon fast an seinem Fuß. Nackt, wie er war, stieg er auf die Bank und schaute über die gelbe Wand in die Nachbarkabine. Auf den Boden lag ein Mann auf dem Rücken. Unter seiner linken Hand, die den Hals verdeckte, quoll Blut hervor. Kopf und Schultern lehnten an der Tür. Sein Kopf war auf die Seite geneigt. Das Blut lief über seine linke Brust, troff über seine Rippen und bildete auf den Fliesen eine immer größere Lache. Der Mann trug noch seine Badehose. Der rote Plastikbügel mit dem schwarzen Netz und seiner Unterwäsche lag auf seinem Bauch.

OW sprang von der Bank, schlüpfte in Unterhose und Jeans, war mit zwei, drei Schritten an der Tür der Nachbarkabine und versuchte sie aufzudrücken. Sie war nicht zugesperrt, aber sie gab nur schwer nach. Er lehnte sich mit seinem ganzen Gewicht dagegen. Da rutschte der Fuß des Mannes, der auf einem Stiefel liegend die Tür blockiert hatte, von der Unterkante des Türblatts ab und schnappte darunter durch. Die Tür flog auf. OW verlor die Balance und fiel in die Kabine. Er konnte sich mit der linken Hand auf dem Boden etwas abfangen, landete aber trotzdem mit seiner Wange auf der Brust des Toten und fühlte das warme Blut auf seinem Gesicht. Seine rechte Schulter stieß schmerzhaft gegen die Kante der Bank, und er schrie auf. Dann stemmte er sich hoch und stürzte hinaus, barfüßig und mit freiem Oberkörper, und rannte zum Bademeister. Sein Geschrei gellte durch die Vorhalle, ohne dass er selbst es hörte. Der Bademeister kam mit aufgerissenen Augen auf ihn zugerannt und blieb erschrocken stehen, als er OWs blutverschmiertes Gesicht sah.

»Was ist mit Ihnen?«, brachte er heraus.

»Dort, dort«, konnte OW nur sagen und wies hinter sich auf den ersten Kabinengang. Er blieb wie benommen stehen.

»Kommen Sie. Sagen Sie, was los ist.« Der Bademeister packte ihn an der Schulter. Die Berührung ließ OW wieder zu sich kommen, und er ging voraus.

»Ich bin hineingefallen, ich habe es gehört, und dann die Blutlache, die Kabine war nicht zu. Sie ging nicht auf.«

Der Bademeister schaute ihn kritisch an und sagte: »Waschen Sie sich das Blut aus dem Gesicht. Ich schaue mir das erst mal allein an.«

OW torkelte in den Duschraum, stellte sich unter die Dusche und drückte auf den Knopf. Erst als er sah, wie das fremde Blut über seine Brust gespült wurde, merkte er, dass er seine Jeans gar nicht ausgezogen hatte.

»Mist!«, stieß er hervor und ging zum Waschbecken in der Toilette. Er drehte den Wasserhahn auf und wollte sich aus den hohlen Händen das kalte Wasser ins Gesicht spritzen. Aber er kam nicht dazu. Plötzlich revoltierte sein Magen. Und zwei Sekunden später hing er würgend über der Kloschüssel. Er war noch nüchtern. Saurer Magensaft kam hoch und verbreitete einen fürchterlichen Geschmack in Mund und Kehle. Als er sich wieder aufrichten konnte, spülte er seinen Mund am Waschbecken aus, gurgelte mehrmals und betrachtete sich dann einen Moment im Spiegel. Ein bleiches Gesicht mit dunklen Augenrändern und einer rot verschmierten linken Wange glotzte ihn an. Wieder und wieder spritzte er sich kaltes Wasser ins Gesicht, er konnte gar nicht aufhören, bis ihn ein Kälteschauer überlief. Er wollte nach seinem Handtuch greifen. Aber das lag ja noch in der Kabine.

Der Bademeister kam ihm entgegen. Kreidebleich.

»Gehen Sie nicht hinein. Ich sperre alles ab und rufe die Polizei. Aber bleiben Sie bitte da. Die Polizei wird Fragen haben.«

***

Das Hallenbad wurde für diesen Vormittag geschlossen. Die Schulklasse, die vor dem Eingang gewartet hatte, zog maulend ab. Es habe eine technische Störung gegeben, wurde ihnen gesagt. Aber sie glaubten es nicht. Denn sie waren noch nicht ganz vom Gelände, als man die Sirenen der Polizeiautos hörte.

»Wieso kommt die Polizei, wenn ein Rentner abgesoffen ist?«, fragte ein Junge die Lehrerin.

»Schäm dich was. So fragt man nicht«, bekam er zur Antwort.

Und die Kinder gingen in die Schule, um die tollsten Geschichten zu erzählen. Aber keines der Gerüchte, die dann in der Stadt kursierten, reichte an das heran, was wirklich geschehen war.

***

In seinen nassen Hosen saß OW im Büro gleich neben dem Drehkreuz und wartete auf die Kripo. Vor sich hin starrend schüttelte er immer wieder den Kopf. Er fragte sich, warum er nun innerhalb von knapp zwei Jahren wiederholt mit Gewaltverbrechen in Kontakt gekommen war. Mehr als sechzig Jahre waren solche furchtbaren Dinge anscheinend in einer anderen

Welt geschehen, die von der seinen klar getrennt war. Zwar nahm er sie als Nachrichten wahr, die aber überflog er höchstens flüchtig oder hörte sie ohne besondere Aufmerksamkeit. Gewalt und Verbrechen interessierten ihn nicht. Er hatte sie ausgeklammert, aus seinem Bewusstsein verdrängt, soweit es ihm nur möglich gewesen war. »Always look on the bright side of life« war einer seiner Lieblingssongs, und gleich danach kam »On the sunny side of the street«, der Jazzsong, der ihm von allen Standards am besten gefiel und den er in den verschiedensten Versionen in seiner Plattensammlung hatte.

Grab your coat and get your hat
Leave your worries on the doorstep,
Life can be so sweet
On the sunny side of the street.

Offensichtlich hatte es ihn jetzt aber zum zweiten Mal auf die dunkle Straßenseite versetzt, nachdem vor knapp zwei Jahren, in seinem vorletzten Schuljahr, ausgerechnet an seiner Schule ein Kollege einen anderen mit einem Wörterbuch erschlagen musste. Eine absurde Geschichte, die er nicht hätte glauben wollen, wenn er nicht selbst eines Morgens den toten Kollegen im Foyer des Gymnasiums hätte liegen sehen. Ziehe ich das Verbrechen an, fragte er sich, holt mich das alles ein, was ich so konsequent aus meinem Bewusstsein verbannen wollte?

»Quatsch, so was darf ich gar nicht denken«, sagte er laut und fuhr zusammen, als der Bademeister, der eben durch die offen stehende Tür trat, »Wie meinen Sie?« fragte.

»Nichts, nichts, ich habe nur laut gedacht.«

»Das kann ich gut verstehen.« Er lächelte, indem er nach draußen gewandt lauter sagte: »Kommen Sie hier durch. Sie brauchen natürlich nicht durchs Drehkreuz. Guten Tag, Herr ...«

»Kupfer, Siegfried Kupfer, Kriminalpolizei Böblingen.«

OW stand auf und ging ihm einen Schritt entgegen.

»Siggi, du? Dich hätt ich gern unter anderen Umständen wiedergetroffen.«

»OW, o weh, der Otto, schon wieder du? Aber erst mal grüß Gott. Und das mit den anderen Umständen kann ich gerade an dich zurückgeben.«

Erfreut begrüßten die beiden einander mit einem kräftigen Händedruck.

»Sie kennen sich also?«, fragte der Bademeister.

»Recht gut und schon ewig. Aber wir sind uns auch jahrelang nicht mehr begegnet, das heißt, bis vor zwei Jahren.«

»Sie haben alles abgesperrt? Die Spurensicherung wird gleich hier sein.«

***

Siegfried Kupfer und Otto Wolf waren in derselben Nachbarschaft in der Altstadt aufgewachsen. Beider Eltern waren durch den Krieg in die Stadt gekommen, als Ausgebombte, und lebten bis in die fünfziger Jahre hinein in engen Notwohnungen, in denen eigentlich für Kinder kein Platz war. Obwohl ihre Eltern sehr kinderfreundlich waren und die Freunde der Jungen gerne in der Wohnung hatten und auch bereitwillig verköstigten, spürten ihre Sprösslinge doch die Enge und zogen es vor, im Freien zu spielen, fast bei jedem Wind und Wetter. Unzählige Male waren sie zusammen auf der alten Stadtmauer herumgeklettert, hatten auf dem alten Wehrgang, hinter dem wuchernden Efeu versteckt, ihre ersten Zigaretten geraucht oder waren in den alten Sandsteinbrüchen auf dem Schlossberg herumgeklettert. Sie seien richtige Gassenjungen, sagte OWs Mutter manchmal im Scherz.

Ihr Altersunterschied – Siggi war drei Jahre jünger als OW – hatte keinerlei Bedeutung. Sie gehörten einfach zur selben Clique, die gemeinsam über den Schlossberg zog oder sich den ganzen Sommer über im Freibad an immer derselben Stelle traf. Als sie etwas älter waren, wurde das Café an der Nagolder Straße ihr Treffpunkt, und so hatten sie lange Zeit lockeren Kontakt, bis sie durch Ausbildung und Studium einander aus den Augen verloren.

Schon seit sieben oder acht Jahren ging OW, wenn die Freibäder geschlossen waren, zwei oder drei Mal die Woche morgens schwimmen, immer ins Hallenbad. Immer waren dieselben Morgenschwimmer da, nach manchen hätte man die Uhr stellen können, weil sie immer fast zur selben Minute ins Wasser stiegen. Aber er kannte diese Leute eigentlich nicht. Wohl nickten sie einander freundlich zu, wohl konnte er einigen ihre Autos zuordnen, weil er gesehen hatte, wie sie angekommen oder weggefahren waren. Für ihn gab es die beiden langen Schnellschwimmer mit den Handflossen, den jüngeren und den Vierziger mit dem silbernen Mercedescoupé, die kleine Dicke mit dem Smart, den alten weißhaarigen Dauerkrauler mit dem langsamen Schlag und den Rückenschwimmer, der sich anschließend dick vermummt auf sein Fahrrad setzte. Er kannte nur den Namen einer einzigen älteren Dame, und das auch nur, weil sie einmal sein Auto gerammt hatte und er sie wegen Schadenersatzes hatte angehen müssen. Alle anderen waren für ihn anonym geblieben.

Kupfer fand das unglaublich. Nach dem Sport würde man doch miteinander reden. Viele, die sich beim Sport regelmäßig begegnen, würden sich sogar duzen. Ja schon, erklärte OW, aber wohl eher diejenigen, die ihrem Sport nach Feierabend nachgehen. Morgenschwimmer ticken anders, erklärte er. Ohne Frühstück und noch verschlafen kommen sie an, wachen unter der Dusche erst richtig auf, erleben nach den ersten 500 Metern allmählich ihren Körper, horchen in sich hinein, um den Energieaufwand wohl zu dosieren, und haben, wenn sie nach ihrem Schwimmpensum unter der Dusche stehen, ihren Arbeitstag im Sinn. Sie laufen auseinander, als hätten sie etwas verbrochen. Jeder verschwindet in seiner Welt und ist für die anderen unauffindbar, bis er eben wieder schwimmen kommt.

»Und wenn du das jahrelang so getrieben hast«, fügte er hinzu, »dann verhältst du dich auch nach der Pensionierung nicht anders. Da hast du dann halt statt der Arbeit das Frühstück und die Zeitung im Kopf.«

»Wenn das so ist, wie du sagst, und ich glaub's dir, dann habe ich nur eine Bitte an dich. Versuch dich doch an alles zu erinnern, was du von heute früh noch weißt, und schreibe es mir auf. Vielleicht ergibt sich daraus ein Hinweis.«

»Ich werd's versuchen. Hoffentlich kann ich dir helfen. Weißt du, ohne Brille sehe ich ohnehin schlecht, und wenn dann die Schwimmbrille auch noch leicht anläuft, bin ich kein scharfer Beobachter mehr. Außerdem stopfe ich mir ja auch noch die Ohren zu.«

»Probier's trotzdem. Im Moment haben wir ja niemanden außer dir. Du bist der einzige Zeuge. Und wenn immer die gleichen Leute hier sind, dann denk erst einmal an die paar, die nur heute hier waren.«

»Na gut, ich probier's. Ich fahre jetzt heim und versuche was aufzuschreiben. Das tut mir vielleicht ganz gut, alles in Worte zu packen, auszuspucken sozusagen und nicht hinunterzuschlucken. Gib mir deine Karte. Ich schicke dir dann im Lauf des Tages eine Mail, vielleicht so am Spätnachmittag.«

»Danke. Bis ... ja bis wann? Ich glaube, bis bald.«

»Ja. Bis bald.«

Aber ehe OW irgendetwas ausspuckte, musste er doch noch etwas hinunterschlucken. Denn wie immer, wenn er unter Stress stand oder sehr erregt war, fühlte OW einen unbändigen Hunger und musste etwas Handfestes zu sich nehmen, mit dem er seinen Ärger oder Schrecken eben hinunterschlucken konnte. Wenn seine Frau dann auf seine Fresstour, wie sie es nannte, schimpfte und mal scherzhaft, mal tadelnd auf sein Übergewicht anspielte, sagte er immer, er sei lieber etwas verfressen als neurotisch. Diese Ausflucht nahm sie hin, obwohl sie damit nicht vollständig zufriedengestellt war.

Ein Schreck wie der heutige – und das noch vor dem Frühstück! – schrie geradezu nach einer fetten Kalorienbombe; außerdem hatte er aus verständlichen Gründen einen nicht sehr schönen Geschmack im Mund, und so war ihm der Weg nach Hause im Moment viel zu weit. Er bog am Hasenplatz in den Graben ein, wo er zu dieser frühen Stunde mühelos einen freien Parkplatz fand, und ging eilenden Schritts zu der Metzgerei in der Tübinger Straße. Und wieder hatte er Glück: Der Laden wurde eben geöffnet. Er orderte einen Lkw, ein Leberkäsweckle.

»Dr Läberkäs isch aber no et warm«, sagte die junge Verkäuferin.

»Egal«, sagte OW, »bitte mit viel Senf.«

Gierig beobachtete er, wie die Verkäuferin eine dicke Scheibe von dem Laib abschnitt und sie mit ihrer zweizinkigen Gabel auf die Waage legte.

»S' isch a bissle viel gworda. Derf des sei?«, fragte sie.

»Egal«, sagte OW noch einmal und musste schon überschüssigen Speichel schlucken. »Tun Sie halt zum Ausgleich auch noch etwas Ketchup zum Senf.«

Zwei Minuten später stand er vor der Metzgerei auf dem Gehsteig und biss, leicht vorgebeugt, damit nichts auf seine schwarze Jacke tropfen würde, in seinen Lkw. Wie er so kaute, erinnerte er sich daran, dass er eigentlich den guten Vorsatz gefasst hatte, nach seiner Pensionierung die Stressfresserei ein für allemal zu lassen. Aber der war jetzt gegenstandslos.

»Scheißegal, ich brauch das jetzt einfach«, mampfte er vor sich hin.

»Mama, was sagt der Mann?«, fragte ein vielleicht fünfjähriges Mädchen, das an der Hand seiner Mutter an ihm vorbeiging. Die Frau schaute ihn an und grinste. OW antwortete mit einem verlegenen Lächeln und biss dann, als sie sich wieder ihrem Kind zuwandte, ein so großes Stück ab, dass ihm Ketchup und Senf über die Mundwinkel liefen. Er schlang Wecken und Leberkäse hinunter, als hätte er drei Tage nichts zu essen gehabt. Dann wischte er sich den Mund ab und ging zu seinem Auto zurück, um auf dem nächsten Weg nach Hause zu fahren.

Jetzt, kurz nach neun Uhr, war am Reinhold-Schick-Platz ganz reger Verkehr. Erst bei der zweiten Grünphase konnte er die Kreuzung überqueren und unter der Bahnbrücke hindurch hinaus in die Neubausiedlung fahren, wo er seit ein paar Jahren im eigenen Häuschen wohnte.

18. November 2008 Spätvormittag
OW als Trockenschwimmer

Emma Wolf lachte laut auf, als sie OWs Arbeitszimmer betrat. Ihr Mann saß nach vorn gebeugt an seinem Schreibtisch. Er trug seine blaue Schwimmbrille und hielt sich seine rot-schwarz gestreifte Badehose unter die Nase. Er schnüffelte an diesem Kleidungsstück und schrieb gleichzeitig etwas auf.

»Schreibst du neuerdings Pornogeschichten? Wenn das ein Damenhöschen wäre, könntest du was erleben. Ich würde da allerdings verstehen, was mit dir los ist. Aber die eigene Badehose? Ich muss schon sagen!«

»Nein, muss dich enttäuschen, keine Pornogeschichten, ich meditiere.«

Kichernd schob er die Schwimmbrille auf die Stirn und blinzelte sie lächelnd an.

»Ich komme mir selbst komisch vor und grinse schon die ganze Zeit vor mich hin. Vielleicht solltest du mich jetzt fotografieren, für unseren nächsten Jahreskalender.«

»Den könnten wir dann aber nicht ohne weiteres in die Küche hängen. Die Kinder hätten sicher ihre Zweifel an dir«, wandte sie ein und sah ihn fragend an.

»Es ist so: Ich versuche mich ins Hallenbad zurückzuversetzen. Siggi hat mich nämlich gebeten, darüber nachzudenken, ob mir heute früh beim Schwimmen nicht doch etwas Außergewöhnliches aufgefallen ist. Es fällt mir eben schwer, mich noch einmal in diese Situation hineinzudenken, und da habe ich ...«

»So stark riecht deine Badehose doch gar nicht mehr. Wenn du Hallenbaddunst brauchst, dann hole ich die Klorixflasche aus der Waschküche und stelle sie unter deinen Schreibtisch.«

»Nein, danke. Lass mich jetzt lieber, sonst fällt mir gar nichts ein.«

Emma sah ihren Mann lächelnd über den Brillenrand hinweg an.

»Ich würde sie dir aber bringen.«

»Nein, danke, lass nur.«

»Gut, dann eben nicht«, sagte sie schnippisch, schüttelte leicht den Kopf, als schaute sie einem ungeschickten Kind beim Schleifenbinden zu. Da sah sie das Schokoladenpapier auf seinem Schreibtisch liegen.

»Du gibst dir's aber heute wieder, oder?«

OW brummte etwas von »bloß heute«, knüllte das Papier zusammen und warf es in seinen Papierkorb.

»Du meinst nicht, die Extraportion Leberkäs hätte gereicht? Ich hab' den Senffleck übrigens schon aus deiner Jacke rausgewaschen.«

Er sah mit gerunzelter Stirn zu ihr auf.

»Senffleck?«

»Ja, das hast du wieder einmal gar nicht gemerkt vor lauter Schlingerei, bist halt doch ein echter Wolf.«

Dann ging sie hinaus. Otto verabschiedete sie mit einem Seufzer und überflog dann seine bisherigen Notizen:

Ab ungefähr sieben Uhr mehr Leute als sonst. Muss immer wieder ausweichen. Diese Rückenschwimmer! Dabei können sie es gar nicht. Heute sogar ein Mann, der sich in starker Schräglage rückwärts durchs Wasser strampelt. Er taucht die Hände nicht einmal ins Wasser, er rührt in der Luft herum. Das machen sonst nur Frauen!

Er schob sich die Schwimmbrille wieder über die Augen und stand auf. Versonnen starrte er aus dem Fenster. Dann schloss er die Augen, hielt sich die Badehose wieder unter seine große

Nase und saugte die Luft ein. Schließlich legte er die Badehose auf den Fenstersims und fing an, mit den Schultern zu rollen. Er atmete im Rhythmus der Rollbewegung, Einatmen mit Kopfdrehung nach rechts, wenn die linke Schulter vorn ist, Ausatmen bei der gegenläufigen Bewegung, das Kinn leicht gegen die Brust gezogen. Nach einer Weile stand er ganz still. Er hatte die Augen geschlossen. Dann streifte er die Schwimmbrille ab und legte sie zur Badehose auf die Fensterbank. Er setzte sich an seinen Schreibtisch und fuhr mit seinen Notizen fort:

Soviel ich durch meine angelaufene Brille sehen kann: schwarze Badehose, mit einem weißen Streifen am Bund und den Schenkeln. Ziemlich weiße Haut, wenig Schultern, dafür zu viel Bauch, hoch sitzend. (Wächst auch hier die Leber mit ihren Aufgaben?) Den hat wohl der Arzt zum Schwimmen geschickt. Medizinisches Missverständnis: So bringt es nichts!

Rechts bekomme ich auch noch Wasser in die Brille, will aber jetzt keine Pause und schließe das rechte Auge. Stark begrenztes Gesichtsfeld. Stoße mit dem Rückenschwimmer zusammen, weil dieser seine Bahn nicht halten konnte. Tschuldigung, sage ich, er sagt auch was, ich kann es aber nicht verstehen wegen meiner Ohrstöpsel. Aber war das Deutsch? Rundes Gesicht, etwas aufgeworfene Nase, hohe Backenknochen. (Wie kann man bloß so aussehen!? Wodkagesicht?) Jetzt dreht er sich wenigstens um und schwimmt Brust. Offensichtlich hat er Angst davor, dass sein Gesicht nass wird und er Wasser in die Augen bekommt, Kopf im Nacken – dass dem das Genick nicht wehtut!? – sehr ruckartige Bewegungen, absolut unharmonisch, eine ergonomische Katastrophe, und dann diese Schere im Beinschlag. Schlechte Koordination. Kraftaufwand mindestens 80 % zu hoch. Ich weiche ihm aus und ziehe nun meine Bahnen etwas weiter rechts, immer ganz knapp zwischen zwei korpulenten Frauen hindurch, die sehr langsam, aber dafür berechenbar sind. Noch weiter rechts sind drei schnelle Krauler, zwei reguläre, den dritten habe ich noch nie gesehen. Stilistisch recht gut, schnell, ausdauernd, sicher einmal aktiv gewesen.

Im Duschraum dann ein langer Schlanker mit Spitzbauchansatz und tätowierter Zunge rechts auf dem Hintern, mittellanges dunkles Haar, »Fünftagebart«. Schwamm vorher ganz links am Beckenrand.

Das Röcheln, der dumpfe Schlag. Wenn ich mich nicht irre, waren die Schritte der Gummisohlen nicht ganz gleichmäßig.

Er las das Ganze noch einmal durch und brütete eine Weile darüber.

»Nein, sonst eigentlich nichts«, sagte er vor sich hin und ging in die Küche hinunter, um sich seinen Elf-Uhr-Kaffee zu machen.

Emma stand an der Spüle und putzte Gemüse.

»Und? War der Badehosenfetischist erfolgreich?«

»Mehr oder weniger. Mir ist schon noch was eingefallen. Das Blöde ist nur, dass mir die Brille stark angelaufen ist und auch nicht ganz dicht war. Ich habe nicht so gut gesehen. Aber auf jeden Fall waren da drei, die ich noch nie gesehen habe. Ein ganz Langer mit einer tätowierten Zunge auf der Arschbacke, und dann noch so ein Depp von Rückenschwimmer. Und noch einer, ein richtig Schneller. Ich hab's mal aufgeschrieben und schick es denen per Mail.«

»Wie? Eine Zunge auf der Arschbacke?«

»Wie ich's sage. Du kennst ja sicher die Autoaufkleber. So was hat der hinten drauf.«

»Wie lang ihm das wohl gefällt!?«

»Sein Problem, nicht unsers.«

»Gott sei Dank.«

OW machte sich seinen Spezialkaffee aus Pulverkaffee, den er mit einer winzigen Prise Salz, einer Prise Kardamom, einem halben Teelöffel Kakao und einem kleinen Schuss Milch veredelte. Er nahm ihn mit an seinen PC, um seine Beobachtungen in verwertbarer Form wegzuschicken. Ehe er den ersten Schluck nahm, hielt er sich die Tasse unter die Nase und atmete den Duft mit weit gespreizten Nasenflügeln ein. Er schrieb nicht gleich, sondern sinnierte lange und schaute dabei aus dem Fenster. Er konnte die Altstadt sehen, deren Häuser im Halbkreis um den Schlossberg, den Kirchplatz und die Stiftskirche gruppiert stehen. Hell hob sich der Turm der Stiftskirche von den Linden und Kastanien des Kirchplatzes ab und überstrahlte das ruhige Landschaftsbild. Im klaren Licht des Spätvormittags schienen die Hügel des Schönbuchs greifbar nahe zu liegen. Das ganze weite Panorama wirkte ruhig und friedlich.

Als Emma zu ihm heraufkam, um zu fragen, welcher Salat ihm heute lieber sei, hörte OW gar nicht auf ihre Frage und sagte nur: »Da schau mal hinaus, wie friedlich das alles daliegt. Purer Schein, nichts als Fassade! Auf den Straßen der tägliche Wahnsinn, und dann noch Mord und Totschlag.«

»Dich hat's ja doch bös erwischt«, sagte Emma und strich ihm zärtlich über die Glatze. »Ich hatte mich schon gewundert, wie du das wegsteckst. Aber trotzdem noch einmal: Rettich- oder Möhrensalat?«

»Mach, was du willst. Mir ist das heute egal.«

OW tippte seine Notizen in den PC.

***

Die Antwort kam bald. Noch am selben Nachmittag rief Kupfer ihn an.

»Du bist mir vielleicht einer«, begann er das Gespräch, »jahrelang hört und sieht man nichts von dir, und dann läufst du mir gleich zweimal als Zeuge in einem Mordfall über den Weg.«

»Tja, das kommt mir selbst komisch vor. Ich hab auch gerade darüber nachgedacht, warum ausgerechnet ich zweimal kurz hintereinander mit so hässlichen Sachen in Berührung komme. Aber da gibt es keine Erklärung. Man nennt das wohl die Duplizität der Ereignisse. Aber wohlgemerkt: Duplizität. Das heißt aber auch nur zweimal, und dann langt's. Jetzt ist Schluss.«

»Anders ausgedrückt: Wir sollten vielleicht dafür sorgen, dass wir uns außerhalb meines Arbeitsbereichs ab und zu mal treffen. Oder noch anders: Ich möchte nicht jedes Mal über eine Leiche stolpern, wenn oder damit wir uns begegnen. Ich habe ja auch nur noch ein halbes Jahr bis zu meiner Pensionierung.«

»Dann wünsche ich dir, dass du die letzten paar Monate gut durchstehst.«

»Vielen Dank, Otto. Jetzt aber zu deinem Bericht. Es ist schon sehr erstaunlich, was dir noch alles eingefallen ist Wie machst du das? Leute mit so einem Gedächtnis könnten wir brauchen. Willst du nicht noch ein paar Jahre bei uns aktiv sein?«

»Nein, nein, für einen V-Mann bin ich zu alt, und das Beamtendasein habe ich ohnehin satt. Die eine Obrigkeit bin ich gerade los, da brauche ich nicht gleich eine neue. Ich lasse es lieber bei Gelegenheitsentdeckungen. Es muss ja nicht jedes Mal gleich eine Leiche im Hallenbad sein.«

»Ja, im Hallenbad. Und genau da scheint mir das Problem mit deinem Bericht zu liegen. Ich hoffe, du kriegst das nicht in den falschen Hals. Ich muss einfach wissen, wie verlässlich dein Bericht ist, weil du ja selbst schreibst, dass dein Sehvermögen beim Schwimmen stark eingeschränkt war.«

»Keine Angst, Siggi, ich verstehe deine Zweifel schon.«

»Nicht Zweifel, nur Vorsicht.«

»Ich habe halt alles durch so eine Art Schleier gesehen. Bei der Figur und der Badehose reicht das natürlich. Aber wenn du mich nach der Augenfarbe von dem Kerl fragen würdest, dann müsste ich passen.«

»Gut. Auch das ist eine wichtige Aussage. Ich bewundere deinen klaren Kopf. Ich hatte schon Angst, der Schock hätte dich doch noch eingeholt und du könntest mir gar nichts Wichtiges sagen.«

»Na ja, was heißt schockiert? Von was ich heute Nacht träume, weiß ich ja noch nicht. Vielleicht habe ich den Schock bloß verdrängt, so wie früher die Angst, wenn wir auf der Stadtmauer herumgeklettert sind. Die Schwindelgefühle kamen erst abends im Bett. Und bis jetzt habe ich ja die Augen noch nicht zugemacht.«

»Kein Mittagsschläfchen nach dem Schreck am Morgen?«

»Nein, heute nicht. Das hast du mit deiner Bitte schon verhindert. Das kostet dich noch was.«

»Eine Stunde Mittagsschlaf gleich ein Weizen?«

»Nichts da, zwei Weizen. Gehaltsgruppe A14, nicht A9.«

»Einverstanden. Aber noch mal zum Thema zurück. Der Bademeister und die Putzfrau konnten überhaupt nichts Sachdienliches aussagen. Er meint schon, dass ein paar da waren, die er noch nie gesehen hat. Aber das sei immer so, und wenn niemand von denen etwas von ihm will, dann kann er sich auch keine Einzelheiten merken. An dem gehen ja im Lauf der Woche so viele Leute vorbei. Und ob der morgens immer schon ganz wach ist, ist noch eine ganz andere Frage. Mit dem, was wir haben, kommen wir also kaum weiter, und das heißt, ich muss jetzt leider auch um 6 Uhr schwimmen gehen, und zwar mit dir zusammen, und mit den Badegästen reden.«

OW lachte laut auf.

»Du? Morgens um sechs vor dem Frühstück? Wann bist du das letzte Mal in einem Schwimmbad gewesen? Kannst du denn überhaupt noch schwimmen?«

»Jetzt mach mal halblang. Zugegeben, ich war den ganzen Sommer nicht im Freibad, aber im Urlaub war ich schon mal im Wasser.«

»Bis zu den Knien?«

»Einmal sogar bis zum Hals. Aber morgen muss es sein. Da hilft alles nichts. Du musst mir die Leute zeigen, die heute da waren, damit ich sie ansprechen kann.«

»Und du willst dich dann im Becken oder unter der Dusche als Kriminalpolizist ausweisen. Na ja, dein Ausweis ist ja wasserfest eingeschweißt. Hübsch finde ich das, das hat es bis jetzt wahrscheinlich nur selten gegeben.«

18. November 2008 Nachmittag
Mann oder Frau?

Die Identität des Opfers hatte die Polizei zunächst vor ein Rätsel gestellt. Denn es gab in der Kabine des Toten weder einen Mantel noch eine Jacke – und damit auch keine Papiere. Keine Brieftasche, keinen Geldbeutel, nichts. Ein weißer Kaschmirschal aber ließ vermuten, dass der Mann einen Mantel getragen hatte, als er das Bad betrat. In einer Hosentasche fand sich eine Rolex-Armbanduhr mit einer Gravur in winziger Schrift: *In Liebe von Deiner Silke, 20.8.2008.* Nach der körperlichen Verfassung des Toten zu urteilen, konnte es sich dabei um ein Geschenk zum 40. oder 45. Geburtstag handeln. Wie die Uhr zeugte auch die elegante Kleidung des Toten von einem sehr gehobenen Lebensstandard: Seidenhemd und Seidenkrawatte, ein anthrazitfarbener Anzug von Armani, funkelnagelneue teure italienische Halbschuhe, in deren schwarzem Glanz man sich fast spiegeln konnte.

»Was meinen Sie, was das für einer ist?«, fragte Kupfer seinen Kollegen Schnaidt.

»Der? Staatssekretär, Anwalt, oder einer von der Bank.«

»Aber nicht von der Volksbank.«

»Das hab ich auch nicht gesagt. Politiker, das könnte er auch noch sein.«

Einen Moment schaute Kupfer nachdenklich vor sich nieder. Dann dachte er laut nach.

»Auch wenn der Täter den Mantel mitsamt dem Autoschlüssel mitgenommen hat, können wir vielleicht trotzdem herausfinden, mit welchem Auto das Opfer gekommen ist. Gehen Sie doch einmal auf den Parkplatz hinaus und schauen Sie, ob da irgendeine auffällige Luxuskarosse steht. So einer kommt nicht im Golf daher«, sagte Kupfer. »Ein S-Klasse-Mercedes oder so was, irgendwas, was zu seinem Aufzug passt.«

Schnaidt ging hinaus und schritt die Autos ab, die auf dem Parkplatz unmittelbar am Hallenbad in vier Reihen standen, fand aber kein besonders auffälliges oder teures Fahrzeug. Nach der ersten Runde blieb er stehen und überlegte. Dann drehte er eine zweite Runde, diesmal auf die Kennzeichen konzentriert. Er machte sich eine Notiz, nickte optimistisch und ging zu seinem Chef zurück.

»Kein Superschlitten weit und breit. Das Einzige, was auffällt, ist ein 520er BMW mit Dresdner Nummer, DD irgendwas, ich hab's hier notiert.«

»Könnte auch Zufall sein, dass heute hier ein Dresdner steht. Aber wir sollten ihn auf jeden Fall im Auge behalten. Lassen Sie feststellen, wem der Wagen gehört. Vielleicht bringt es ja doch was. Könnte ja sein, dass dem Mörder das Auto von seinem Opfer besser gefallen hat als das, mit dem er gekommen ist.«

»Kann ich jetzt gehen? Ich hab heute nämlich noch gar nichts gegessen«, fragte Schnaidt. »Die Spurensicherung kommt ja gleich, und die brauchen mich nicht.«

Kupfer nickte ihm zu.

Als Kupfer am Nachmittag in sein Büro kam, lag das Fax mit der Antwort schon auf seinem Schreibtisch.

Der BMW war drei Tage zuvor in Dresden bei Sixt, Filiale Hamburger Straße, von einer Frau namens Ilona Gersky aus Görlitz gemietet worden.

»Das glaub ich nicht«, sagte Kupfer laut vor sich hin.

»Was denn?«, fragte seine Sekretärin.

Kupfer lehnte sich in seinem Stuhl zurück und verschränkte die Arme.

»Können Sie sich vorstellen, dass eine Frau in Dresden ein Auto mietet und dann nach Herrenberg fährt und einem im Hallenbad die Gurgel durchschneidet?«

»Nein«, sagte sie kategorisch, »so eine Sauerei richten bloß Mannsbilder an, und dann so ein weiter Weg. Ich glaub's auch nicht.«

»Da bin ich mal mit Ihnen einig. Frauen töten hinterlistiger.«

»Das will ich überhört haben. Denken Sie doch mal darüber nach, wie wenige Frauen Sie schon überführt haben, und das nicht bloß, weil Frauen halt manchmal ein bisschen geschickter sind als Männer.«

»Sie haben ja recht«, gestand er ihr zu, »aber müssen Sie gleich wieder das letzte Wort haben? Aber jetzt im Ernst: Überprüfen Sie doch bitte mal, ob es in Görlitz tatsächlich eine Ilona Gersky gibt.«

Paula Kußmaul aus Bondorf arbeitete schon jahrelang als Kupfers Schreibkraft. Sie war Anfang fünfzig, mit einem Beamten des Landratsamts verheiratet, hatte zwei Kinder, die schon mit der Ausbildung fertig waren, und hätte eigentlich nicht mehr zu arbeiten brauchen. Aber sie tat es gern, wenigstens drei Tage in der Woche. »Was soll ich auch die ganze Zeit allein in dem großen Haus«, sagte sie. Sie war mit ihrem Leben und ihrer Arbeit zufrieden. Dass sie manchmal eine scharfe Zunge hatte und ihren Chef und seine Kollegen reizte, war nicht ernst gemeint. Ein Tag ohne Gelächter oder eine Frotzelei mit schlagfertigen Bemerkungen war kein guter Tag für sie, weil einfach zu fad. Da fehlte ihr das Salz in der Suppe.

Sie schaute auf die Uhr und sagte: »Aber die Frau Gerki, oder wie sie heißt, ist nicht so wichtig, dass Sie Ihren Halbdrei-Kaffee verschieben möchten, oder?«

»Gersky, hier ist der Zettel. Aber natürlich erst nach dem Kaffee. Haben Sie denn auch eine Schneckennudel mitgebracht?«

»Aber sicher.«

Und das war auch gut so. Denn genussgestärkt konnte Kupfer nach der Kaffeepause die Nachricht aus Görlitz gelassener entgegennehmen. Dort wusste man von einer Ilona Gersky nämlich nichts. Es gab die Dame nicht.

»Ich habe doch gleich gesagt, dass eine Frau so etwas nicht macht«, sagte Paula.

»Ja, aber ich habe es zuerst gesagt.«

»Sie sind ja auch der Chef.«

»Klar, und deshalb weiß ich auch noch ein Schrittchen weiter.«

»So? Und?«

»Vielleicht haben die bei Sixt noch eine Kopie vom Personalausweis dieser Dame. Dann wüssten wir wenigstens, wie sie aussieht. Vielleicht ist sie ja sogar richtig schön.«

Paula zog die Brauen hoch und räusperte sich.

»Stellenbeschreibung: Gelegentliche Verpflichtung, den Herren des Amts Pinup-Fotos zu verschaffen. Aber wenn Ihnen das die Arbeit versüßt, dann mache ich auch das. Selbstverständlich.«

Nach einigen fruchtlosen Warteschleifen schaffte sie es, sich die Telefonnummer der Station vom telefonischen Sixt-Servicecenter nennen zu lassen, und bat dort um eine Zusendung der Kopie per Fax. Sie schilderte den Fall in ein paar kurzen Sätzen. Dann hörte sie längere Zeit nur zu. Schließlich hielt sie die Sprechmuschel zu und sagte: »Die sind vielleicht was von umständlich, diese Ossis. Kein Wunder läuft bei denen nichts.«

»Wieso?«

»Faselt was von Datenschutz. Hat wohl mal was davon gehört. Sagt die doch, sie muss sich erst vergewissern, dass wir auch wirklich die Kripo sind. Außerdem klingt es, als frisst sie nebenher oder kaut Kaugummi. Frechheit.«

»Dann soll sie meinetwegen erst das LKA anrufen, aber ein bisschen schnell.«

Paula führte das Telefongespräch weiter.

»Also dann vergewissern Sie sich beim Landeskriminalamt Baden-Württemberg, ob es bei der Kripo Böblingen einen Kriminalhauptkommissar Siegfried Kupfer gibt. Ja, Kupfer, wie Silber und Gold, nur nicht so wertvoll. Und ich bin Paula Kußmaul, seine Sekretärin. – Haben Sie das jetzt? Und dann noch unsere Faxnummer? Aber die gibt Ihnen dann das Landeskriminalamt, damit Sie's auch glauben. Und wenn das heute noch ginge, dann wär's richtig gut. Oder sollen wir erst noch unsere Kollegen in Dresden bemühen? – Ja, danke, schon recht. Auf Wiederhören.«

Sie legte auf. »Oder auch nicht. Mit der will ich nicht mehr schwätzen. Da sagt man dieser dummen Kuh, wo eines ihrer Autos abgestellt ist, das sie garantiert irgendwann mal vermisst hätten, und die macht so einen Zirkus wegen einem Fax. Da könnt' man doch auf der Sau naus.«

Kurz vor Feierabend legte sie ihrem Chef das Fax auf den Tisch. Vage waren darauf Vorder- und Rückseite eines Personalausweises zu erkennen.

»Da haben Sie Ihre sächsische Schönheitskönigin. Wüst wie die Nacht.«

»Ach du meine Güte, die kann man ja kaum erkennen.«

»Ja, das ist was Arges. Da zahlt man seit ewig und drei Tagen seinen Soli, und die kaufen sich nicht mal einen guten Kopierer oder ein gutes Faxgerät, so dass man mit denen arbeiten könnte. Aber ich glaube, ein besserer Kopierer würde bei der auch nichts bringen.«

»Wer weiß, wer weiß. Aber ein paar Informationen haben wir doch. Wie wir sehen, hat sie ein schmales Gesicht, ein energisches Kinn, hohe Backenknochen und eine hohe Stirn. Und dann steht ja hier 1,78 m und braun. Und auch noch ein Geburtsdatum: 30. 05. 68. Wenigstens wissen wir ungefähr, wie alt diese Person ist. Sie wird sich ja kaum zehn Jahre älter oder jünger gemacht haben.«

»Das können Sie lesen? Alle Achtung! Sie haben heute Morgen bestimmt Ihre Brille geputzt.«

»Klar. Wie immer.«

»Chef, vielleicht ist das gar keine Frau. Gucken Sie doch mal das kantige Gesicht an.«

»Gute Idee, Frau Kußmaul, eins zu null für Sie. Das wäre mir jetzt nicht gleich eingefallen.«

»Frauenpower, sehen Sie? Wir riechen es halt, wenn sich einer illegalerweise unter uns mischen will.«

»Die Ilona, ein Transvestit. Eher pervers als kriminell.«

»Ja, falls das nicht aufs Gleiche hinausläuft.«

Kreative Vermögensverwaltung

Sannwald: »Und wie läuft es bei dir?«

Baumgartner: »Nicht mehr gut. Die besten Zeiten sind vorbei. Alles nur Kleinkram.«

Sannwald: »Wie das?«

Baumgartner: »Weißt du, vor acht bis zehn Jahren, da liefen noch die ganzen Rückführungsanträge. Tausende wollten ihre Immobilien zurückbekommen, die die DDR enteignet hatte. Und sie kriegten sie ja auch zurück. Meistens waren das Erbengemeinschaften, die gar nicht so recht wussten, wie sie nun mit dem unerwarteten Vermögen umgehen sollten. Da war noch Geld zu machen, meine große Stunde sozusagen. Nur deswegen bin ich ja zu den Ossis gegangen. Es gab jede Menge Verträge zu machen, Geldanlagen, Grundbucheintragungen und so weiter und so fort. Du glaubst gar nicht, was da alles lief. Es waren goldene Zeiten. Vor allem auch die Vermögensverwaltung. Die hat sich ganz zwangsläufig daraus ergeben.«

Sannwald: »Aber du willst damit nicht sagen, dass jetzt gar nichts mehr läuft.«

Baumgartner: »Klar. Es läuft schon noch was. Aber eben nur Kleinkram, wie ich schon sagte. Was ich damals in einer Woche machte, kommt jetzt kaum in einem Monat rein.«

Sannwald: »Na ja, davon muss aber noch ein bisschen was übrig sein. Wenn ich mich richtig entsinne, hast du dir doch damals im Osten eine goldene Nase verdient.«

Baumgartner: »Schon. Aber die laufenden Kosten, du glaubst es nicht: das Haus, die Autos. Und das mit der Jacht, das hätte ich einfach lassen sollen. Die kostet zu viel, ohne dass du nur einmal ausläufst, und mit den Spritpreisen zurzeit, da hast du keine Freude mehr dran und kriegst sie aber auch nicht los. Ich war diesen Sommer gerade mal vier Tage in Rijeka, aber Miete für den Liegeplatz zahle ich jeden Monat.«

Sannwald: »Und deine Immobilien?«

Baumgartner: »Das war auch so ein Schuss in den Ofen. Es konnte doch keiner annehmen, dass so eine Völkerwanderung nach Westen einsetzen würde.. Zwei von meinen fünf Wohnungen stehen leer, Schrottimmobilien, die mir so ein Schweinepriester angedreht hat. Der hat verkauft und ist über alle Berge, und ich muss die Kredite bedienen. Wenn das null zu null aufgeht, dann habe ich Glück, mein Lieber. Ich würde ja den ganzen Bettel verkaufen, aber dann mach ich nur Miese, abgesehen davon, dass diese Zweizimmerwohnungen sowieso keiner mehr will. Und die Mieten kannst du inzwischen vergessen. Vom großen Geld kann also nicht mehr die Rede sein.«

Sannwald: »Und wie viel Kapital verwaltest du?

Baumgartner: »So an die fünfzehn Millionen.«

Sannwald: »Ja aber dann können wir doch was machen.«

Baumgartner: »Wie meinst du das?«

Sannwald: »Wir sollten wieder einmal zusammen schwimmen gehen. Dann verklicker ich dir alles. Kreative Vermögensverwaltung eben.«

(Aus einem Telefongespräch vom Dezember 2003)

18. November 2008
Sannwald bleibt aus

Viertel vor zehn verließ Silke Sannwald die Yogaschule, die sie seit ein paar Jahren regelmäßig zweimal die Woche aufsuchte. Angenehm entspannt und doch energiegeladen freute sie sich darauf, die letzte Stunde des Tages mit ihrem Mann zu verbringen. Sie hatte ihn heute noch gar nicht gesehen. Als sie um acht aufgewacht war, war er schon längst aufgestanden und weggegangen. Vielleicht, hatte sie gedacht, beginnt er endlich wieder etwas für sich zu tun. Auch die Kinder hatten sich schon längst auf den Schulweg gemacht. So hatte sie sich zufrieden noch einmal umgedreht und eine halbe Stunde in den Vormittag hineingedöst.

Die Abendluft war kalt. Sie fröstelte. Sie zog den Knoten ihres Schals etwas fester und ging rasch mit hochgezogenen Schultern zu ihrem Mercedes Coupé, das sie ein paar Schritte entfernt auf der anderen Straßenseite abgestellt hatte. In Gedanken versunken fuhr sie an den modernen Wohnhäusern und kleinen Betrieben vorbei, die an beiden Seiten die Straße säumten und für das Stadtviertel typisch waren. Sie merkte kaum, wo sie entlangfuhr, bis sie abwarten musste, ehe sie in die Horber Straße einbiegen konnte. Auch zu dieser Abendstunde lief der Verkehr keineswegs flüssig durch die Stadt. Am Reinhold-Schick-Platz stand sie hinter drei oder vier Fahrzeugen. Ihre Finger trommelten nervös auf dem Lenkrad. Ein paar Autos kamen von Stuttgart her und bogen Richtung Tübingen in die B 28 ein. War das letzte Auto nicht Wilfrieds A 8 gewesen? Aber der müsste doch eigentlich schon längst zu Hause sein. Von einem Termin am Abend hatte er doch gar nichts gesagt. Zumindest konnte sie sich an nichts erinnern. Normalerweise kam er spätestens kurz nach acht Uhr aus Stuttgart zurück, und wenn er durch einen unvorhergesehenen Termin aufgehalten wurde, rief er immer an. Allerdings war das in letzter Zeit sehr oft der Fall gewesen, in einer Woche sogar gleich vier Mal. Seit der Pleite von Lehman Brothers ging es im Bankgeschäft rund. Eine Krisensitzung nach der anderen, sagte er. Er habe Termine über Termine. Dann tagte wieder der Vorstand. Wilfried jagte, wie er sagte, von einer Besprechung zur nächsten und kam völlig fertig nach Hause. Sie konnte nicht verstehen, warum er sich von seiner Arbeit so auslaugen ließ. Nun war er doch vor zwei Jahren von der Landesbank weggegangen und zu einer kleineren Bank übergewechselt, weil er meinte, dort mit etwas weniger Arbeit ebenso gut Karriere machen zu können. Aber den Anschein hatte es absolut nicht. Wieso denn alle diese Termine? War denn die Südwestdeutsche Handelsbank wirklich so wichtig? Er war kaum noch in der Lage, mit ihr zu Abend zu essen, so angespannt wirkte er. Letzte Woche, an ihrem Hochzeitstag, hatte sie ihn überraschen wollen und vom Hotel Hasen gegen halb neun ein tolles Menü bringen lassen. Er freute sich schon, als er den gedeckten Tisch sah, aber er aß fast nichts.

Von der frischen Karotten-Ingwersuppe nahm er gerade mal zwei Löffelchen, dann stocherte er lustlos in dem Carpaccio aus Bündnerfleisch herum, und das Hauptgericht, Involtini vom Kalb und Wachtelfilet, musste sie ganz alleine essen. Aber wenigstens kostete er noch vom Blütenhonigparfait im Krokantmantel.

»Lass das doch die Kinder aufessen«, sagte er müde. Aber sie hatte die Kinder nach Stuttgart ins Kino geschickt, weil es ein ganz besonderer Abend werden sollte. Doch er stand vom Tisch auf, küsste sie auf die Stirn und sagte, sie müsse ihn noch eine Stunde entschuldigen. Er habe noch einen wichtigen Anruf zu tätigen. Damit ging er in sein Büro im Untergeschoss und kam erst nach eineinhalb Stunden wieder herauf. Und das an ihrem Hochzeitstag. Sie hatte sich vor den Fernseher gesetzt und an ihrem Whiskyglas genippt.

Auch ihren Herbsturlaub auf Madeira hatte er streichen müssen, und dabei wäre es gerade jetzt für ihn besonders nötig gewesen, wenigstens zwischendurch einmal eine Woche auszuspannen. Aber vor der anstehenden Aufsichtsratssitzung war an Urlaub in der gegenwärtigen Situation nicht zu denken. Noch Mitte September hatte Wilfried Sannwald auf seine Frau ganz entspannt gewirkt, wenn er nach Hause kam, und sie hatte sich oft gewundert, dass er nach dem harten Arbeitstag, von dem er immer erzählte, noch die Energie besaß, sich im Untergeschoss des Hauses in sein Büro zu setzen und mehrmals die Woche noch einmal ein bis zwei Stunden dranzuhängen. Samstags verschanzte er sich immer wieder mal mehrere Stunden da unten. Dann war er für die Familie nicht zu sprechen. Besonders wenn er Besuch bekam, wollte er absolut nicht gestört werden. Silke sagte halb im Ernst, sie sei allmählich auf die Männer in den großen Limousinen eifersüchtig. Trotz all dem war Wilfried Sannwald ein sonst recht heiterer Mensch gewesen und hatte mit gesundem Appetit gegessen. Aber Mitte September musste ihm etwas nachhaltig den Appetit verdorben haben.

Das alles schoss ihr durch den Kopf.

Als sie endlich freie Fahrt hatte, gab sie Gas und fuhr viel zu schnell zum Hasenplatz hinauf und die von parkenden Autos gesäumte Wilhelmstraße lang. Sie mäßigte ihr Tempo erst, als sie in unmittelbarer Nähe ihres Hauses in die Kirchhalde einbog. Sie wollte Wilfried noch einholen, ehe er die Doppelgarage schloss und die Treppe zum Haus hinaufging. Aber das Garagentor war zu, die Treppe lag im Dunkeln. Nur das Wohnzimmerfenster war schwach erleuchtet. Eines der Kinder schien fernzusehen. Silke betätigte die Fernbedienung. Das Tor öffnete sich. Die Garage war leer.

Sie klappte ihr Handy auf und drückte auf die Nummer 2 der Kurzwahl. Ihr Mann war nicht erreichbar.

»Bitte ruf zurück«, sprach sie auf seine Mailbox. »Es ist nichts passiert zu Hause. Ich will bloß wissen, wo du bist. Tschüss, mein Schatz.«

Im Wohnzimmer fand sie Olaf vor dem Fernseher. Als er seine Mutter kommen hörte, rief er ganz aufgeregt: »Mammi, weißt du das Neueste? Jetzt hat es sogar die Landesbank erwischt. Die hängen genauso drin wie die West LB und die Bayern. Hat Papa das nicht gewusst? Wie sieht es bei ihm aus? Hat er dir mal was gesagt?«

Silke Sannwald erschrak.

»Nein, er hat nichts gesagt. Aber deinem Vater ging es in den letzten Wochen ziemlich schlecht. Das hab ich wohl gemerkt. Er war anders als sonst. Ist dir das nicht auch aufgefallen?«

»Eigentlich nicht. Aber ich habe ja auch nicht gerade viel von ihm gesehen. Es ist sicher schon über acht Wochen her, dass wir das letzte Mal zusammen beim Tennis waren. Ich habe nachgerechnet. Der tut ja nichts mehr für sich, früher wenig und jetzt gar nichts mehr. Kannst du den nicht bremsen?«

Silke Sannwald seufzte.

»Ach Olaf, ich täte alles, wenn ich es könnte. Das weißt du doch. Aber in letzter Zeit ...«

»Und warum sitzt er denn abends noch stundenlang da unten? Muss er denn unbedingt noch mehr Geld machen, als er bei der Bank kriegt? Die Väter von meinen Freunden verdienen alle garantiert nicht mal die Hälfte, aber dafür sind sie abends wenigstens ansprechbar, mit denen können ihre Kinder etwas anfangen. Und wo ist er heute überhaupt?«

»Ich weiß nicht. Ich wollte ihn schon auf seinem Handy erreichen, aber er geht nicht ran.«

»Komisch. Das macht er doch sonst, mindestens das.«

Silke Sannwald wurde das Gespräch mit ihrem Sohn unangenehm. Die Enttäuschung nahm ihr alle Energie, und sie fühlte sich auf einmal zu müde, um sich Olafs Klagen über seinen Vater anzuhören. Natürlich war sie sich bewusst, dass ihr Mann sie mit den beiden Kindern völlig alleinließ, und wenn sie es richtig bedachte, hatte sie allmählich ebenso wenig von ihrem Mann wie Olaf und Sonja von ihrem Vater.

»Olaf, wir sollten jetzt langsam schlafen gehen. Morgen musst du wieder den ganzen Tag in die Schule. Mach dir keine Sorgen um Papa. Es kommen auch wieder andere Zeiten.«

Aber sie glaubte nicht so recht, was sie sagte.

Sie ging in die Küche und brühte sich ihren Gute-Nacht-Tee auf, erzählte ihrer Tochter noch kurz von einer neuen Yoga-Übung und ging dann schlafen.

19. November 2008 2:45 Uhr
Allein

Gegen drei Uhr wachte sie auf. Sie glaubte, etwas gehört zu haben. Sie streckte ihre Hand nach ihrem Mann aus und griff ins Leere. Sie fuhr hoch und lauschte einen Moment. Hatte sie Schritte gehört? Vielleicht war er es. Aber nein, es war ganz still; sie musste sich getäuscht haben. Sofort griff sie nach ihrem Handy und versuchte, ihn anzurufen. Aber wieder war der Teilnehmer nicht erreichbar. Wieder sprach sie auf die Mailbox. Dann stand sie auf, schlüpfte in ihren Morgenmantel, machte alle Lichter an und ging durch das große Haus, als glaubte sie wirklich, ihren Mann finden zu können.

Sie zitterte, als sie die Treppe zu seinem Büro hinunterging. Wieder meinte sie, draußen ein Geräusch zu hören.

»Wilfried, Wilfried, bist du da?« rief sie. Sie bekam keine Antwort. Trotzdem betrat sie sein Büro. Sie schaltete das Licht ein und sah sich um. Es war alles so wie gestern. Er war nicht nach Hause gekommen. Ihr wurde angst und bange.

Ohne das Licht auszuschalten, rannte sie die Treppe hoch. Sie legte sich wieder ins Bett, fand aber keinen Schlaf mehr. Sie wälzte sich von einer Seite auf die andere, versuchte ein paar Seiten zu lesen, klappte ihr Buch aber bald wieder zu, weil sie sich nicht konzentrieren konnte. Hatte Wilfried einen Unfall gehabt? Dann hätte man sie doch schon längst angerufen. War eine andere Frau im Spiel? Lag er mit einer Geliebten im Bett, während sie hier ...

Sie verwarf diesen Gedanken sofort wieder. Denn wenn Wilfried seine Familie in letzter Zeit auch noch so sehr vernachlässigt hatte, glaubte sie doch nicht, dass er ihr untreu geworden war. Denn für Seitensprünge blieb ihm weder Zeit noch Energie, wie sie meinte. Schließlich hielt sie ihre eigene Grübelei nicht mehr aus. Sie nahm eine Schlaftablette, was sie sonst eigentlich nie tat, und schlief gegen fünf Uhr wieder ein.

Sie saß oben am Rand der Klippe in der Sonne und beobachtete, wie die Wellen auf den Strand zuliefen und sich brachen. Ein Spiel von Blaugrau, Türkis, Weiß und hellem Ocker, ständig in Bewegung im immer wiederkehrenden Rhythmus. Seeschwalben, Kormorane und Möwen flogen hin und her, zogen ihre Kreise, flogen weg, kehrten wieder und stürzten sich immer wieder in die leichte Dünung hinunter. Sie breitete ihre Arme aus und hob ab, schwebte zuerst die Klippenkante entlang und ließ sich dann vom Wind emporheben und hinaus über das Meer tragen. Die Klippen wurden kleiner, und im Dunst des Mittags erstreckten sich dahinter sanft gewellte pinienbewachsene Hügel. Sie fühlte sich unendlich leicht und wunderte sich nur, dass Wilfried nicht mitgeflogen war. Sie wollte nach ihm rufen, aber ihre Stimme war zu schwach und kam nicht gegen den schrillen Ton des Hubschraubers an, der plötzlich wie aus dem Nichts geradewegs auf sie zugeflogen kam. Sie konnte ihm ausweichen, aber das schrille Geräusch zerriss wieder die Stille, es wurde noch lauter. Endlich schlug sie die Augen auf und griff erschrocken nach dem Telefon. Sie warf es vom Ständer und tappte ein paar Mal ungeschickt danach, bis sie es endlich in der Hand hielt.

»Ja, hallo, Silke Sannwald.«

»Südwestdeutsche Handelsbank, Irene Kreidler am Apparat. Guten Morgen, Frau Sannwald. Bitte entschuldigen Sie die Störung. Aber wir vermissen Ihren Mann. Er hat um zehn Uhr einen wichtigen Termin und ist noch nicht in seinem Büro. Das heißt, wir haben ihn heute noch nicht gesehen und gestern auch nicht. Ist er denn krank?«

»Nein, ich weiß nicht. Ich weiß nicht, was los ist. Er ist gestern nicht nach Hause gekommen. Ist er denn nicht in der Bank?«

»Nein, Frau Sannwald, leider nicht. Ich sagte Ihnen doch, dass er gestern auch nicht gekommen ist. Da war es Gott sei Dank nicht so wichtig, aber heute ist eine Besprechung des Vorstands.«

»Es tut mir leid, Frau ...«

»Kreidler.«

»Frau Kreidler, ich weiß nicht, wo mein Mann ist. Ich bitte Sie, benachrichtigen Sie mich sofort, wenn Sie etwas wissen. Es muss ihm etwas passiert sein. Ich glaube, ich muss jetzt die Polizei anrufen.«

Ohne Gruß legte sie auf und wählte die Nummer der Polizei. Es war schon viertel vor zehn.

21. November 2008
Frau Eisblume

Als Kupfer sein Büro in der Polizeidirektion Böblingen betrat, winkte ihm Paula Kußmaul mit einem Merkzettel in der Hand zu. Das hieß, es gab etwas Neues.

»Herr Kupfer, eben hat die Polizei von Herrenberg angerufen. Eine gewisse Frau Sannwald vermisst seit gestern Abend ihren Mann.«

»Wissen Sie sonst noch was über ihn?«

»Ein Banker von irgend so einer Stuttgarter Bank.«

Kupfer pfiff durch die Zähne.

»Ich befürchte, das passt.«

»Und ob. Ich hab sein Foto auf der Homepage seiner Bank gefunden, der Südwestdeutschen Handelsbank in Stuttgart. Das ist schon der vom Hallenbad, einwandfrei. Und die Autonummer haben wir auch, S WS 1961, ein schwarzer Mercedes der S-Klasse.«

»Danke, Frau Kußmaul.«

»Sollen jetzt die von Herrenberg gleich zu der Frau und ...«

»Nein, oder haben sie ihr schon was gesagt?«

»Ich weiß nicht. Ich frage mal nach.«

Die Herrenberger Polizei war glücklicherweise etwas zurückhaltend gewesen. Schließlich kam es immer mal wieder vor, dass ein Mann ein, zwei Tage nicht nach Hause kam. Und bei so einem Managertyp aus der Finanzwelt, da wusste man ja sowieso nicht, was der so trieb. Da sagten sie sich, hier machen wir lieber mal langsam und warten noch einmal zwölf Stunden, ehe wir seiner Frau voreiligerweise einen Schock versetzen. Und wenn es tatsächlich der Tote aus dem Hallenbad sein sollte, dann hätten die von der Kripo den Fall an der Backe. Und die werden ja auch besser bezahlt.

»Und das heißt, ich muss jetzt zu der armen Frau gehen. Auf so was habe ich mich schon lange gefreut. Der Tote liegt schon in der Rechtsmedizin in Tübingen?«

»Ja, sie haben ihn direkt dort hingebracht.«

»Das Unangenehme, dem man nicht ausweichen kann, muss man schnell aus der Welt schaffen. Frau Kußmaul, wenn einer was von mir will, bin ich bei dieser Frau in Herrenberg. Ich hoffe, ich bin im Lauf des Nachmittags wieder da.«

»Ist gut, Chef.«

Kupfer ließ sich die Adresse geben, stieg im Hof in seinen Dienstwagen und drückte auf die Fernsteuerung. Das breite Metallgitter öffnete sich. Er fuhr die Einfahrt hinauf, überquerte die Talstraße und bog sofort nach rechts in die Calwer Straße ein. Als er über die Eisenbahnbrücke fuhr, fragte er sich einen Moment, ob es zu dieser Zeit nicht besser wäre, mit der S-Bahn zu fahren. Aber er verwarf den Gedanken sofort wieder, denn dann hätte er ja in Herrenberg eine ziemlich lange Strecke zu Fuß gehen müssen. Und wenn die Frau bereit wäre, ihren Mann heute noch zu identifizieren, dann brauchte er ja sein Fahrzeug, um mit ihr nach Tübingen in die Rechtsmedizin zu kommen.

Im Industrieviertel auf der Hulb kam er gut voran. Schon nach drei Minuten hatte er die Autobahnauffahrt erreicht und war auf die A 81 Richtung Herrenberg gefahren. Auf der Gegenfahrbahn gab es einen Stau bis weit in den Ehninger Wald. Hoffentlich sieht es anders aus, wenn ich zurückfahre, dachte er. Sobald die Geschwindigkeitsbegrenzung aufgehoben war, nahm er die linke Spur und beschleunigte. Aber schon nach einem Kilometer musste er sein Tempo mäßigen, weil ein großer Laster einen noch größeren überholte. So vom fahrenden Materiallager der Industrie heruntergebremst, kam er ins Grübeln und fuhr langsam weiter. Er hätte jetzt alles lieber getan, als dieser Frau Sannwald zu eröffnen, dass ihr Mann umgebracht worden war. Er wusste noch nicht, wie er es ihr sagen sollte. In seinem Kopf herrschte dumpfe Stille. Lass dir endlich was einfallen, Kupfer, sagte er sich, als er das Rasthaus Schönbuch passierte und sich dem Eingang des Schönbuchtunnels näherte. Sei nicht so verkrampft, forderte er sich auf, aber das war leicht gesagt. Als am anderen Ende des Tunnels das Gäu und die

Schwäbische Alb vor ihm lagen, nahm er das Landschaftsbild nicht einmal wahr, obwohl ihm bei diesem Anblick sonst immer das Herz aufging. Er liebte den weiten Blick von den Hängen des Schönbuchs bis hinunter zum Lochen und Plettenberg. Heute war wieder einer dieser hellen Tage, an denen sich ein neues Tief mit klarer Sicht auf die Alb ankündigte und man in vierzig Kilometern Entfernung die Antenne auf dem Plettenberg erkannte und die Fenster der Hohenzollernburg glänzen sah. Und die gestaffelten Hügelketten davor verliehen dem Bild eine ungeheure Tiefe. Einen solchen Ausblick konnte er zu Hause nicht genießen. Er sah immer nur die Hecke des Nachbargrundstücks und darüber das Dach eines Reihenhauses, das sich von seinem eigenen nur geringfügig unterschied. Aber heute glotzte Kupfer nur auf den Laster vor ihm und suchte vergeblich nach den Worten, mit denen er der Frau die grausame Wahrheit taktvoll beibringen könnte. Und dann noch die Notwendigkeit, den Toten von seiner Frau identifizieren zu lassen. Solche Pflichten waren das Schlimmste für ihn. Er bemerkte nicht, wie sein Abstand zu dem Lkw vor ihm immer größer wurde, und zuckte erschrocken zusammen, als es gellend hinter ihm hupte. Fast im selben Moment röhrte ein Porsche an ihm vorbei.

»Arschloch!«, schimpfte er, gab aber doch für die kurze Strecke bis zur Ausfahrt noch Gas, als er sah, dass er nur noch 85 Stundenkilometer fuhr. Auf der B 28 war heftiger Verkehr. Auf der Gegenfahrbahn bog ein Laster nach dem anderen aus dem Gewerbegebiet ein und rollte zur Autobahnauffahrt hin. An der Ampel brummten ein paar riesige Trucks so laut an ihm vorbei, dass er sich die Ohren zuhielt. Was ist nur hier aus dieser Gegend geworden, dachte er, und erinnerte sich an die Wiesen und Felder und Baumäcker, die sich noch in den Siebzigerjahren vom Schönbuchrand bis nach Gültstein hinunter erstreckt hatten. Mit einem Blick in den Außenspiegel verfolgte er, wie die Trucks beschleunigten und graubraune Schmutzwolken ausstießen. Schweine, dachte er, schlecht eingestellte Motoren, die müsste man sofort anhalten. Hinter ihm hupte es wieder; eine Lichthupe blinkte. Zur Entschuldigung hob er die Hand und fuhr an.

Auf der Kuppe ungefähr zweihundert Meter vor der ersten Ampel kam seine Fahrt erst einmal ins Stocken. Die Autoschlange stand vor ihm bis zur ersten Kreuzung hinunter und dann die gegenüberliegende Steigung hoch bis nach Herrenberg hinein. Stop and go, damit hatte er nicht gerechnet. Die schöne Sicht auf die Stiftskirche und den Schlossberg gab ihm heute nichts. Er schaute zum Hallenbad hinüber und dachte daran, mit welchem Affentempo er gestern früh dorthin gefahren war. Na ja, wenigstens musste er nicht direkt in die Stadt hinein, dachte er.

Die Straße, in der die Sannwalds wohnten, zog sich am Südhang des Schlossbergs entlang. 30er-Zone natürlich. Kupfer fuhr langsam und schaute sich dabei um. Was für Leute wohnen hier? Lauter solide gebaute Einfamilienhäuser mit Einliegerwohnungen und Doppelgaragen, überall aufwendig angelegte Vorgärten. Teure Bepflanzungen, Wintergärten, hangwärts ein paar neue Mehrfamilienhäuser. Hier kriegst du keine Etagenwohnung unter 300 000, dachte er und sah sein kleines Fertighäuschen in Böblingen vor sich, die Pappdeckelvilla aus den 80er Jahren, die damals weit weniger gekostet hatte. Und trotzdem hatten er und seine Frau sich Jahrzehnte dafür krummlegen müssen, und es war immer noch nicht ganz abbezahlt. Und immer noch stellten sie jedes Jahr wegen der Ölpreise neue Rechnungen mit mehreren Unbekannten auf, um zu klären, wie sie im Winter das Häuschen wieder warm halten könnten. Eigentlich müssten sie das Haus modernisieren, alle Außenwände dämmen lassen, aber daran war nicht zu denken. Irgendwas muss ich im Leben falsch gemacht haben, dachte er. Haben diese Leute hier dieses Geld verdient oder geerbt? Wie erwirtschaftet man so viel, dass man so ein Haus finanzieren und dabei noch einigermaßen gut leben und Kinder großziehen kann?

»Die sind alle nicht bei der Polizei«, sagte er laut vor sich hin, »kein Einziger.«

Fast wäre er an Sannwalds Haus vorbeigefahren. Es stand hangwärts von der Straße abgerückt ein paar Meter höher. Neben der Doppelgarage, an der eine unscheinbare Hausnummer angebracht war, versperrte ein schmiedeeisernes Tor den Zugang zur Natursteintreppe. Er stellte sein Fahrzeug auf den großzügigen Stellplatz. Das Törchen war verschlossen. Er klingelte.

»Ja, bitte?«

Was sollte er sagen? Wenn er sich nur vorstellte, wusste sie doch schon, dass etwas Schlimmes passiert war.

»Kupfer, Kriminalpolizei. Spreche ich mit Frau Sannwald?«

Keine Antwort. Mit einem Summen öffnete sich das Törchen.

Im Hochgehen betrachtete Kupfer das Haus. Die breite Natursteintreppe führte an die rechte Seite des Hauses, wo unter einer Überdachung die Haustür lag. Auf halber Höhe zweigte ein Plattenweg zum Untergeschoss ab, dessen breite Glasfront weit einladender wirkte als die Haustür aus dunklem Tropenholz.

Einundzwanzigstes Jahrhundert, dachte er, Sichtbeton, Stahl und Glas, alles ein wenig spitzig, aber natursteinverziert. Er schaute zum Balkon über der Glasfront hinauf. Eine schlanke Frau in grauem Kleid trat in die Wohnung zurück und verschwand hinter der Gardine. Aber sofort öffnete sich die Haustür.

Silke Sannwald war etwas größer als Kupfer, vielleicht nur wegen der hohen Absätze. Hohe Stirn, blondiertes Haar straff zurückgekämmt, hoch geschwungene dünne Augenbrauen, breit gestellte grüne Augen, leichter Lidschatten in Türkis. Schmale lange Nase. Dünne Lippen im gleichen Rot geschminkt wie die Korallenkette, die ihr bis in den Ausschnitt hing. Anfang vierzig, schätzte Kupfer.

»Kommen Sie herein. Ich weiß schon Bescheid. Ich habe eben noch einmal bei der Polizei hier angerufen und ...«

Weiter kam sie nicht. Sie gestikulierte etwas hilflos mit den Händen, wischte sich mit dem Handrücken eine Träne aus dem Augenwinkel und drehte sich um. Wortlos ging sie durch eine offene Schiebetür ins Wohnzimmer. Erst als sie an der Balkontür war und nicht weiterkonnte, drehte sie sich um.

»Noch mal: Kupfer. Kriminalpolizei. Guten Tag.«

»Guten Tag.«

»Ich nehme an, Sie sind Frau Sannwald.«

»Natürlich. Entschuldigen Sie. Silke Sannwald.« Statt ihm die Hand zu geben, wich sie noch einen Schritt zurück und lehnte sich mit hängenden Armen an die Balkontür.

»Frau Sannwald, Sie sagten, Sie wüssten schon ...?«

»Nein, nicht alles. Nur, dass meinem Mann etwas passiert ist.«

Sie schaute ihn fragend an. Ihre Hände, ihr Mund und ihr Kinn zitterten.

»Frau Sannwald, setzen Sie sich. Ich muss Ihnen leider sagen, dass Ihr Mann gestern früh im Hallenbad tot aufgefunden wurde.« Sie riss die Augen auf, legte mit einer ruckartigen Bewegung die Hand auf den Mund und setzte sich nun doch.

»Tot? – Tot? – Wieso? Er war doch gesund.« Sie sprach leise und gepresst.

»Frau Sannwald, Sie müssen jetzt ganz stark sein. Er wurde ermordet.«

»Wie denn? Von wem denn?«

Sie verbarg ihr Gesicht in ihren Händen und saß eine Weile regungslos da. Dann schaute sie auf. Sie heulte nicht, sie schluchzte nicht. Blicklos schaute sie durch Kupfer durch.

»Wie denn?«, fragte sie ein zweites Mal ins Leere hinein.

»Ich würde Ihnen gerne Weiteres ersparen. Nur sollte Ihr Mann leider auch noch von Ihnen identifiziert werden. Wir meinen zwar, dass wir ihn nach einem Foto auf der Homepage der Bank identifizieren können, aber das reicht nicht. Sie müssen seine Identität noch bestätigen. Wir haben übrigens keine Papiere bei ihm gefunden.«

Regungslos blickte sie geradeaus, als würde sie etwas beobachten, was weit weg von ihr geschah. Sie war weiß um Nase und Mund, ihr Atem ging unregelmäßig. Ihre rechte Hand krampfte sich um ein Taschentuch. Kupfer staunte über dieses enorme Maß an Beherrschung. Diese Frau wehrte sich gegen ein sehr starkes Gefühl – Trauer, Wut, Verzweiflung oder alles zusammen. Sie hatte sich so in der Hand, dass Kupfer nicht erkennen konnte, was gerade in ihr vorging.

»Mein tief empfundenes Beileid«, sagte er nach einer Weile in die Stille hinein. »Frau Sannwald, wären Sie in der Lage, mir ein paar Fragen zu beantworten?«

Sie nickte stumm.

»Ging Ihr Mann regelmäßig morgens schwimmen?«

»Nein, eben nicht. Er wollte es immer tun, aber er hat es nie geschafft. Jetzt wollte er wieder damit anfangen, auf Rat seines Arztes, um etwas gegen den Stress zu tun.«

»War er mit jemandem verabredet? Wusste jemand, dass er an diesem Morgen schwimmen gehen würde?«

»Ich weiß es nicht. Manchmal, wenn einer von seinen alten Freunden kam, dann gingen sie zusammen schwimmen. Aber davon hat er nichts gesagt. Er meinte nur, er wolle jetzt wieder anfangen. Und dann passiert das.«

Eine Weile rührte sie sich nicht und wirkte geistesabwesend. Dann wandte sie sich Kupfer zu, öffnete den Mund, atmete laut ein und sagte: »Wir, die Kinder und ich, wir haben in letzter Zeit nicht mehr viel von ihm gehabt. Die Arbeit hat ihn aufgefressen. Er hatte berufliche Sorgen; in der Bank ging es ja seit einem Vierteljahr drunter und drüber.«

»Sie sind also sicher, dass er mit niemandem verabredet war?«

»Ziemlich. Mir hat er jedenfalls nichts Derartiges gesagt.«

»Danke. Das reicht zunächst. Da wäre nur noch die unangenehmste Sache zu erledigen: Wie ich vorher schon sagte, müssten Sie Ihren Mann in der Rechtsmedizin identifizieren.«

»Wann? Jetzt?«

»Wenn Sie dazu in der Lage sind. Ich könnte Sie hinfahren und wieder zurückbringen. Das wäre vielleicht das Beste für Sie.«

»Es würde schon gehen. Allerdings sollte ich um zwei wieder hier sein wegen der Kinder.«

»Das sollten wir schaffen.«

»Nehmen Sie doch einen Moment Platz. Ich bin gleich so weit«, sagte sie plötzlich so gefasst und förmlich, als sei er ein Taxifahrer, den sie herbestellt hatte. Einen Moment hielt sie inne und starrte mit offenem Mund vor sich hin. Dann wandte sie sich Kupfer zu.

»Sagten Sie, dass Sie keine Papiere bei ihm gefunden haben?«

»Nein. Keine. Auch sein Auto ist weg.«

Ihre Augen wurden größer. Und das war keine Trauer mehr, was nun in ihrem Gesicht stand. Es war Angst.

»Ich bin gleich so weit«, sagte sie vor sich hin, wobei sie leicht mit dem Kopf nickte, und ging aus dem Zimmer. Kupfer sah ihr nach. Wieso ist diese Frau am Spätvormittag angezogen, als wollte sie eben ausgehen? Ein graues elegantes Wollkleid mit tiefem Ausschnitt, eine rote Korallenkette Ton in Ton mit dem Lippenstift und den Schuhen. Hatte sie auf jemanden gewartet? Es verging kaum eine Minute, bis Silke Sannwald fertig angezogen war. Sie hatte sich einen langen grauen Wollmantel übergezogen und einen korallenroten Schal umgebunden. Alles perfekt Ton in Ton. Die Frau muss wirklich teuer sein und geht garantiert nicht bloß in Stuttgart einkaufen, dachte Kupfer.

»Gehen wir«, sagte sie.

Silke Sannwald saß schweigend auf dem Beifahrersitz. Kupfer ließ erst einmal ein paar Minuten verstreichen, ohne etwas zu sagen, warf aber seiner Beifahrerin immer wieder einen kurzen Blick zu, was sie jedoch nicht bemerkte. Sie walkte ein Taschentuch in ihren Händen, schaute unruhig in die Novemberlandschaft hinaus, öffnete den Mund, schloss ihn wieder, knirschte mit den Zähnen und holte immer wieder hörbar Luft. Was dich bewegt, ist nicht nur der Schock oder gar Trauer, dachte er.

Als sie an der Autobahnauffahrt vorüber waren, wurde der Verkehr etwas ruhiger. Die ansteigende Gerade auf der Höhe von Kayh lag frei vor ihnen. Nun versuchte Kupfer mit seiner Beifahrerin ins Gespräch zu kommen.

»Wie alt sind Ihre Kinder?«, begann er.

»Sonja ist elf, Olaf fünfzehn. Ich muss zu Hause sein, wenn sie aus der Schule kommen. Sie sind durcheinander. Sie haben gemerkt, dass ihr Vater heute Nacht nicht zu Hause war.«

»Das kam sonst nie vor, oder?«

»Nein. Er kam abends immer nach Hause. Er war meistens im Haus, auch wenn er für die Kinder kaum zu sprechen war.«

Kupfer warf ihr einen fragenden Blick zu. Sie reagierte nicht gleich und starrte eine Weile geradeaus. Dann seufzte sie.

»Ja, er saß oft noch unten in seinem Büro. Die Stunden in der Bank würden für seinen work load, wie er sagte, nicht ausreichen, behauptete er. Und dann hat er ja auch noch selbst Geschäfte gemacht.«

»Was für Geschäfte?«

»Das dürfen Sie mich nicht fragen. Von Finanzen verstehe ich nichts.«

Kupfer fragte nicht weiter. Er wusste jetzt, dass er in Sannwalds Haus noch etwas zu suchen hatte. Aber diesen Besuch wollte er jetzt nicht ankündigen.

»Wann haben Sie ihn eigentlich das letzte Mal gesehen?«, fragte er stattdessen.

»Vorgestern Abend. Er kam gegen neun nach Hause, er aß nichts, trank bloß etwas, setzte sich in sein Büro und ging erst ins Bett, als ich schon eingeschlafen war. Irgendetwas musste schiefgelaufen sein. Er hat es mir aber nicht gesagt. Ich würde davon ohnehin nichts verstehen, war seine ständige Rede. Als ich aufgestanden bin, da war er ja schon längst weg.« Sie machte eine Pause. »Wir haben seit Tagen nur wenig miteinander gesprochen. Er hatte ja nie Zeit.«

Der letzte Satz klang bitter und hatte einen verärgerten Unterton. Dann schwieg sie lange. Erst als sie schon Unterjesingen hinter sich gelassen hatten und das Ammertal den Blick auf Tübingen freigab, atmete sie tief durch und sagte leise: »Hier hat alles angefangen.«

Wieder nahm Kupfer diesen verbitterten Unterton wahr und warf ihr einen fragenden Seitenblick zu.

»Ja«, fuhr sie nach einer Weile im selben Ton fort, »hier in Tübingen hat alles angefangen, an einem Sommerabend auf dem Stocherkahn. Zweiundzwanzig war ich damals. Und jetzt bin ich dreiundvierzig.«

Sie spreizte ihre rechte Hand und betrachtete ihren Ehering.

»Dreiundvierzig«, seufzte sie. »Und Witwe.«

Kupfer sagte nichts und dachte sich seinen Teil.

***

Kurz vor zwei Uhr saß Kupfer wieder an seinem Schreibtisch und machte sich Notizen. Paula Kußmaul kam aus der Mittagspause zurück.

»Und? Wie war die Tour?«

»Landschaftlich schön. Den Schönbuchrand und das Ammertal kann man genießen. Tolle Herbstfärbung.«

»Nur landschaftlich schön?«

»Nein. Das Haus ist schön. Die Frau ist schön. Und die Sache wird ganz schön kompliziert, wenn Sie mich fragen.«

»So?«

»Ja. So.«

Paula Kußmaul ging zur Kaffeemaschine und kam mit zwei Bechern Kaffee zurück. Einen stellte sie auf seinen Schreibtisch.

»Bestechung?«, fragte Kupfer trocken.

»Mein Vormittag war ziemlich langweilig. Nur lauter Krimskrams erledigt, nichts Halbes und nichts Ganzes. Und Sie durften bei dem schönen Wetter raus.«

»Neidisch?«

»Und wie!«

»Und wenn Sie dabei gewesen wären, dann wären Sie noch neidischer, aber nicht auf mich. Die wohnen vielleicht in einer schicken Immobilie! Wer sich so etwas leisten kann! Alles nur vom Feinsten. Im ganzen Viertel übrigens. Da kommt mir unser Pappdeckelhaus wie die letzte Bruchbude vor.«

»Aber Sie wohnen noch drin. Der nicht mehr. Wissen Sie, was meine Patentante immer zu mir gesagt hat? Paula, hat sie gesagt, wenn du einmal tot bist, dann langen dir fünf Pfennig ewig.«

»Das könnte mich bloß trösten, wenn ich jetzt schon beweisen könnte, dass er wegen seinem vielen Geld umgebracht wurde.«

»Ja, ist das denn nicht wahrscheinlich?«

»Schon. Aber noch lang nicht bewiesen.«

»Na dann.«

»Ja, na dann.«

»Was ist das für eine Frau?«

»Schwer zu sagen. Aus der werde ich nicht so schnell schlau. Sie ist mir ein bisschen zu gefasst, und ich glaube nicht, dass sie mir alles sagt, was sie weiß. Und ich weiß nicht genau, was sie fühlt. Die ist nicht nur traurig; ich glaube fast, sie ist auch irgendwie verärgert. Und am Aufzug dieser Frau und im ganzen Haus ist alles so stimmig, dass es einfach nicht wahr sein kann.«

»Wieso?«

Kupfer beschrieb, wie Silke Sannwald aufgemacht war und welche Fassung sie bei der Identifizierung ihres Mannes gewahrt hatte.

»Alle Achtung! Die muss Nerven haben«, meinte Paula Kußmaul. »Nicht einmal ein Aufschrei? Auch nicht im Leichenschauhaus? Das muss eine Eisblume sein.«

***

Als Paula Kußmaul schon Feierabend gemacht hatte, saß Kupfer noch lange an seinem Schreibtisch und kritzelte Schnecken auf die Schreibunterlage, wie er es immer tat, wenn er einen Fall mit präzisen Fragen aufzuschlüsseln versuchte. Wieso ging Sannwald an jenem Morgen schwimmen, obwohl ihm die Arbeit allem Anschein nach bis zum Hals stand? Wollte er wirklich aus gesundheitlichen Gründen eine alte Gewohnheit wieder aufnehmen? Aber wie traf er dann mit seinem Mörder zusammen? Dass er wirklich keine Feinde hatte, wie seine Frau sagte, hielt er für unwahrscheinlich. Entweder war Silke Sannwald überhaupt nicht im Bilde oder sie verheimlichte etwas. Mit dem Auto und dem Mantel waren das Handy und der Laptop verschwunden, aber über die Bank waren sicher Informationen zu bekommen, die weiterführen würden.

Kupfer durchkreuzte die große Spirale, die er zuletzt hingekritzelt hatte, und schrieb in Großbuchstaben darunter: WARUM GING S. AUF EINMAL WIEDER MORGENS SCHWIMMEN? WER WUSSTE DAVON? Dabei drückte er ganz fest auf.

Dann rief er OW an und bat ihn, am nächsten Morgen mit ihm ins Hallenbad zu gehen. Vielleicht würden sie einen hilfreichen Zeugen finden.

»Und? Was habt ihr schon herausgefunden?«, fragte OW.

»Nicht viel. Aber wir wissen, wer der Ermordete ist.«

»Und wer ist es? So viel kannst du mir doch wenigstens sagen, wenn ich dich schon ins Hallenbad begleite.«

»Ein Banker von einer Stuttgarter Bank, der in Herrenberg wohnt – oder gewohnt hat. Aber rede nicht drüber.«

»Keine Sorge. Ich erzähl nichts rum. Das geht auch ohne mich im Städtle rum.«

So sehen Gewinner aus

Gommel: »Hast du was von Karl gehört?«

Sannwald: »Ich glaube, Karl sitzt in der Klemme. Wenn der so weitermacht, steht ihm bald das Wasser bis zum Hals.«

Gommel: »Umso besser. Dann kriegen wir den ins Boot.«

Sannwald: »Ich hab ihm schon gesagt, dass wir bald wieder einmal zusammen schwimmen gehen müssen, vielleicht an einem Wochenende in einem Thermalbad, und dann können wir ja die griffigen Strategien entwickeln.«

Gommel: »Zugriff auf Kapital hat er ja noch immer.«

Sannwald: »An die fünfzehn Millionen, sagt er.«

Gommel: »Ich rede schon mal mit Georg. Der hat doch bereits gute Beziehungen. Außerdem sollten wir ihn im Frühjahr nach Vilamoura zum Golfen schicken.«

Sannwald: »Vilamoura?«

Gommel: »Ja, Portugal, Algarve, Golfhochburg. Da kämpfen sich Millionen und Abermillionen von Loch zu Loch. Und keine Russen, so wie in Baden-Baden. An der Algarve kannst du heutzutage haufenweise Engländer treffen, die ihr Geld in Euroland anlegen wollen. Wer dort die Nase im Wind hat, traut der heimischen Währung nach dem Absturz vor zwölf Jahren überhaupt nicht mehr.«

Sannwald: »Und Georg macht mit? Du bist sicher, dass er mitmacht?«

Gommel: »Hundert Pro.«

Sannwald: »Wäre schon super, wenn es die alte Staffel wieder machen würde. Richtig reinlangen und durchziehen, aber diesmal nicht bloß im Wasser.«

Gommel: »Guck mal in den Spiegel: So sehen Gewinner aus.«

(Aus einem Telefongespräch vom Januar 2004)

20. November 2008
Kupfer muss schwimmen

Ein halbe Stunde hatte Kupfer für die Strecke zum Herrenberger Hallenbad eingerechnet. Aber als er um halb sechs aus dem Haus trat, kam er auf der Waschbetontreppe vor der Haustür ins Rutschen und wäre ziemlich unsanft gestürzt, wenn er nicht seine Rechte am Geländer gehabt hätte. Es war kalt, und der Morgennebel hatte eine hauchdünne Eisschicht auf Wege und Straßen gelegt.

Er fluchte leise vor sich hin und ging Schritt für Schritt zu seinem Dienstwagen, den er sich am Vorabend vors Haus gestellt hatte. Jetzt ärgerte er sich darüber. Es wäre jetzt doch viel einfacher gewesen, die paar Schritte zur S-Bahnstation Goldberg hinüberzugehen und sich von OW am Herrenberger Bahnhof abholen zu lassen. Aber das ging nun nicht mehr. Der vereinbarte Treffpunkt war vor dem Hallenbad. Natürlich war in seinem Wohnviertel noch nicht gestreut worden. Fast in Schrittgeschwindigkeit fuhr er los, und als er die Jahnstraße hinunterfuhr, testete er immer wieder vorsichtig, ob der Wagen auch richtig zu bremsen war. Was er jetzt absolut vermeiden musste, war, in die Sindelfinger Straße hineinzurutschen, wo sich ein Auto nach dem anderen in zügigem Tempo zum Schichtwechsel bei Daimler hinbewegte. Diese Straße war offensichtlich gestreut. Aber er stand und wartete und kam nicht voran. Schließlich riskierte er es, fuhr mit der Schnauze seines Fahrzeugs etwas in die Straße hinein und betätigte die Lichthupe. Ein paar Autos bretterten stur vorbei, als ob er nicht vorhanden wäre. Dann aber bremste einer und signalisierte, dass er ihn durchlassen wollte. Kupfer winkte ein Dankeschön und fuhr die Talstraße hinab. Er hörte, wie der Splitt gegen die Bodenplatte seines Autos spritzte. Die Ampel bei der Bahnunterführung war glücklicherweise grün, so dass er zügig in die Wolfgang-Brumme-Allee einbiegen konnte und die Autobahnauffahrt schnell erreichte, obwohl auch hier Fahrzeuge aus allen Richtungen zu Daimler hin unterwegs waren. Vorsichtig reihte er sich in den Verkehr ein. Man fuhr langsam an diesem Morgen; niemand traute der Straße so recht und auch die Sicht war ziemlich schlecht.

Es war schon zwanzig nach sechs, als er auf dem Parkplatz am Hallenbad ankam. OW stieg aus seinem Auto und schaute demonstrativ auf seine Uhr.

»Morgen Otto, tut mir leid, die Viertelstunde. Aber bei der Sauglätte und dem Nebel ging es nicht schneller. Ich war jetzt fast eine Dreiviertelstunde unterwegs«, entschuldigte sich Kupfer.

»Morgen. Schon recht. Mir war es nicht langweilig. Ich habe Radio gehört.«

»Und? Etwas Interessantes?«

»Kann man schon sagen. Im SWR war eine Meldung von einem recht eigenartigen Unfall auf der Schwarzwaldhochstraße. Da soll einer absichtlich von der Straße abgedrängt worden sein. Und was glaubst du, was der ist? Wertpapierhändler! Er hat's überlebt. Aber dann haben sie noch in Baden-Baden einen Finanzberater abgemurkst. Die Kriminalpolizei von Karlsruhe vermutet einen Zusammenhang, weil sich die beiden seit Langem kannten. In beiden Fällen werden Zeugen gesucht. Ein Finanzberater, ein Wertpapierhändler und hier unser Banker.

»Ja, sieht so aus. Fehlt nur noch, dass unser Banker mit den beiden was zu tun hatte. Aber das wissen wir bald, falls das so war.«

»Wisst ihr schon etwas Neues?«

»Eine Kleinigkeit, aber durchaus interessant. Ein Anwohner der Kirchhalde hat sich gemeldet. Einer von den Verrückten, die morgens vor der Arbeit joggen müssen. Er sagt, er hat das Dresdner Auto keine hundert Meter vom Haus Sannwald entfernt stehen sehen. Der Killer hat also auf ihn gewartet. Und wenn er ihn nicht hier erwischt hätte, wäre er ihm halt nachgefahren und hätte ihn woanders erledigt. Offensichtlich ein Auftragsmord.«

»Ich glaub, das wird noch spannend«, kommentierte OW.

»Das kannst du aber laut sagen. Aber, Otto, gell, von mir weißt du nichts. Ich darf dir das eigentlich gar nicht erzählen.«

»Jawohl, Chef, ich bin absolut verschwiegen, so stumm wie ein Grab.«

»Hoffentlich, sonst kriege ich Ärger.«

Fünf Minuten später waren sie schon im Wasser. OW zog seine Bahnen, während Siggi meist am Beckenrand bis zur Brust im Wasser stand und nur ab und zu einmal zwei Bahnen schwamm. Er gab zu, dass es gar nicht so kalt war, wie er gedacht hatte, und er sogar angenehm überrascht war.

»Es ist auszuhalten«, sagte er, was bei ihm schon hieß, dass er sich einigermaßen wohlfühlte.

Seine Brille hatte er aber aufbehalten, streckte den Kopf hoch und vermied, so gut es nur ging, dass ihm Wasser ins Gesicht spritzte.

»Lass mir meinen Abstand«, sagte er zu OW, »du spritzt mir zu sehr. Ich mag das nicht.«

Nach vier oder sechs Bahnen kam OW regelmäßig zu ihm hin und schaute mit ihm zusammen die Leute im Bad an. Aber von den beiden Neuen vom Mordtag war keiner zu sehen. Zehn nach sieben verließen die beiden das Becken, duschten kurz und zogen sich an, um am Ausgang auf die Morgenschwimmer zu warten, von denen OW mit Sicherheit sagen konnte, dass sie am Mordtag da gewesen waren. Aber von denen konnte leider keiner etwas Verwertbares aussagen. Sie hatten alle das Bad spätestens dreißig Minuten nach sieben verlassen und nichts Auffälliges wahrgenommen. Natürlich hatten sie ein paar neue Gestalten im Bad gesehen, aber sie konnten sie nicht beschreiben, weil sie nicht auf sie geachtet hatten, weil sie die meiste Zeit ihre Schwimmbrillen getragen hatten, weil sie ohne ihre richtige Brille schlecht sahen oder auch, weil sie in aller Eile so auf sich selbst konzentriert waren, dass sie die anderen Schwimmer höchstens als Hindernis wahrzunehmen pflegten.

Siggi Kupfer konnte ihre Namen und Adressen aufnehmen und durfte angenehm berührt feststellen, dass alle selbstverständlich bereit waren, zur Aufklärung dieser scheußlichen Bluttat beizutragen. Nur wussten sie im Moment absolut nichts zu sagen. Und auch der Bademeister konnte nur wiederholen, dass Morgenschwimmer regelmäßig kämen. Sie hätten fast alle ihren festen Rhythmus, kämen täglich oder zweimal oder dreimal die Woche. Man müsse nur ihren Rhythmus kennen, dann könnte man sie antreffen. Vielleicht würde einer der beiden, die OW als Neue identifiziert hatte, in den nächsten Tagen wiederkommen und könnte etwas aussagen. Vielleicht hätte er sogar bei seinem ersten Besuch die Szenerie besonders deutlich wahrgenommen. Das klang einleuchtend.

»Am Ende lernst du auf deine alten Tage noch richtig schwimmen, wenn du jetzt jeden Morgen hier Dienst hast«, spottete OW.

»Das stehe ich nicht durch«, lamentierte Kupfer, »wenn ich in aller Herrgottsfrühe schwimmen gehen muss, dann ist für mich der Tag gelaufen. Da bringe ich überhaupt nichts mehr fertig. Außerdem kenne ich ja sowieso keinen. Da musst schon du herhalten. Ich erkläre dich hiermit zum Hilfssheriff. Du kannst dir auf meine Kosten einen Sheriffstern auf die Brust tätowieren lassen.«

»Sehr großzügig. Ich weiß nur nicht, ob das Emma gefallen wird.«

»Aber jetzt mal im Ernst. Ich wäre dir dankbar, wenn du die nächsten paar Tage immer um halb sieben schwimmen gehen würdest. Und wenn du einen von den beiden siehst, rufst du die Polizei an und es kommt sofort jemand von uns.«

»Wird schwierig. Denk doch mal, den mit der Zunge auf der Arschbacke erkenne ich erst im Duschraum, und dann ist er ganz schnell weg.«

»Trotzdem. Das ist die einzige Möglichkeit, solange wir nichts anderes haben. Ich kann höchstens dafür sorgen, dass so gegen halb acht eine Streife in der Nähe ist und ihn abzufangen versucht.«

»Und ich ruf dann einfach 110 an?«

»Ja, einfach 110. Du sagst deinen Namen, und die wissen dann Bescheid.«

20. November 2008
Fünfzehn Stunden Input

Wilfried Sannwald war diplomierter Bankbetriebswirt gewesen. Vor ein paar Jahren war er vom Sparkassenverband zur Südwestdeutschen Handelsbank übergewechselt, was ihn beruflich einen beträchtlichen Schritt nach vorn gebracht hatte. Als Leiter der Kreditabteilung für Privatkunden hatte er sich einen sehr guten Ruf erworben. Man beschrieb ihn als einen fleißigen Mann mit Augenmaß und Instinkt, der bei Kunden und Mitarbeitern gleichermaßen beliebt war. Kenner der Personalstruktur seines Instituts, die ihm näherstanden, trauten ihm durchaus eine weitere Karriere zu, denn es war doch sonnenklar, dass ein ehrgeiziger Mann mit seinem Biss und seinem vielmaschigen Beziehungsnetz nicht im Geschäft mit Privatkunden alt würde. Wer so ein markantes Profil hatte, der sollte doch auch im Sinne des Instituts mit größeren Geschäften betraut werden. Die Nachricht von seinem grausigen Ende löste bei seinen Mitarbeitern und der Geschäftsführung fassungsloses Entsetzen aus.

»Nein, es erscheint uns undenkbar, dass irgendjemand aus geschäftlichen Gründen ..., ich meine, unsere Kundschaft besteht doch aus respektablen und integren Persönlichkeiten. Der Gedanke, dass irgendjemand im Umkreis unseres Instituts eine derartige Gräueltat begehen oder veranlassen könnte, ist absolut absurd«, sagte der Sprecher der Bank. Allerdings fand auch er es etwas beunruhigend, dass mit Sannwalds Auto auch sein Notebook in unbefugte Hände gekommen war.

»Wir haben natürlich nichts zu verbergen. Aber Sie können sich wahrscheinlich vorstellen, dass kein Arbeitgeber, welcher Branche auch immer, es ganz unbedenklich finden kann, wenn wichtige Geschäftsunterlagen entwendet werden. Im Übrigen wären wir dankbar, wenn wir über geschäftsrelevante Ermittlungsergebnisse unterrichtet werden könnten.«

Letzteres wollte Kupfer ihm nicht versprechen und murmelte nur ein »natürlich« vor sich hin. Er bedankte sich für die Auskunft und meinte, dass er sich mit der Südwestdeutschen Handelsbank höchstwahrscheinlich noch einmal ins Benehmen setzen müsste.

Eben wollte Kupfer mit Silke Sannwald einen Termin vereinbaren, da klingelte das Telefon. Silke Sannwald war in Panik. Jemand war in das Büro ihres Mannes eingebrochen.

»Es muss heute Nacht gewesen sein. Gestern war ich noch unten. Da war alles noch in Ordnung. Jetzt ist es das reinste Chaos.«

»Lassen Sie um Gottes willen alles so liegen, wie es ist. Wir kommen sofort mit der Spurensicherung.«

***

»Feine professionellc Arbeit«, sagte Kienle von der Spurensicherung und zeigte auf das kreisrunde Loch in der Glasscheibe. »Hier hat er reingelangt, und der Rest war ein Kinderspiel.«

Obwohl vor dem Nussbaumregal ein Haufen Ordner auf dem Boden lag, machte das Büro immer noch einen aufgeräumten Eindruck, fast zu aufgeräumt. Man hätte meinen können, dass man sich in einem teuren Möbelhaus befand. Von Chaos kann doch gar keine Rede sein, dachte Kupfer, die sollte mal sehen, wie so etwas aussehen kann, wenn richtig zugelangt wurde.

»Ich glaube kaum, dass wir hier viele Spuren finden. Wer mit seinem Werkzeug so sauber eine Scheibe aufschneidet, der hat auch Handschuhe an und macht keine Fehler.«

Es war nicht viel, was man fand: einen undeutlichen Abdruck auf den Travertinfliesen, der wahrscheinlich von einem Tennisschuh stammte, und eine Wollfussel, die noch bestimmt werden musste.

»Der Einbrecher hat keine sehr großen Füße, höchstens Größe 42, vielleicht auch bloß 41. Das könnte sogar eine Frau gewesen sein«, meinte Kienle.

Kupfer erinnerte sich an Silke Sannwalds rote Pumps. Relativ große Füße hat sie eigentlich schon, dachte er, aber ob die eine Glasscheibe so sauber aufschneiden kann? Er dachte an ihre aufgeklebten Fingernägel. »Eher nicht«, sagte er laut und schüttelte den Kopf.

»Wie?«, fragte Kienle.

»Einen hausgemachten Einbruch schließe ich aus«, antwortete Kupfer. Er drehte sich langsam einmal um sich selbst, wobei er seinen Blick durch das Büro schweifen ließ, und sagte dann: »Ich mache jede Wette, dass hier nichts geklaut wurde außer einem Ordner oder vielleicht auch bloß einem einzigen Dokument. Kienle, ich sag dir, so schnell steigen wir hier nicht durch.«

Nachdem die Spurensicherung wieder abgezogen war, ohne etwas wirklich Aufschlussreiches gefunden zu haben, blieb Kupfer allein zurück und schaute sich weiter um. In so einem geräumigen Büro hätte er auch gerne einmal gearbeitet. Die Glasfront zum Vorgarten hin maß gute sieben Meter. Flach fiel das Licht der Morgensonne ein und tauchte den Raum in eine helle Wärme. Der Travertinboden und das Nussbaumfurnier der Schrankwand strahlten in vornehmem Glanz. Außer dem schweren Schreibtisch – einem Edelstahlrohrgestell mit aufgelegter Platte aus schwarzem Posidonienschiefer aus Holzmaden – und zwei eleganten Ledersesseln in Ocker war der Raum leer.

»So ein Pedant«, murmelte Kupfer vor sich hin, als er bemerkte, dass die wenigen Schreibutensilien, zwei Bleistifte und ein paar Kugelschreiber, parallel ausgerichtet auf der Schreibunterlage lagen. Und der Papierkorb neben dem Schreibtischstuhl war leer.

Die beiden Seitenwände des Büros waren mit Rauputz beworfen, schmucklos, kahl – bis auf einen Goldrahmen, vielleicht dreißig auf vierzig, mit einem Foto. Vier junge Männer in Badehosen, die sich gegenseitig über die Schultern fassten und selbstbewusst dreinschauend ihre freien Hände mit dem Victory-Zeichen der Kamera entgegenstreckten. Kupfer nahm es von der Wand. Auf der Rückwand war ein kleines Etikett aufgeklebt: »Unimeisterschaften, Tübingen 1986« – in sauberer Maschinenschrift. Welcher ist Sannwald? Der lange Dunkelhaarige mit dem ernsten Gesicht konnte es nicht sein, der etwas Feiste mit dem rasierten Kopf oder der Kleine rechts außen mit dem breiten Grinsen auch nicht. Blieb nur der blonde Sonnyboy. Eine gewisse Ähnlichkeit mit dem Toten war unverkennbar. Wie sich ein junger Mensch in zwanzig Jahren verändern kann! Manch einer gar nicht und mancher ist kaum wiederzuerkennen.

Er hörte Schritte. Die Dame des Hauses betrat den Raum. Die Kombination Grau-Korallenrot vom Vortag war durch Anthrazit-Perlmutt ersetzt. Perlenkette, Perlohrstecker, dazu perlmuttfarbene Pumps, und selbst die aufgeklebten Fingernägel passten farblich dazu. Lippenstift dunkelviolett, silberner Lidschatten. Weich zeichnete der dunkle Wollstoff ihre Figur ab.

Kupfer schaute sie einen Moment länger an, als er sich eigentlich zugestehen wollte, ließ dann den Blick verlegen auf das Foto in seiner Hand fallen und fragte: »Ist der Blonde hier ihr Mann?«

»Ja, so war er einmal, ständig fröhlich, gut gelaunt, ein Sonnenschein.«

»Und dann? War er nicht mehr so?«

»Ach, wissen Sie, die Arbeit hat ihn geschafft. Er war immer überarbeitet, hat Arbeit von der Bank mit nach Hause gebracht und saß dann abends hier auf diesem Stuhl und hat weitergemacht. Können Sie sich vorstellen, wochenlang vierzehn oder fünfzehn Stunden ranzuklotzen? Das macht jeden Mann mürbe. Immer in Konkurrenz mit anderen stehen, immer gemessen werden – da bleibt nichts mehr von der Fröhlichkeit von früher übrig.«

»Wer sind die anderen?«

»Das war die Schwimmstaffel der Juristen – oder waren es die Betriebswirte? Ich weiß es nicht so genau, denn mein Mann hat damals von Jura auf Betriebswirtschaft umgesattelt. Ich habe ihn erst hinterher kennen gelernt. Aber die anderen hier kenne ich natürlich trotzdem. Die sind zusammengeblieben, auch wenn sie heute an ganz verschiedenen Stellen sitzen.« Sie nahm ihm das Foto aus der Hand und deutete auf die verschiedenen jungen Männer. »Der hier ist Karl Baumgartner. Sitzt heute irgendwo in Sachsen, als Notar und Vermögensverwalter, der hier, Georg Probst, ist meines Wissens Finanzberater in Baden-Baden, und der hier, ich bin nicht ganz sicher, aber ich glaube, der ist auch im Bankgeschäft gelandet, der müsste in Frankfurt sitzen. Er heißt Markus Gommel.«

»Und die trafen sich noch manchmal?«

»Ja, natürlich, und dann gingen sie immer noch miteinander schwimmen. Jedes Mal wetteten sie, wer der Schnellste ist. Jedes Mal musste so ein Wettschwimmen ausgetragen werden. Das hatte Tradition, auch wenn sie langsam schon selbst darüber lachten. Und abends haben sie mindestens die Hälfte von dem ausgetrunken, was der Verlierer bezahlen musste. Meistens zahlte Wilfried die Zeche. Er hat ja nicht mehr viel für sich getan.«

»Schöne Feste, oder?«

»Na ja, als Frau stand ich da meistens nur am Rand. Aber es hat mich immer gefreut, wenn Wilfried wieder mal so wie in jungen Jahren war.«

Ihre Stimme brach, ihre Augen wurden feucht. »Sie entschuldigen mich bitte«, sagte sie, »kommen Sie ruhig hinauf, wenn Sie Fragen haben.«

Kupfer wandte sich den Ordnern zu, die immer noch vor der Schrankwand auf dem Nepalteppich lagen. Vielleicht die Hälfte war auf dem Rücken mit Namen beschriftet, andere waren leer und ohne Namen. Kupfer klappte den ersten Ordner auf. Er war mit E markiert und enthielt nur wenige Dokumente. Obenauf der Brief eines Privatmannes, der sich nach profitablen und diskreten Anlagemöglichkeiten erkundigen wollte und um ein Angebot bat. Adressat des Briefes war die »VV4S Finanzberatung«.

Er blätterte um. Ein Briefbogen mit dem Logo VV4S, aquamarin auf weißem Grund, wobei die Buchstaben gleichsam über einer flachen Welle schwebten. Der kurze Text, Kopie eines Geschäftsbriefes vom November 2008, schlug einem Böblinger Kunden namens Rudolph Eisele ein persönliches Gespräch mit Herrn Gommel oder Herrn Sannwald vor mit dem Hinweis, dass dann erst die letzten Details einer größeren Geldanlage geklärt werden könnten. Kupfer las das Kleingedruckte an der Unterkante: »VV4S Finanzberatung. Geschäftsführer Wilfried Sannwald.« Als Geschäftspartner dieser Sozietät waren Karl Baumgartner, Georg Probst und Markus Gommel aufgeführt.

»Sieh mal einer an«, sagte Kupfer vor sich hin, »davon hat sie aber nichts gesagt.«

Wilfried Sannwald arbeitete abends also nicht mehr für die Südwestdeutsche, sondern betrieb mit seinen Studien- und Schwimmfreunden zusammen eine Firma, eine Finanzberatung. Ob ihre Kunden so respektable und integre Persönlichkeiten waren wie diejenigen, die angeblich die Kundschaft der Südwestdeutschen Handelsbank ausmachten, das war noch zu ergründen. Nachdenklich betrachtete Kupfer den Haufen Ordner zu seinen Füßen. Ja, die ohne Beschriftung waren leer. Dann waren sie nur dazu da, das Regalfach in der Schrankwand auszufüllen. Das passte zu der Pedanterie auf dem Schreibtisch, dachte er. Er bückte sich, hob die Ordner auf und stellte sie zunächst wahllos in die Regalfächer der Schrankwand. Das erste Fach wurde voll, das zweite nicht. Der Lücke nach zu schließen fehlten zwei Ordner. Als er in einem zweiten Anlauf die Ordner alphabetisch einreihte, ergab sich zwischen M und R eine Lücke. Kupfer zog sein Handy heraus und machte von der Anordnung ein Foto.

Er versiegelte die Tür zum Treppenhaus, ging hinauf und klopfte an die Schiebetür zum Wohnzimmer.

»Bitte, kommen Sie nur herein. Darf ich Ihnen etwas anbieten? Ich genehmige mir gerade einen Drink, sonst ja nicht um diese Zeit, aber ich ... ich weiß nicht ... ich kann nicht ...«

Sie winkte resigniert ab. »Auch einen kleinen Whisky? On the rocks?«, fragte sie im nächsten Moment wie die routinierte Gastgeberin einer Dinnerparty. Sie deutete auf die Flasche Glenmorangie, 18 years, die vor ihr auf dem Couchtisch stand. Von dieser Marke hatte Kupfer schon einmal gehört, aber sie noch nie probiert. Achtzehnjähriger Whisky überstieg seinen Etat bei weitem. Er hätte ihn schon gerne gekostet; aber nicht on the rocks.

»Nein danke, Sie wissen doch, ich bin im Dienst«, antwortete er, obwohl er, absolut gesehen, diese Marke gern einmal probiert hätte.

»Oder etwas anderes? Einen Saft, einen Kaffee?«

»Ja, danke, einen Kaffee würde ich schon trinken.«

»Einen Moment, er ist gleich fertig. Espresso oder Café crème oder Cappuccino?« fragte sie im Hinausgehen.

»Wenn Sie mich so fragen: Ein Cappuccino wäre schön.«

»Einen Moment, er ist gleich fertig«, sagte sie und verschwand hinter einem Mauerstumpf in der offenen Küche.

Kupfer wunderte sich über ihre unerwartete Gefasstheit. Vor einer Viertelstunde hatte sie noch einen ganz anderen Eindruck auf ihn gemacht. »*I get by with a little help from my friends*«, dachte Kupfer mit Blick auf die Whiskyflasche. »*Lucy in the sky with diamonds.*« Kupfer pfiff den Beatlessong fast unhörbar vor sich hin. Dabei schaute er sich etwas um, während er sie in der Küche hantieren hörte. Travertinfliesen und eine Sitzlandschaft in hellem Leder bestimmten die Atmosphäre dieses geräumigen Wohnzimmers. Bestimmt war es so breit wie das Büro darunter, aber noch um einiges tiefer, und dass man über eine Theke hinweg, die in Buche gehalten war, auch noch einen Teil der Küche überschauen konnte, erhöhte das Raumgefühl um ein Übriges. Der riesige Flachbildschirm vor der weißen Wand bildete zusammen mit der Hifi-Anlage und den eleganten kleinen Boxen einen harten Kontrast zu den Sitzmöbeln und dem transparenten Couchtisch. Sehr bewohnt wirkte das Ganze nicht. Allein der flache Bastkorb mit ein paar Tageszeigungen und Illustrierten, der zwischen den beiden Fernsehsesseln auf dem Boden stand, zeigte wie auch die halbvolle Whiskyflasche und das Glas an, dass man sich hier tatsächlich in einer Wohnung befand und nicht in einem Ausstellungsraum, in dem Möbel der Premiumklasse angeboten wurden.

An dem Mauerstumpf, der den Blick in die Küche versperrte, fiel Kupfer ein Gemälde im Goldrahmen auf. Er tat einen Schritt darauf zu und betrachtete es mit vorgeschobener Unterlippe und gerunzelter Stirn: eine Waldlichtung bei schräg einfallendem Sonnenlicht mit ein paar Fingerhutstauden im Vordergrund.

Und wo ist der Hirsch?, dachte er und konnte mit Mühe ein Grinsen unterdrücken. Da kam die Hausherrin mit dem Cappuccino aus der Küche.

»Schön, gell?«, sagte sie. »Mein Mann hat das extra von einem Künstler aus seinem Heimatort malen lassen. Und ich finde, das passt ganz gut an diese kleine Wand.«

Kupfer nickte und sagte: »Das ganze Haus ist sehr schön. Allein schon der Boden. Alles Travertin.«

»Nein nein, das ist Naturstein«, antwortete sie.

Kupfer hatte Mühe, nicht zu grinsen, und nahm ihr die angebotene Tasse ab.

»Wunderbar, wie der duftet«, sagte Kupfer genüsslich und nippte vorsichtig das erste Schlückchen vom Goldrand. Dann stellte er sie bedächtig ab, rührte eine Weile langsam um, legte dann den Löffel plötzlich weg und schaute Silke Sannwald mit leicht zusammengekniffenen Lidern an.

»Sie haben mir aber nicht gesagt, dass Ihr Mann eine eigene Firma betrieben hat. Sie wussten doch sicher davon.«

»Ich habe Ihnen doch schon gesagt, dass ich von Finanzen nichts verstehe. Wie soll ich denn da wissen, was er so treibt!«

»Klar, das ist die eine Seite der Sache. Aber andererseits kann ich mir nicht vorstellen, dass Ihnen nicht aufgefallen wäre, dass Ihr Mann eine Korrespondenz betrieben hat, die mit seiner Bank nichts zu tun hat. Da müssen doch auch

Kunden bei ihm hier im Haus gewesen sein. Da unten im Büro sind doch ganze Ordner voller Unterlagen. Einen solchen Aufwand kann man doch nicht betreiben, ohne dass die Ehefrau etwas davon merkt. Und außerdem: Warum hätte er diese Geschäfte vor Ihnen verheimlichen müssen?«

»Ja, ich habe es schon gewusst. Aber danach haben Sie mich auch gar nicht gefragt.«

»Ich frage Sie aber jetzt. Mit wem arbeitete die Vermögensverwaltung VV4S zusammen? Was hatte sie für einen Kundenkreis?«

»Ich kann Ihnen nur sagen, dass es diese Firma seit vier oder fünf Jahren gibt, schon ehe wir in dieses Haus gezogen sind, dass mein Mann nicht der einzige Geschäftsinhaber ist, dass ich aber von den Geschäften selbst nichts weiß, weil mein Mann nicht darüber gesprochen hat. Er arbeitet mit seinen alten Freunden zusammen, die Sie ja auf dem Foto gesehen haben.«

»Gut. Wenn Sie das sagen, dann muss ich Ihnen das glauben. Sie werden sicher Verständnis dafür haben, dass ich das Büro vom Treppenhaus aus versiegeln musste und auch von außen her noch versiegeln werde. Es darf niemand hinein, bis wir alle Geschäftsunterlagen abgeholt haben. Und ich muss Sie bitten, jeden Kontakt zu den Geschäftspartnern Ihres Mannes zu unterlassen, solange wir nicht mit ihnen gesprochen haben. Oder haben Sie mit ihnen schon Kontakt aufgenommen?«

»Entschuldigung, das wusste ich nicht. Ich hab schon probiert, mit den drei Herren Kontakt aufzunehmen, aber es hat nicht geklappt. Herr Gommel liegt im Krankenhaus, weil er einen Autounfall hatte. Seine Frau sagte, dass man ihn noch gar nicht informieren kann, er hat ein Schädel-Hirn-Trauma und ist noch nicht wieder bei sich. Herrn Probst habe ich gar nicht erreichen können und die Sekretärin von Herrn Baumgartner hat gesagt, ihr Chef sei auf ein paar Tage mit unbekanntem Ziel verreist. Ich hab es dann nicht mehr probiert. Ich hatte ja so viel mit den Kindern zu tun. Sie können sich ja gar nicht vorstellen, was das für die Kinder bedeutet, dass ... dass ihr Vater ... dass ihr Vater plötzlich nicht mehr da ist.«

Kupfer trank seinen Kaffee aus, stellte die Tasse ab und räusperte sich.

»Ich weiß nicht, ob ich so etwas überhaupt sagen darf. Aber es wundert mich doch etwas, dass Ihr Mann neben seiner Position in der Bank noch die Energie hatte, eine solche Firma zu betreiben, auch wenn er dabei mit drei Partnern zusammenarbeitete. So eine Firma muss doch mehr Input fordern, als man neben einer verantwortlichen Stellung in einer Bank leisten kann. Wie hat er das geschafft?«

»Er war eben sehr fleißig und auch ehrgeizig. Sehen Sie, das Haus, der Garten, die Autos, die Kinder, das kostet doch alles eine Menge Geld. Das will verdient sein. Von nichts kommt nichts. Wissen Sie, mein Mann stammt aus dem Schwarzwald. Er kommt aus einer reichen Familie, Sägewerk, Holzhandel und so weiter, eine richtig große und gutgehende Firma halt. Und als sein Vater dann plötzlich starb, war es aus damit. Keines der Geschwister hatte die Millionen, um die anderen auszuzahlen, und so mussten sie alles verkaufen. Punkt. Aus die Maus. Was glauben Sie, wie das meinem Mann wehgetan hat, ohnmächtig zusehen müssen, wie alles verkauft und auseinandergerissen wurde. Jetzt ist nichts mehr davon da.«

Kupfer sah sie mit hochgezogenen Augenbrauen an.

»Na ja, ein gewisses Kapital natürlich schon. Aber das will auch gut angelegt sein. Da will man was davon haben, und was kriegen Sie denn heute noch, wenn Sie Ihr Geld normal anlegen?«

»Wollen Sie damit sagen, dass die Firma gegründet wurde, damit Ihr Mann sein Erbe besser anlegen kann?«

»Nein, natürlich nicht. Aber ungefähr zu der Zeit haben sie angefangen, ungefähr vor fünf Jahren. So genau weiß ich es auch nicht mehr. Wie gesagt, Finanzen waren nie mein Ding.«

»Und was ist Ihr Ding, wenn ich mir die Frage erlauben darf?«

»Eigentlich Inneneinrichtung. Aber in letzter Zeit mehr Immobilien. Ich arbeite da mit zwei Kolleginnen zusammen, das heißt, das kommt erst langsam in Gang.«

»Sie sind auch Betriebswirtin?«

»Nein. Ich war früher auf dem Notariat. Notariatsangestellte und Steuergehilfin.«

»Aber Sie verstehen nichts von Finanzen!«, sagte Kupfer mit einem ironischen Unterton.

»Herr Kupfer, eins sage ich Ihnen: Die Finanzwelt hat sich in den zehn, fünfzehn Jahren, seit ich nicht mehr drin bin, so verändert, dass Sie richtig damit befasst sein müssen, wenn Sie nur einigermaßen durchblicken wollen«, verteidigte sie sich.

»Und Ihr Mann war richtig drin?«

»Aber selbstredend. Sicher. Wilfried war gut.«

»Eine andere Frage hätte ich noch. Wissen Sie, ob die Regalbretter in der Schrankwand unten ganz ausgefüllt waren?«

»Ja natürlich. Gleiche Ordner von einer Seite bis zur andern. Sonst sieht es doch nicht gut aus. Das wollte auch mein Mann so haben, schon wegen der Kundschaft. Wieso fragen Sie?«

»Dann gibt es eine Lücke von zwei Ordnern, und zwar zwischen M und R.«

»Tut mir leid. Das sagt mir nichts.«

»Nun gut, das muss auch nicht sofort geklärt werden. Ich muss zurück in mein Büro. Falls Ihnen noch etwas Wichtiges einfallen sollte, dann seien Sie doch bitte so nett und rufen mich einfach an.«

Er kündigte an, dass er die Geschäftsunterlagen der VV4S umgehend abholen lassen würde, versiegelte auch noch den Zugang zum Büro von außen und machte sich auf den Weg.

***

»Sie kommen aber spät wieder«, sagte Paula Kußmaul. »Der Kollege Kienle ist vor einer Weile schon zu seinem nächsten Einsatz losgefahren. War der Kaffee bei Bankiers wenigstens gut?«

»Sehr gut, aber es gab keine Kekse dazu, keine Schokolade, nichts.«

»Ja ja, von den Reichen kann man sparen lernen. Ich hätte noch ein Tässchen für Sie und auch noch einen Lebkuchen.«

»Man hat mir aber einen sehr teuren Whisky angeboten.«

»Und den haben Sie abgelehnt. Sie waren ja im Dienst.«

»Klar.«

»Und das hat die doch vorher schon gewusst. Etwas Teures anbieten, was der andere ausschlagen muss, das ist gemein und vor allem verlogen. So kann man nämlich tun, als sei man großzügig, und kann alles für sich behalten.«

»Sie sollten Polizeipsychologin werden oder Seelsorgerin. Auf jeden Fall sind Sie hier hoffnungslos unterfordert.«

»Danke für das Kompliment. Wollen Sie jetzt noch ein Tässchen oder nicht?«

»Ich bitte sehr darum.«

Kupfer protokollierte den Einsatz im Haus Sannwald, als das Telefon klingelte.

»Silke Sannwald. Herr Kupfer, einen Hinweis können wir Ihnen doch noch liefern. Mein Sohn ist jetzt heimgekommen, und ich habe ihm von den Ordnern erzählt. Olaf fotografiert viel. Er hat ein Foto vom Büro. Er hat seinen Vater am Schreibtisch fotografiert, und da müssten die Regalfächer mit den Ordnern vollständig zu sehen sein. Soll er es Ihnen schicken?«

»Ja, das wäre super. Vielen Dank! Meine Sekretärin gibt Ihnen gleich die richtige E-Mail-Adresse. Aber in möglichst großer Auflösung, so groß es geht.«

»Sag ich ihm. Auf Wiederhören.«

Das Foto war ein paar Minuten später da. Kupfer brauchte es nicht einmal besonders zu vergrößern, ehe zweifelsfrei klar war, welche Ordner entwendet worden waren. Während alle Namen auf den Ordnern nur einmal zu lesen waren, waren die beiden Ordner, die abhanden gekommen waren, mit NOPIZ beschriftet. Diesen Namen hatte Kupfer noch nie gehört. Er griff zunächst zum Telefonbuch. Dort fand er nichts. Dann gab er das Wort im Internet in »Das Örtliche« ein, wieder nichts. Und bei Google ergaben sich 998 Treffer, aber keiner davon war ein Familienname wie alle anderen Beschriftungen der Ordner.

»Haben Sie schon einmal das Wort NOPIZ gehört?«

»Nein. Sicher nicht.«

»Ich auch nicht. Muss ein Kürzel oder ein Codewort sein. Wenn ich nur wüsste was.«

Und dann fing er wieder an, mit seinem Kugelschreiber Spiralen auf seine Schreibunterlage zu malen, von außen nach innen, anfangs mit einem Radius von gut fünf Zentimetern und mindestens fünf Millimetern Abstand zwischen den ersten beiden Kreisen. Nach innen hin wurden die Abstände immer kleiner, bis das Zentrum der Spirale fast ganz geschwärzt war und der Kuli schließlich an einer ausweglosen Stelle stehen blieb. Kupfer drückte die Spitze eine Weile auf diesen Punkt. Dann schaute er auf und sagte: »Frau Kußmaul, können Sie bitte mal nachschauen, wie der Typ hieß, dem sie in Baden-Baden die Gurgel durchgeschnitten haben?«

»Das haben wir gleich.«

Sie zog einen Ordner aus dem Regal, schlug nach und sagte: »Georg Probst.«

»Bingo«, antwortete Kupfer und kreuzte die Spirale auf seiner Schreibunterlage aus.

Bergauf auf Pump

Baumgartner: »Ich komme aus den roten Zahlen einfach nicht mehr raus. Es geht an die Substanz. Noch höchstens zwei Jahre und ich bin am Ende.«

Probst: »Verkaufen willst du nichts?«

Baumgartner: »Verkaufen kann ich gerade nichts, höchstens verramschen; der Markt ist schlecht.«

Probst: »Ja, aber …«

Baumgartner: »Nichts ja aber, verramscht wird nichts. Und das würde ja das Problem auch nicht auf lange Sicht lösen. Das würde die Pleite höchstens verzögern. Nein, irgendwie sollte ich ans große Geld kommen, oder wir eben.«

Probst: »Kannst du dein Geschäft nicht ausweiten und eben noch mehr Vermögen verwalten?«

Baumgartner: »Schön wär's. Wo soll ich mehr Kundschaft herkriegen, wenn hier nichts mehr läuft? Mein Geschäft ist eben marktabhängig, und zwar vom realen Grundstücks- und Immobilienmarkt.«

Probst: »Real – das ist das Stichwort!«

Baumgartner: »Wie? Das verstehe ich nicht.«

Probst: »Du sagst doch, dass der reale Markt oder sagen wir die reale Wirtschaft nicht läuft. Dann müssten wir uns eben zusammen auf das nicht so ganz reale Feld begeben: auf den virtuellen Markt, den Finanzmarkt, oder genauer gesagt, den Handel mit Derivaten.«

Baumgartner: »Hast du denn genug Kapital?«

Probst: »Ich nicht gerade. Aber zum Start braucht man das ja auch nicht unbedingt. Du hast doch deine Klientel.«

Baumgartner: »He, alter Freund, jetzt kennen wir uns schon so lange. Du weißt doch, dass ich mir mit so etwas noch nie die Hände schmutzig gemacht habe.«

Probst: »Und du würdest dir auch diesmal nicht die Hände schmutzig machen. Wir leihen uns das Geld ja nur vorübergehend – und vor allem nicht von allen.«

Baumgartner: »Ich weiß immer noch nicht, was du meinst.«

Probst: »Gut, mein lieber Karl, nehmen wir einmal an, du hättest in deinem Kundenstamm eine reiche Familie, für die du einen großen Teil eines noch viel größeren Vermögens verwaltest. Die Leute vertrauen dir und sie können ihr Geld über gute zehn Jahre liegen lassen, ohne dass sie viel nachfragen. Sie bekommen ihre jährliche Abrechung, und das reicht ihnen. So jemand hast du doch bestimmt in deiner Herde, oder?«

Baumgartner: »Ja, schon.«

Probst: »Und von denen leihen wir uns das Startkapital. Und wenn wir es nach ein paar Monaten vervielfacht haben, dann kriegen die Guten ihr Geld zurück, bevor sie auch nur ahnen können, dass wir es uns mal kurz gepumpt haben. Dabei gibt es keinerlei Risiko, wo es doch gerade so munter bergauf geht.«

Baumgartner: »Darüber muss nun ich erst noch ein paarmal schlafen. Und wie willst du das Geld vervielfachen?«

Probst: »Darüber muss nun ich noch ein paarmal schlafen. Es gibt verschiedene Möglichkeiten, je nachdem, wie Markus und Wilfried mit zupacken. Wart mal ein paar Tage. Du hörst dann von mir.«

Baumgartner: »Gut. Also bis dann.«

Probst: »Halt, noch was. Wenn du mal eine stille Stunde hast, dann informier dich mal über Charles oder Carlo Ponzi.«

Baumgartner: »Über wen?«

Probst: »Carlo oder Charles Ponzi. Nie den Namen gehört? Na, da wird's aber Zeit.«

(Aus einem Telefongespräch Ende Januar 2004)

24. November 2008
Jagdfieber

So oft wollte OW nun auch nicht schwimmen gehen. Das war ihm zu viel der Selbstdisziplin. Weil er aber seinem alten Freund damit einen Gefallen tun konnte, ließ er kurz vor sechs den Wecker klingeln, stand auf, zog sich an, nahm einen Schluck Apfelsaft zu sich und fuhr zum Hallenbad. Während er sonst die ersten zehn Minuten im Whirlpool saß und mit geschlossenen Augen den leichten Massageeffekt des warmen Geblubbers genoss, behielt er jetzt sogar seine Brille auf und starrte bis Viertel vor sieben auf die Tür des Männerduschraums. Dann ging er ins Schwimmbecken. Immer wieder blieb er am Rand stehen und nahm die Schwimmbrille ab, um niemanden zu übersehen. Die regulären Morgenschwimmer kamen und gingen. Er staunte darüber, wie viele von ihnen er eigentlich vom Sehen her kannte, ohne irgendetwas von ihnen zu wissen. Weder hatte er sie einmal angesprochen, noch sie ihn. Er blieb im Becken, bis er ganz allein war. Dann schwamm er noch zwei Bahnen, ehe auch er in den Duschraum ging.

Drei Tage dasselbe. OW fühlte sich am dritten Tag so, wie Siggi Kupfer sich schon am ersten Morgen gefühlt hatte. Er war etwas müde und brachte nichts zustande. Als er nach dem Frühstück die Zeitung lesen wollte, nickte er immer wieder ein, so dass er sie schließlich zusammenfaltete und seinen Mittagsschlaf auf den Vormittag verlegte. Er zweifelte daran, dass seine Frühwache irgendetwas nützen könnte. Aber was er versprochen hatte, wollte er natürlich halten.

Am vierten Morgen geschah endlich was. Bei der Wende am hinteren Ende des Beckens sah er, wie sich an der entgegengesetzten Seite eine lange Gestalt auf den Rand setzte, ins Wasser glitt und mit zügigem Kraulschlag in seine Richtung geschwommen kam. Starke Rollbewegung, Einstich mit dem Daumen zuerst, dafür im Beinschlag etwas schwächer. Das ist die Zunge und kein anderer, dachte OW. Sollte er jetzt gleich zu seinem Spind gehen und die Polizei anrufen? Nein, das hielt er für übereifrig. Viel einfacher wäre es doch, wenn sie ihn am Ausgang aufhalten würden. Er schwamm ruhig hin und her und ließ den langen Schlanken nicht aus den Augen. Zwanzig nach sieben stieg sein Objekt aus dem Wasser und ging in den Duschraum, OW hinterher. Tatsächlich: Auf der linken Hinterbacke des Langen prangte die Tätowierung mit der herausgestreckten Zunge. OW duschte sich nur ganz kurz ab und begann sich umständlichst abzutrocknen. Gerade bückte er sich, um sich zum zweiten Mal die Füße zu frottieren, da verschwand der Lange aus dem Duschraum. Schnell ging er hinterher. Wo hatte der Lange seine Kleider?

Nicht in derselben Spindreihe wie er. Er stürzte sich in seine Kleider, warf den Mantel über und rannte zum Ausgang. Er zog sein Handy und wählte 110. Sofort meldete sich die Polizei und er nannte seinen Namen.

»Verstanden, Herr Wolf, wir kommen sofort.«

Aber er hatte sein Handy noch nicht einmal wieder in die Tasche gesteckt, da kam der Lange schnellen Schrittes die Treppe herauf, ging durch das Drehkreuz und schritt schnell zum Parkplatz hinüber. OW eilte zu seinem Auto und wählte gleichzeitig noch einmal 110. Sie kämen schon, sagte der Polizist, und er solle dranbleiben. Der Lange stieg in einen weißen Toyota und fuhr los. OW hängte sich an ihn und folgte ihm bis zur Ampel an der B 28. Der Toyota ordnete sich rechts ein. Hoffentlich geht er nicht auf die Autobahn, dachte OW. Die Ampel schaltete auf grün, der Toyota bewegte sich in Richtung Tübingen. OW blickte in den Rückspiegel und sah, wie der Streifenwagen der Polizei von der Stadt her kam und nach rechts zum Hallenbad einbog. An der nächsten Ampel wählte er noch einmal 110.

»Otto Wolf noch einmal«, sagte er gleich. »Der Mann fährt in einem weißen Toyota Richtung Autobahn.«

»Wie? Von was reden sie?«

»Ich habe doch eben schon mit Ihnen gesprochen. Der Mann aus dem Hallenbad, verstehen Sie nicht?«

»Ach so, der, Sie haben mit meinem Kollegen gesprochen, einen Moment.«

»Wie? Ich habe nicht mit denen von der Streife gesprochen?«

»Natürlich nicht. Wir nehmen die Anrufe an und geben sie an die Streife weiter.«

»Dann sagen sie denen einen schönen Gruß und viel Spaß beim Schwimmen.«

Er stellte sein Handy aus und legte es auf den Beifahrersitz.

An der Herrenberger Auffahrt lenkte ihn der Toyota Richtung Stuttgart. Eigentlich wollte ich jetzt frühstücken, dachte OW und griff ins Handschuhfach, wo er wie immer eine angebrochene Tafel schwarze Schokolade liegen hatte. Er schob sich ein Stück in den Mund und schaute dabei in den Rückspiegel. Dichter Verkehr. Na, wenigstens kann er jetzt nicht voll aufdrehen, sagte er sich. Aber da schoben sich schon zwei Fahrzeuge vor ihn, so dass er den Toyota kaum mehr sah. Mit Tempo hundertdreißig ging es auf den Schönbuchtunnel zu. Endlich konnte er das Kfz-Kennzeichen richtig erkennen: S AB 987. Er sagte es immer wieder vor sich hin, da er es ja im Moment nicht aufschreiben konnte. Nach dem Tunnel auf Höhe des Rasthauses griff er wieder nach seinem Handy. Diesmal rief er Siggi Kupfer an.

»Siggi, der mit der Zunge auf der Arschbacke war da, aber deine Mannschaft war zu langsam.«

»Und wo ist er jetzt?«

»Er fährt vor mir her auf der A 81 Richtung Stuttgart. Wir sind gerade an der Ausfahrt Gärtringen vorbeigefahren.«

»Hast du das Kennzeichen notiert?«

»Klar. S AB 987. Notier dir's. S AB 987.«

»Gut so, dann kannst du ja umkehren. Jetzt können wir den leicht identifizieren.«

»Mann, das hättest du mir aber gleich sagen können.«

Kupfer lachte laut und sagte: »Du hättest ihm übrigens auch gleich im Hallenbad sagen können, dass die Polizei ihn etwas fragen will. Aber ein wirklich guter Jagdhund ist auch noch aufgeregt, wenn das Wild schon erlegt ist.«

»Wenn du mir jetzt noch einen Knochen hinwirfst, dann schmeiß ich ihn dir ins Gesicht«, fauchte OW.

»Reg dich nicht auf. Wir wissen doch jetzt eine ganze Menge mehr als gestern. Dein Einsatz hat etwas gebracht, auch wenn du es dir hättest etwas einfacher machen können.«

»Hätte ich sicher auch, wenn deine Nachtwächter schneller gewesen wären.«

»Otto, was tät ich ohne dich. Du hast etwas gut bei mir. Ich muss jetzt auflegen, aber ich sage dir Bescheid, wenn wir noch etwas herausgebracht haben.«

Damit war das Gespräch beendet. Er wendete bei Ehningen und fuhr nach Hause zum Frühstück.

24. November 2008
Verknüpfungen

Während am nächsten Morgen auf Kupfers Anordnung die Akten aus Sannwalds Büro geholt und nach Stuttgart zum LKA gebracht wurden, rief er bei den Kollegen in Baden-Baden an, um mit ihnen Informationen über die beiden Fälle auszutauschen. Da Probst und Sannwald Teilhaber derselben Vermögensverwaltung gewesen und innerhalb von nicht einmal vierundzwanzig Stunden auf dieselbe Weise ermordet worden waren, drängte sich die Vermutung auf, dass die beiden Morde mit finanziellen Machenschaften ihrer Firma zu tun haben mussten. Die Baden-Badener wurden bei diesem Gespräch auf den Herrenberger Hallenbadmord erst richtig aufmerksam, und Kupfer wurde deutlich, dass auch der Unfall auf der Schwarzwaldhochstraße, von dem er nur am Rande etwas gehört hatte, unmittelbar zu diesem Fall gehörte, der nun nicht mehr ausschließlich seiner war. Er wusste nur nicht, ob er darüber froh sein sollte oder nicht, denn die Zusammenarbeit mit anderen Bezirken gestaltete sich nicht immer reibungslos, da man es manchmal mit Kollegen zu tun bekam, die eine gemeinsame Ermittlung mehr als Wettbewerb denn als Zusammenarbeit betrachteten. Daher wünschte er sich in Baden-Baden einen Ansprechpartner, der gleich wie er kurz vor der Pensionierung stand, keine Beförderung mehr anstrebte und allenfalls darum bemüht war, in seinem letzten Dienstjahr seine Fälle einwandfrei aufzulösen, damit er dann guten Gewissens den Ruhestand antreten könnte.

Wie sich die Angelegenheit nun darstellte, war Gommels Unfall vor nicht einmal einer Woche wohl der Anfang einer Rache- oder Strafaktion gewesen, die allem Anschein nach von nicht nur einem Täter geplant und ausgeführt worden war, sondern eher die Handschrift einer kriminellen Vereinigung aufwies. Judith Gommel und Silke Sannwald sagten aus, dass sie von keinerlei Feindseligkeiten wussten, und da Probst nach seiner Scheidung vor ein paar Jahren allein gelebt hatte, war ebenfalls kein Hinweis auf die Täter zu bekommen. Frau Gommels Aussagen konnte Kupfer nicht einschätzen – er kannte sie ja nicht –, aber darauf, dass Silke Sannwald mehr wusste, als sie vorgab, darauf hätte er die Pension seines ersten Jahrs im Ruhestand verwettet.

Baumgartner, der in Dresden saß, sollte von den dortigen Kollegen befragt werden. Aber er war nicht aufzufinden. Wie schon zu Sannwalds Witwe sagte seine Sekretärin auch der Polizei, dass ihr Chef vor genau einer Woche mit seiner Familie für ein paar Tage weggefahren sei. Sie habe sich noch darüber gewundert, warum jemand, der schulpflichtige Kinder hatte, so kurz vor den Weihnachtsferien mit seinen Kindern verreisen wollte. Baumgartner habe ein paar Ordner mit nach Hause genommen und ihr noch ein paar Anweisungen gegeben und gesagt, sie könne auch ein paar Tage zu Hause bleiben, falls er länger wegbleiben sollte. Ja, das habe sie schon etwas befremdet, denn bislang habe es bei ihrem Chef so etwas nicht gegeben.

Urlaub habe man immer nur in den Sommerferien gemacht, und auch sie, die keine Kinder hatte, habe immer nur im Sommer frei bekommen und immer nur dann Urlaub machen können, wenn es besonders teuer war. Das fand sie bei dem knappen Gehalt, das Baumgartner ihr bezahlte, sehr ungerecht, um nicht zu sagen gemein. Morgen würde sie erst einmal von zu Hause aus im Büro anrufen und sehen, ob er überhaupt da wäre, und wenn nicht, dann hätte sie endlich Zeit, in aller Ruhe auf den Striezelmarkt zu gehen, der diese Woche ja losgehe.

Über die Vermögensverwaltung VV4S befänden sich in Baumgartners Büro momentan keine Unterlagen. Genau die Ordner seien es, sagte die Sekretärin, die ihr Chef mitgenommen habe. Sie selbst, versicherte sie, sei mit Angelegenheiten der VV4S nie betraut worden und habe sich schon lange gefragt, was es denn mit diesen Akten auf sich habe. Jedes andere auch noch so vertrauliche Schreiben sei ihr zur Ablage übergeben worden, aber die Dokumente und die Korrespondenz der VV4S hätte sie nie in die Hände bekommen. Die Ordner seien ja auch im Allerheiligsten untergebracht gewesen, in der Schrankwand hinter dem Schreibtischsessel des Chefs. Und hinter einer der Schranktürchen gebe es ja auch noch einen Safe. Von dem habe sie aber kaum einmal die Tür gesehen.

»Mich geht das ja nichts an«, schloss sie ihre Darstellung, »aber rein spaßeshalber tät es mich schon interessieren, was in den Ordnern für eine Korrespondenz aufbewahrt wurde und was es mit der VV4S auf sich hat. Ich weiß bloß, dass da so ein paar Herren aus dem Westen Teilhaber waren. Manchmal rief ja einer an, aber immer erst kurz vor Feierabend. Und an solchen Tagen hat mich der Chef immer pünktlich nach Hause geschickt und ist länger geblieben. Und sonst war es umgekehrt, das können Sie mir glauben.«

Nun hätte Kupfer gerne in Baumgartners Haus nachsuchen lassen, aber da Baumgartner unter keinerlei Verdacht stand, war an einen Durchsuchungsbeschluss nicht zu denken. Kupfer dachte über diesen Informationsstand kurz nach und sagte dann entschlossen: »Ich muss nach Stuttgart, sobald ich hier wegkann. Ich gehe zu Sannwalds Bank. Aber nicht allein. Da muss einer von den Wirtschaftlern mitkommen. Die beschäftigen sich ja auch mit Sannwalds Ordnern.«

24. November 2008
Das Flugzeugspiel

Als Kupfer nach der Mittagspause wieder ins Büro kam, saß Paula Kußmaul zurückgelehnt in ihrem Schreibtischsessel, rührte in einer Kaffeetasse und lächelte mit erhobenem Kinn ihren Chef an.

»Ist was Besonderes?«, fragte er.

»Was ist es wert, wenn eine Arbeitskraft in ihrer Freizeit eine besondere Leistung erbringt?«, fragte sie zurück.

»Darauf gibt es in unserem Tarifvertrag meines Wissens keinen Hinweis.«

»Wollen Sie damit etwa sagen, dass sie folglich nichts wert ist?«

»Nein, aber solche Leistungen sind unbezahlbar, im dem Sinn, dass sie nicht bezahlt werden können.«

»Ich rede jetzt aber nicht von unserem Tarifvertrag und der Besoldungsstelle, lieber Herr Kupfer, ich rede von Ihnen. Was ist Ihnen eine solche Leistung wert?«

»Kommt drauf an. Was, liebe Frau Kußmaul, kostet denn ein Paar Schuhe?«

»Was für welche?«

»Sehen Sie, genau diese Frage sollte man stellen: Was für ...?, also, was für eine Leistung.«

»Eine Leistung, die einen wirklichen Erfolg bedeutet«, erklärte sie stolz.

»Eine solche Leistung trägt ihren Wert in sich selbst, da sie ja der Arbeitskraft Lust und Vergnügen bereitet und ist damit vergnügungssteuerpflichtig.«

Paula Kußmaul setzte etwas unnötig laut ihre Kaffeetasse auf den Tisch, wandte sich ihrem Monitor zu und sagte: »Gut, dann eben nicht.« Und während sie ihrem Eingangskorb ein paar Briefe entnahm, sagte sie leise, als würde sie vor sich hinreden: »Dann behalte ich eben für mich, was NOPIZ heißt. Ich kann das ja dann heute Abend meinem Mann erzählen.«

Kupfer schien überhaupt nicht zu hören, was sie sagte. Er nahm sich die Akte Sannwald wieder vor, schlug sie auf, blätterte in ihr herum, legte sie wieder weg, studierte den Terminkalender an der Wand und sagte dann besonders beiläufig: »Ach, ich brauche ja noch ein Geburtstagsgeschenk für meine Frau, für nächsten Samstag. Sie feiert zwar keinen runden, aber schick essen gehen wir trotzdem. Haben Sie und Ihr Mann eigentlich am Samstag Zeit?«

»Wenn ich das noch richtig im Kopf habe, haben wir erst vor ungefähr einem halben Jahr den Sechzigsten Ihrer Frau gefeiert. Aber am Samstag hätten wir trotzdem Zeit.«

»Für einen Zwiebelrostbraten mit handgemachten Spätzle?«, schlug Kupfer vor.

»Sie zahlen den Wein. Das langt. Sie sind doch kein Banker.«

»Abgemacht. Also, worum handelt es sich bei der besonderen Leistung in der Mittagspause?«

»Ich weiß jetzt, was NOPIZ heißt. Ich habe ein bisschen mit den Silben und Buchstaben herumgespielt und dann verschiedene Kombinationen ins Internet eingegeben. Mit PONZI hat sich dann etwas ergeben. Geben Sie mal PONZI ein und lesen Sie bei Wikipedia nach, dann sehen Sie gleich, was die Herren von der VV4S für faule Spielchen getrieben haben müssen. *Ponzi scheme* oder auf Deutsch Ponzi-Trick ist offensichtlich in manchen Kreisen die Bezeichnung für ein Schneeballsystem.«

Kupfer pfiff anerkennend durch die Zähne.

»Kompliment, Frau Kußmaul, das ist ein paar Viertele wert. Ganz schön knitz und pfiffig. Sie kann man brauchen.«

Als er sich an seinen Schreibtisch gesetzt hatte, schüttelte er ungläubig den Kopf.

»Was ist? Glauben Sie mir etwas nicht?«

»Doch, doch«, sagte Kupfer, »bloß finde ich diese Beschriftung unnötig und kindisch. Irgendwo irrsinnig verspielt. Er hätte die Ordner doch einfach farbig markieren können. Aber vielleicht war ihm das nicht einheitlich genug. So ein Pedant. Das passt natürlich zu seinem aufgeräumten Schreibtisch und den parallel liegenden Kulis und Bleistiften.«

Paula Kußmaul kicherte.

»Was lachen Sie?«

»Da sehen Sie mal: Nicht jeder hält so viel Chaos aus wie Sie!«

»Das habe ich überhört«, sagte Kupfer trocken, wandte sich seinem Rechner zu und loggte sich ins Internet ein. Nach ein paar Minuten sagte er: »Man sollte es nicht für möglich halten, dass heute noch jemand mit diesem System arbeitet. Ponzi ist damit ja schon in den 20er Jahren aufgeflogen, und etliche Nachahmer dazu. So was Dreistes! Da muss man ja ewig weitermachen, sonst fliegt man sofort auf. Haben Sie das auch gefunden, dass da vom *aeroplane system* geredet wird? Der erste Anleger heißt *captain,* dann kommen zwei *copilots.* Von der Investition der *copilots* kriegt der *captain* seine Dividende ausbezahlt. Dann kommt die *crew,* das sind schon mindestens vier, und dann acht *passengers,* und das ist das einfachste System. Man kann damit auch noch viel mehr Leute ausnehmen. Aber ab einem gewissen Punkt muss die Geschichte doch schwierig und unübersichtlich werden, weil ja gar kein Kapital existiert. Die Anzahl von Anlegern, deren Erwartungen erfüllt werden müssen, wird immer größer. Wahrscheinlich wurde das System der VV4S in letzter Zeit zu kompliziert.«

»Und die machten das trotzdem?«

»Das wissen wir ja noch nicht, auch wenn es sehr wahrscheinlich ist, dass NOPIZ als PONZI gelesen werden muss. Man kann daraus ja auch ein Mordmotiv konstruieren: Irgendwelche Geschädigten haben den Braten gerochen und sich gerächt. Und damit das Motiv verschleiert wird, lassen sie Sannwalds Notebook und diese Ordner verschwinden.«

»Und was haben die Schwindler mit dem Geld gemacht?«

»Ach, Frau Kußmaul, damit haben die kein Problem. Sie müssten bloß mal das Haus Sannwald und die Einrichtung sehen. Und dann redete ja Frau Eisblume auch noch davon, dass nach dem Tod des alten Sannwald niemand von den Geschwistern die Millionen hatte, um seine Geschwister auszuzahlen und den ganzen Betrieb weiterzuführen. Vielleicht wollte er den väterlichen Betrieb zurückkaufen. Aber ich glaube eher, dass die mit dem Geld spekuliert haben. Wenn all die Akten und Bankauszüge gesichtet sind, dann wissen wir mehr.«

Er rechnete eine Weile nach. Dann schaute er auf und sagte: »Frau Kußmaul, das müssen Sie sich mal ansehen. Ich habe angenommen, dass jeder Anleger mit nur 5000 Euro dabei ist und eine Rendite von 10 % versprochen kriegt, die auch nach einem Jahr ausbezahlt wird. Dann ergibt sich folgende Rechnung: Die 5000 Euro vom *captain* bleiben ganz erhalten. Mit dem Geld muss man ja keinen Dividenden für andere bestreiten. Vom Geld der *copilots* bleiben nach Dividendenausschüttung an den *captain* 9500 übrig, vom Geld der *crew* 19 000 und von dem der *passengers* 38 000, immer nachdem die Ebene darüber schon ihre Dividende schon bekommen hat. Das macht dann in einem Jahr 71 500 Euro. Und dabei habe ich angenommen, dass jeder Anleger nur 5000 Euro einzahlt. Und ich fress' einen Besen, wenn es nicht viel, viel mehr gewesen ist.«

Pyramidologie

Baumgartner: »Das ist ja wohl nicht dein Ernst, Georg.«

Probst: »Doch. Wieso denn nicht?«

Baumgartner: »Weil wir damit spätestens nach zwei Jahren auffliegen. Lass doch bloß mal einen davon Wind bekommen, und das ganze Kartenhaus stürzt zusammen.«

Probst: »Du verstehst das falsch. Mit dem Ponzi-Trick arbeiten wir bloß, damit wir uns schnell Manövriermasse verschaffen. Dabei soll es doch gar nicht bleiben. Schau, mit dem Geld, das da hereinkommt, und mit dem, was du dir von deinen Mündeln leihst, arbeiten wir an der Börse.«

Baumgartner: »Ich weiß nicht so recht, ob ...«

Probst: »Ich hab mal eine Pyramide mit 15 Anlegern durchgerechnet, nur als Modell. Wenn die Anleger im Schnitt 80 000 anlegen, haben wir zunächst mal ein Kapital von 1,2 Millionen. Davon ab die 10 % Rendite, die wir versprochen haben, bleibt mehr als eine Million übrig, und dann ziehen wir noch mal 25 % für Spesen und Gehälter für die Netzwerker ab, die ja ihre gute Provision kriegen sollen, und dann bleibt uns eine Dreiviertelmillion für die Börsenaktivitäten. Und damit kann man sich schon mal ein paar Optionsscheine zulegen. Und das ist jetzt nur auf ein Jahr berechnet.«

Baumgartner: »Das hab ich natürlich schon begriffen. Ich meine nur, dass dieses Pyramidenspiel ziemlich unübersichtlich und riskant wird, wenn man dann noch weiterbaut und in der nächsten Ebene auf einen Schlag noch sechzehn Anleger dazukommen.«

Probst: »Fahr mal nach Ägypten, nach Gizeh. Da steht auch nicht bloß eine Pyramide rum. Die Pharaonen wollten Großes, und deswegen gibt es dort gleich ein paar Pyramiden, mindestens sechs. Sind natürlich nicht alle gleich groß. Und unsere Pyramiden werden auch nicht alle gleich dimensioniert sein.«

Baumgartner: »Und wenn wir zu viel Kapital verzocken und sich ein Engpass ergibt? Was dann?«

Probst: »Jetzt stell mal deine Zweifel zurück. Schau, ich mach doch die ganze Zeit nichts anderes. Ich spekulier doch für meine Kundschaft täglich im Internet, als Daytrader. Ich kenn mich aus. Was mir bei dem Geschäft halt besonders stinkt: Die großen Deals mach ich immer bloß für andere, weil mir das Kapital fehlt.«

Baumgartner: »Und wie willst du das dann insgesamt organisieren?«

Probst: »Relativ einfach. Mit dem Börsengewinn stützen wir das Schneeballsystem. Sobald einer aus einer Pyramide aussteigen will, kriegt er sein Geld und ist zufrieden. Wir stützen sozusagen die Pyramiden gegenseitig ab, und wenn alle Stränge reißen, verkaufen wir halt zwischendurch unsere Optionsscheine, bevor sie reif sind.«

Baumgartner: »Ja, aber wie lange willst du denn mit dem Schneeballsystem weitermachen?«

Probst: »Ganz genau kann ich das im Moment nicht sagen. Kommt drauf an, wie es läuft. Wenn wir so viel haben, dass wir mit eigenem Kapital oben mitmischen können, dann lösen wir den Fonds halt wieder auf. Wir zahlen alles zurück.«

Baumgartner: »Das musst du den Anlegern aber erst mal erklären.«

Probst: »Wir sorgen dann dafür, dass sie ihr Geld woanders unterbringen wollen. Wir erzählen denen was von fal-

lenden Renditen wegen schwieriger Geschäftsentscheidungen, die gerade anstehen. Man muss sie dann halt davon überzeugen, dass kurzfristig an anderer Stelle mehr Geld zu machen ist. Das ist ja auch unsere Funktion. Als Fondsmanager müssen wir das Geld umschichten, wenn sich der Markt verändert. Und wenn wir denen die richtige Story erzählen, dann sind die uns sogar noch dankbar. Die ziehen dann schon mit. Keine Sorge!«

Baumgartner: »Und wer macht was?«

Probst: »Du machst vor allem Akquise und lieferst einen Teil des Startkapitals, damit ich an der Börse für uns was tun kann. Ich werbe natürlich auch Anleger an. Markus ebenso, eben in Frankfurt, und Wilfried verwaltet vor allem die Konten, was aber nicht heißen soll, dass er nicht auch das eine und andere Geschäft macht.«

Baumgartner: »Aber jetzt hör mal, da mische ich aber auch mit. Seit Jahren berate ich meine Kunden, und die haben alle beträchtliche Zugewinne gemacht.«

Probst: »Natürlich, gerne, schon klar. Ich hatte bloß den Eindruck, dass du dich in diesem Geschäft nicht allzu sehr engagieren wolltest.«

Baumgartner: »Da hast du mich aber falsch verstanden. Ich bin schon dabei, in jeder Hinsicht. Ich hatte bloß meine Zweifel an einem Geschäftssystem, mit dem schon einige aufgeflogen sind. Aber wenn wir es so abstützen können, wie du sagst, und dann wieder auflösen, ist eigentlich nichts dagegen einzuwenden. Schließlich kriegen ja bei uns am Ende alle das, was wir ihnen anfangs versprochen haben.«

Probst: »Wenn die Zeiten noch so golden wären wie vor zehn Jahren, dann brauchten wir ja nur bei deinen Klienten Anleihen zu machen. Aber wie du immer wieder sagst, sind diese Zeiten ja längst Vergangenheit. Sieh eben zu, dass dir noch ein paar dicke Fische ins Netz gehen, und alles ist paletti.«

(Aus einem Telefongespräch vom März 2004)

27. November 2008
OW geht zocken

OW war kurz einmal in die Stadt gefahren, wie er sagte, um etwas zu erledigen.

»Was denn?«, wollte Emma wissen.

»Sag ich dir, wenn ich wiederkomme.«

»Da bin ich aber gespannt.«

Schon eine Stunde später war er zurück und legte mit einem breiten Grinsen Geld auf den Tisch, 168,73 Euro.

»Und? Was hast du gekauft? Ist das das Wechselgeld?«

»Nein, meine Liebe. Das ist mein Lottogewinn.«

»Seit wann spielst du Lotto? Das hast du mir aber nicht gesagt.«

»Ja, auch nur gelegentlich. Ab und zu mal. Und wie ich kürzlich auf dich warten musste, weil der Frisör so lange brauchte, da hab ich halt mal gespielt.«

»Aus Langeweile Geld verpufft?«

»Nicht verpufft. Du siehst ja, 168 Euro Gewinn.«

»Und wie viel hast du gesetzt?«

»Fünf.«

Damit war Emma zufrieden. OW brauchte ihr ja nicht zu sagen, dass er immer wieder einmal fünf oder zehn Euro setzte, wenn er gerade allein unterwegs war. Danach hatte sie ihn schließlich nicht gefragt.

»Und jetzt hast du mit dem Geld etwas ganz Bestimmtes vor, wie ich dich kenne.«

»Ja, und du darfst mit.«

»So? Darf ich? Wohin denn? Gefällt es mir dort auch?«

»Ich weiß nicht einmal, ob es mir selbst dort gefällt, aber ich will dort hin. Sonst erfahre ich es ja nie. Haben wir morgen einen Termin?«

»Nicht dass ich wüsste.«

Am nächsten Tag empfahl er ihr, sich etwas Hübsches anzuziehen, und warf sich selbst in Schale. Er zog seine neuen Schuhe und die beste schwarze Hose an, steckte eine Krawatte in die Tasche seines dunkelgrauen Jacketts und hängte es ins Auto. Kurz nach Mittag fuhren sie los.

»In den Schwarzwald? Da waren wir doch schon so oft«, sagte Emma enttäuscht, als OW aus der Wohnsiedlung kommend nach links auf die B 28 Richtung Nagold einbog. OW sagte nichts, sondern schaltete das Autoradio an und forderte sie auf, nach netter Musik zu suchen, was sie auch tat.

Als sie Freudenstadt passiert hatten, tippte sie auf Straßburg. OW grinste nur und schüttelte den Kopf. Erst als sie Kniebis hinter sich gelassen hatten und OW auf der Höhe nach rechts in die B 500 einbog, sagte sie: »Was willst du in Baden-Baden?«

»Spielen. Was sonst!«

»Ich glaub es nicht. Dich hat es wohl gepackt. Da gehe ich nicht mit rein.«

»Bist du nicht neugierig, wenigstens ein bisschen? Komm, wir mischen uns heute unter die Reichen und Schönen.«

»Und Leichtsinnigen und Süchtigen. Du bist doch sonst so ein Kopfmensch! Was ist bloß in dich gefahren?«

»Rein akademisches Interesse. Man kann als denkender Mensch doch nicht 65 werden, ohne wenigstens einmal in einem Spielcasino gewesen zu sein, oder?«

»Ich weiß nicht. Ich könnte auf die Erfahrung vielleicht auch verzichten. Aber wenn du das unbedingt brauchst ...«

»Emma, Liebes, du würdest mir einen großen Gefallen tun, wenn du mitkämst.«

»Klar komme ich mit. Was soll ich denn sonst die ganze Zeit tun?«

OW zog den Ausdruck des Downloads mit den Rouletteregeln aus dem Handschuhfach und gab ihn ihr zu lesen. Sie studierte schweigend die verschiedenen Regeln und sagte dann: »Ich glaube, wir spielen American Roulette. Das ist besser für Kleinanleger. Und es geht schneller.«

»Okay, nichts dagegen einzuwenden. Nimm mal den Ausdruck aus dem Routenplaner in die Hand und lies mir vor, damit wir auch den richtigen Parkplatz finden.«

***

An den beiden Tischen, wo American Roulette gespielt wird, herrschte schon zu dieser frühen Stunde Hochbetrieb. OW klimperte in seiner linken Jackentasche mit den 2-Euro-Jetons und arbeitete sich, Schulter voran, zum rechten Tisch vor. Mit offenem Mund beobachtete er das Treiben.

»Bitte das Spiel zu machen«, sagte der Croupier.

Neben OW beugte sich ein korpulenter weißhaariger Smokingträger mit dicker Hornbrille hastig über den Tisch und setzte kleine Stapel von Jetons auf einzelne Zahlen und auf manche Punkte, wo sich irgendwelche Feldgrenzen schnitten.

»Nichts geht mehr«, kam tonlos aus dem Pokerface des Croupiers und dann rollte die Kugel.

Niemand rührte sich.

»Siebzehn rot«, meldeten Anzeigetafel und Pokerface. Der Schieber bewegte sich über den grünen Filz, das Häufchen vor dem Croupier wuchs erst einmal stark an, ehe er mit seinen flinken Fingern den Gewinn an die Glücklichen verteilte. Der korpulente Smokingträger war wohl mit seinem Gewinn nicht ganz zufrieden. Zwar nahm er das kleine Häufchen, das ihm geblieben war, an sich, ohne mit der Wimper zu zucken, aber OW hörte ihn doch mit den Zähnen knirschen. An der Schmalseite des Tisches streckte sich eine knochige Dame in türkisem Seidenkleid weit über den Tisch, griff nach ihrer Beute und setzte sofort mit den langen Fingern ihrer sehnigen Hand 100-Euro-Jetons kreuz und quer über das Spielfeld. Ihr tiefer Ausschnitt gewährte einen Blick auf die welke sonnengegerbte Haut ihrer schlaffen Brüste, über denen eine schwere Perlenkette klapperte. Die anderen Spieler konnte OW nicht sehen, da sich der Smokingträger immer weit vorbeugte und ihm die Sicht nahm. Aber er konnte ihre Hände beobachten, wie sie setzten und wegnahmen: die zarte Hand mit den rosa lackierten langen Nägeln, die ordinäre mit den aufgeklebten schwarzweißen Fingernägeln, die gepflegte Damenhand mit dem Brillantring und die dicke schwarz behaarte Männerpfote mit dem protzigen Siegelring. Er staunte über die vielen Frauen an den Spieltischen. Er drehte sich kurz um und ließ seinen Blick durch den Raum schweifen: Männlein und Weiblein von achtzehn bis achtzig oder noch älter bemühten sich, Gelassenheit zur Schau zu tragen, indem sie sich mit ernster bis ausdruckloser Miene dem Spiel hingaben. Wenn von Glücksspiel die Rede war, hatte er immer nur an Männer gedacht. Aber das war offensichtlich ein Irrtum gewesen. Die ruhige Bewegung bedächtig-diskreten Kommens und Gehens, der Wechsel von stillem Abwarten und schneller Geschäftigkeit im Rhythmus des Roulettes, das leise Klirren der Kugel machten OW Lust, nun auch selbst einzusteigen. Er zog drei Jetons aus der Tasche und legte sie auf Schwarz.

»Kein Einsatz unter 5 Euro«, sagte die tonlose Stimme.

»Aber es sind doch 6.«

»Keine Jetons unter 5 Euro.«

»Sorry«, sagte er und fühlte, wie er rot wurde. Er zog sich zurück und ging zu Emma, die sich an den anderen Tisch gestellt hatte.

»Hier darf man Zweier setzen?«, flüsterte er.

»Klar«, sagte sie, »dort drüben etwa nicht?«

»Hast du schon was gewonnen?«

»Klar. Du nicht?«

Dass Emma schon erfolgreich gewesen war und er noch nicht einmal einen Einsatz riskiert hatte, ärgerte ihn. Er griff in die Tasche, nahm fünf Jetons heraus und verteilte sie beliebig über fünf Felder: 1 und 9 schwarz, 17, 21, 32 rot. Die Kugel rollte. Seine Hand in der Tasche krampfte sich zusammen. 31 schwarz. Der Schieber holte seine Jetons ab. Der Croupier verteilte den Gewinn. Emma beugte sich vor und holte sich 9 Jetons aus dem dritten Drittel. Fröhlich lächelte sie OW an. Ihre Augen blitzten.

»Soll ich dir schon was leihen?«

Er schüttelte mürrisch den Kopf. Ein einziges Mal hatte er gesetzt, und schon hatte er Geld verloren. Aber er wollte sich seine Laune nicht verderben lassen. Erst einmal hielt er sich zurück und beobachtete, wie Emma vorging. Sie setzte jedes Mal zwei Jetons auf Schwarz oder Rot und jeweils drei Jetons auf zwei verschiedene Drittel. Jetzt eben setzte sie 2 auf Schwarz und jeweils 3 Jetons auf 1 bis 12 und auf 25 bis 36. Und Fortuna lachte. Die Kugel hielt bei 32 schwarz. Sie hatte 8 Jetons gesetzt und bekam 13 zurück. So ging das also. OW glaubte schon, das System halbwegs begriffen zu haben und machte sich ans Rechnen. Aber Emma war schneller.

»Joint venture«, sagte sie ihm ins Ohr.

»Was?«

»Joint venture. Wir sollten unsere Einsätze aufeinander abstimmen. Komm, wir machen mal Pause. Ich muss sowieso wohin.«

Eine Weile saßen sie dann im Nebenraum auf einer Bank und hörten nebenbei einer Führung zu.

»Wie meinst du das mit joint venture?«, fragte er dann.

»Ganz einfach. Wir probieren es mit meinem System, decken aber gemeinsam alle drei Drittel ab, dabei ein Drittel doppelt, und abwechselnd eine Farbe. Dann setzen wir jedes Mal 14 Jetons und bekommen maximal 22 zurück, und wenn es schiefgeht, haben wir eben 14 verloren. Die Alternative, entweder maximal 8 zu gewinnen oder maximal 14 zu verlieren, ist doch nicht schlecht. Wir gewinnen das Maximum mit einer Wahrscheinlichkeit von fast 33 Prozent – oder 16 Prozent, ich weiß nicht. Und zwischendurch geht es mal null zu null auf oder wir haben einen kleineren Gewinn.«

Otto schaute sie ungläubig an.

»Stimmt das? Kannst du das so genau berechnen?«

Sie wurde etwas unsicher.

»Na, ganz sicher bin ich auch nicht. Aber wahrscheinlich gewinnen wir mit einem solchen System mehr, als wenn wir jedes Mal auf andere Zahlen setzen.«

»So? Und warum machen das dann nicht alle? Meinst du, die sind alle dümmer als wir?«

»Weiß nicht. Vielleicht nur ungeduldiger und gieriger. Wir müssen so spielen, wie es der Typ am Eingang sagte: spielen, um zu spielen. Reich werden kannst du hier ja ohnehin nicht.«

»Schon gar nicht mit 168,73 Euro Einsatz. Aber spielerisch spielen mit System? Du meinst, das geht?«

»Ganz spielerisch nun auch nicht gerade. Es soll schon was dabei herauskommen.«

»Gut, aber erklär mir das bitte noch einmal.«

»Wenn du auf ein Drittel setzt, also zum Beispiel auf 1 bis 12, dann kriegst du 3 zu 1, wenn du gewinnst. Wenn wir also gemeinsam alle drei Drittel abdecken, indem wir zum Beispiel aufs erste Drittel 3, aufs zweite 6 und aufs dritte wieder 3 setzen, dann haben wir folgende Chancen: Gewinnt das erste oder das letzte Drittel, dann haben wir 6 gewonnen und 9 verloren, macht minus 3. Gewinnt aber das zweite Drittel, dann haben wir 12 gewonnen und nur 6 verloren. Und mit 50prozentiger Wahrscheinlichkeit bekommen wir ja auch noch einen Gewinn von 2, wenn wir auf eine Farbe setzen. Insgesamt spielen wir also mit einem geringen Risiko, und wenn wir Glück haben, dann könnte es langsam aufwärts gehen.«

»Aber das braucht Zeit.«

»Haben wir doch, oder? Und noch eins: die Zweierjetons in die eine Jackentasche, und wenn du einen Fünfer zurückbekommst, den in die andere. Schau mal, so wie ich.« Sie klopfte auf die beiden Taschen ihrer Kostümjacke. »Und gesetzt werden natürlich nur Zweier.«

»Und wenn die aus sind?«

»Machen wir Schluss.«

Zwei Stunden später hatte Emma alle ihre 2-Euro-Jetons in 5-Euro-Jetons umgetauscht. Sie stand am 5-Euro-Tisch und sah aus, als hätte sie etwas zu viel Rouge aufgelegt. Otto war schon längst zum Handlanger degradiert worden. Er hatte inzwischen 5-Euro-Jetons in der einen und 10-Euro-Jetons in der anderen Tasche.

»Wie viel haben wir jetzt gemacht?«, wollte Emma wissen.

»Keine Ahnung. Ich habe schon lang den Überblick verloren.«

»Dann gib mir ein paar Fünfer und zähle zwischendurch nach.«

OW wollte sich in eine ruhige Ecke stellen, wo er unbeobachtet Kasse machen konnte. Denn er hatte noch niemanden gesehen, der seine Jetons für alle sichtbar nachgezählt hätte. Überall standen Leute. Ich blamier mich doch nicht. Ich geh aufs Klo, dachte er. Da sieht mir keiner zu.

»Dreihundertundsiebzig«, sagte er triumphierend, als er zurückkam. Emma sah ihn mit flackernden Augen an, streckte die Hand aus und sagte: »Jetzt gib schon her. Ich habe nichts mehr übrig. Kleine Pechsträhne. Zweimal kam die Null. Aber die kommt nicht so schnell wieder.«

»Und wenn doch?«

»Quatsch!«

»Hör mal, hast du nicht vorher gesagt, dass wir die Fünfer gar nicht setzen wollten? Und wer hat von Gier geredet?«

»Otto, glaub mir, ich hab's im Griff. Jetzt gib schon ein paar Jetons her.«

»Sechzig Stück behalt ich in meiner Tasche und setz mich draußen auf die Bank. Und die übrigen 14 kannst du verspielen, wenn es unbedingt sein muss.«

Er gab ihr 14 Stück und drehte sich auf dem Absatz um.

»Otto, sei kein Spielverderber. Jetzt bleib doch da.«

»Nein.«

Einen Moment sah sie ihm nach, völlig verunsichert, dann aber drehte sie sich entschlossen um und ging an den Spieltisch zurück.

OW saß im Nebenraum auf einer Bank und sinnierte. 300 Euro hatte er in der Tasche, also hatten sie 132 Euro gewonnen, selbst wenn Emma nun alles, was er ihr gelassen hatte, verspielen sollte. Wäre es nicht besser gewesen, nicht ins Spielcasino zu fahren und mit dem Lottogewinn einfach weiter zu wetten? Mit höherem Einsatz? Mehr Felder ausfüllen als die sparsamen drei, die ihm immer schon ein schlechtes Gewissen machten? Seine Vernunft hatte ihm ja ständig gesagt, dass die Wahrscheinlichkeit eines großen Gewinns so minimal war, dass sie sich fast auf null belief. Aber wenn er nicht gespielt hatte und trotzdem samstagabends die Ziehung der Lottozahlen beobachtete, hatte er immer das Gefühl, etwas versäumt zu haben. Er war nicht dabei, und es hätte doch sein können, dass ... Und wenn er Lotto gespielt hatte, dann liebte er die halbe Minute Hoffnung, die seinen Puls beschleunigte, wenn die erste Kugel aus der Trommel fiel. Mit jeder weiteren Kugel wurde aus dem bisschen Hoffnung Ernüchterung und dann leichte Enttäuschung, die er aber mit selbstironischem Humor überwand. Er hatte sich so in der Hand, dass Emma von all diesen Gefühlen nichts bemerkte. Denn sie sollte ja nicht wissen, dass er wieder gesetzt hatte. Sie gab sich als die Vernunft selbst und lehnte solche hirnrissigen Glücksspiele rundheraus ab. »Wenn man diese fünf oder zehn Euro jede Woche aufs Sparbuch legen würde, dann hätte man einen ganz ansehnlichen Batzen am Jahresende beisammen, und wenn man das zwanzig Jahre machen würde, dann hätte man am Ende auch etwas davon.« Nüchtern, wie sie nun einmal war, hätte sie sich kaum vorstellen können, dass OW jetzt schon etwas davon hatte, dass ihm die Lottozahlen nämlich jeden Samstag den Kick versetzten, den er brauchte. Unsinn, dachte er schließlich, klar war es besser, im Spielcasino zu zocken. Schließlich hatten sie das nie zuvor gemacht und es war eine ganz nette neue Erfahrung.

Da kam Emma auch schon heraus, stellte sich mit hochgezogenen Schultern vor ihn hin und zog eine Schnute. Sie zeigte OW ihre leeren Handflächen und sagte: »Der Herr hat's gegeben, der Herr hat's genommen, der Name des Herrn sei gelobt.«

»Halleluja, Amen. Wirklich alles weg?«, fragte er mit spöttischem Lächeln.

»Nicht ganz. Drei Fünfer hab ich noch. Saudumm ist das gerade gelaufen. Die ganze Zeit kommt keine Null, und dann in einer halben Stunde gleich vier Mal. Damit kannst du doch nicht rechnen.«

»Mit gar nichts kannst du hier rechnen, mein Schatz. Wir haben vorher nur Glück gehabt, nichts als pures Glück. Das einzige Sichere ist übrigens, dass ich jetzt Hunger habe und wir essen gehen.«

»Du willst doch nicht etwa den ganzen Gewinn verfressen!«

»Emma, nicht alles, es sei denn, du willst nach Baiersbronn zu diesem Superkoch mit den Michelinsternen. Aber ich will keinesfalls knausern und auf jeden Euro schauen. Heute habe ich meine Spendierhosen an. Auf, komm, wir suchen uns ein nettes Lokal und gönnen uns was.«

27. November 2008
Überraschung bei Tisch

Sie gingen die Werderstraße entlang am Theater vorbei.

»Das hier ist der Goetheplatz«, erklärte OW, »wenn du Lust hast, könnten wir heute auch noch in dieses Theater gehen. Sollen wir mal sehen, was es gibt?«

»Jetzt nicht. Lieber später. Vielleicht will ich nach dem Essen lieber heimfahren.«

»Auch recht. War nur eine Frage.«

Sie überquerten die Friedrichstraße.

»Ich hab gar nicht gewusst, dass so ein Flüsschen mitten durch Baden-Baden geht. Hast du das gewusst?«

»Ja, schon. Das ist die Oos. Sieht im Moment ganz friedlich aus. Aber die kann im Frühjahr auch ganz schön anschwellen. Dann rauscht es gewaltig hier.«

Vor ihnen tat sich der Leopoldsplatz auf. OW hakte seine Frau unter und steuerte auf McDonald's zu.

»He, du spinnst wohl? Was ist heute los mit dir? Da kriegst du mich nicht rein«, protestierte Emma.

Da grinste OW und wirbelte seine Frau in einer Kehrtwendung herum, so dass sie jetzt das Amadeus vor sich sah.

»Ich wollte bloß dein Gesicht sehen«, lachte er. »Lass uns dort hineingehen, die brauen ein leckeres Bier und man isst auch nicht schlecht«, schlug er vor und steuerte auf die breite Treppe zu, über die man auf die Terrasse vor dem Lokal gelangt.

»Woher weißt du denn das?«

»Kollegenausflug vor ein paar Jahren. Ich hab den Laden in guter Erinnerung. Im Sommer kann man hier draußen sitzen, da macht das noch mehr Spaß. Hoffentlich ist es drin nicht zu voll.«

Sie gingen die breite Steintreppe hoch und betraten das Lokal.

»Interessant«, sagte Emma und betrachtete den blank geputzten kupfernen Sudkessel rechts neben dem Eingang.

Das Lokal war ziemlich voll. Nur im hinteren Teil des Gastraums fanden sie einen freien Tisch. Sie legten ab und nahmen Platz.

»Schön ist es hier, aber ein bisschen zu dunkel«, meinte Emma.

»Du sollst ja hier auch essen und nicht lesen. Komm, schau mal in die Speisekarte.«

»Also doch lesen«, stichelte Emma. »Was essen denn die anderen Leute hier?«, fragte sie und schaute sich um.

Hinter ihr hatte man offensichtlich für das Gelage einer größeren Gruppe drei Tischchen zusammengeschoben. Drei korpulente Männer in dunklen Anzügen und zwei sehr vollschlanke Frauen, juwelenbehangen in grellen Kostümen, saßen bereits. Ein Mann, wohl der älteste, war besonders fett. Drei Stühle waren leer. Gedeckt war für sechs bis acht Personen. Auf dem Tisch sah es aus, als hätte eine Horde Landsknechte hier gehaust. Abgenagte Knochen von T-Bone-Steaks und Spareribs lagen auf Tellern und Tischtuch, ebenso Pommes frites und benutzte Servietten, halbvolle Bierkrüge, Wassergläser, Wodkaflaschen und Kaffeetassen. Und überall

Saucenflecken, als hätte jemand mit der flachen Hand in einen vollen Teller gepatscht. Mit beiden Ellbogen aufgestützt, nagte der Fette an dem Knochen eines Steaks. Zwischendurch wischte er sich mit dem Handrücken das Fett aus den Mundwinkeln, trank alle paar Sekunden aus seinem Wodkaglas, um die Fleischbrocken hinunterzuspülen, und griff mit den Fingern nach den Pommes, als sei die Gabel noch nicht erfunden worden. Er fraß so gierig, als gäbe es auf der ganzen Welt nur noch zehn Minuten etwas zu essen, ehe dann eine lange Hungersnot ausbrechen würde. Sein Gegenüber goss sich ein Viertelliterglas mit Wodka voll, setzte es an und trank es auf einen Zug halb aus. Dann nahm er ein Fünfundzwanzigzentimeterstück der Spareribs in die Hand und zog mit den Zähnen ein Stück Fleisch nach dem anderen von den Knochen. Die Männer schlugen sich wortlos den Bauch voll, nur die Frauen, die träge zurückgelehnt ihren Magen zu entlasten versuchten, redeten halblaut miteinander.

»Otto, soll das ein gutes Lokal sein? Eine Räuberhöhle ist das. Guck mal, wie die fressen, wie die Pfahldörfler«, flüsterte sie ihm zugewandt.

»Guck nicht hin.« Er stutzte. »Horch mal. Hörst du, das sind keine Pfahldörfler, das sind Russen.«

»Gibt es in Russland keine Pfahldörfer?«

»Ich weiß nicht. Aber schau, es gibt noch andere Gäste hier.«

»Otto, ich möchte den Tisch wechseln.«

»Jetzt lass nur.«

»Doch.«

»Na gut.«

Sie standen auf und setzten sich an einen kleinen Tisch in der allerhintersten Ecke, sonst war keiner mehr frei.

»Hier ist es aber noch dunkler«, sagte OW.

»Das ist mir egal. Wenn ich bloß die Typen da nicht mehr sehen und hören muss.«

»Ich glaube, ich bestell mir ein Lager Light, dann kann ich noch fahren, und esse Spareribs.«

»Ein Pfahldörfleressen? So wie die Russen?«

»Emma, als Mitteleuropäer des einundzwanzigsten Jahrhunderts esse ich sie mit Messer und Gabel und verspreche dir, heute nicht mit Knochen zu werfen. Ich glaube, ich schaffe das.«

»Ich darf mir aber ein Rumpsteak genehmigen? Auch wenn es viel mehr kostet?«

»Ist doch heute egal. Und bestell dir ein gutes Glas Wein, das dazu passt. Vielleicht haben sie einen Rosswager Lemberger trocken.«

Das Essen kam schnell und war gut. Emma und OW aßen mit großem Genuss, vor allem auch bei dem Gedanken, dass diese Mahlzeit eigentlich gar nichts kostete, denn sie hatten sie ja gewonnen.

»Wann gehen wir wieder zocken?«, fragte Emma.

»Wenn ich das nächste Mal im Lotto gewinne.«

»Also nie. Schade. Unser System war doch gar nicht so schlecht.«

»Und warum hast du dann am Ende fast alle 14 Jetons verloren?«

»Na ja, eine kurze Pechsträhne hat jeder mal. Das nächste Mal würde ich vorher aufhören.«

OW schluckte einen Bissen hinunter und wollte eben Emma widersprechen. Da blieb ihm der Mund offen stehen. Er starrte auf den Spiegel links von ihm, der ihm einen Blick auf den Eingangsbereich bot.

»Mach den Mund zu, Otto.«

Otto schluckte.

»Otto, was ist?«, fragte Emma laut.

»Psst, sei still. Der aus dem Hallenbad.«

»Welcher?«

»Na der. Sei still.«

Im Gegenlicht sah er zwei Männer näher kommen, einen größeren schlanken und einen dunkelhaarigen untersetzten. Beide streckten die Brust heraus und schwankten beim Gehen von links nach rechts und von rechts nach links, als wollten sie Putin oder Medwedew imitieren. Mit jedem ihrer

Schritte hörte man ein leises Quietschen. Nun kamen die beiden selbst in OWs Blickfeld. Sie setzten sich an den Russentisch. Offensichtlich gehörten sie zu dieser Gesellschaft und hatten nur vorübergehend das Lokal verlassen, vielleicht um zu rauchen oder irgendein dringendes Geschäft zu erledigen. Beide trugen Sweatshirt mit Kapuze und Turnschuhe. Eindeutig die Männer fürs Grobe.

»Ein Glück, dass man denen nicht auch noch beim Essen zuschauen muss«, hatte Otto gesagt und über Emmas Schulter hinweg das Profil des Dunkelhaarigen studiert. Da klappte ihm der Kiefer runter.

»Otto, was ist los?«

Otto zwinkerte mit den Augen.

»Otto, sag, was ist los?«

»Das ist er. Kein anderer. Dieselbe aufgeworfene Nase.«

»Wer?«

»Der aus dem Hallenbad. Der Killer.«

Emma fuhr sich erschrocken mit der Hand an den Mund.

»Emma, nicht. Lass dir nichts anmerken.«

»Und? Was willst du machen?«

Sollte er jetzt Kupfer anrufen? Nein, das war sinnlos. Er dachte einen Moment nach und sagte dann leise: »Ich hole jetzt die Digi aus meiner Manteltasche. Aber erst mal essen wir weiter, als ob gar nichts wäre. Und dann stehst du auf und gehst vor an die Theke. Guck dir einfach an, was da an Spirituosen rumsteht, oder hol eine Zeitung von dem kleinen Tischchen, und dann kommst du wieder zurück. Ich fotografier dich so, dass ich die beiden Typen mit aufs Bild kriege. Aber erst essen wir noch einen Moment weiter.«

Er aß noch ein paar Bissen, dann erhob er sich, holte die Kamera aus seiner Manteltasche und stellte sie ein. Auf sein Zeichen hin stand Emma langsam auf, schlenderte an die Theke vor, holte eine Zeitung und kam dann mit einem strahlenden Lächeln an ihren Tisch zurück. OW knipste. Auf den Blitz hin warfen die Russen ihm einen gereizten Blick zu. Er tat, als merkte er das nicht, und betrachtete das Bild.

»Mist«, sagte er. »Das ist zu dunkel. Ich muss den Blitz anders einstellen.« Er zeigte es Emma. »Gehst du noch einmal zurück?«

Emma stand auf, ging ein paar Schritte zurück, legte ihr Lächeln wieder auf und kam auf Otto zu. Er ließ es blitzen. Der ganze Russentisch sah nun zu ihm herüber.

»Wunderbar«, sagte er, als er das Foto betrachtete.

»Ottoschatz, ich möchte dich aber jetzt auch fotografieren. Komm, stell mir den Foto ein.«

»Nein, warum denn?«

»Als Andenken. Komm, jetzt du.«

»Die Russen gucken schon.«

»Nur einmal, bitte. Ich möchte von dir auch ein Andenken haben.«

Etwas widerwillig schob Otto seinen Stuhl zurück und ging ein paar Schritte in Richtung Theke. Dann drehte er sich um und kam auf Emma zu. Angespannt, wie er inzwischen war, brachte er kein lockeres Lächeln mehr zustande und ließ, weil er nicht in die Kamera sehen wollte, seinen Blick durchs Lokal schweifen. Plötzlich fand er sich Aug in Aug mit dem Dunkelhaarigen. Sein Blick blieb an den schwarzen Augen hängen, so dass seine Bewegung einen Moment zu stocken schien. Obwohl er gleich wieder wegschaute, überkam ihn doch das Gefühl, dass er den Russen den Bruchteil einer Sekunde zu lange angesehen hatte. Hatte er ihn erkannt? Ihm wurde ganz heiß. Er bekam Herzklopfen. Emma knipste.

»Jetzt will ich mal sehen, wie ich dich erwischt habe«, sagte sie laut und schaute auf das Display. »Dein Gesicht ist ja ganz weiß. Man kann die Leute dahinter ...«

»Bist du ruhig«, zischte er und Emma schaute ihn erschrocken an. Einen Moment musterte sie ihn reglos.

»Was ist?«

»Lass uns sofort bezahlen, und dann raus hier«, sagte Otto leise.

Er legte einen Hunderter auf den Tisch, half Emma in den Mantel, setzte seine Mütze auf und steuerte, Mantel und Schal nur über den Arm gelegt, den Ausgang an.

»Es stimmt so«, rief er der Bedienung zu und deutete auf die Geldscheine auf dem Tisch. Draußen hakte er Emma unter und zog sie raschen Schritts quer über den Leopoldsplatz in Richtung Parkplatz. Die Fußgängerampel an der Friedrichstraße war rot. Otto ignorierte sie. Eine Bremse quietsche, es hupte mehrmals, ein junger BMW-Fahrer zeigte ihm den Vogel, ihm war das egal. Er ging so schnell, dass Emma immer ein wenig zurückhing, obwohl er sie untergehakt hatte.

»Kannst du mir sagen, was plötzlich los ist? Jetzt renn doch nicht so.«

»Lauf, komm, lauf. Ich weiß nicht, vielleicht hat mich der Typ aus dem Hallenbad erkannt. Der guckte mich so komisch an. Hätte ich bloß diese Scheißfotografiererei sein lassen! Und dann musst auch du noch ein Bild von mir machen. Scheiße! Vielleicht sind sie schon hinter mir her.«

»Jetzt renn doch nicht so närrisch«, begehrte Emma auf. Sie sprach so laut, dass sich ein paar Passanten neugierig nach ihnen umdrehten.

»Jetzt sei halt still und lauf schneller«, zischte OW seine Frau an und ging noch schneller. Es hatte den Anschein, als hinge sie, widerwillig seiner physischen Überlegenheit ausgesetzt, an seinem Arm und würde gewaltsam verschleppt. Ein junges Paar sah ihnen nach und schüttelte verständnislos den Kopf.

»Hoffentlich kommt es mit uns nicht auch einmal so weit«, sagte die junge Frau und sah ihren Partner stirnrunzelnd an. Er schüttelte lachend den Kopf.

Atemlos kamen OW und Emma am Parkplatz in der Wilhelmstraße an, wo ihr Auto abgestellt war.

»Verdammt noch mal, jetzt muss ich dem vielleicht auch noch entgegenfahren«, zischte OW und legte einen Kavalierstart hin, dass der Splitt spritzte und die Reifen quietschten. Die Ampel an der Friedrichstraße stand auf rot. Kurz bremste er ab, schaute nach links und rechts und gab dann Vollgas. Er überquerte die Oos, bog in die Lichtentaler Straße ein und raste stadtauswärts, eine rote Ampel nach der anderen überfahrend. »Das war nur orange«, sagte er immer wieder, und kümmerte sich nicht um Emmas Gezeter, bis er die Stadt hinter sich gelassen hatte.

Er fuhr Richtung Schwarzwaldhochstraße, passierte Geroldsau und bog bei Malschbach rechts ab Richtung Rheintal. Er raste das Waldsträßchen bergab auf die engen Kurven zu, bremste scharf, gab in den Kurven wieder Gas, dass die Reifen wimmerten und schaute ständig in den Rückspiegel.

»Otto, fahr doch langsam. Willst du uns umbringen?«, rief Emma entsetzt. Sie starb fast vor Angst und pumpte vor jeder Kurve mit dem rechten Bein, als könnte sie bremsen helfen.

»Lass dein Bein endlich ruhig. Die Bremse ist bei mir«, knurrte OW. Sie schrie immer wieder auf. So eine halsbrecherische Fahrt hatte sie mit ihm schon lange nicht mehr erlebt. Früher war er manchmal sehr schnell gefahren, wenn er ärgerlich war. Aber schon seit gut dreißig Jahren, eigentlich seit sie Kinder hatten, war er am Steuer ruhiger geworden.

In Neuweier bog OW rechts in ein Wohnviertel ein und hielt auf einer kleinen Straße an, die parallel zur Hauptstraße lief. Er stellte den Motor ab, ließ aber beide Hände am Steuer, schloss die Augen und ließ sein Kinn auf die Brust hängen. Zehn Sekunden Ruhe.

»Wenn sie uns gefolgt sind, dann haben wir sie jetzt vielleicht abgehängt«, meinte er dann und richtete sich wieder auf.

»Was werden die uns gefolgt sein! Bis die aus dem Lokal raus wären und in ihrem Auto sitzen würden, wären wir doch schon sonst wo gewesen«, spielte Emma die Sache herunter.

»Mag schon sein. Aber er kann uns doch gesehen haben, wie wir die Lichtentaler Straße hinausgefahren sind. Wenn der mich wirklich erkannt hat und sich an mich erinnert, was denkst du, wohin der dann fährt? In unsere Richtung natürlich. Eigentlich reicht schon unser Böblinger Nummernschild.«

»Meinst du nicht, der nimmt die Autobahn und fährt über Karlsruhe?«

»Glaub ich nicht. Wenn uns einer nachgefahren ist, dann ist er jetzt auf der Schwarzwaldhochstraße.«

»Otto, die kennen unser Auto doch gar nicht.«

»Woher weißt du das? Ich sag doch, vielleicht ist uns einer gleich nachgegangen und hat uns einsteigen sehen. Ich mach noch einen Umweg. Sicher ist sicher.«

Das passte auch zum nächsten Ortsschild, das sie passierten.

»Schau mal«, sagte Emma, »hier heißt sogar ein Ort so: Umweg, komisch.«

OW ging aber im Moment der Sinn fürs Komische ab. Er fuhr bei Vimbuch auf die Autobahn und fuhr zunächst nach Süden bis Achern. Dort nahm er die B 3 bis Appenweier, wo er auf die B 28 einbog und schwarzwaldaufwärts fuhr. Ab Oppenau kurvte er langsam die steilen Serpentinen nach Zuflucht hinauf.

»Du gurkst heute vielleicht durch die Gegend. Mir ist schon halb schlecht«, schimpfte Emma.

»Wenn du gesehen hättest, wie mich der Typ angeschaut hat!«

»Aber jetzt sind wir dann doch auf der Schwarzwaldhochstraße. Was soll dann deine verdammte Gurkerei?«

»Ich hoffe halt, dass die in der Zwischenzeit die Verfolgung aufgesteckt haben.«

»Falls sie uns überhaupt hinterher sind. Hast du schon mal dran gedacht, dass der dich wahrscheinlich nur mit Schwimmbrille gesehen hat?«

»Der hatte doch gar keine auf.«

»Natürlich nicht. Aber du.«

Darauf sagte OW nichts mehr. Schweigend fuhren sie nach Freudenstadt hinunter und folgten weiterhin der B 28 Richtung Heimat.

***

Auch wenn er noch so müde war: OW musste sich sofort an seinen PC setzen und die Bilder aus seiner Kamera herunterladen. Sein Gesicht war allerdings nur ein flacher heller Teller, und auch die Russen im Hintergrund waren nicht sehr deutlich zu erkennen. Trotzdem mailte er seine Ausbeute sofort an Kupfer.

Hallo Siggi,
waren heute in Baden-Baden. Beim Essen habe ich den Russen aus dem Hallenbad gesehen. Es ist der untersetzte dunkelhaarige Typ. Ich hoffe, ihr könnt mit dem Foto was anfangen.
Grüßle, OW

***

Als Kupfer am folgenden Morgen etwas später ins Büro kam, weil er einen Außentermin wahrgenommen hatte, war Paula Kußmaul schon ganz aufgeregt.

»Die Ilona ist ein Mann. Ich hab doch gleich gesagt, dass die keine Frau ist.«

»Dass der keine Frau ist. Aber von was reden Sie?«

»Wissen Sie das nimmer? Die Frau oder der Transvestit, der das Auto in Dresden ...«

»Ach so, klar. Ich war in Gedanken noch bei dem Einbruch in den Supermarkt, den wir grade aufgenommen haben. Stellen Sie sich vor, die haben einen ganzen Safe komplett aus der Wand gerissen und mitgenommen.«

»Gab es das nicht letztes Jahr schon einmal, ich glaub in Ammerbuch, oder? – Aber jetzt schauen Sie her. Ihr Freund, der Herr Wolf, hat Ihnen eine Mail geschickt mit Fotos aus einem Lokal in Baden-Baden.«

Kupfer schaute auf den Bildschirm und runzelte die Stirn.

»Was meinen Sie? Welcher?«

»Das Foto ist natürlich völlig überbelichtet. Aber jetzt gucken Sie doch mal den Umriss von dem Kopf an und vergleichen ihn mit dem Foto aus Dresden. Das ist doch dieselbe Person.«

»Möglich wär's. Aber hundertprozentig sicher bin ich mir da nicht. Das wäre auch zu schön.«

»Und dann müsste doch der andere rechts im Bild der aus dem Hallenbad sein«, ereiferte sich Paula Kußmaul.

»Müsste sein, vielleicht. Aber ich bin da skeptisch. Erstens hat mein Freund Otto den ja gar nicht so deutlich gesehen, und zweitens sieht man hier ja eigentlich bloß einen Pfannkuchen mit zwei dunklen Kirschen drin. Ich kann nicht sagen, dass ich mir nach Otto Wolfs Bericht das Gesicht so vorgestellt habe. Rundes Gesicht. Aufgeworfene Nase. So viel sehe ich hier nicht unbedingt. Oder könnten Sie dieses Gesicht beschreiben?«

»Nein. Eigentlich nicht.«

»Sehen Sie? Trotzdem machen Sie mir einen guten Ausdruck und tun Sie ihn zu den Akten. Wer weiß, was daraus wird.«

»Ja, wer weiß«, seufzte Paula Kußmaul etwas enttäuscht.

»Suchen Sie mir bitte trotzdem den Bericht über den Mord in Baden-Baden raus?«

Er überflog ihn schnell und sagte dann: »Sicher hatten die beiden noch weitere Gemeinsamkeiten, die weniger gesund als Schwimmen waren. Die Geschäfte zwischen Herrenberg und Baden-Baden liefen sicher ganz flott. Jedenfalls faxen wir das Foto ans Landeskriminalamt. Vielleicht kennt man dort die anderen Gesichter und weiß, was die Herren so treiben. Und machen Sie mir einen Termin mit den Wirtschaftlern vom LKA.«

Ein Fonds für Gutmenschen

Gommel: »Wir sollten einfach einen neuen Fonds auflegen, und zwar in alternativen Energien: Solarenergie, Windkraft und Geothermie. Das ist gerade in, in jedem Zertifikat ist was davon drin, die Presse ist voll davon, und wenn wir den Leuten noch eine gute Story dazu erzählen, geht das Papier weg wie warme Semmeln. Und einen riesigen Vorteil hat diese Branche für uns auch noch: Der Profit kommt erst nach ein paar Jahren. Dass da einer nach zwei Jahren schon kommt und Geld sehen will, ist sehr unwahrscheinlich. Der Anleger investiert in sehr voluminöse Entwicklungsprojekte, die erst mal sehr teuer sind, aber auf lange Sicht eine stabile Rentabilität versprechen. Wir erzählen dann noch was von ständig steigenden Energiepreisen und Rohstoffverknappung, und der Anleger ist überzeugt und fühlt sich noch als Gutmensch, weil er meint, dass er das Klima retten hilft. Biogas lassen wir aber aus. Das läuft ja fast vor unserer Haustür ab. Das kann jeder kontrollieren, der auch nur einigermaßen pfiffig ist.

Wir müssen die Anleger davon abhalten, ihr Geld in lokale Fotovoltaikprojekte zu stecken. Die bieten ja mit bis zu 6,5 % auch schon ganz anständige Rendite. Wir geben vor, dass wir in die chinesische Fotovoltaikindustrie investieren und dass dabei viel mehr herauskommt, 12 oder 15 %. Wir müssen halt das übliche Vorurteil voll ausnutzen, dass die Chinesen erstens nichts selbst entwickeln, sondern europäische Produkte einfach kopieren und damit keine Entwicklungskosten haben. Dann zahlen sie zweitens viel niedrigere Löhne und unterliegen drittens keinen Umweltauflagen. Wir müssten im Prospekt eine Gegenüberstellung der chinesischen und europäischen Produktionskosten aufstellen. Hört mal her, ich habe eine Kostenstruktur aufgeschrieben. Ich les euch das mal vor, langsam, wenn ihr mitschreiben wollt:

Entwicklungskosten – Europa 15 %, China 0 %;
Umweltauflagen – Europa 10 %, China 0 %;
Energiekosten – Europa 10 %, China 5 %;
Materialkosten – Europa 20 %, China 10 %;
Lohnkosten – Europa 20 %, China 3 %;
Vertrieb – beide 20 %;
Logistik – Europa 5 %, China 10 %;
Summe – Europa 100 %, China 58 %.

Wenn die Chinesen also 42 % billiger produzieren und beim Verkauf selbst um stattliche 15 % unter dem deutschen Preis bleiben, so viel wird es aber gar nicht sein, dann wäre die Investition in chinesische Solarmodule um 27 % rentabler als die Investition in ein europäisches oder gar deutsches Produkt, wenn man von den Stückkosten ausgeht.«

Sannwald: »Meinst du wirklich, dass eventuelle Anleger mit so einer Milchmädchenrechnung zu überzeugen sind?«

Probst: »Ach Wilfried, hast du eine Ahnung! Du machst dir keine Vorstellung davon, was Herr und Frau Neureich dir alles glauben, wenn du nur einen anständigen Profit versprichst. Und dann zieht hier ja auch das Bewusstsein, dass man in was ethisch Gutes investiert. Die meisten Leute sind ohnehin zu unbedarft, um irgendwelche Nachforschungen anzustellen. Außerdem merkst du beim Verkaufsgespräch sofort, ob der Kunde zu kritisch ist. Dann kannst du ihm immer noch eine Bundesanleihe empfehlen.«

Gommel: »Außerdem ist das ja nicht die einzige Anlage in dem Fonds. Ein bisschen russisches Gas tun wir noch rein, spanische Windparks in Aragón und Andalusien – mit tollen Fotos von Tarifa – und dann, da hat mich kürzlich ein Geograph drauf gebracht, geothermische Bohrungen im Andreasgraben vor Kalifornien. Dazu gibt's folgende Superstory: Wenn man dort tief bohrt, um Erdwärme zu gewinnen, gelangen gleichzeitig riesige Wassermengen an die Stellen hinunter, wo sich die Pazifikplatte an der amerikanischen Kontinentalplatte reibt. Das Wasser schmiert die Platten an den kritischen Stellen, reduziert so die Reibung und Spannung und damit die Erdbebengefahr.«

Baumgartner: »Meinst du, das stimmt?«

Gommel: »Keine Ahnung. Aber es klingt doch super. Es muss einem doch ein tolles Gefühl geben, wenn man meint, dass man Geld investiert hat, damit San Francisco nicht wieder über den Haufen fliegt wie 1905 und gleichzeitig noch das eine oder andere Kernkraftwerk auseinanderbricht.«

Probst: »Und dann wird das natürlich als Geheimtipp verkauft: Papier auf dem globalen Markt, Anlage mit kurzer Zeichnungsfrist. Wer nicht gleich zugreift, hat das Nachsehen. Lieber Vorzugskunde, greifen Sie schnell zu, ehe Sie irgendjemandem auch nur ein Wörtchen davon sagen. So spricht es sich in den entsprechenden Kreisen schnell herum, ohne dass es einer an die große Glocke hängt. Golfplatzgeflüster eben.«

Sannwald: »Wie sollen wir die Einstiegssumme bemessen?«

Gommel: »Mit einer gängigen Größe, 5000 Euro würde ich sagen. Wenn wir kleinere Einheiten verkaufen, riskieren wir nur zu viel Bewegung auf den Konten und erhöhen unseren Verwaltungsaufwand. Wenn ihr einverstanden seid, dann gebe ich schon mal den Prospekt in Auftrag, und du, Georg, du kannst schon mal deinen Golf- und Akquiseurlaub in Vilamoura buchen. Du heuerst den captain an, und wenn der abgereist ist, gleich noch die copilots. Das sollten ganz dicke Fische sein. Bei der crew und den passengers macht es dann vor allem die Anzahl.«

Baumgartner: »Und wo legen wir dann unseren Gewinn an?«

Gommel: »In den USA.«

Baumgartner: »Im Ernst?«

Gommel: »Klar. Think big. Keiner zahlt regelmäßig solche Rendite aus wie Bernie Madoff. Und der fragt vor allem auch nicht, wo das Geld herkommt.«

Baumgartner: »Du meinst diesen Nasdaqpräsidenten?«

Gommel: »War er mal. Inzwischen arbeitet der nur noch für sich.«

Baumgartner: »Okay, ich nehme an, dass du dich da am besten auskennst.«

Sannwald: »Und wie wäre es mit den großen Investmentbanken? Lehman Brothers, Goldman Sachs et cetera?«

Gommel: »Klar. Dort auch. Wir verteilen das Geld ein wenig. Und die Hypo Real Estate gibt es ja auch noch. Da können wir als gute Staatsbürger sogar noch einiges Geld im Land lassen. Von der sollten wir auch möglichst bald Aktien kaufen.«

Sannwald: »Wie ich dich kenne, hast du auch schon an einen passenden Namen gedacht. Wie soll der Fonds denn heißen?«

Gommel: »Global Energy Invest, GEI, natürlich englisch ausgesprochen, tschi-i-ai.«

Sannwald: »Klingt super.«

Baumgartner: »Absolut.«

(Aus einer Telefonkonferenz vom Januar 2005)

28. November 2008
Ein buntes Produkt

Rudolph Eisele war nicht bereit, am Telefon über finanzielle Angelegenheiten zu reden. Das sei ihm zu riskant, wo doch heute jeder mit einer einfachen technischen Ausstattung, die man überall kaufen könne, in der Lage sei, private Telefongespräche abzuhören. Er wolle sich doch nicht von Krethi und Plethi in die Karten gucken lassen, sei aber gerne bereit, Kupfer in seinem Büro aufzusuchen und dort seine Aussagen zu machen. Er sei ja in dem neuen Gebäude in der Talstraße leicht zu erreichen, und auf dem Behördenparkplatz zwischen dem Finanzamt und der Polizeidirektion, da finde er immer einen Parkplatz. Da kenne er sich gut aus, denn zum Finanzamt müsse er ja immer wieder einmal. Und der Weg sei ja kein Zeitaufwand. Als Rentner habe er ohnehin genug Zeit, und man müsse ja in so einem Fall der Allgemeinheit zu Verfügung stehen, vor allem, wenn man wie er nicht die Energie aufbrächte, ständig ein Ehrenamt auszuüben. Da habe er ein richtig schlechtes Gewissen bekommen, als der Herr Oettinger kürzlich die Bedeutung des ehrenamtlichen Einsatzes in unserem Ländle so gelobt hatte.

Schwätzer, dachte Kupfer und bat ihn deshalb, am Nachmittag gegen halb fünf zu einem kurzen Gespräch zu kommen. Nach einer halben Stunde könnte er dann auf die Uhr schauen und das Gespräch beenden, dachte er im Stillen.

»Sie können ruhig gehen, ich mache das mit dem Recorder«, sagte er zu Paula Kußmaul kurz vor halb fünf und stellte das Gerät bereit.

Eisele war pünktlich, Ehrensache, wie er stolz sagte. Kupfer brauchte ihn gar nicht erst nach seiner Person zu befragen. Ehe er auch nur seinen Stuhl warmgesessen hatte, war er schon alle Personalien losgeworden. Er habe viele Jahre bei Daimler in der Buchhaltung eine gute Position gehabt, natürlich nicht von Anfang an, gleich nach der Mittleren Reife habe er angefangen und heraufarbeiten habe er sich müssen, aber das habe ja auch sein Gutes, weil man dann seinen Betrieb gut kenne und vor allem Erfahrung gesammelt habe, ehe man einen verantwortungsvollen Posten anvertraut bekommen hat.

»Wissetse, Herr Kupfer«, sagte er, indem er sich seinem Zuhörer zuneigte und mit erhobenem Zeigefinger gestikulierte, »wissetse, wenn do oiner von der Universität oder sondschtwohär kommt, do moint er, er kann ebbes, aber muoß doch immer noch sehr viel lerna, und do war i immer do und han denne Jongakademiger zeigt, wie der Hase bei ons läuft. Eigentlich müsst ich jo sagen, wie der Has gloffa isch, i ben jo nicht mehr dabei. Aber glaubetse mir, wenn man fast fuffzich Jahre, stelletse sich vor: faschd ein halbes Jahrhundert, wenn man also so lang in einem Betrieb gschafft hot, dann fühlt man sich auch schbädr noch zugehörig. Und man bekommt ja au eine guode Betriebsrente. Ond einen Jahreswagen. Also darauf tät ich nicht verzichten möchten. Bloß woiß man ja au net, wie lang des noch so weitergoht. Hättet Sie denn vor ein paar Jahren denkt, dass Daimler einmal Kurzarbeit machen muoß? Schrecklich isch des. Wenn man do net sei Leben lang gschbart het, könnt man Angst kriage.«

»Ich nehme an, Sie haben Ihr Erspartes gut angelegt«, warf Kupfer ein.

»Ja, aber emmer. Wenn man wieder ebbes beieinander g'het hot, ben i emmer glei uff d'Bank gange ond han mi beraten lassen. Aber wissetse, in den letzten zehn Jahren, also als es auf meine Verrentung zuganga isch, do hemmir, also ich ond meine Frau, mir hen uns dann a wenig weiter umguggt. Was müeset wir au mit vier bis fünfeinhalb Prozent z'frieden sei, wenn man oim anderswo acht, zehn oder gar zwölf Prozent verschbrocha hot! Man will jo bequem weiterleben können und auch mal länger verreisen. Wissetse, in meiner Position, do han i nie länger als zwei Wochen Urlaub machen kenna; do isch man halt nach Österreich hinein oder auch einmal nach Rimini hinunterg'fahre. Aber jetzt gehen wir dann für sechs Wochen nach Gran Canaria, und des muoß man natürlich zahlen können. Mei Frau will jo emmer eine Kreuzfahrt machen, aber i sag emmer, dass man für des Geld, des man da zahlen müsst, doch guot und gern ein ganzes Vierteljahr auf Mallorca oder den Kanaren am Strand sitzen und Zeitong lesen kann. Meinetse net au?«

»Weiß ich nicht. Mein Gehalt lässt zurzeit keine solchen Perspektiven zu«, antwortete Kupfer trocken. Eisele schien zu merken, dass er seinen Wohlstand etwas zu ausführlich dargestellt hatte. Er nahm eine aufrechte Haltung ein, legte die Hände in seinem Schoß zusammen und fragte in einem Ton, als sei er derjenige, der seinen Gesprächspartner zum Thema hinlenken müsste: »Was hen Sie mi eigentlich froga wella?«

Kupfer schaltete den Recorder ein.

»Wie ich Ihnen schon sagte, ist Herr Wilfried Sannwald, Banker und Finanzberater, ermordet worden. Im Zuge unserer Ermittlungen müssen wir verschiedene Kunden seiner Firma befragen, und wir haben in seinen Akten ein Schreiben an Sie gefunden, nach dem ein Gesprächstermin für eine Anlageberatung vereinbart werden sollte. Wir nehmen an, dass dieses Beratungsgespräch stattgefunden hat. Ist das so?«

»Jawoll, des hot schdattgfonde. Aber glaubetse jo net, dass i bei denen mein Geld anglegt han. Onder ons g'sagt, aber machetse jo koin Gebrauch davon, do war mir doch des Risiko viel zu hoch, auch wenn der Herr Sannwald zehn plus verschbrocha hot. Verschdandetse, zehn plus, also zehn garantiert und vielleicht sogar noch a bissle mehr. Und des heutzutage. Also liaber kriag i sieben oder acht Prozent von einem Hedgefonds, den ich seit ein paar Jahren kenn, als dass ich mich auf ein neues Produkt einlasse, das mir zu bunt aussieht.«

Er holte Atem.

»Und wie sah dieses bunte Produkt aus?«

Jetzt fühlte sich Eisele vollends in seinem Element und schien zu seiner Hochform aufzulaufen. Er legte seine Linke mit einem leichten Schlag auf den Tisch, als wollte er damit seine Worte bekräftigen, und gestikulierte heftig mit der Rechten. Es klang, als läse er einen vorbereiteten Text vor. Sogar sein lokaler Zungenschlag wurde deutlich schwächer.

»Also erst mal Aktien im Solarsektor, was es halt so an alternativen Energien gibt, aber keine europäischen Papiere, sondern vom asiatischem Markt. Wahrscheinlich China. Und dann russisches Gas. Und weiter ging es dann mit Immobilien, ziemlich weit gestreut, aber mit einer deutlichen Konzentration in Shanghai. Und Investitionen in die indische IT-Branche.«

»Und warum war das Ihnen zu riskant?«

»Es hat eigentlich gar net schlecht ausgesehen und auch der Proschbekt hat ganz gut ausgesehen. Aber wissetse, i ben ja ein alter Fuchs, ich will immer alles ganz genau wissen, i han ja schon seit dreißig Jahren Erfahrungen. Damals ist einer meiner Onkel gestorben, der kinderlos war, und seinerzeit han i zum ersten Mal Geld anlegen müssen. Also i kann Ihne sagen, des war damals vielleicht aufregend, weil man ja nichts falsch machen wella hot. 1978 war des, da war ja gerade die Flaute wieder einmal vorbei, und da wollte man ja wo anlegen, wo es nicht gleich wieder bergab gangen tät. Ich han damals denkt, i gang am beschden ...«

»Herr Eisele, entschuldigen Sie, wenn ich Sie unterbreche. Ich habe um fünf noch einen Termin«, holte ihn Kupfer zum Thema zurück.

»Ja, so, Entschuldigung«, zuckte Eisele zusammen, legte brav seine beiden Hände auf den Tisch und gab wieder den konzentrierten Anlagenanalysten.

»Es war nur so: Herr Sannwald wollte über die Informationen des Prospekts hinaus keine weiteren Informationen geben. I müsst des verstehen, dass dies Geschäftsgeheimnisse berühren täte. Er gab sich alle Mühe zu versichern, dass seine Agentur solche Papiere bereits im Gegenwert von zehn Millionen verkauft habe. Er wollte mir sogar Adressen von Kunden nennen, die dieses Papier schon gekauft hatten. Globinvest08 heißt das Produkt.«

»Klingt eindrucksvoll«, kommentierte Kupfer.

»Ja, auf jeden Fall, aber i sag Ihne, das ischd ein bunder Luftballoon, der halt so lang schdeigt, bis er platzt. Ond, ond des war für mich eigentlich das wichtigschde Argument gegen den Kauf: Es wird nicht an der Börse gehandelt. Ich kauf doch kein Papier, wenn ich den Emittenten, also den Herausgeber net kenn.«

»Und wer, meinen Sie, hat das Papier auf den Markt gebracht?«

»Dem Sannwald sei kloine Firma nadierlich.«

»Die VV4S?«

»Ja, so hoisstse.«

Kupfer war klar, dass er damit von Eisele alles erfahren hatte, was für seinen Fall wichtig war. Er stand auf, schaute auf seine Uhr und sagte: »Herr Eisele, ich nenne es einen Glücksfall, dass mir, schon ehe alle diese Akten der VV4S gesichtet sind, die Korrespondenz mit Ihnen in die Hände gefallen ist. Sie haben mir sehr wertvolle Informationen geliefert. Dafür bin ich Ihnen sehr dankbar.«

Er schüttelte ihm die Hand.

»Ich bitte Sie, Herr Kupfer, aber machet Se öffentlich jo koin Gebrauch von dem, was Sie von mir erfahre hen. Man will ja nicht als Verbreiter vertraulicher Informationen ins Gerede kommen, vor allem in Bankkreisen nicht. D'Leit schwätzet jo glei, wenn se ebbes höret. I will jo emmer no als vertrauenswürdiger Kunde ...«

»Keine Angst, Herr Eisele. Unsere öffentlichen Verlautbarungen sind immer ganz abstrakter Natur. Da werden keine Einzelheiten preisgegeben. Darauf können Sie sich verlassen.«

»Dann ben i beruhigt. Ade, Herr Kupfer, ade. Ond wenn Se wieder mol meine Hilfe brauchen solltet, dann brauchetse mi nur anrufen. Man hilft ja gern, man hat ja Zeit. Ond wisstse, man isch jo schnell bei Ihne. Früher war des net so leicht, aber jetzt mit dem schönen Behördenparkplatz nebenan. Wissetse, i muos oft uffs Finanzamt nüber, i kenn mi hier guot aus.«

»Ja, Herr Eisele, schön, das sagten Sie ja schon am Telefon. Jetzt aber entschuldigen Sie mich bitte. Ich muss vor Feierabend noch etwas Dringendes erledigen.«

»Selbstverschdändlich. Ade, Herr Kupfer, ade.« Eisele ging rückwärts zu Tür, machte einen letzten Bückling und verschwand endlich. Kupfer schloss die Tür hinter ihm, lehnte sich mit dem Rücken dagegen und atmete mit geschlossenen Augen durch.

»Für heute reicht es nun wirklich«, sagte er und machte Feierabend.

1. Dezember 2008
Aussichten und Einsichten

Am Montag nahm Kupfer die S-Bahn nach Bad Cannstatt. Vom Bahnhof aus ging er in östlicher Richtung die Bahnlinie entlang und sah nach knappen zehn Minuten das LKA links vor sich liegen. Von weitem wirkte dieser graubraune vierstöckige Komplex mit den seltsamen aufgesetzten Klötzen in Himmelblau und hellem Rostrot hermetisch abgeschlossen. Seine nach Westen hin geschlossene Front schien jeden Besucher abzuweisen. Kupfer hatte natürlich freien Zutritt. Er war angemeldet, und außerdem kannte ihn der Pförtner persönlich und begrüßte ihn freundlich: »So, der Herr Kupfer, guten Morgen, au mol wieder!«

»So isch's, auch mal wieder in der Zentrale.«

Er fuhr hoch in den vierten Stock und suchte Heiner Kleinschmidt in seinem Büro auf. Kleinschmidt studierte eben eine dicke Akte und machte sich ein paar Notizen. Dabei hatte er kaum Platz zum Schreiben, denn sein Schreibtisch war von Aktenstößen und Bankauszügen völlig überdeckt. Ordner und Schnellhefter verschiedener Größen waren über die ganze Tischplatte übereinandergeschichtet. Als Kupfer hereinkam, grüßte er ihn freundlich und bat ihn, eine Minute zu warten. Er müsse das eine Dokument nur eben noch zu Ende lesen.

Kupfer sah aus dem Fenster und erfreute sich an dem Blick über die Dächer des Motorenwerks auf der anderen Seite der Bahnlinie hinweg und das Bild aus unzähligen Grau- und Weißschattierungen, das sich dahinter öffnete. Silbern glitzerte das Sonnenlicht auf den schneebedeckten Flachdächern, und hie und da stiegen hellgraue Dampfsäulen senkrecht in den Vormittagshimmel. Und links dahinter der Württemberg mit der Grabkapelle und die Uhlbacher Weinberge.

»Studieren Sie ruhig noch ein Weilchen. Ich genieße so lange die Aussicht.«

Kleinschmidt machte seine Exzerpte, ließ schließlich aufatmend den Bleistift auf das Papier fallen und schaute Kupfer lächelnd an.

»Einen schönen Ausblick haben Sie hier. Man sieht hier doch viel, was das Herz erfreut.«

»So, meinen Sie?«

»Ja, dort das Fußballstadion und links die Weinberge. Überhaupt – Sie können hier ja über die ganzen Industrieanlagen wegsehen. So schön haben wir es in Böblingen nicht.«

»Aber doch auch nicht schlecht. Ihr sitzt doch in einem schönen neuen Gebäude.«

»Das schon. Aber ich sehe nur die Bahnlinie, ein Parkhaus und Industrie, Industrie, Industrie, eben Gewerbeanlagen. Bis auf den Krähenbühl schräg gegenüber; aber auch der ist eine Gewerbeanlage.«

»Der Krähenbühl? Wieso, was ist das?«

»Den kennen Sie nicht. Das spricht für Sie«, grinste Kupfer. »Das frühere Hotel Krähenbühl ist heute auch eine Gewerbeanlage; es ist der Böblinger Puff. Heißt jetzt Catwalk.«

»Da haben Sie ja eine nette Kundschaft gegenüber.«

»Ich nicht; ich bin ja nicht bei der Sitte. Das fehlte mir gerade noch. Aber im Ernst, von uns aus sieht man vom Daimler höchstens die Kamine und die Parkplätze von den Luxuskarossen, die gerade keiner mehr will. Aber hier sieht man die ästhetische Seite, die sportliche und kulturelle sozusagen«, sagte er und deutete auf die kleine Ecke des Mercedesmuseums, das hinter dem Fußballstadion zu sehen war. »Und dann der Blick auf die Weinberge und auf den Württemberg mit der Grabkapelle. Sie haben es wirklich schön hier.«

»Ja, eigentlich schon«, pflichtete ihm Kleinschmidt bei, »nur denkt man bei unserem Geschäft meistens gar nicht mehr an diesen schönen Ausblick. Man gewöhnt sich dran. Aber ich bin schon froh, dass ich dieses Büro erwischt habe. Aber jetzt zur Sache.« Mit den letzten Worten legte er das Foto auf den Tisch, das OW in Baden-Baden aufgenommen hatte. »Sie haben uns ein ganz interessantes Foto geschickt. Wir kennen diesen Club, auch wenn man auf den Fotos nicht alle deutlich erkennen kann. Wir haben diese Leute schon länger im Visier. Aber das ist auch alles. Wie sind Sie zu dem Foto gekommen?«

»Durch Zufall, oder besser durch zwei Zufälle. Ein Zeuge, zufällig auch noch ein Jugendfreund, meint, er hätte den untersetzten Schwarzhaarigen im Herrenberger Hallenbad gesehen, kurz bevor dieser Banker ermordet wurde, und dann hat er ihn in Baden-Baden in einem Lokal wieder gesehen und ihn fotografiert.«

»Einfach so?«

»Natürlich nicht. Er hat so getan, als würde er seine Frau fotografieren. Dabei hat er es aber mit den Nerven gekriegt. Er hat ja auch den Blitz viel zu stark eingestellt. Er hat dann fluchtartig den Heimweg angetreten. Wenn ich mir vorstelle, wie er seine Frau zum Auto gezerrt hat, muss ich fast lachen. Die arme Frau hatte ja keine Ahnung, warum er so plötzlich die Panik kriegte, bis sie dann schon unterwegs waren und er es ihr erklären konnte.«

»An seiner Stelle hätte ich mich aber auch beeilt. Diese Typen sind tatsächlich gefährlich. Schauen Sie mal her. Den Dicken hier, der sich über seinen Teller beugt, den kann man wenigstens eindeutig identifizieren. Er heißt Dmitri Gontscharow und ist ein alter Bekannter von uns. Bis 1990 war der KGB-Offizier in Berlin, ist dann irgendwann aus dem Staatsdienst ausgetreten und fungiert seither als Leiter einer Import-

Exportfirma. Offiziell hat er die Finger im Rohstoffhandel, importiert alle möglichen Rohstoffe und exportiert Maschinen nach Russland und die GUS-Staaten. Wir meinen allerdings, dass er auch Drogen und Waffen verschiebt, und es wurde ihm auch schon Mädchenhandel nachgesagt. Nur konnten wir bis jetzt noch überhaupt nichts beweisen. Der neben ihm ist sein Kompagnon, Fjodor Karamsinoff. Kommt wohl nur ab und zu nach Deutschland. Scheint seine rechte Hand in Russland zu sein. Wenn er hier ist, dann lassen es sich die beiden immer recht gutgehen. Den dritten kennen wir allerdings nicht. Sonst ist Gontscharow in einem normalen Restaurant nicht zu finden. Er musste sich wohl an diesem Tag mit den andern treffen, mit diesen zwei jüngeren Typen, mit denen geht er vielleicht lieber nicht ins feinste Lokal, da muss dann gutbürgerlich reichen. Das müssten seine Handlanger sein, die Männer fürs Grobe. Offiziell sind sie Fahrer. Der Schwarze hier könnte Nicolai Sviroff sein. Er kutschiert Gontscharow durch die Gegend, mehrfach vorbestraft wegen Körperverletzung und illegalem Waffenbesitz, und der Schmale heißt Sergei Pokrovskij, den kann man ja schon erkennen. Leitet offiziell den Fuhrpark und organisiert die Logistik. Auch der hat ein paar Vorstrafen. Ich würde keinem von denen über den Weg trauen, nicht mal bei Tag. Wenn wir Sviroff den Mord in Herrenberg nachweisen könnten, dann hätten wir endlich einmal etwas gegen diese Bande in der Hand.«

»Einen Ansatz hätten wir schon«, sagte Kupfer. »Wir können nachweisen, dass Pokrovskij als Frau Ilona Gersky in Dresden das Auto angemietet hat, das nach dem Mord auf dem Parkplatz vor dem Hallenbad zurückgelassen wurde. Der Täter hat ja das Auto seines Opfers mitgenommen.«

»Ich weiß. Und von dem sehen wir auch garantiert nichts mehr. Wenn ich den Verein richtig einschätze, dann hat Gontscharow das Auto schon in den Osten verkauft. Wir hier trauen denen alles zu, den Anschlag auf Gommel und die beiden hässlichen Morde. Aber schauen wir mal in den Computer. Vielleicht gibt es da noch etwas Neues.«

Kleinschmidt gab einen bestimmten Code und den Namen Nicolai Sviroff ein.

»Da schauen Sie mal, was wir über ihn alles haben. Oh, und was ist das? – 20. 11. 2008. Ist das nicht der Tag, an dem dieser Sannwald in Herrenberg ermordet wurde? – Doch. Dann kann es Sviroff aber nicht gewesen sein. Der hat ein wasserdichtes Alibi: Er war morgens um acht in der Frankfurter Innenstadt in einen Verkehrsunfall verwickelt. Hat einen Auffahrunfall produziert. Was steht da? ›Sagt aus, er habe in diesem Moment eine CD aus dem Handschuhfach nehmen wollen.‹ Schade, Kollege Kupfer, schön wär's gewesen, wenn wir ihm den Hallenbadmord hätten anhängen können. Aber das wird wohl nichts.«

»Ja, dann müssen wir anders ansetzen. Deswegen bin ich ja auch hier. Die drei Opfer haben mit einem vierten zusammen eine Vermögensverwaltung betrieben. VV4S nannten sie sich.«

»Auch das haben wir in Erfahrung gebracht. Jetzt nur noch VV2S?« Kleinschmidt lachte sarkastisch.

»Sieht so aus, als ob aus den Akten dieser Firma das Motiv erschlossen werden kann. Wie weit seid ihr damit?«

»Leider noch nicht sehr weit. Wir sind zurzeit unterbesetzt, und einer von uns liegt ausgerechnet heute in der Klinik. Bänderriss beim Kollegensport.«

»Mist. Dann wisst ihr noch gar nichts?«

»Nicht gerade viel.«

»Wenn das so ist«, begann Kupfer vorsichtig, »möchte ich mal mit einer Vermutung rausrücken.«

Kleinschmidt sah ihn fragend an und nickte aufmunternd.

»Wie wir sicher wissen, wurden zwei Tage nach der Ermordung Sannwalds zwei Aktenordner aus seinem Büro gestohlen. Ein ziemlich professioneller Bruch übrigens. Und diese Ordner waren mit NOPIZ beschriftet. Und das ist nichts anderes als ein Anagramm des Namens PONZI. Und der steht ...«

»... für ein Schneeballsystem«, sagten die beiden Kriminaler unisono.

»Wunderbar, diese Einmütigkeit. Aber jetzt sollten wir noch herausfinden, wer mit diesem System geleimt wurde, und vor allem, ob die Russen unter den Kunden der VV4S waren. Wo hat denn Gontscharow seinen Standort?«

»Überall ist er anzutreffen, aber man kann sagen, dass seine Aktivitäten sich auf Frankfurt, Dresden, Berlin und Wien konzentrieren.«

»Das passt schon irgendwie. Pokrovskij mietete sein Auto in Dresden und Gommel lebt ja in Frankfurt und arbeitet dort als Broker. Und der vierte Teilhaber der VV4S sitzt ja in Dresden.«

»Dann sollten wir auf den ein bisschen aufpassen«, meinte Kleinschmidt.

»Das ist schwierig. Der ist im Moment verschwunden, mitsamt seiner Familie.«

»Trotzdem. Das wissen die Russen sicher nicht. Wir lassen sein Haus überwachen. Es wäre ja möglich, dass dort jemand von den Russen auftaucht, und das würde mindestens unseren Verdacht bestätigen. Und was die VV4S betrifft, bin ich überzeugt, dass sie in Gontscharow einen ebenso reichen wie brutalen Kunden hatte, falls er wirklich sein Geld bei ihr anlegte.«

»VV4S als Geldwaschanlage?«

»Könnte schon sein. Wenn Gontscharow einen Teil seines Kapitals nicht in seinem eigenen Unternehmen gelassen hat, dann kann es dafür ja nur einen Grund geben. Das Geld war nicht sauber. Aber da kommen wir im Moment nicht weiter.«

»Aber über Sannwalds Spur schon«, sagte Kupfer. »Ich möchte Sie deswegen bitten, mich zur Südwestdeutschen Handelsbank zu begleiten und mit mir ein bisschen an Sannwalds Arbeitsplatz ermitteln. Das ist sicher sehr interessant, aber ohne einen Wirtschaftler an meiner Seite würde ich mich ehrlich gesagt etwas überfordert fühlen. Wir sollten uns bei der Bank einen Termin geben lassen.«

»Machen wir. Sobald es geht. Ich brauche zur Abwechslung wieder einmal einen Außentermin«, grinste Kleinschmidt und griff nach dem Telefon.

Erfolgsmeldung

Probst: »Darauf geb ich keinen Pfifferling. Mir ist das doch völlig egal.«

Sannwald: »Ich weiß nicht. Manchmal habe ich doch leichte Skrupel.«

Probst: »Hör doch damit auf. Wenn Gontscharow sein Geld nicht bei uns anlegt, dann findet er jemand anderen. Verhindern kannst du das nicht.«

Sannwald: »Aber wenn dir doch klar ist, dass er uns als Geldwäsche benutzen will, dann könnten wir doch auch Schwierigkeiten kriegen, wenn er einmal auffliegt.«

Probst: »Nein, keinesfalls. Offiziell hat er ja eine Import-Exportfirma. Maschinen nach Russland, Rohstoffe nach Westeuropa. Und was er sonst noch liefert, geht uns gar nichts an. Ich habe natürlich seine Bilanzen nicht gesehen, will ich auch gar nicht, aber ich denke mal, dass bei seinem Geschäftsvolumen eine ganze Liste von legalen Geschäften vorliegen muss. Denn so dumm ist der Zoll ja auch nicht.«

Sannwald: »Und wie soll das Geld transferiert werden?«

Probst: »Daueraufträge an dich von verschiedenen Konten aus, immer knapp unter 10 000. Und die großen Einzahlungen in die Schweiz.«

Sannwald: »Wenn das mal gut geht.«

Probst: »Wieso nicht? Im Spielkasino laufen jede Menge Leute herum, die das mit anderen Banken und Vermögensverwaltungen ähnlich machen. Kein Mensch fragt danach, woher das Geld stammt, solange die Einzahlungen unter dem kritischen Limit bleiben. Da können die Zahlungen noch so regelmäßig eingehen. Euch bei der Südwestdeutschen freut es doch auch, wenn ein sehr liquider Kunde laufend eure Bilanz aufbessert, oder?«

Sannwald: »Ja, sicher.«

Probst: »Und Gontscharow hat eben seine Niederlassungen an verschiedenen Orten. Und da kommt das Geld eben zwangsläufig aus Moskau, Petersburg, Kiew, Frankfurt, Dresden oder sonst woher. Das ist doch ein ganz normaler Vorgang.

Wenn wir mit dem ins Geschäft kommen, können wir jede Pyramide abstützen.«

Sannwald: »Und woher nehmen wir seine Rendite?«

Probst: »Das machen wir schon, Markus und ich. Endlich haben wir das Grundkapital für die Börse. Ich sage dir, es geht aufwärts mit uns.«

Sannwald: »Hast du Karl was von Gontscharow gesagt?«

Probst: »Da wäre ich schön dumm. Er würde doch alles nur kompliziert machen. Dem kann man so was erst sagen, wenn sich die Sache schon ziemlich rentiert hat. Sonst kriegt er kalte Füße, unser Herr Notar.«

Sannwald: »Aber er ist schon in Ordnung.«

Probst: »Das bestreite ich ja gar nicht, aber halt ein bisschen zimperlich. Ich muss ja eigentlich über ihn lachen.«

Sannwald: »Wieso?«

Probst: »Wieso? Siehst du den Widerspruch nicht oder willst du ihn nicht sehen? Bei Gontscharow hätte er Bedenken, weil das Geld nicht sauber ist, wie er sagen würde. Wenn er sich aber bei seinen Mündeln große Beträge für unsere Operationen leiht, dann hat er keine, weil das Geld ja von seiner Herkunft her sauber ist, wie er sich einredet.«

Sannwald: »Ja, schon witzig. So hat eben jeder seine eigene Denke.«

(Aus einem Telefongespräch vom November 2005)

1. Dezember 2008
Zunge sagt aus

Die Zunge auf der Arschbacke hieß Andreas Beerstecher und wohnte erst seit kurzem in einem kleinen Dorf am Schönbuchrand, keine fünf Kilometer von Herrenberg weg. Nachdem seine Ehe zu Bruch gegangen war, hatte ihn seine Frau aus der gemeinsamen Wohnung in Stuttgart hinausgeworfen. Bis er eine dauerhafte Bleibe finden würde, war er in der Einliegerwohnung im Neubau eines Kollegen untergekommen. Vor vier Wochen schon war er eingezogen, aber er wohnte noch nicht, er hauste nur dort. Ein Telefon hatte er noch nicht einmal beantragt, weil er diese Bleibe als Übergangslösung betrachtete. So blieb Kupfer nichts anderes übrig, als den Zeugen aufzusuchen.

»Ich komme morgen etwas später«, sagte er zu Paula Kußmaul. »Ja, ich nehme mir meinen Freizeitausgleich, weil ich ja heute Abend noch diesen Typ mit der Zunge auf dem Arsch erwischen muss«, fügte er hinzu, weil sie ihn schief angesehen hatte.

Der Neubau, ein weiß verputztes Einfamilienhaus mit Kellerwohnung, stand auf einem für den Ort typischen Hanggrundstück. Es gab noch keinen befestigten Weg über den Bauplatz, und Kupfer knipste seine Taschenlampe an, um zwischen den Pfützen und matschigen Stellen einen trittfesten Pfad zu finden, auf dem er seine Schuhe nicht allzu sehr mit Dreck verschmieren würde. Aber es nützte wenig. Der Boden war durchweicht und nur nach ein paar Schritten merkte er, dass schwerer Lehm an seinen Sohlen klebte.

An der Klingel fehlte noch das Namensschild. Aber nach der Hausnummer zu schließen, musste Kupfer an der richtigen Adresse sein. Auf sein Klingeln hin zeigte sich im Türrahmen ein Mann in blauer Latzhose und kragenlosem Hemd. Sein blondes Haar war sehr kurz geschnitten, nicht so der Oberlippenbart.

»n' Obed«, grüßte er maulfaul und musterte Kupfer von oben bis unten.

»Guten Abend«, grüßte Kupfer, »entschuldigen Sie bitte, dass ich Sie einfach so herausklingle. Ich möchte gerne zu Herrn Beerstecher.«

»Der Beerstecher, der wohnt onta. Da miaset se aber außa rom«, sagte der Hauswirt mit einem Blick auf Kupfers Schuhe. Machte ihm die Tür vor der Nase zu und ließ ihn im Dunkeln stehen. Solch herber ländlicher Charme überraschte den Kommissar.

»Saubauer«, zischte er leise vor sich hin. Im schwachen Schein der Taschenlampe sah er, dass der Hausherr einen schmalen Schotterpfad rund um sein Haus gelegt hatte, der zum Abgang zur Kellerwohnung führte. Er ging die Treppe hinab und klingelte. Zunächst rührte sich gar nichts. Aber Kupfer sah Licht. Er klingelte ein zweites Mal. Dann ging eine Tür, er hörte Schritte, und schon stand der baumlange Kerl vor ihm: barfüßig in Pantoffeln, grauer Jogginghose, blauem Unterhemd, Handtuch über der Schulter, nasse Haare.

»Entschuldigung, ich stand gerade unter der Dusche.«

»Guten Abend. Kupfer, Kriminalpolizei.«

Der Lange stutzte.

»Kriminalpolizei? Warum? Guten Abend.«

»Ich brauche eine Zeugenaussage von Ihnen wegen dem Mord im Hallenbad. Vielleicht haben Sie davon gelesen.«

»Gelesen nicht, aber gehört. Kommen Sie herein.«

Kupfer schaute etwas verlegen an sich herunter und sagte: »Die ziehe ich lieber aus, oder?«

»Ja, wenn Sie so freundlich wären. Hausschuhe kann ich Ihnen aber keine anbieten.«

In Strümpfen betrat Kupfer das Haus. Das Untergeschoss war mit grauem Kalksandstein ausgemauert und noch nicht verputzt. Von der Decke hing eine einsame 40-Watt-Birne an einem Kabel, ein paar aufgestapelte Umzugskisten verengten den Durchgang. Der Lange ging voran in ein großes weiß gestrichenes Zimmer, das bis auf ein paar Kisten, eine Matratze und einen kleinen Sessel noch leer war. Er hob einen rot-grau gestreiften Bademantel vom Boden auf und hängte ihn sich über.

»Tut mir leid, dass es hier so aussieht. Ich bin noch nicht dazu gekommen, mich richtig einzurichten. Aber wenigstens ist es warm hier.«

Er wies Kupfer den kleinen abgewetzten Sessel an, der zwischen den Kisten stand, und nahm ihm gegenüber auf einer Umzugskiste Platz. Ein weiterer Umzugskarton zwischen ihnen diente als Couchtisch. Auf Zeitungspapier hatte Beerstecher sein Abendbrot vorbereitet: einen halben Laib Brot, ein gutes halbes Pfund fette Mettwurst, eine Tube Senf und eine Flasche Bier. Daneben stand eine halbvolle Bierkiste.

»Darf ich Ihnen ein Bier anbieten? Aus der Flasche? Die Gläser sind noch nicht ausgepackt.«

Kupfer zögerte. Er schaute auf seine Armbanduhr.

»Viertel nach sieben. Eigentlich bin ich nicht mehr im Dienst. Ja, danke.«

Der Lange öffnete eine Flasche, reichte sie Kupfer und sagte: »Nehmen wir erst einmal einen Schluck.«

»Prost.«

Beide taten einen langen Zug und stellten ihre Flaschen dann auf den Boden.

»Aah«, machte der Lange genüsslich, wischte sich mit dem Handrücken über den Mund und fügte hinzu: »Ich sag immer, beim Schwimmen und beim Biertrinken ist der erste Zug der beste.«

»Womit wir schon beim Thema sind«, lachte Kupfer. »Waren Sie schon oft morgens um diese Zeit im Hallenbad?«

»Nein, ich war erst zweimal dort. Ich muss etwas für mich tun. Ich habe gerade eine Scheidung hinter mir. Den Ärger können Sie sich gar nicht vorstellen, falls Sie so was nicht selbst durchgemacht haben. Ich muss mich bewegen, sonst werde ich das ganze Adrenalin nicht mehr los. Aber damit will ich Sie nicht langweilen. Das Hallenbad liegt auf meinem Weg zur Arbeit, ich muss ja bloß einen kleinen Schlenker fahren, das ist sehr praktisch für mich. Aber was mich erst mal interessiert: Woher wissen Sie denn, dass ich an dem Morgen im Hallenbad war?«

Kupfer grinste über das ganze Gesicht.

»Sie haben da an einer markanten Stelle eine etwas farbenfrohe Tätowierung. Die war einem aufmerksamen Zeugen aufgefallen, und als sie dann das zweite Mal im Hallenbad waren, hat man Ihr Autokennzeichen notiert.«

»Ja, die Zunge«, lachte er, »da haben Sie aber Glück gehabt, dass ich mir die habe machen lassen. Da war ich wohl ziemlich voll, weil meine Ex mir so viel Ärger machte. Sie können sich gar nicht vorstellen, wie ...«

»Schon gut«, unterbrach ihn Kupfer, »ich möchte Sie bloß fragen, ob Ihnen an dem Morgen etwas Besonderes aufgefallen ist. Wir wissen, dass Sie den Duschraum als Zweitletzter verlassen haben. Haben Sie irgendetwas Besonderes bemerkt?«

»Erst einmal nicht. Ich habe mich angezogen und bin dann unter den Föhn gegangen. Wenn man den Kopf unterm Föhn hat, hört man ja ohnehin nichts. Aber wie ich die Treppe hinaufgegangen bin, da kam einer von hinten und hat mich überholt. Der ist fast gerannt. Angerempelt hat er mich, ohne sich zu entschuldigen. Wo haben sie den laufen lassen, hab ich mich gefragt. Und warum er mir außerdem auffiel, war, dass er einen dicken Anorak anhatte, so einen gesteppten dunkelblauen mit abnehmbaren Ärmeln, und trotzdem noch einen Mantel überm Arm trug, einen schwarzen. Und dann kam er wohl nicht so schnell durchs Drehkreuz, wie er wollte. Er stand dort und schimpfte, aber nicht auf Deutsch. Das war Russisch, Polnisch oder Tschechisch vielleicht; ich kann diese slawischen Sprachen nicht unterscheiden. Ich dachte noch, was ist mit dem Spinner los, und hab ihm dann nachgeschaut, wie er zum Parkplatz hinübergerannt ist. Und komischerweise war er dann trotzdem noch nicht weg, als ich bereits in meinem Auto saß und weggefahren bin. Und ich hatte es nicht sehr eilig.«

»War der Parkplatz voll?«

»Ja, und ich hatte den Eindruck, dass der Typ sein Auto suchte.«

»Das haben Sie gut beobachtet. Wie wir wissen, ist er mit dem Auto seines Opfers weggefahren. Können Sie den Mann beschreiben?«

»Lassen Sie mich nachdenken. Wesentlich kleiner als ich, höchstens eins fünfundsiebzig, untersetzt, kurzgeschnittenes schwarzes Haar, dunkle Hose, dunkelblauer gesteppter Anorak und weiße Turnschuhe. Die fielen mir besonders auf. Sein Gesicht habe ich nicht gesehen.«

»Schade. Das hatte ich vor allem gehofft. Trotzdem, vielen Dank. Ich notiere mir, was Sie gesagt haben, und falls es notwendig werden sollte, würden wir Sie bitten, Ihre Aussagen mit einer Unterschrift zu bestätigen. Aber für den Moment reicht es auch so.«

Kupfer stieg in seine schmutzigen Schuhe und verabschiedete sich.

***

OW war ebenso neugierig wie ungeduldig. Kupfer war kaum zu Hause, da wurde er auch schon von OW angerufen.

»Und? Darfst du oder kannst du mir noch etwas erzählen? Ich bin so was von neugierig.«

»OW, ich darf doch eigentlich gar nicht ...«

»Komm, Siggi, das weiß ich doch. Aber mir kannst du doch sagen, was mein Beitrag zu deinem Fall gebracht hat? Oder? Ich erzähl es höchstens Emma, und die hält dicht.«

Kupfer wollte eigentlich nicht so recht raus mit der Sprache, entschied sich dann aber doch, OW die Neuigkeiten zu eröffnen, weil er damit seine Aufregung und Neugier zu dämpfen hoffte.

»Schlechte Karten, mein Lieber«, begann er. »Auf deinen Fotos kann man genau den Mann, den du gesehen haben willst, einfach nicht deutlich genug erkennen. Die vom LKA kennen zwar einen aus dem Umkreis von dem dicken Russen, der dieser dunkelhaarige Typ auf dem Foto sein könnte. Aber gerade der war zur Tatzeit in Frankfurt in einen Unfall verwickelt. Und unser Zeuge mit der Zunge auf dem Arsch hat zwar gesehen, wie einer aus dem Hallenbad raus ist und Sannwalds Mantel über dem Arm hatte. Aber sein Gesicht hat er nicht gesehen.«

»Schade. Dann hat meine Hetzjagd ja gar nicht so viel gebracht, und meine Fotos auch nicht«, sagte OW enttäuscht.

»So sehe ich es nicht, lieber Otto, das hat schon was gebracht, nur nicht so viel, wie wir dachten. Es wäre aber auch zu schön gewesen. Übrigens, noch ein witziges Detail, der Zeuge hat mir gestanden, dass er nicht ganz nüchtern war, als er den Hintern hingehalten hat.«

»Wie?«

»Als er sich die Zunge hat auf den Arsch tätowieren lassen.«

»Ach so.«

2. Dezember 2008
Heia Safari!

Kleinschmidt und Kupfer hatten sich für den nächsten Tag einen Termin bei der Südwestdeutschen Handelsbank geben lassen. Da Kupfer ohnehin zu einer Besprechung ins LKA musste, holte er seinen Kollegen in dessen Büro ab.

»Morgen, Herr Kollege.«

»Morgen, Herr Kleinschmidt. Wenn ich diesen Wust von Akten und Kontoauszügen vor Ihnen sehe«, sagte Kupfer zunächst, »tun Sie mir richtig leid. Da möchte ich mich nicht jeden Tag durchfressen müssen. Ein Glück, dass Sie hier so einen entspannenden Ausblick haben. Der gefällt mir auch heute wieder.«

»Nett von Ihnen, Herr Kollege. Dank für Ihr freundliches Mitgefühl. Aber Sie brauchen mich nicht zu bedauern. Überhaupt nicht. Für mich sind diese Recherchen so unterhaltsam wie ein Gang durch den Zoo. Ich schaue mir all die gefräßigen Raubtiere an und studiere ihr Verhalten.«

»Panther, Tiger und Löwen?«

»Nicht nur. Das wäre ja etwas öde. Sagen wir mal so: Es reicht vom Wiesel oder Marder bis zum Tyrannosaurus rex oder von der Bachforelle bis zum Hai oder Zahnwal.«

»Und wo würden Sie unsere Kunden ins Tierreich einordnen?«

»Nach Größenordnung und Verhalten unter die Hyänen und Schakale.«

»Na, das ist aber wenig schmeichelhaft«, kommentierte Kupfer mit erhobenem Zeigefinger.

»Passt aber genau. Schakale und Hyänen beißen sehr kräftig zu, ohne aber selbst viel zu riskieren.«

»Sie meinen also, die VV4S hat nicht viel riskiert?«

»Ja, einerseits ja, andererseits nein. Diese Typen scheinen ständig mit fremdem Kapital für die eigene Tasche spekuliert zu haben, ohne dass es ihre Klienten wussten. Das ist kein Raubtierkapitalismus, wie ihn Helmut Schmidt beschrieben hat, sondern stinkend feiger Hyänenkapitalismus. Selbst Heuschrecken sind vergleichsweise fair, weil man sie sieht – auch wenn man meistens nichts gegen sie ausrichten kann.«

»Sie hätten Biologe werden sollen«, lachte Kupfer.

»Das braucht es nicht. Wir haben zwei Kinder, und die wollen immer wieder einmal in der Wilhelma Tiere angucken und da gehe ich immer gerne mit und mache mir so meine Gedanken.«

»Gut, dass Sie Ihren Job so sehen können. Na dann: Heia Safari! Haben Sie unsere Hyänen schon zur Strecke gebracht?«

»Noch nicht ganz. Aber ich komme ihnen so langsam auf die Schliche. Bis jetzt haben wir herausgefunden, dass die Firma einen Fonds aufgelegt hat, der gar keinen realwirtschaftlichen Hintergrund hatte oder, besser gesagt, reiner Betrug war. Die Kunden meinten, sie investierten weltweit in alternative Energien. Aber wir finden keine einzige Überweisung an eine derartige Firma. Die haben Millionen über Millionen eingenommen und keinen Cent in irgendwelche industriellen Projekte investiert. Allerdings bekamen die Investoren mindestens bis Ende 2007 die 10 % Rendite ausbezahlt, die man ihnen versprochen hatte. Sieht nach einem Schneeballsystem aus. Und außerdem haben sich die Brüder wahrscheinlich Geld am Finanzmarkt verschafft. Wir wissen nur noch nicht wie und wo. Aber das dauert keine paar Tage mehr, bis wir das Geschäft der VV4S komplett darstellen können.«

Er stand auf und schob seinen Stuhl zurück. »So, jetzt mache ich meinen Aktendeckel zu und wir gehen zusammen zur Südwestdeutschen Handelsbank.«

»Sehr schön, und ich bin überzeugt, dass wir dort noch etwas schlauer werden«, sagte Kupfer. »Verlassen wir also das Hyänengehege.«

»Ja, auf zu den Löwen.«

***

Sie fuhren mit der S-Bahn bis Stadtmitte und nahmen den Ausgang zur Königstraße hin.

»Hatten Sie schon einmal mit dieser Bank zu tun?«

»Nein. Bisher nicht. Es ist ja auch nicht gerade eine von den größten. Nur will das nichts heißen. Weder die Integrität noch ihr Gegenteil sind von der Größe eines Geldinstituts abhängig.« Dazu konnte Kupfer nichts sagen und nickte nur mit dem Kopf. Kleinschmidt brauchte aber auch keinen Kommentar. Er redete einfach weiter.

»Ich sage Ihnen mal was. Vor ein paar Jahren ist eine Verwandte von uns durch eine Erbschaft zu einem nennenswerten Sümmchen gekommen und ging damit zu einer sehr bekannten Bank, um sich beraten zu lassen. Und da bot ihr die Anlageberaterin von sich aus an, das Geld in Luxemburg oder Liechtenstein verschwinden zu lassen. Meine Verwandte hat das im Moment gar nicht gleich begriffen. War ja bloß eine Frage, meinte die Bankangestellte schnell und legte flink ein anderes Angebot vor.«

»Und was hat Ihre Verwandte gemacht?«

»Sie hat das Geld im Land gelassen und brav ihre Steuern bezahlt, wie man es vom ehrbaren Bürger erwartet. Sie hat etwas von dem Betrag sogar noch dem Roten Kreuz gespendet. Das ist aller Ehren wert. Aber bei meinem Job werd ich den Eindruck nicht los, dass so ehrbare Leute von gewissen Kreisen eher belächelt werden.«

»Wahrscheinlich haben Sie Recht. Ich hab in den letzten Wochen erlebt, für wie unverzichtbar solche Leute ihren Wohlstand halten. Während wir uns zum Beispiel Sorgen machen müssen, weil die Heizölrechnung ein riesiges Loch in unseren Etat reißt, klagen andere Leute darüber, dass sie im Erbfall nicht die Millionen haben, um ihre Geschwister auszuzahlen. – ›Was denken Sie, wie das wehgetan hat‹, sagte Frau Sannwald zu mir.« Kupfer lachte durch die Nase und fügte grinsend noch hinzu: »Fast hätte ich sie noch bedauert, die Arme.«

»Wo wir jetzt anfangen, so nett zu lästern, noch eine kleine Geschichte, die meine Frau erlebt hat. Sie steht im Supermarkt am Fischstand und muss warten. Neben ihr kauft so eine aufgetakelte Fregatte ein Kilo vom teuersten Lachs. Und wie sie den Preis hört, sagt die doch zur Verkäuferin: ›Früher war der Lachs noch viel teurer. Da war Lachs essen noch was Besonderes, was sich nicht jeder hat leisten können. Eigentlich schade, oder?‹ Die muss hirnkrank gewesen sein.«

»Ja, selbst schuld, wenn sie nicht mehr weiß, welche Delikatesse für sie gut genug ist.«

Die beiden lachten hämisch und gingen auf den Eingang der Bank zu, der relativ unauffällig in einem großen Block zwischen einem Geschäft für Designmöbel und einem schicken Lokal lag. Nur ein schmales blaues Schriftband in Frakturschrift zeigte an, dass es sich dabei um einen Eingang zu einer Bank handelte. Das Milchglas der Fenster verwehrte den Einblick. Durch die Oberlichter sah man die abgehängte weiße Decke mit den eingelassenen Leuchten. Man hätte hinter diesen Fenstern jedes beliebige Büro vermuten können.

Ein weicher grüner Teppichboden dämpfte ihre Schritte. Diskret elegante Stille. Von den vier Schreibtischen in dem großen Raum waren nur zwei besetzt. An einem besonderen kleinen Tisch führte eine Angestellte mit einem älteren Ehepaar ein Beratungsgespräch. Sie sprach mit verhaltener Stimme, und schon allein ihr Seitenblick zeigte Kupfer und Kleinschmidt an, dass sie einen großen Abstand zu wahren hatten. Ein schlanker dunkelhaariger Schnauzbartträger schaute von seinem Monitor auf, legte sofort seine Lesebrille ab und erhob sich von seinem ledernen Schreibtischsessel. Mit langen Schritten kam er auf sie zu und reichte ihnen die Hand.

»Guten Tag, Henschel mein Name, was kann ich für Sie tun?«

Kupfer beugte sich etwas vor und sagte leise: »Kriminalpolizei, Fall Sannwald.«

Henschel zog die Brauen hoch und winkte die beiden wortlos in einen Nebenraum.

»Ich danke Ihnen für Ihre Diskretion. Wir sind alle fassungslos erschüttert. Wir haben keine Erklärung für dieses Verbrechen, und solange die Sache nicht aufgeklärt ist, möchten wir nicht, dass irgendwelche Gerüchte unter unseren Kunden kursieren.« Er schaute unsicher zwischen Kleinschmidt und Kupfer hin und her.

»Dafür haben wir natürlich Verständnis. Es ist ja auch im Sinne unserer Ermittlungen, dass nicht alles Mögliche über diese Mordfälle erzählt wird.«

»Mordfälle sagen Sie?« Henschel sah ihn erschrocken an.

»Ja. Wir nehmen an, dass ein enger Bezug zu einem Mordfall in Baden-Baden besteht.«

Kupfer machte eine Pause. Henschels Gesichtsausdruck änderte sich nicht. Er hatte von Probsts Ermordung wohl tatsächlich nichts gewusst.

»Wie gut kannten Sie Herrn Sannwald?«

»Wie man eben Kollegen kennt. Wir hatten nur beruflich miteinander zu tun, eigentlich sehr wenig, weil Herr Sannwald als Einziger die Privatkunden betreute, während ich es mit Firmen zu tun habe. Das ist eine völlig andere Sparte. Ich bin zwar hier Geschäftsführer, aber ...« Er vollendete den Satz nicht.

»Und Herrn Sannwalds Bereich war nicht so groß wie der Ihre?«

»Natürlich nicht. Aber Herr Sannwald war sehr tüchtig und hat das Privatkundengeschäft enorm ausgebaut, seit er bei uns ist. Er hat es fast verdoppelt. Aber es macht immer noch weniger als ein Drittel unseres gesamten Umsatzes aus.«

»Wussten Sie, dass Herr Sannwald mit drei Kompagnons zusammen eine Vermögensverwaltung betrieben hat?«

»Nein. Das ist mir neu. Das wusste hier sicher niemand. Und es ist auch nicht üblich, dass Angestellte unserer Bank Geschäfte auf eigene Rechnung machen. Sind Sie denn sicher, dass es so war?«

»Absolut«, schaltete sich Kleinschmidt in das Gespräch ein. »Ich war in den letzten Tagen mit nichts anderem als den Akten dieser netten kleinen Firma beschäftigt. VV4S nennt sie sich.«

»Was heißt das?«

»Es waren vier Teilhaber«, erklärte Kupfer. »Nach Aussagen von Frau Sannwald kannten sie sich vom Studium in Tübingen her und schwammen mal in derselben Kraulstaffel. Wahrscheinlich heißt die Abkürzung ›Vermögensverwaltung Vier Schwimmer‹.«

»Okay, solange die Vermögensverwaltung nicht ins Schwimmen kommt, wenn ich so sagen darf«, witzelte er etwas unbeholfen und wurde sofort wieder ernst. »Nein, das ist absolut nicht üblich, dass jemand von uns außerhalb der Bank Geschäfte macht.« Er schüttelte tadelnd den Kopf, als seien Kleinschmidt und Kupfer für den Fauxpas seines Kollegen verantwortlich.

»Nun, Herr Henschel, der Mörder hat nicht nur Herrn Sannwalds Auto mitgenommen, sondern auch sein Notebook und sein Handy. Wir haben in seinem Büro zu Hause viele Akten sicherstellen können, aber es fehlen uns zwei entscheidende Ordner. Und da möchten wir Sie um Ihre Hilfe bitten. Wir nehmen an, dass er vieles von seinem Arbeitsplatz aus organisiert hat und brauchen daher Einblick in die Konten, die er hier geführt hat. Der Mann, der in Baden-Baden ermordet wurde, übrigens auf dieselbe Weise wie Herr Sannwald, war einer der vier Teilhaber. Und damit nicht genug. Auf einen dritten Geschäftspartner wurde auf der Straße ein Anschlag verübt. Er kam dabei fast ums Leben. Sie werden sicher verstehen, dass wir da einen Einblick in Herrn Sannwalds Geschäfte nehmen müssen. Wir wäre Ihnen sehr dankbar, wenn Sie uns jetzt schon einen Einblick gewähren würden, obwohl der Durchsuchungsbeschluss noch aussteht. Beantragt ist er schon, und wir werden ihn zweifellos bekommen.«

Henschel machte ein besorgtes Gesicht.

»Ja, natürlich«, sagte er wie geistesabwesend. »Da wird es einem ja ganz anders.« Er ging voran die Treppe hinauf in Sannwalds Büro.

»Ich kann Ihnen das Passwort geben und hoffe, dass Sie dann finden, was Sie suchen.«

Er fuhr den PC hoch und gab den Code ein.

»Bitte, meine Herren. Ich darf Sie jetzt allein lassen. Wenn Sie mich brauchen, drücken Sie die 3.«

Er deutete auf das Telefon und verließ das Büro. Kleinschmidt setzte sich an Sannwalds Schreibtisch.

»Dann wollen wir mal«, sagte er zuversichtlich, aber schon im nächsten Moment starrte er mit ernstem Blick auf den Bildschirm.

»Was ist?«

»Das Passwort gilt nur für eine Partition. An die andere kommen wir nicht ran. Wenn Henschel auch nicht weiter weiß, müssen wir den PC mitnehmen und unsere Informatiker darauf ansetzen.«

Er drückte am Telefon die Taste 3. Henschel nahm sofort ab.

»Was gibt es?«

Kleinschmidt erklärte den Umstand. Henschel bedauerte, dass er nicht helfen konnte. Von dieser Partition habe er nichts gewusst, sagte er. Wenn er mit Sannwald etwas zu tun gehabt habe, sei ihm an seinem PC nie etwas aufgefallen. Natürlich sei es ihm nicht angenehm, dass er den PC nun außer Haus geben müsse, das seien ja eigentlich Geschäftsunterlagen. Aber er sehe die Zwangslage schon ein. Kleinschmidt schaute Kupfer missmutig an.

»Mist«, sagte er. »Wären wir nur mit dem Auto hergekommen. Oder haben Sie Lust, diesen Tower durch die Gegend zu tragen?«

»Nein«, sagte Kupfer. »Aber wir können ihn nicht hierlassen. Wissen Sie was? Wir tragen ihn zusammen ins nächste Café und setzen uns dort hinein, bis wir abgeholt werden.«

»Sie können ihn ruhig hierlassen und später abholen«, bot Henschel an. Aber Kleinschmidt wollte das Angebot nicht annehmen.

»Bitte haben Sie Verständnis dafür, dass wir ihn sofort mitnehmen. Das hat nichts mit Misstrauen zu tun. Es entspricht nur unserer Arbeitsweise.«

Er griff nach seinem Handy und forderte ein Fahrzeug an.

Henschel stand einen Moment unentschlossen da, als wüsste er nicht, ob er sich nun zurückziehen sollte oder nicht, und sagte dann etwas zögerlich: »Vielleicht ist da noch etwas, was die Herren unter Umständen interessieren könnte. Ich kenne ja nicht Ihre Zuständigkeit. Möglicherweise sollten wir, oder hätten wir schon längst die Angelegenheit melden sollen.«

»Uns? Im Sinne einer Anzeige?«, fragte Kleinschmidt.

»Ja, als Anzeige gegen Unbekannt. Unser IDS hat angezeigt, dass jemand über das Internet in unser Intranet eingedrungen ist.«

»Wann?«

»Anfang November.«

»Und das haben Sie noch nicht angezeigt? Wieso nicht?«

»Nun, es ist so«, begann Henschel verlegen, »wir haben die Bedeutung dieses virtuellen Einbruchs noch nicht ermessen können. Es wurde auf keine Konten zugegriffen, so dass wir annehmen, dass es nur ein jugendlicher Hacker war, der sich oder seinen Kumpeln etwas beweisen wollte. Wenn es ein zweites Mal passiert wäre, hätten wir sicher Anzeige erstattet.«

»Sehr interessant«, kommentierte Kupfer die Neuigkeit, »und Sie wollen auch jetzt, wo Sie uns informiert haben, von einer Anzeige absehen?«

»Vorerst einmal, ja.«

»Und der Angriff hat sich nicht zurückverfolgen lassen?«

»Leider nein. Diese Hacker sind offensichtlich auf dem neuesten Stand und haben einen Anonymizer verwendet, den es noch gar nicht so lange gibt. An der TU Dresden haben sie erst kürzlich so ein Programm entwickelt.«

Die beiden Kriminalbeamten verabschiedeten sich und trugen den Tower aus der Bank.

»Was ist ein IDS?«, fragte Kupfer.

»Ein intrusion detection system, auf deutsch ein Einbruchsmeldesystem. Das hat längst nicht jede Bank. Wenn eine so kleine Bank wie die hier so fortschrittlich ist, dann muss das schon seine Gründe haben.«

»Und was meinte der mit Anonymizer?«

»Das ist ein Programm, mit dem diese Gauner sicherstellen können, dass man sie nicht erwischen kann, wenn sie irgendwo eingedrungen sind. Das ist die eine Möglichkeit der Verschleierung. Sie könnten aber auch von einem schon eroberten System aus einen Angriff fahren. Das wäre die andere.«

»Sie meinen, sie könnten nun von der Südwestdeutschen Handelsbank aus zum Beispiel die Bundesbank angreifen?«

»Ja, das wäre beispielsweise eine Möglichkeit.«

»Phantastisch, oder?«

»Wie man's nimmt. Vielleicht eher unheimlich. – Aber warten Sie bitte einen Moment«, bat er Kupfer und drückte ihm den PC-Tower in den Arm. »Ich muss noch einmal zurück.«

Schon zwei Minuten später kam er zurück und hielt optimistisch den rechten Daumen hoch.

»Ich dachte es mir doch: Das IDS wurde, kaum dass Sannwald in dieser Bank anfing, auf sein Betreiben hin installiert. Jetzt bin ich aber gespannt.«

***

Zwei Tage nach dem Besuch bei der Südwestdeutschen Handelsbank rief Kleinschmidt Kupfer an.

»Sie bekommen natürlich noch einen ausführlichen schriftlichen Bericht, den will ja auch die Staatsanwaltschaft, aber ich will Ihnen jetzt schon in groben Zügen sagen, was da gelaufen ist. Unsere Informatiker haben den Code schnell geknackt. Er hat die Geburtsdaten seiner Familie benutzt. Da war er ein wenig phantasielos. Aber dann! Ich muss Ihnen sagen, ein solches Labyrinth von Geldkanälen ist mir selten untergekommen. Ich kann mir schon vorstellen, dass der Mann völlig überlastet war, wenn er mit so einem chaotischen System wirtschaften musste. Der kann einem fast leid tun.«

»Keine Gefühle, Herr Kollege, Sie sind sonst befangen«, scherzte Kupfer.

»Keine Angst, Herr Kupfer, er tut mir nur fast leid. Eigentlich fasziniert er mich eher. Das war ein Fuchs, sage ich Ihnen, der hat sich ein raffiniertes Röhrensystem aufgebaut, durch das er die Gelder pumpte.«

»Jetzt machen Sie es aber spannend.«

»Also da gibt es zunächst einmal enorme Geldströme aus der Schweiz und in die Schweiz, das heißt, dass viel Geld von Nummernkonten kam und auch wieder auf Nummernkonten verschwand. Irgendein Großinvestor hat sein Geld über die Schweiz umgeleitet, und ich glaube, dass die VV4S ihren Gewinn, oder besser das, was sie abschöpften und in ihre eigene Tasche steckten, auf Schweizer Nummernkonten überwiesen haben. Diese Bewegungen sind relativ übersichtlich. Nur wissen wir halt nicht, ob das Geld dann auch in der Schweiz geblieben ist. Und dann gibt es eine ganze Menge Überweisungen von 9999 Euro, monatlich per Dauerauftrag auf das VV4S-Konto bei der Südwestdeutschen, und die kommen von zehn verschiedenen Konten. Das sind die regulären Zuläufe. Das sieht nach Geldwäsche aus. Sie wissen ja, ein Euro mehr und die Bank muss fragen, woher das Geld kommt. Daneben gibt es eine unüberschaubare Menge von Leuten, die zwischen 20 000 und 100 000 Euro angelegt haben, vereinzelt sogar noch mehr. Verwendungszweck Global Energy Invest. Aber ich finde keine Überweisungen für Global Energy Invest. Es könnte höchstens sein, dass dieser Fonds sein Geld über die Schweiz bekam. Alle diese Anleger kriegten bis mindestens Dezember 2007 ihre Rendite ausbezahlt, stramme 10 bis 12 %, also doppelt bis dreimal so viel, wie man sonst in dem Zeitraum bekommen konnte. Ich schreibe mir gerade heraus, wann die verschiedenen Investoren eingestiegen sind, und wenn mich nicht alles täuscht, handelt es sich bei Global Energy Invest um ein Schneeballsystem. Der erste Anleger hat im April 2004 überwiesen, dann kamen sechs Wochen später zwei dazu, im August dann gleich sechs, am 1. Oktober waren es über ein Dutzend neue, und so geht es gerade weiter. An der Börse wird kein Papier dieses Namens gehandelt. Was mit dem Geld passierte, können wir nur ganz aufklären, wenn wir die Schweizer Banken dazu kriegen, für uns das Bankgeheimnis zu lüften. Aber da bin ich skeptisch. Übrigens hatte jeder der vier Teilhaber ein persönliches Konto, das aus der Schweiz gespeist wurde. Auch da blieb das Geld nicht lang liegen, sondern landete dann auf Girokonten bei der Kreissparkasse oder der Deutschen Bank. Immer wieder mal wurden ein paar Tausender überwiesen, ungleiche Beträge zwischen 1000 und 9000 in unregelmäßigen Abständen, ständiger Kommentar ›Verwendungszweck bekannt‹. Ich befürchte, ich muss jetzt ein paar Tage nachrechnen, damit ich beweisen kann, was mir schon ganz klar ist. Die Verbindlichkeiten dieser Vermögensverwaltung und die Summen, die sie bisher den Anlegern ausbezahlt haben, übersteigen die Eingänge bei weitem. Bleibt also die große Frage im Raum, ob noch Geld in der Schweiz liegt, wenn ja, wie viel es ist oder was in der Schweiz mit dem Geld gemacht wurde. Vielleicht ist es auch von dort nach Frankfurt, London oder New York geflossen.«

»Toll, was Sie rausgearbeitet haben. Meine Hochachtung. Ich hoffe, es hat Ihnen wenigstens richtig Spaß gemacht.«

»Aber ja doch! Was da als Fuchsjagd angefangen hat, scheint sich zur Großwildjagd zu entwickeln. Diese Arbeit macht Sinn. Das ist anders als bei einem Sachbearbeiter auf dem Finanzamt, der einem kleinen Mann nachweist, dass er bei der Kilometerpauschale einen halben Kilometer zu viel angegeben hat.«

»Das können sie aber laut sagen. Gratuliere.«

»Wie gesagt, für den Bericht brauche ich noch länger, aber Sie wissen jetzt, mit was für einem Unternehmen wir es zu tun haben. Ich kann mir schon vorstellen, dass die guten Herren in den letzten Monaten mit ihren Machenschaften in Schwierigkeiten geraten sind und ein Großinvestor vielleicht viel Geld verloren hat, was ihm, sagen wir mal, nicht behagte.«

»Russen? Mafia?«

»Irgend so etwas. Das ist dann Ihr Bier.«

»Dann also herzlichen Dank. Ich freu mich auf Ihren Bericht und hoffe, dass wir ihn auch verstehen.«

»Keine Sorge, ich gebe mir Mühe. Tschüss.«

Filiale an der Algarve

Sannwald: »Von wo aus rufst du an?«

Probst: »Von der Algarve, von Vilamoura. Es geht um eine Investition unserer Firma. Ich will mich hier einkaufen, oder uns einkaufen, verstehst du?«

Sannwald: »Wo? Wo du jetzt bist? Etwa in Portugal?«

Probst: »Ja. Und du glaubst es nicht, was hier in dieser Anlage an Geld herumläuft, und nicht nur auf dem Golfplatz. Diese Briten, die hier in der Sonne rumlümmeln und über den Golfrasen humpeln, haben nichts als Geldanlagen im Kopf. Sie rechnen alle irgendwelche Renditen aus, die ihre Anlagen in zehn oder fünfzehn Jahren bringen. Dabei sind manche schon fast achtzig und sind bis in zehn Jahren höchstwahrscheinlich von der Bildfläche verschwunden. Aber noch krebsen sie hinter jedem Penny her.«

Sannwald: »Ja dann schmeiß dich mal ran.«

Probst: »Gerade darum geht es ja. Hier giltst du aber nur etwas, wenn du sozusagen ortsansässig bist. Du musst dich in diesen Timesharing-Zirkus einkaufen, dann traut man dir. Es geht also primär um eine vertrauensbildende Maßnahme.«

Sannwald: »Also sag's gleich. Wie viel?«

Probst: »Sehr preiswert: 450 000.«

Sannwald: »Ich glaub, ich hör nicht recht.«

Probst: »Doch. 450 000 für 51 Wochen Nutzungsrecht. Woche 52 ist unverkäuflich, da werden die Wartungs- und Renovierungsarbeiten verrichtet. Wir können ja alle vier die Wohnung nutzen, zwischendurch mal vermieten oder Wochen aufsparen, die wir dann in einer anderen Anlage verbringen können, in Kapstadt oder auf Hawaii zum Beispiel. Das ist dann schnell organisiert, wenn mal einer kurz verduften muss. Wichtig ist bloß, dass ich hier meinen Zweitwohnsitz anmelde und jedes Jahr ein paar Verträge gleich an Ort und Stelle unterzeichne. Dann können wir die Wohnung zum Teil als Auslandsfiliale absetzen. Habe mich schon erkundigt. Kannst du das Geld schnell locker machen?«

Sannwald: »Ich denke schon. Wir sollten bloß noch vorher mit Karl und Markus ...«

Probst: »Hab ich schon. Sind einverstanden. Beide sehen das als eine vernünftige Investition.«

Sannwald: »Ist es auch schön da?«

Probst: »Na ja. Ein bisschen ist das schon Mickey-Mouse-Architektur, ziemlich kitschig, aber die Sonne scheint, die Luft ist gut, du hast alles, was du brauchst. Du kannst dir sogar vor deiner Ankunft vom Personal deinen Kühlschrank füllen lassen, und dein Kleiderschrank ist klimatisiert.«

Sannwald: »Vornehm geht die Welt zu Grunde!« (lacht)

Probst: »Und wenn du hier dazugehörst, dann schleift dir ein Anleger den nächsten an und du musst schneller Pyramiden bauen, als du jemals erwartet hast. Und Insidertipps bekommst du auch jede Menge. Was glaubst du, wovon die in der Bar reden?«

Sannwald: »Also gut. Mail mir die Kontonummer und ich erledige die Sache. Aber nur, wenn du mir die Wohnung schon mal für Pfingsten reservierst.«

Probst: »Kein Problem. Versprochen.«

Sannwald: »Und dann will ich diese Woche noch Umsatz sehen. Du hast Prospekte dabei?«

Probst: »Aber sicher. Die Leimruten sind gelegt, die Netze ausgeworfen, und ich glaube, ich sehe auch schon so einen häss-

lichen alten Vogel und einen dicken Fisch, die unbedingt ausgenommen werden wollen.«

Sannwald: »Lovely würde ich sagen, wenn ich ein Brite wäre, oder jolly good.«

Probst: »Bei deinen Sprachkenntnissen solltest du auch mal hier Akquise betreiben.«

Sannwald: »Mit Vergnügen. Ich freue mich schon auf Pfingsten. Nur spiele ich nicht Golf.«

Probst: »Es gibt auch eine schicke Tennisanlage, wo sich die Reichen und vor allem die Schönen langweilen. Wär das nichts für dich?«

Sannwald: »Ich bin verheiratet. Silke würde mir die Augen auskratzen.«

Probst: »Deswegen kannst du doch auch mal eine Geschäftsreise solo machen, oder?«

(Aus einem Telefongespräch Anfang Oktober 2005)

2. Dezember 2008
Feuerzauber

Gegen 20 Uhr überquerte der Dresdner Polizeihauptmeister Reichelt von Blasewitz herkommend die Elbe. Er fuhr über die Loschwitzer Brücke, das Blaue Wunder, Richtung Weißer Hirsch. Nach ein paar hundert Metern auf der Grundstraße bog er in die Ulrichstraße ein, um in Oberloschwitz Streife zu fahren. Die Fahrt dort hinauf war reine Routine. Die Bitte des LKA Baden-Württemberg, die Baumgartnersche Villa in Oberloschwitz etwas im Auge zu behalten, hatte man zur Kenntnis genommen und die Devise ausgegeben, doch gelegentlich mal auf Streife dort vorbeizufahren.

Vom regen Leben in der Dresdner Innenstadt war hier in diesem Villenviertel nichts mehr zu spüren. Nur leise tönte der Verkehr von den Hauptstraßen als gedämpfter Dauerton herauf. Sonst lag das Villenviertel in friedlicher Ruhe. Die stattlichen Häuser lagen zum Teil von immergrünen Bäumen verdeckt in großen Gärten. Das warme Licht der Fenster, das durch die Äste schimmerte, und der Schnee, der an den Nordhängen liegen geblieben war, gaben dem Anblick einen idyllischen Reiz.

»Isch weeß jo ni so rescht, wos wir hier solln«, sagte Reichelt zu seinem Begleiter Heise, »das sind doch olles rechtschoff'ne Leide, die hier wohnen, und wenn denen wos bossiert, dann sin die guud versischert. Un es hessst ja, die vielleischt gefährdede Familie sei gor ni do.«

»Is sischer so; denen konn ni viel schief loofen. Aber fohr trotzdem hier mol 'ne Runde. Is doch 'ne scheene Gechend un kaum Verkähr, richtsch zum Ausruhn.«

In diesem Moment kam ihnen ein schnelles Fahrzeug mit aufgeblendeten Scheinwerfern entgegen, röhrte an ihnen vorbei und nahm die nächste Kurve mit quietschenden Reifen.

»Haste die Nummer sähn kenn?«, frage Reichelt.

»Nee, der wor mir zu fix, und den grieschen wir ooch ni mähr. Da brauchste gar nisch ärscht zu wenden. Ober isch geb mol 'ne Meldung dursch«, sagte Heise.

Er griff nach dem Mikrophon und meldete allen Streifen, dass ein dunkler Wagen, wahrscheinlich ein Golf GTI, mit überhöhter Geschwindigkeit durch Oberloschwitz Richtung Grundstraße gefahren war. Mögliche weitere Route entweder Bautzner Landstraße oder Loschwitzer Brücke Richtung Innenstadt.

Sie waren gerade an der Ecke Ulrichstraße/Krügerstraße. Heise hatte das Mikrophon noch nicht einmal aus der Hand gelegt, da sahen sie weiter oben zwischen den Bäumen einen Feuerschein. In einem parkähnlichen Garten oberhalb der Straße schlugen Flammen aus einer Villa. Heise alarmierte sofort die Feuerwehr. Die beiden Polizisten stiegen aus und rannten über die Einfahrt zu dem großen Haus hinauf. Die zweistöckige Villa mit dem wuchtigen Walmdach brannte schon lichterloh. Durch die Fenster des Erdgeschosses sah man die Gardinen, Tapeten und Möbel brennen und konnte beobachten, wie das Feuer auf die Räume des wuchtigen Erkerturms übergriff. Eine Fensterscheibe zerbarst klirrend nach der anderen, und jedes Mal ließ der zusätzliche Luftzug die Flammen noch höher schlagen. Glücklicherweise waren die Polizisten noch gute fünfzehn Meter vom Haus entfernt, als eine Druckwelle sie rückwärts umwarf und mit einem ohrenbetäubenden Knall sämtliche Fenster splitterten und die Haustür aus den Angeln krachte. Ein Krachen, Bersten und Stürzen war zu hören, und das Feuer loderte nun auch aus den Lichtschächten des Kellers.

»Das wor 'ne Gosexplosion«, schrie Reichelt, um das Geprassel des Feuers zu übertönen, und rappelte sich wieder auf, »da is nischt mehr zu machen. Ob die glei gomm oder ni, is egol; es bleibt ni viel übrisch.«

»Das muss der verrickte Fohrer gewäsen sein«, rief Heise. Er umrundete das brennende Haus, um zu sehen, wie es an der Rückseite aussah. Mit einem Kanister, den er vorsichtig auf seinem Kugelschreiber am Henkel balancierte, kam er auf Reichelt zu.

»Da gugge, alles klor. Benzin.«

»Und dann muss der im Geller noch den Goshahn uffgedräht ham. Wie die Särm im Kosovo.«

Ein älterer Herr, vielleicht Anfang siebzig, kam auf die beiden Polizisten zu.

»Oberhof«, stellte er sich vor und sprach sofort weiter. »Isch weeß ja ni, ob isch richtsch gesehen hab. Isch bin der Nachbor. Vor 'ner Viertelschdunde denk isch noch, wie isch mein Hund noch mal rausgelossen hob, wär is denn dort im Gorden, die Baumgordners sind doch verreist. Oder sin die schon wieder do? Man sieht jo nisch so viel, weil die Stroßenladerne für den Gorden nisch ausreischt. Brauchse ooch ni, is ja 'ne Stroßenloderne, nisch wohr. Aber do säh isch, dass das gor ni der Herr Baumgordner is, sondern das war so 'n kleener Undersetzter mit schworzen Hoorn. Der Herr Baumgordner is jo e bissel greeßer, so wie Sie, und immer elegant gekleidet, immer elegant, das sach isch Ihnen. Aber der do hatt so 'ne Dräningshose an mit weißen Längsstreefen außen dron. Isch wollt schon was rieberrufen, warum der in dem Gorden rumdurnt, was der do zu suchen hat, do geht er hinters Haus und ich säh'n nisch mehr. Und da dacht isch noch, pass mal uff, dacht ich, dass da keener heide einbrischt. Aber erschd bracht isch mein Hund wieder ins Haus und hab ihm die Pfoden sauber gemocht, wissense, so'n Langhoordoggel sieht bei dem nossen Wedder immer aus wie ein Dreckfeudel, und isch sach noch zu meiner Frau, Liesel, sach isch, da war eener uff Baumgordners Grundstück, das gefällt mir ni, und wie isch wieder rausgomm, seh' isch den grade noch wegmochen, wie er auf der anderen Stroßenseite in so 'n schworzen Woochen steischt und losrast. Isch kann Ihnen sochen, so schnell, wie der weggemocht hot ...«

»Schon gut, Herr Oberhof, er ist an uns vorbeigefahren. Wir wären Ihnen dankbar, wenn wir Ihre Personalien aufnehmen könnten und Sie bereit wären, den Mann zu identifizieren, soweit es Ihnen möglich ist«, sagte Heise förmlich, wobei er seinen lokalen Zungenschlag unterdrückte, und zog seinen Notizblock aus der Jacke.

»Aber immer. Man hilft, wo man gann. Und die Baumgordners sind freindlische Nachborn. Isch soch Ihnen, ich war keene finf Minuden in meim Haus, da säh isch das Feier, und do warn Sie ooch schon do. Schode um das scheene Haus, und die Baumgordners, das sind nette Leide. Die wohn ja noch nisch so lange hier, das megen zwei oder drei Johre sein, länger is das ni. Ja, im Sommer vor drei Johrn, 2005, da sind die hier eingezochen, grade wie's so heeß war. Mir ham die Mebelbagger vielleischt leid gedan.«

»Herr Oberhof, dürften wir Sie einfach bitten, morgen zu uns aufs Revier zu kommen. Wir müssen jetzt die Straße sperren für die Feuerwehr. Morgen Vormittag, so gegen elf.«

»Jawohl, meine Herren, do ist der Oberhof zur Schdelle«, sagte er und grüßte militärisch.

Die Sirene der Feuerwehr schallte die Straße herauf. Oberhof wandte sich von den Polizisten ab und gesellte sich zu den Nachbarn, die sich auf dem Bürgersteig versammelt hatten.

»Nu, isch denk noch, wie isch mein Hund noch mol rausgelossen hab, wär is denn dort im Gorden, die Baumgordners sind doch verreist. Oder sin die schon wieder do?«, hörte Reichelt ihn wieder sagen, ehe seine Stimme im Geheul der Sirene unterging.

Viel war von dem Haus nicht zu retten. Der Brandstifter hatte an verschiedenen Stellen des Erdgeschosses und an der Rückseite des Hauses Brandbeschleuniger deponiert, Benzin, wie aus dem zurückgelassenen Kanister zu schließen war, und hatte mit einer Zündschnur den Ausbruch des Brandes um den Moment verzögert, den er gebraucht hatte, um loszufahren, ehe die Flammen aus dem Haus schlugen. Das war dem Feuerwehrkommandanten sofort klar. Die Holzvertäfelungen der Diele und des Treppenhauses hatten sofort Feuer gefangen und brannten schon lichterloh, als Reichelt und Heise ankamen. Was die Feuerwehr vielleicht noch hätte retten können, hatte die Gasexplosion zerstört. Die Kellerdecke und die Decke des Erdgeschosses waren teilweise eingestürzt, wie auch die Innenmauern. Noch am nächsten Morgen qualmte und dampfte der ganze Bau und musste wegen Einsturzgefahr abgesperrt werden.

***

Nachdem der mutmaßliche Brandstifter durch die Ulrichstraße gerast war, schien er wie vom Erdboden verschluckt zu sein. Keine Streife hatte ihn gesehen. Wahrscheinlich war er ganz in der Nähe in eine Seitenstraße gefahren und hatte ein paar Stunden gewartet, ehe er dann in aller Ruhe das Weite suchte.

***

Pünktlich um elf erschien Gustav Oberhof im Polizeirevier Dresden-Nord in der Bautzner Straße.

»Guudn Morschn, meine Herrn, Gustav Oberhof meldet sisch zur Schdelle«, sagte er mit fester Stimme, die gestreckte rechte Hand an der Schläfe. Reichelt begrüßte ihn und bat ihn, sich zu setzen.

»Herr Oberhof, würden Sie uns bitte genau schildern, was Sie gestern Abend beobachtet haben?«

»Gerne. Isch hob also ähm mein Longhaardoggel noch emol in Gorden gelassen ... »

»Ja, Herr Oberhof, das sagten Sie schon. Was haben Sie beobachtet?«

»Nun, do war e Monn, den isch noch nie in Baumgordners Gorden gesehen hab. Unser Gischenfenster geht nämlich noch der Seite, und do sehn wir immer, wär da aus- und eingeht. Ni, doss uns dos interässiert, wir sähn 's ähm. Aber den hott isch noch nie gesähn.«

»Würden Sie diesen Mann bitte noch einmal beschreiben?«

»Also groß wor der ni, aber schdork, ähm untersetzt, und isch gloob, der hat ooch 'nen großen Gopp.«

»Wie weit waren Sie von ihm weg?«

»Zehn bis zwölf Meter.«

»Meinen Sie, Sie würden ihn wiedererkennen können?«

»Aber sischer. Sonst wäre isch ja ni hier.«

»Dann legen wir Ihnen jetzt ein paar Fotos von verschiedenen Leuten vor und Sie sagen uns, welchen Mann Sie gestern gesehen haben.«

»Gerne.«

Reichelt entnahm einer Mappe eine Handvoll Fotos und breitete sie vor Oberhof auf dem Tisch aus. Da zog Oberhof zunächst ein Brillenfutteral aus der Tasche und setzte sich eine Brille auf.

»Sie sehen schlecht?«

»Nur auf gurze Entfernung. Aldersweitsischtischkeet. Wos mehr als drei Meter weg is, seh isch schoorf. Da hab ich noch Oochen wie'n Raubvochel, wie e Folge.«

»Lassen Sie mal Ihre Brille liegen und kommen Sie ans Fenster«, forderte Reichelt sein Gegenüber auf. »Sehen Sie dort drüben das blaue Auto stehen?«

»Meinense den Golf Gombi?«

»Ja. Können Sie die Autonummer lesen?«

»Kee Probläm: DD AF 878. Priefung bestanden?«, fragte Oberhof stolz.

»Herr Oberhof, ich lese aber AF 379. Sehen Sie wirklich so gut, wie Sie meinen?

»Nu egol, uff jeden Fall hatte där 'n großen Gopp.«

»Schauen Sie sich bitte mal die Fotos an. Können Sie den Mann, den Sie gesehen haben, eindeutig wiedererkennen?«

Oberhof ließ unentschlossen seinen Blick über die Bilder hin- und herwandern.

»Isch weeß ni«, sagte er nach einer Weile, »'s kennde där sein, aber ooch där«, indem er auf zwei der sechs Fotos deutete. Beide zeigten aber völlig unbescholtene Bürger, die noch nie mit dem Gesetz in Konflikt geraten waren.

Oberhof gab noch zu Protokoll, dass er nicht wisse, wo sich die Familie Baumgartner zurzeit befinde. Einen Schlüssel zum Haus habe nur die polnische Zugehfrau gehabt, die ab und zu nach dem Rechten sah und das Haus lüftete. Aber wo die wohne, wisse er auch nicht. Reichelt bat ihn, die Frau nach ihrer Adresse zu fragen oder gleich zur Polizei zu schicken, sobald er sie sehen würde. Damit konnte er gehen.

***

Nicolai Sviroff, den die Dresdner Polizei nach Oberhofs grober Beschreibung zunächst verdächtigt hatte, wurde am Abend des 2. 12. 2008 ungefähr zur Zeit des Brandanschlags in einer Bar des Frankfurter Bahnhofsviertels von der Polizei aufgegriffen und in eine Ausnüchterungszelle gesteckt. Im

Zustand der Volltrunkenheit hatte er in einer Kneipe eine Schlägerei angezettelt und randaliert. Sviroff hatte an der Bar gesessen und der Bardame die Wodkaflasche aus der Hand genommen, weil sie ihm nicht schnell genug nachschenkte. Als die Bardame die Flasche wieder zurücknahm, schleuderte Sviroff seinen Barhocker über die Theke ins Flaschenregal und prügelte sich mit den anderen Gästen, die ihn festzuhalten versuchten.

Der neue Geheimtipp

Probst: »Und wie das läuft! Ich hab doch von Anfang an gesagt, wenn wir erst einmal auf der dritten Ebene sind, wird das ein Selbstläufer. Markus, das Info-Material ist aber auch klasse, sehr attraktiv, schon vom Layout und den Bildern her. Alle Achtung!«

Gommel: »Schon gut, ich habe es ja nicht selbst gemacht, ich habe nur die Anweisungen gegeben. Aber ich kenne eben meine Leute und weiß, wie man sie ködern kann. Das Angebot muss drei Eigenschaften haben: Es muss schick sein, es muss elitär sein und es muss besonders profitabel sein, halt etwas Besonderes für die Besonderen. Und weil wir den Leuten dann noch zu einem guten Gewissen verhelfen, öffnen sich die Schleusen und das Kapital kommt in Fluss. So was läuft am besten mit Mund-zu-Mund-Propaganda, immer hinter vorgehaltener Hand. Man muss bekannt werden, ohne dass laut über einen gesprochen wird. Und ich sage euch: Wir haben es geschafft! Wir sind der neue Geheimtipp!«

Baumgartner: »Aber dann hätte ich die Anlagen von Schmidtlein-Rodenacker ja überhaupt nicht anzapfen müssen! Es geht ja offensichtlich auch so.«

Sannwald: »Nein nein, wir brauchen das Kapital schon zur Absicherung, und es geht ja auch um unsere eigenen Investitionen nebenbei. Wenn wir das alles gerade jetzt machen wollen, wo es so einfach ist und so hohe Renditen in Aussicht sind, dann brauchen wir die paar Schmidtlein-Rodenacker-Millionen als Absicherung, als Notkasse sozusagen. Stell dir doch vor, einer der Anleger überlegt es sich am Jahresende anders und will plötzlich sein Kapital zurück. Was dann? Wenn wir dann keine liquiden Reserven haben, sind wir schachmatt. Du hast doch selbst gesagt, dass von dieser Sippe keiner so schnell etwas von dir will. Und wie geht es dir selbst jetzt? Du müsstest doch jetzt auch aus dem Schneider sein, oder?«

Baumgartner: »Klar. Seit Jahren spür ich endlich wieder einmal keinen Druck mehr und kann sogar investieren. Ich stehe genauso hinter unserem Projekt wie ihr, ich will nur ein klein bisschen mehr Sicherheit.«

Probst: »Du bist eben vor allem ein Notar und ...«

Baumgartner: »... habe als solcher eben schon viele Fälle erlebt, in denen Vermögensangelegenheiten urplötzlich so kompliziert geworden sind, wie man es sich vorher nicht im Schlaf vorstellen konnte. Ich meine nur, wir sollten so wirtschaften, dass wir zunächst einmal unseren Anlegern tatsächlich das auszahlen können, was sie erwarten, und mittelfristig auch das Kapital bereitstellen können, wenn es zurückgefordert wird.«

Gommel: »Wem sagst du das, Karl? Das wollen wir doch alle. Aber gerade jetzt, wo die Aktien so steigen, müssen wir voll ins Geschäft rein mit allem, was uns zur Verfügung steht. Think big! Nur so kommen wir voran. Wir können doch nicht alle guten Chancen verpassen. Und vor den Anlegern sind wir doch erst einmal sicher. Bei den Renditen, die wir denen versprochen haben, halten sie erst einmal zwei oder drei Jahre still. Das ist ja mit den Maklergebühren so geregelt, dass ein Umsteigen auf andere Anlagen erst mal recht teuer wird. Was würdest denn du machen, wenn du die Optionen hättest, entweder in zwei Jahren insgesamt zwanzig Prozent plus zu machen oder wegen deiner eigenen Unentschlossenheit fünf Prozent zu verlieren?«

Baumgartner: »Ja, ist schon gut. Ich meinte ja nur.«

Sannwald: »Zum Organisatorischen noch etwas: Damit wir den Überblick nicht verlieren, habe ich die Anleger in drei getrennten Pyramiden angeordnet. Bei den ersten beiden füllen wir gerade die sechste Ebene auf, bei der einen sind es jetzt vierzig Anleger, bei der anderen schon über fünfzig. Die dritte wächst etwas langsamer, da wirbt die crew noch die passengers an. Achtzig Prozent habe ich in die Schweiz überwiesen.«

Gommel: »Ich weiß. Und ich habe es weitergeleitet. Der Dow Jones geht ja gerade ab wie eine Rakete, und da müssen wir aufspringen. Und dann noch ein paar Währungstermingeschäfte bei mir in Frankfurt und wir können in vier oder fünf Jahren alles zurückzahlen. Meine Netzwerker haben gerade letzte Woche noch ein paar ganz hochkarätige Anleger angeworben. Unter anderen eine Bankerwitwe, die absolut nicht weiß, was sie mit dem Vermögen ihres geliebten Seligen anfangen soll. Wenn wir den Packen von der gut anlegen, sind wir bald im dreistelligen Millionenbereich. Und dann können wir in aller Ruhe einiges absahnen. – Ein dicker Fisch, sag ich euch, von der Größe Gontscharows.«

Probst: »Super! Ein paar Fische habe ich auch noch an der Angel, leider nicht ganz so dicke, aber da macht es dann die Masse. Die Casinobar ist ein tolles Jagdrevier. Die einen denken über ihr Geld nach, weil sie sich eben verzockt haben, und die anderen sind in Hochstimmung, weil sie Glück gehabt haben. Diese Stimmungen der Leute muss man ausnutzen, man muss bloß aufpassen, dass man die Gewinner nicht mit den Verlierern verwechselt.« (lacht)

Baumgartner: »Und du, Wilfried? Wie sieht's in Stuttgart aus?«

Sannwald: »Ach, da kommen immer wieder einmal ein paar, denen ich unser Werbematerial zustecke, natürlich immer als Geheimtipp. ›Wissen Sie, ich sollte Ihnen das eigentlich nicht anbieten, weil unsere Bank den Fonds nicht vertreibt. Aber schauen Sie sich das einmal an. Früher oder später wird auch die Südwestdeutsche dabei einsteigen, das garantiere ich Ihnen, aber es braucht eben noch etwas Zeit, bis der Vorstand die Vorzüge von dieser Anlage erkannt hat. Aber Sie, Sie können sofort zugreifen, wenn Sie interessiert sind. Ich gebe Ihnen mal das Informationsmaterial mit und meine Karte. Sie können mich jederzeit anrufen. Für Sie bin ich auch abends und am Wochenende zu sprechen.‹ Und die meisten rufen mich zu

Hause an. Ich war letzte Woche an vier Abenden mit nichts anderem beschäftigt. (lacht) Wenn die mein Büro daheim sehen, glauben die mir alles.«

Baumgartner: »Ja, ein gutes Ambiente zieht. Das stelle ich auch immer wieder fest. Seit ich mein Büro in der Villa habe, läuft das Geschäft wesentlich besser. Ich merke es übrigens auch am Zulauf, wenn einer von den Schmidtlein-Rodenackers wieder in Dresden war. Da kommt hinterher immer jemand auf Empfehlung zu mir oder fragt an, ob wir uns zu einem Essen treffen können. Mir scheint, die Anleger wollen einen immer ein bisschen beschnuppern.«

Gommel: »Okay, Leute, wir sind gut; das wissen wir jetzt. Du hast doch sicher eine Bilanz gemacht und kannst uns sagen, wie gut wir sind?«

Sannwald: »Aber sicher. Unser gesamter Umsatz beläuft sich im Moment auf zweihundertundsiebzig Millionen. Unsere Verbindlichkeiten schätze ich mal großzügig auf fünfzehn Prozent. Dann können wir immer noch mit zirka zweihundertfünfundzwanzig wirtschaften. Du solltest es bloß nicht zu langfristig anlegen.«

Gommel: »Natürlich nicht. Und das ist auch gar nicht schwierig. Diese großen Ami-Banker scheinen im Moment richtig wild darauf zu sein, langfristige Kredite kurzfristig zu refinanzieren. Die wollen unser Geld immer bloß für ein, zwei Jahre. Aber die kriegen ja nur einen kleinen Teil. Ich denke, wir sollten das große Geschäft vor allem mit Optionsscheinen machen. Da sieht man schneller, was man hat.«

(Aus einer Telefonkonferenz Ende Oktober 2005)

12. Dezember 2008
Vier kleine Brokerlein

Wo war die Familie Baumgartner? Ihr Aufenthaltsort war nicht zu erfahren, sie konnte nicht benachrichtigt werden. Lidia Zbiniew, die polnische Zugehfrau, sagte der Polizei, dass man warten müsse, bis Baumgartner sie wieder anrufen würde. Das könne aber dauern, weil er erst kurz vor dem Brand angerufen habe und sie ihm zu dem Zeitpunkt noch sagen konnte, dass alles in bester Ordnung sei und die Familie ihre Erholung weiterhin in aller Ruhe genießen könnte. Also besichtigte zunächst die Polizei zusammen mit dem Kreisbrandmeister den Schaden.

Das Haus war völlig vom Brand zerstört, vor allem das untere Geschoss, wo Karl Baumgartner sein Büro gehabt hatte. Alles, was einmal zum Büro gehört hatte, lag ruiniert und halb verschüttet da, und wo die Explosion ein Loch in den Boden gerissen hatte, war etliches Mobiliar in den Keller gestürzt. Lediglich der Safe hatte den Flammen und dem Löschwasser standgehalten, so dass zu hoffen war, dass die wichtigsten Geschäftsunterlagen keinen Schaden genommen hatten. Aber da er in einer schwer beschädigten Mauer steckte, die vom Einsturz bedroht war, wollte man an eine Bergung nicht einmal denken. Außerdem war seine Tür zu einer guten Hälfte durch Schutt blockiert, so dass man vor einer Bergung schon deshalb zurückschreckte.

Die Kälte tat ein Übriges: Der Frost konnte richtig zubeißen. Was in den beiden Obergeschossen an Mobiliar und Wandvertäfelung übrig war, konnte nicht trocknen und verzog und verbog sich. Manches zersplitterte sogar, als zu allem Überfluss die Temperaturen in den Nächten bis auf -10° C sanken. Und der Schnee wehte durch die offenen Fenster in die Räume.

Familie Baumgartner erfuhr von der Zerstörung ihres Hauses erst einige Tage später, als Baumgartners Frau Cornelia von Portugal aus Lidia Zbiniew anrief, weil sie hören wollte, dass zu Hause alles in Ordnung war. Die Zugehfrau meldete den Anruf sofort der Polizei, wie man sie aufgefordert hatte.

Drei Tage später tauchte Karl Baumgartner allein in Dresden auf. Er wirkte anfangs unglaublich gefasst. Seine Familie habe er bei Freunden in Baden-Württemberg untergebracht, sagte er den Nachbarn. Er wolle nun den Schaden schätzen lassen und mit Fachleuten und der Feuerversicherung zusammen klären, was mit dem Haus nun geschehen solle, ob also ein Abriss ratsam sei oder das Haus restauriert werden könnte. Außerdem müsste er die gesicherten Geschäftsunterlagen aus dem Safe holen und mitnehmen. Aber gerade das war, wie ihm Polizei und Feuerwehr mit großer Mühe erklären mussten, wegen der Einsturzgefahr absolut unmöglich. Hier müsse er warten, bis eine Abrissfirma den Safe auf ungefährliche Weise bergen würde. Denn nach Einschätzung der Feuerwehr und eines Architekten – eines Kunden, den Baumgartner hinzugezogen hatte – war zunächst die Statik der Ruine einzuschätzen, ehe man an Abriss oder Restaurierungsarbeiten denken konnte. Und das brauchte seine Zeit, auch wenn die Untersuchungen auf Druck der Feuerversicherung so schnell wie möglich vonstatten gehen sollten. Falls man an eine Restaurierung denken würde, müsste das Haus vorher richtig austrocknen, und das könne natürlich im Winter ohnehin nicht geschehen.

Baumgartner sagte, mit der Versicherung, den Sachverständigen und den Behörden würde er sich im weiteren Verfahren telefonisch verständigen, und um einen beschleunigten Ablauf zu erreichen, wolle er auch versuchen, eine Abrissfirma zu finden, die ohne Verzug in Aktion treten würde, sobald es möglich sei. Er zeigte sich immer gereizter und ungeduldiger, als hätte er gehofft, die ganze Angelegenheit in einem Kurzbesuch regeln zu können. Was ihm Gustav Oberhof von seinen Beobachtungen erzählte, quittierte er nur mit »sehr interessant«, ohne aber weiter nachzufragen.

Gleich am ersten Spätnachmittag, kurz vor Einbruch der Dunkelheit, kletterte Baumgartner ungeachtet der Warnungen der Feuerwehr in der Ruine seines Hauses herum. Sein Nachbar Oberhof beobachtete von seinem Küchenfenster aus, wie Baumgartner ein gutes Dutzend angesengte und aufgequollene Aktenordner über das Grundstück zu seinem Auto hinunterschleppte. Dabei musste er ein paarmal hin-

und hergehen, so dass Oberhof sich fragte, was denn an diesem halb verbrannten Papier so wichtig sein konnte. Er stellte sich an den Gartenzaun und rief Baumgartner zu: »Lohnt sisch denn dos? Is es ni zu gefährlisch?«

Baumgartner erschrak etwas, als er sich beobachtet wusste, zuckte mit den Achseln und sagte etwas verlegen: »Nun, ein paar Sachen muss ich schon sichern, auch wenn ich an das Wichtigste nicht herankomme.«

Als er zwei Tage nach seiner Ankunft schon wieder abreisen wollte, wurde er, als er eben im Hotel auscheckte, von der Polizei aufgehalten. Ehe er wegfahren könne, müsse er noch einige Angaben machen. Schließlich seien er und seine Familie Opfer eines Verbrechens geworden. Ob ihm das nicht klar sei? Er wurde gebeten, vor seiner Abreise im Polizeirevier Dresden Nord in der Bautzner Straße vorzusprechen. Baumgartner musste dieser Aufforderung widerwillig Folge leisten.

»Herr Baumgartner, ich darf Sie hier mit Herrn Kriminalhauptkommissar Göhler bekannt machen. Sie werden Verständnis dafür haben«, begann Polizeihauptmeister Reichelt, indem er Baumgartner freundlich ansah, »dass Herr Kriminalhauptkommissar Göhler Ihnen einige Fragen stellen muss, obwohl Sie ja gar nicht da waren, als es bei Ihnen brannte. Er befragt Sie jetzt zu der Sache, und wir machen ein schönes Protokoll und leiten es dann auch weiter an unsere Kollegen in Baden-Württemberg.«

Baumgartner nickte, schaute auf die Uhr und sagte: »Hoffentlich dauert das nicht zu lange. Ich möchte bei dem Wetter nicht die ganze Strecke im Dunkeln fahren müssen.«

»Keine Angst«, schaltete sich nun Kommissar Göhler ein. »Wir wollen das möglichst kurz machen. Nun, Herr Baumgartner, nach den Beobachtungen Ihres Nachbarn, Herrn Oberhof, und nach allem, was die Sachverständigen aussagen, steht außer Zweifel, dass Ihre Behausung einem Brandanschlag zum Opfer gefallen ist und dass der Täter absolut kaltblütig vorgegangen ist. Einer, der so ein Haus wie Ihres so schnell hochgehen lassen kann, weiß genau, was er tut, und muss gute Nerven haben. Wir nehmen an, dass er sogar an uns direkt vorbeigefahren ist. Nur wussten wir zu dem Moment noch nichts von dem Brand. Also, was ich sagen will, ist Folgendes: Für uns sieht es so aus, als sei das kein Dummejungenstreich gewesen, sondern ein eiskalt geplanter Racheakt. Außerdem steht fest, dass der Täter nicht nur von Ihrer Abwesenheit wusste, sondern sich ganz sicher fühlte, weil er wusste, dass Sie auch nicht zurückkommen würden, während er sich auf dem Grundstück zu schaffen machte. Wir möchten Sie nun fragen, ob Sie sich vorstellen können, wer möglicherweise hinter diesem Brandanschlag steckt.«

Baumgartner schob die Unterlippe vor und zuckte mit den Achseln. Er schaute nachdenklich vor sich hin und sagte: »Ich habe keinerlei Erklärung dafür. Wenn ich irgendeinen Anhaltspunkt hätte, würde ich Ihnen den sofort nennen.«

Göhler lehnte sich auf seinem Stuhl zurück und spielte wie geistesabwesend mit einem Bleistift. Dann sagte er, ohne Baumgartner anzuschauen: »Es tut mir wirklich leid, dass ich Ihnen das nicht glauben kann. Wissen Sie, wir warten eigentlich mindestens seit gestern darauf, dass Sie sich bei uns melden. Sie sind für uns ein ganz seltener Fall. Alle Geschädigten, ob durch Einbruch, Körperverletzung oder sonst was, kommen nämlich von sich aus zu uns und erstatten Anzeige, und Sie tun gerade so, als gäbe es uns gar nicht. Das finden wir doch etwas merkwürdig. Da gibt es irgendeinen Hintergrund, den wir nicht verstehen. Und wie sollen wir denn außerdem Ihre schnelle Abreise am 20. November verstehen? Wissen Sie, um es kurz zu machen, weil Sie unter Zeitdruck stehen, wir finden es absolut außergewöhnlich, dass ein Familienvater vier Wochen vor Weihnachten seine Kinder ohne Absprache mit der Schulleitung aus der Schule nimmt und mit seiner ganzen Familie in dieser Jahreszeit mit unbekanntem Ziel verreist. Sie haben ja nicht einmal Ihrer Putzfrau gesagt, wo Sie sind. Sie waren offensichtlich daran interessiert, Ihren Aufenthaltsort geheim zu halten. Dass Sie sich in Vilamoura an der Algarve aufgehalten haben, schließen wir aus gewissen Hinweisen in den Akten Ihres verstorbenen Geschäftspartners, Herrn Sannwalds. Dort haben Sie ja eine Art Filiale, die Sie steuerlich geltend zu machen versuchen. So was hätt ich auch gern, aber das nur nebenbei. Es sieht für uns ganz danach aus, dass Sie auf die Nachricht von Herrn Sannwalds Ermordung hin so schnell wie möglich abgereist sind, weil Sie um sich und Ihre Familie Angst haben mussten. Also, Herr Baumgartner, vor wem haben Sie Angst?«

»Ich habe vor niemandem Angst. Wie ich Ihnen schon sagte, kann ich mir das Ganze nicht erklären.«

»Und warum dann plötzlich die Reise?«

»Wir, also meine Frau und ich, brauchten einfach dringend Erholung. Wir haben dieses Jahr keinen Urlaub gemacht. Während der Sommerferien musste unserem Achtjährigen plötzlich der Blinddarm herausgenommen werden, da sind wir nicht weggefahren, und im Herbst ging es vom Geschäft her nicht, weil wir, als die Bankenkrise offen zutage trat, unseren Kunden zur Verfügung stehen mussten. Und als wir dann von Frau Sannwald hörten, dass Herr Gommel verunglückt war und sie ihren Mann vermisste, da wollten wir eben alles stehen und liegen lassen und eine Weile nichts mehr von unserem Geschäft wissen. Nach all dem Stress noch dieser Schock, das müssen Sie doch verstehen, dass man da mal zwischendurch Abstand braucht. Wir hatten keine Angst, aber die nervliche Belastung war uns zu groß. Bis zu den Weihnachtsferien waren es ja noch vier Wochen.«

»Und bis nach den Weihnachtsferien wollten Sie dort bleiben? Sie haben Ihren Erholungsurlaub ja nicht freiwillig abgebrochen. Sie sind in einer glücklichen Situation, wenn Sie die Arbeit so einfach für so lange Zeit niederlegen können, wenn ich das bemerken darf«, sagte Göhler etwas spitz.

»Davon verstehen Sie nichts«, antwortete Baumgartner barsch. »Vieles von dem, was eine Vermögensverwaltung tut, wird heutzutage über das Internet abgewickelt. Ich konnte auch von dort aus am Ball bleiben.«

»Aber sagten Sie nicht eben noch, dass Sie von Ihren Geschäften für ein paar Wochen absolut nichts mehr wissen wollten? Herr Baumgartner, mir scheint, Sie widersprechen sich etwas. Ich muss meine Frage wiederholen: Vor wem haben Sie Angst?«

»Vor niemandem«, sagte Baumgartner und fing an, mit seinem Autoschlüssel zu klappern.

»Nun gut, Sie wollen nichts aussagen. Dann will ich Ihnen wenigstens unsere Sicht der Angelegenheit mitteilen. Am 15. November hat Ihr Geschäftspartner Markus Gommel einen sehr seltsamen Autounfall im Schwarzwald, bei dem er fast ums Leben kommt, wobei bewiesen ist, dass ihn ein Mercedes-Geländewagen von der Straße abgedrängt hat. Zwei Tage später wird Ihr Geschäftspartner Georg Probst ermordet und nicht einmal vierundzwanzig Stunden später Wilfried Sannwald. Für uns von der Polizei heißt das Spiel »Vier kleine Brokerlein«. Und das vierte Brokerlein sind Sie. Wir sind die Polizei, Ihr Freund und Helfer, der aber nur etwas für Sie tun kann, wenn Sie kooperieren. Sie wollen mir jetzt nichts sagen, weil Sie es ja sehr eilig haben. Aber versichern Sie mir wenigstens, dass Sie uns etwas mehr sagen, sobald Sie die Sache anders sehen. Dazu brauchen Sie nicht wieder nach Dresden zu kommen. Das LKA Baden-Württemberg ist genauso mit der Sache befasst wie wir. In Stuttgart liest man übrigens zurzeit in den Akten der Firma VV4S.«

Er schaute Baumgartner an, doch dessen Gesicht zeigte keine Reaktion.

»War es das?«, fragte Baumgartner trocken und stand auf.

»Ja, das war alles. Mehr wollen Sie ja im Moment nicht sagen«, sagte Göhler mit einem ironischen Lächeln. »Ich hoffe, wir sehen uns gesund und munter wieder.«

Baumgartner warf ihm einen verärgerten Blick zu und verließ grußlos das Revier.

»Was für ein feiner Kunde«, sagte Göhler kopfschüttelnd zu Reichelt, während er durchs Fenster zusah, wie Baumgartner in sein Auto stieg und abfuhr. Dann setzte er sich hin und verfasste den Bericht an das LKA Baden-Württemberg, der auch Hauptkommissar Kupfer zugeleitet wurde.

Dezember 2008/Januar 2009
Gommel sucht Ruhe

Ungefähr zehn Tage nach seinem Unfall war Gommel von seinen Ärzten für vernehmungsfähig erklärt worden. Darauf hatte die Polizei schon ungeduldig gewartet. Ein Freiburger Kriminalkommissar hatte die Aufgabe übernommen, Gommel zu dem Anschlag und seinen möglichen Hintergründen zu befragen, und hatte ihn mehrmals aufgesucht. Doch Gommels Aussage war unergiebig gewesen und immer dieselbe geblieben: Er könne sich an nichts erinnern und habe für den angeblichen Anschlag absolut keine Erklärung. Er selbst glaube an einen Unfall, an ein missglücktes Überholmanöver mit Fahrerflucht. Er vermutete, wie er sagte, dass ein paar junge Rowdys in Frankfurt den Wagen gestohlen hatten und sich auf einer Spritztour befanden. Vielleicht sei der Fahrer angetrunken gewesen und habe mitten im Überholmanöver die Herrschaft über das Fahrzeug verloren, möglicherweise, weil sich von weitem Gegenverkehr gezeigt hatte. Immer wenn der Kriminalkommissar ihm daraufhin zu erklären versuchte, dass die Reifenspuren auf der Straße dann ganz anders aussehen würden, verkürzte Gommel das Gespräch mit einem Hinweis auf seine Kopfschmerzen, die gerade wieder stärker würden; ein Anzeichen dafür, dass er einer solchen Auseinandersetzung mit seinem Unfall noch nicht gewachsen wäre.

Vor allem, als man ihn zehn Tage nach seiner Einlieferung von Sannwalds und Probsts Ermordung in Kenntnis setzte, war er sehr schockiert und für ein paar Tage unansprechbar. Sobald jemand sein Zimmer betrat, griff er, auf dem Rücken liegend, an seine Schläfen und stöhnte. Auch seine Frau konnte mit ihm nicht über dieses Thema sprechen, wohl aber über Belanglosigkeiten wie die kleinen Leckereien, bestimmte Pralinen oder geräucherte Forellenfilets zum Beispiel, die er sie zu beschaffen bat. Und ohne seinen fünfzehnjährigen Scotch am Abend war ihm das Leben auch nicht sonderlich lebenswert.

Auf diese unbefriedigenden Nachrichten aus Freiburg hin hätten Kupfer und Kleinschmidt sich gerne Einblick in Gommels Geschäftsunterlagen verschafft. Da er aber nur Opfer und nicht Täter war und niemand gegen ihn Anzeige erstattet hatte, war an eine richterliche Anordnung nicht einmal zu denken. Dass von den Konten der VV4S immer wieder größere Beträge auf sein Privatkonto geflossen waren, war ja nicht strafbar. Und abgesehen davon war Gommels Name in Sannwalds Büchern nicht aufgetaucht.

»Ich bin sicher, dass er mit dem Geld auf den Schweizer Konten operiert hat. Als Broker muss er doch eine ganz wichtige Funktion gehabt haben«, meinte Kleinschmidt. »Über irgendeinen Umweg werden wir uns auch an ihn ranmachen. Ich weiß nur noch nicht wie.«

Gommel wurde Mitte Dezember aus der Freiburger Uniklinik entlassen und konnte die Weihnachtstage zu Hause bei seiner Familie verbringen. Danach sollte er weitere vier bis sechs Wochen in einer Rehaklinik zubringen. Weil er gehört hatte, dass die Familie Baumgartner wenigstens für die nächsten Wochen im Ländle bleiben würde, ließ er sich in das Rehazentrum Schömberg überweisen, in die Klinik Schwarzwald. Sie lag nur fünfunddreißig Kilometer von Sannwalds Haus in Herrenberg entfernt, wo die Baumgartners untergekommen waren, und war von dort in fünfundvierzig Autominuten bequem zu erreichen. Und wenn seine Frau in seiner Nähe sein wollte, gab es in diesem Luftkurort Hotels und Pensionen, wo sie für wenig Geld logieren könnte. Also checkte Judith Gommel in ein besseres Hotel in der Schömberger Römerstraße ein. Dieser Tapetenwechsel kam ihr sehr entgegen, denn da ihre beiden Kinder schon lange im Internat Salem untergebracht waren, fühlte sie sich ohne ihren Mann in dem großen Haus im Taunus sehr einsam. So ließ sich das Ehepaar Gommel gleich nach Neujahr 2009 in diesem idyllischen Luftkurort für ein paar Wochen nieder.

Kupfer wurde von Gommels neuem Aufenthaltsort von seinen Freiburger Kollegen in Kenntnis gesetzt.

»Warum geht Gommel ausgerechnet in den Nordschwarzwald? Als gäb's um Frankfurt rum keine Rehazentren, zum Beispiel im Taunus oder sonstwo in Südhessen. Das ist nicht bloß die gute Schwarzwaldluft, die unseren Kunden nach Schömberg zieht.«

»Aber dort ist es doch schön«, meinte Paula Kußmaul.

»Schon. Bloß reicht das so einem Typen wie Gommel normalerweise nicht. Ich hätte erwartet, dass er sich in einen ganz mondänen Badeort überweisen lässt, wo er gleich wieder Geschäfte machen kann. Business im Whirlpool. Ich glaub, den sollten wir einmal besuchen, der Kollege Kleinschmidt und ich. Machen Sie mal mit Kleinschmidt einen Termin. Schönen Gruß von mir, ob er Lust zu einem halbtägigen Ausflug in ein verschneites Schwarzwalddorf hätte? Wenn ja, würde ich ihn morgen oder übermorgen am Böblinger Bahnhof mit dem Auto abholen. Er soll sagen wann. Ich kann es dann schon einrichten.«

»Aber ich soll schon sagen ...?«

»Worum es geht. Klar. Obwohl er das weiß. Er hat ja sicher die Berichte gelesen.«

Handeln heißt die Devise

Baumgartner: »Zehn Millionen hab ich jetzt mal bereitgestellt. Die liegen schon seit gestern auf unserem Konto bei der UBS. Du hast also freie Hand.«

Gommel (lacht): »Es geht also doch. Sagte ich das nicht schon lange?«

Baumgartner: »Na ja. Das ist schon ein seltener Glücksfall. Die Schmidtlein-Rodenackers betreue ich schon seit 1992, und ihre Anlagen waren so rentabel, dass die Guten nicht einmal genau wissen, wie reich sie eigentlich sind. Mit denen bin ich damals über einen Streit wegen Rechten an verschiedenen Grundstücken in Kontakt gekommen und habe dafür gesorgt, dass sie kriegten, was ihnen zustand. Und damit war die Geschäftsverbindung etabliert. Ein richtig schönes Vertrauensverhältnis. Die sind ja nicht von hier, sondern leben irgendwo im Sauerland, und nach meinen Recherchen machen sie anderweitig so viel Geld, dass sie über ihr kleines sächsisches Vermögen den Überblick verloren haben dürften.«

Gommel: »Bist du sicher?«

Baumgartner: »Absolut. Erst neulich war einer von denen kurz hier, der hat irgendwie mit dem Chiphersteller Qimonda zu tun, hat da wahrscheinlich Geld investiert. Und da gibt es keinen Besuch in Dresden, ohne dass er mit mir Kontakt aufnimmt. Er hat mich ins Fischhaus Alberthafen eingeladen. Ich sage dir, Gastronomie vom Feinsten. Wenn wir den nächsten großen Fischzug hier in Dresden feiern, dann sollten wir das dort zelebrieren. Da wirst du wirklich verwöhnt. Übrigens war das ein rein freundschaftliches Gespräch mit ihm. Er hat nach seinen Anlagen nicht einmal gefragt.«

Gommel: »Ja, über Geld redet man nicht. Man hat es. In das Lokal würde ich gern mal mit dir gehen. Ich besuch dich bald mal wieder.«

Baumgartner: »Schön. Aber jetzt sag mal, was machst du mit dem Geld?«

Gommel: »Fragst du Sachen. Wo es doch im Moment nur eine wirklich rentable Operation geben kann!«

Baumgartner: »Hab dich nicht so. Jetzt sag's halt.«

Gommel: »Optionen für Aktien der HRE, der Hypo Real Estate. Die geht gerade ab wie eine Rakete. Steht kurz vor der Aufnahme in den DAX, hab ich läuten hören. Das heißt, ich kaufe Optionsscheine auf eine künftige blue chip Aktie.«

Baumgartner: »Super.«

Gommel: »So wie die hochgeht, ist die Aktie bis 30.06.2006 auf 70 Euro. Ich setz mal auf eine Million Aktien zum Preis von 55. Im Moment stehen wir ja bei 45.«

Baumgartner: »Und du bist ganz sicher?«

Gommel: »Aber hundert Pro. Schau mal, seit sich die HRE im Oktober vor zwei Jahren von der Hypovereinsbank getrennt hat, hat sich der Aktienwert ver-vier-facht, hörst du, ver-vier-facht. Das geht natürlich nicht im selben Tempo weiter, aber da ist schon noch Power drin.

Baumgartner: »Du kaufst aber diskret.«

Gommel: »Worauf du dich verlassen kannst. Ich habe meinen Broker in Zürich sitzen. Er für mich in Zürich, ich für ihn in Frankfurt.«

Baumgartner: »Eine Hand wäscht die andere, oder?«

Gommel: »Ich würde lieber sagen, wo die eine Hand nicht zupacken kann, packt die andere zu. Auf jeden Fall bin ich sicher, dass wir dann Mitte nächsten Jahres alle unsere wackligen Pyramiden sanieren können. Und dann spielen wir in der ersten Liga mit, und zwar auf globalem Parkett.«

Baumgartner: »Aber du willst die HRE-Aktien nicht etwa halten?«

Gommel: »Da wären wir aber schön dumm, das weißt du doch. Handeln heißt die Devise, nicht Anlegen und Warten.«

(Aus einem Telefongespräch am 15. Dezember 2005, vier Tage vor Aufnahme der HRE in den DAX)

7. Januar 2009
Eine Fünfundzwanzigkilometermercedesschlange

Kupfer war spät dran. Vor dem Außentermin in Schömberg hatte er nicht erst ins Büro gehen wollen – es gab ja auch Überstunden, die er abfeiern konnte –, sondern hatte gemütlich gefrühstückt und sich einen Blick in den Böblinger Boten gegönnt. Als er auf die Uhr schaute, war es schon Viertel vor neun. In fünfzehn Minuten musste er Kleinschmidt von der S-Bahn abholen, und zwar am Bahnhof. Dabei hätte er ihm doch sagen können, dass er schon eine Station davor, am Goldberg, aussteigen sollte und er hätte ihn fast vor seiner Haustür abholen können. Das hatte er vergessen, was ihn ärgerte. Er stürzte die letzte halbe Tasse Kaffee hinunter, warf sich in seinen Mantel, rannte aus dem Haus und startete den Dienstwagen. Wieder einmal musste er warten, ehe er rechts in die Stuttgarter Straße einbiegen konnte, und wieder einmal gab es auf der Friedrich-List-Straße einen Stau. So wurde es neun Uhr, bis er am Bahnhof war. Es lohnte sich nicht mehr, das Auto irgendwo zu parken. Er fuhr auf den Taxistand direkt vor dem Bahnhofgebäude und setzte sein Fahrzeug an die Spitze der Taxischlange, wo eben eine Lücke entstanden war. Kleinschmidt würde ja in der nächsten Minute herauskommen. Er hatte sein Fahrzeug noch nicht einmal recht zum Stehen gebracht, da schoss schon ein dicker schwarz gelockter Taxifahrer auf ihn zu.

»Bissu blind? Das ist Taxistand.«

Kupfer zog genervt die Augenbrauen hoch und griff nach seinem Dienstausweis.

»Kriminalpolizei«, sagte er trocken.

»Schon gut.« Der Taxifahrer trat den Rückzug an. Kupfer konnte im Rückspiegel beobachten, wie der Dicke von einem Kollegen zum anderen ging und immer wieder mit dem Finger auf ihn deutete.

Fünf Minuten später war Kleinschmidt immer noch nicht da. Kupfer stieg aus und ging auf den Bahnsteig, um sich zu informieren. Die nächste S-Bahn kam in zehn Minuten, las er. Ehe er wieder in seinen Wagen stieg, wandte er sich an den dicken Taxifahrer.

»Tut mir leid, dass es noch zehn Minuten dauert; aber dann bin ich gleich weg.«

»Is schon gut. Polizei kann warten, bis Verbrecher kommt«, sagte er und nickte einfältig.

»Ja, und der wird verhaftet«, sagte Kupfer ernst und drehte sich um, weil er lachen musste.

Viertel nach neun tauchte Kleinschmidt vor dem Bahnhof auf und schaute sich um. Auf Kupfers Lichtsignal hin kam er raschen Schrittes heran und stieg ein.

»Guten Morgen«, sagte Kupfer, schaute ihn dabei aber nicht an, sondern genoss mit einem Blick in den Rückspiegel das verdutzte Gesicht des Taxifahrers. Dass der Verbrecher freiwillig bei der Kripo einstieg, kam dem doch recht seltsam vor, was seiner Mimik deutlich abzulesen war.

»Nun ist der Verbrecher an Bord; jetzt kann's losgehen«, sagte Kupfer, fuhr los und erklärte Kleinschmidt, wie er zu dieser ehrenvollen Bezeichnung gekommen war.

Nach einer kurzen Strecke auf der A 81 am Daimler vorbei ging es ab Richtung Weil der Stadt, Calw. Der Berufsverkehr war längst abgeflaut, so dass sie schon nach zehn Minuten durch das Würmtal fuhren. Es war kalt und leicht neblig, die Talauen entlang des Flüsschens waren von Raureif bedeckt. Kupfer steuerte das Auto vorsichtig durch die vielen schmalen Kurven.

»Sie haben uns nicht angekündigt?«

»Nein. Natürlich nicht. Ich meine, dass während einer Kur von über vier Wochen die Medizinmänner zwischendurch einmal ein paar Stunden auf unseren Kunden verzichten können, falls er nicht gleich wieder Kopfschmerzen vorschützt. Was haben Sie noch herausgefunden?

»Dass diese Firma höchstwahrscheinlich pleite ist. Das war vielleicht eine Rechnerei. Gott sei Dank sind wir ein gutes Team; sonst wäre ich immer noch nicht damit fertig. Aber die Plackerei hat es voll gebracht. Wir haben alle Eingänge der letzten drei Jahre zusammengezählt. Aus den ausgezahlten Dividenden konnten wir schließen, welche Verzinsungen an die Anleger versprochen worden waren. Und was sie jetzt eigentlich noch bekommen müssten. Und haben die Verbindlichkeiten zusammengezählt, und da fehlen alles in allem 500 ...«

»Tausend?«

»Schön wär's. Millionen.«

»Was? Eine halbe Milliarde?«

»Ja. Eine halbe Milliarde. Think big. Und dabei haben die Burschen im ganzen letzten Jahr gar nichts ausbezahlt.«

»Und wo ist die halbe Milliarde?«

»Die ist in der Schweiz verschwunden. Ich sage mal ganz vorsichtig, dass dieses Geld im letzten Quartal von 2008 nicht verfügbar war. Sonst hätte Sannwald es leichter gehabt. Nach allem, was wir von seiner Korrespondenz sichern konnten, war er in letzter Zeit mit nichts anderem beschäftigt gewesen, als besorgte Anleger zu vertrösten. Er flunkerte denen was von einem vorübergehenden Rückgang der Rendite vor und versprach ab Januar 2009 ein etwas anderes Engagement, das profitabler sein würde. Er beschwor sie, ihr Geld nicht aus dem Fonds abzuziehen.«

Kupfer schnalzte mit der Zunge und schüttelte den Kopf.

»Da wollte einer sein Geld zurück und hat es nicht gekriegt. Wenn das kein Mordmotiv ist! Wir haben schon erlebt, dass jemand wegen zwanzig Mark umgelegt wurde.«

»Klar. Vor allem wenn der größte Anleger so eine zweifelhafte russische Firma ist. – Ich habe nachgerechnet: 500 Millionen, das sind heutzutage zirka 1250 neue Etagenwohnungen in Stuttgart oder Tübingen beziehungsweise gute 1500 Einfamilienhäuschen auf dem Land. Oder 5000 S-Klasse Mercedes mit allem Schnickschnack.«

»Schöne Rechnung, Kompliment, Herr Kollege. Schön konkret. So müssen Sie es ihm sagen. Mir wird schwindlig bei diesen Summen. Wie kann man bloß so viel Geld kaputtmachen.«

»Das war in den letzten Monaten ganz einfach«, erklärte Kleinschmidt. »Denken Sie doch nur an Bernie Madoff, den vielgepriesenen Nasdaq-Guru von der Wall Street. 50 Milliarden soll er veruntreut haben, und zwar nur er. Dazu brauchte er nicht einmal die Hilfe von drei Gesellschaftern. Das hat er ganz allein geschafft. Wer bei ihm sein Geld arbeiten lassen wollte, der guckt jetzt in die Röhre. Vielleicht haben die vier Herren größere Summen in seine Goldhände gelegt. Madoff war ja die feinste Adresse an der Wall Street, mit einem besseren Ruf als Lehman Brothers, Goldman Sachs und AIG zusammen. Aber wir können ja im Land bleiben. Denken Sie nur an die Hypo Real Estate. Bei dem Aufstieg vor vier Jahren hätte keiner gedacht, dass diese Bank eines Tages schief liegt. Und wenn man auf Rohstoffe gesetzt hat, hat man jetzt auch ganz schön Geld kaputtmachen können. Aber das heißt noch nicht, dass die VV4S kein Geld mehr in Reserve hat. Ich kann mir eigentlich kaum vorstellen, dass die vier Herren so risikofreudig waren, dass alles verbrannt ist.«

»Bin ich froh, dass Sie sich da so gut auskennen! Dass Sie das so interessiert?«

»Wie ich Ihnen schon sagte: mein Gang durch den Großwildzoo«, kicherte Kleinschmidt. »Das ist zurzeit viel spannender als ein Fußballländerspiel.«

»Ich verstehe von Wirtschaft absolut nichts. Ich bin schon froh, wenn ich die Hypothek auf unserem Pappdeckelhaus bedienen kann. Das ist alles, was mich an dieser Bankenkrise interessiert. Demnächst läuft mein Vertrag ab und ich muss mit der Bank neu abschließen.«

»Keine Angst«, ermunterte ihn Kleinschmidt, »die Zinsen geben wahrscheinlich noch ein wenig nach.«

»Können Sie mir trotzdem erklären, wie man zum Beispiel mit Rohstoffen Geld kaputtmachen kann? Aber kurz und einfach, sonst verstehe ich es nicht.«

»Ganz einfach? Nun, Sie kaufen sich heute bei Ihrer Bank einen Optionsschein, der Sie berechtigt, zu einem bestimmten Termin Gold zu einem bestimmten Preis zu kaufen, sagen wir mal 1000 Feinunzen zu 1000 Euro am 1. 4. Für diese Option bezahlen Sie etwas an die Bank. Im Grunde wetten Sie darauf, dass der Goldpreis vom aktuellen Preis von vielleicht 980 Euro inzwischen steigt. Und wenn das Gold am 1. 4. dann 1100 Euro wert ist, dann haben Sie 120 000 Euro gewonnen. Sinkt der Preis bis dahin aber auf beispielsweise 900 Euro, dann haben Sie 80 000 Miese gemacht. Und das übrigens, ohne dass Sie das Gold jemals wirklich besessen haben. Die Bank muss es nur für Sie reservieren lassen. Und wenn Ihre Reservierung erlischt, verkauft die Bank dem Nächstbesten eine Option zum selben Grundwert, also 1000 Feinunzen.«

»Irre, absolut irre«, sagte Kupfer und schaute seinen Kollegen verständnislos an. »Die kaufen etwas, was sie gar nicht wollen?«

»Und auch nicht kriegen. So ist es, und deswegen spricht man hier von Leerkäufen.«

»Und warum können wir Gommel nicht gleich verhaften? Reicht das denn nicht für eine Anzeige?«

»Meiner Meinung nach schon. Aber nicht wegen Leerkäufen. Die sind legal. Gommel hat andere Dinge gedreht. Aber der Fuchs war so schlau, dass er kaum Spuren hinterlassen hat. Sannwald könnten wir sofort verhaften lassen, wenn er noch leben würde. Bei Gommel ist das wesentlich schwieriger. Die Staatsanwaltschaft überprüft gerade den Fall und wird ihn in den nächsten Tagen dem Haftrichter vorlegen. Aber wenn wir da an einen von diesen jungen Softies geraten, dann kriegen wir den nicht so schnell hinter Gitter. Wenn so ein armes Schwein, das an einer Supermarktkasse sitzt, fünfzig Euro unterschlägt oder sich auch nur um eins fünfzig verrechnet, ist es schneller im Knast oder mindestens arbeitslos. Gott sei Dank kommt das kaum vor, weil wenigstens diese Leute ehrlich sind. Aber die Welt ist schon verdammt ungerecht.«

»Und wie steht es mit Baumgartner?«

»Auch schwierig, wo doch ein großer Teil seiner Akten verbrannt ist. Es soll allerdings in seiner Ruine noch einen Safe geben. Da kommt man im Moment kaum ran, ohne Kopf und Kragen zu riskieren. Einsturzgefahr. Vielleicht später mit Hilfe einer Abrissfirma. Wir haben noch keinen Durchsuchungsbeschluss für die Ruine. Das wäre ja auch ganz was Neues. Wir müssen erst mal in Dresden einen einsichtigen Staatsanwalt finden, der uns in die Ruine lässt. Welche Rolle Baumgartner insgesamt gespielt hat oder noch spielt, wird sonst nicht ganz klar. Und ehe ich das nicht eindeutig klarstellen kann, unternehme ich auch nichts. Sonst taucht der wieder ab.«

Die Serpentinen vom Heckengäu ins Nagoldtal hinunter waren etwas vereist. Durch die kahlen Bäume hindurch konnten sie Bad Liebenzell auf der Talsohle liegen sehen. Wo die Sonne noch nicht hingelangt war, bedeckte Raureif die Dächer. Kupfer fuhr beinahe Schrittgeschwindigkeit.

»Wenn wir jetzt Gommel wären oder vielleicht Rentner, dann könnten wir dort unten ins Thermalbad gehen. Da gibt es eine ganz hübsche Sauna mit Außenbecken. Hätten Sie jetzt keine Lust?«, fragte Kleinschmidt.

»Lust schon. Aber wir sind ja noch keine Rentner. Nächstes Jahr vielleicht.«

Kupfer verstummte und konzentrierte sich auf die Straße, die noch vereist war, weil sie im Schatten lag.

»Aber es wäre heute auch ohne Sauna ein wirklich schöner Ausflug, wenn es nur nicht so sauglatt wäre«, sagte er, als sie die Nagold überquerten und das Thermalbad links hinter sich ließen. »Und ich freue mich schon auf Gommels Gesicht, wenn Sie ihm die Rechnung vorlegen.«

»Haben Sie ihn schon einmal gesehen?«

»Nur auf einem Foto, in der Badehose. Vor mehr als zwanzig Jahren aufgenommen.«

»Dann können Sie ja gespannt darauf sein, wie der Zahn der Zeit den, den ...«

»Gemästet hat«, half ihm Kupfer und die beiden lachten schallend.

Vom Zentrum von Bad Liebenzell aus nahmen sie die schmale Landstraße nach Schömberg und fuhren das bewaldete Tal hinauf. Auch hier war Vorsicht geboten. Leichte Windböen wehten den Reif von den Tannen, der sich wie Staubzucker über die vereinzelten Eisplatten legte.

Kupfer schaute auf die Uhr.

»Jetzt ist es schon fast zehn. Ich hätte nicht gedacht, dass wir so lange brauchen. Aber bei den Straßenverhältnissen.«

Sie mussten das ganze Dorf durchfahren. Ungefähr einen Kilometer vom Ortszentrum entfernt lag das Rehazentrum nördlich vom Ort am Waldrand in der Sonne. Bäume und Wiesen waren verschneit, doch der Schnee war schon teilweise von den Dächern gerutscht, so dass die roten Ziegel das sonst fast leblose Landschaftsbild angenehm belebten.

»Nicht viel los hier«, meinte Kleinschmidt.

»Eben, hier ist der Hund begraben«, bestätigte Kupfer, »und deshalb meine ich, dass unser Freund Gommel nicht nur wegen der guten Luft hier ist. Baumgärtner wohnt ja zurzeit in Herrenberg, seit man seine Villa in Dresden abgefackelt hat.«

»Dann treffen wir den vielleicht auch noch. Zwei Fliegen mit einer Klappe. Aber das wäre zu schön, um wahr zu sein.«

Sie bogen in den Parkplatz ein und stiegen aus. Kupfer blieb einen Moment stehen und machte ein nachdenkliches Gesicht.

»Was ist? Wollen wir?«, fragte Kleinschmidt.

»Ja ja, natürlich. Ich habe nur eben noch einmal über Leerkäufe nachgedacht. Ich glaube, ich kann es mir doch nicht so richtig vorstellen. Das müssen Sie mir auf der Rückfahrt noch einmal erklären.«

»Aber gerne.«

An der Pforte saß eine freundliche rundliche Dame mittleren Alters und löffelte gerade einen Joghurt. Kupfer neigte sich gegen die Panzerglasscheibe und stellte sich vor.

»Grüß Gott, Kupfer mein Name, ich bin von der Kriminalpolizei Böblingen. Wir möchten gern Herrn Markus Gommel sprechen.«

Sie schluckte, wischte sich den Mund mit einem Papiertaschentuch und sagte: »Entschuldigung. Das ist gerade mein zweites Frühstück. Wissen Sie, sonst kommt kaum jemand um diese Zeit.«

»Schon gut«, beschwichtigte Kupfer sie. »Könnten Sie uns bitte sagen, wo wir Herrn Gommel finden?«

Sie wandte sich ihrem Monitor zu, legte ihren Kopf in den Nacken, damit sie mit ihrer Gleitsichtbrille besser lesen konnte, und sagte: »Das haben wir gleich.« Und während sie tippte und scrollte, fügte sie hinzu: »Der Herr Gommel, so ein netter Mann, man sollte es nicht für möglich halten.«

»Was sollte man nicht für möglich halten?«

»Na, dass der Besuch von der Kriminalpolizei kriegt, bloß weil er einen Autounfall hatte, der gute Mann. So, jetzt hab ich ihn. Er ist in der Orthopädischen in Zimmer 421. Aber ich glaube nicht, dass er jetzt in seinem Zimmer ist. Er ist bestimmt bei irgendeiner Anwendung. Gehen Sie doch in unsere Cafeteria und warten sie ein halbes Stündchen. Ich lass ihm Bescheid sagen, dass Sie auf ihn warten.« Sie wies ihnen den Weg in die Cafeteria und Kupfer bedankte sich.

»Gommel muss sich hier gut eingeführt haben, der gute Mann«, sagte Kleinschmidt. »Das haben die Nadelstreifengauner halt perfekt drauf.«

Sie warteten schon eine halbe Stunde. Kleinschmidt schaute auf die Uhr.

»Schon zwanzig vor zwölf. Ob ich mir noch einen Kaffee hole? Oder vielleicht lieber erst nach dem Mittagessen. Das ist besser für den Magen.«

»Aber ich trinke noch einen«, sagte Kupfer und stand auf. Als er sich umdrehte, sah er einen groß gewachsenen schlanken Mann mit üppigem schwarzen Haar auf sie zukommen. Er trug einen dunkelblauen Trainingsanzug und zog das rechte Bein nach. Sein Anblick erinnerte Kupfer an den Kollegensport, das Volleyballspiel, wo immer wieder einmal einer am Netz mit seinem Gegner kollidierte, umknickte und hinkend das Spielfeld verlassen musste.

»Herr Gommel?«, fragte Kupfer.

Gommels Blick ging zwischen Kupfer und Kleinschmidt hin und her.

»Ja, und Sie sind wohl die Herren von der Kripo. Was wollen Sie von mir?«

»Grüß Gott erst mal«, entgegnete Kupfer und streckte Gommel seine Rechte entgegen. Gommel kam einen Schritt weiter heran und gab Kupfer die Hand.

»Mein Name ist Kupfer von der Kripo Böblingen und das ist mein Kollege Kleinschmidt vom LKA.«

»Angenehm. Gommel«, war die kurze Antwort. »Und?«

»Wir möchten Sie gerne wegen Ihres Unfalls sprechen. Sollen wir hierbleiben oder möchten Sie das Gespräch mit uns woanders führen?«

Gommel sah sich um. Die nächsten Tische waren leer, weil den Patienten ja gleich das Mittagessen serviert wurde. Nur beim Eingang saßen noch ein paar an verschiedenen Tischchen und lasen Zeitung.

»Nein, wieso auch«, sagte er und setzte sich. »Ich nehme ja mal an, dass unser Gespräch sehr kurz sein wird und ich bald zum Essen gehen kann.«

Kupfer und Kleinschmidt übergingen diese abweisende Bemerkung und musterten ihn von Kopf bis Fuß, was ihn aber nicht zu irritieren schien. Kupfer dachte an das Foto in Sannwalds Büro und konstatierte anerkennend, dass Gommel sich sehr gut gehalten hatte.

»Ich habe ja schon in Freiburg mehrmals gesagt, dass ich mir den Unfall nicht erklären kann.«

»Das wissen wir«, antwortete Kupfer ganz ruhig. »Aber nach allem, was inzwischen geschehen ist und mein Kollege von der Wirtschaftsprüfung herausgefunden hat« – er deutete auf Kleinschmidt –, »können wir Ihnen das einfach nicht mehr glauben. Es spricht zu viel dagegen.«

»So? Was denn? Da bin ich aber gespannt.«

Kupfer schwieg zunächst und schaute ihm in die Augen. Gommel aber hielt ausdruckslos seinem Blick stand. Zurückgelehnt hing er auf seinem Stuhl, das eine Bein angewinkelt, das andere ausgestreckt. Er hatte den linken Arm auf dem Tisch aufgelegt und trommelte leicht mit den Fingern.

»Ja, Herr Gommel, einiges spricht dagegen.«

Kupfer zog sein Notizbuch aus der Tasche und schlug es auf.

»Damit ich nichts vergesse. Wissen Sie, Herr Gommel, wir Kriminaler müssen uns auch mit Kleinigkeiten abgeben, und da muss man manchmal aufpassen, dass man nichts vergisst.«

In aller Ruhe in seinem Notizbuch blätternd, hielt er Gommel eine Weile hin, indem er die eine und andere Seite überflog und leise vor sich hin zu lesen schien. Gommel begleitete ihn mit einem Fingertrommelsolo. Schließlich legte Kupfer sein Notizbuch aufgeschlagen auf den Tisch und fixierte Gommel scharf.

»Herr Gommel, wie wir in Erfahrung gebracht haben, fahren Sie seit siebenundzwanzig Jahren Auto, und zwar völlig unfallfrei. Damit gehören Sie für uns zu der Gruppe der sehr sicheren und vorsichtigen Fahrer. Deswegen können wir uns nur sehr schwer vorstellen, dass Sie den Unfall selbst verschuldet haben. Und genauso wenig will uns andererseits einleuchten, dass der Fahrer des Fahrzeugs, das sie gerammt hat, die Herrschaft über sein Auto verloren hatte. Im Gegenteil, er war sehr geschickt. Er brachte es fertig, Sie von der Straße abzudrängen und selbst weiterzufahren. Das meinen unsere Unfallspezialisten. So was kann übrigens nicht jeder. So was muss man üben. Actio gleich reactio, ein physikalisches Grundgesetz, das kennen Sie doch sicher, und nach diesem Gesetz müsste er unweigerlich links von der Straße abgekommen sein, wenn es ein Unfall gewesen wäre. Aber er wusste eben, wie stark man gegenlenken muss. Das sieht recht professionell aus.«

Kupfer schwieg und schaute ihn an.

»Und? Ist das alles?«

»Lieber Herr Gommel, Sie erreichen gar nichts ...«

»Ich bin nicht Ihr lieber Herr Gommel«, unterbrach er ihn, sichtlich etwas gereizt.

»Nun, Herr Gommel, Sie erreichen gar nichts, wenn Sie sich allzu naiv geben. Zwei Ihrer Kompagnons sind seit Ihrem sogenannten Unfall ermordet worden, Ihr Kollege

Baumgartner hat sich im Ausland verkrochen und kam erst wieder, nachdem man ihm das Haus angezündet hat, und Sie wollen uns unter diesen Umständen weismachen, dass es nur ein Unfall war, was Sie fast das Leben gekostet hat.«

»Was wollen Sie eigentlich?«, fragte Gommel spöttisch. »Mache ich mich denn strafbar, wenn es jemand auf mich abgesehen hätte? Ist die Kripo neuerdings hinter den Opfern her, weil man sie leichter kriegt als die Täter?« Er lächelte zynisch.

Da zog Kleinschmidt ein Papier aus der Tasche, das er sehr behutsam entfaltete, den Blick immer auf Gommel gerichtet, und dann auf dem Tisch glattstrich. Gommel erkannte sofort, dass es sich um eine Art von Bilanz handelte. Kupfer meinte, ein leichtes Zucken seiner Augenlider wahrzunehmen.

»Herr Gommel, wissen Sie eigentlich, wie groß die Außenstände Ihrer Firma inzwischen sind?«, begann Kleinschmidt. »Wahrscheinlich wissen Sie es nicht, weil Sie in Freiburg ja immer Kopfschmerzen bekamen, wenn es um geschäftliche Dinge ging. Ich will es Ihnen deshalb sagen. Es handelt sich ungefähr um eine halbe Milliarde, also 500 Millionen. Wenn wir das zum Beispiel in Einfamilienhäuser umrechnen, ergibt sich eine ziemlich große Wohnsiedlung, wahrscheinlich größer als dieses schöne Schömberg hier. Oder wollen Sie es lieber in Autos umgerechnet haben? Ja? Dann sind es zirka 5000 S-Klasse Mercedes mit allen Extras. Das wäre eine Autoschlange von Bad Liebenzell bis Pforzheim oder, um in Ihrer heimischen Umgebung zu bleiben, vom Frankfurter Zentrum bis nach Hanau hinaus. Und dabei hat Ihr verstorbener Kollege Sannwald ja nicht einmal mehr die Verbindlichkeiten von 2008 beglichen. Der Jahresabschluss konnte ja gar nicht mehr gemacht werden, weil zwei Gesellschafter tot sind, einer, nämlich Sie, quasi ausgeschaltet war und der vierte sich in der kritischen Phase mit seiner Familie in Portugal in die Sonne gesetzt hat. Und da wollen Sie uns erzählen, Ihr Unfall sei durch so etwas wie einen Fahrfehler passiert. Das, Herr Gommel, entschuldigen Sie bitte, erscheint uns absolut lächerlich.«

Kleinschmidt schüttelte den Kopf und lächelte zynisch.

Gommel veränderte seine Position nicht. Gelassen zurückgelehnt ließ er seinen Blick einen Moment zwischen den beiden Polizisten hin- und herpendeln. Dann huschte ein flüchtiges Lächeln über sein Gesicht.

»Ich glaube nicht, dass Ihre Bilanz stimmt. Wie Sie sicher festgestellt haben, haben wir immense Summen in der Schweiz liegen. Damit will ich nicht sagen, dass unser Geschäft geradezu blüht, was ja in der gegenwärtigen Krise ein Wunder wäre, aber wenn Sie diese Summen einrechnen würden, dann könnten Sie mit Ihren S-Klasse Mercedeslimousinen da draußen kaum den Parkplatz füllen. So ist das nämlich.«

»Das müssten Sie uns aber beweisen.«

»Gar nichts muss ich. Wenn überhaupt jemand etwas beweisen müsste, dann Sie. Das wissen Sie genau. Schließlich steht kein Verfahren gegen mich an, oder sollte ich etwas übersehen haben?«

»Nein. Noch nicht. Aber es könnte ein Verfahren gegen Sie anhängig werden, und zwar, sobald wir wieder in Bad Cannstatt im LKA sind.«

Gommel richtete sich in seinem Stuhl auf und sagte spöttisch: »Jetzt wird es aber spannend.«

Kupfer setzte das Gespräch unbeirrt im selben Ton fort. »Auf einen starken Verdacht gegründet, wird mein Kollege Kleinschmidt Sie und Ihren Freund Baumgartner wegen Konkursverschleppung anzeigen, außerdem, und das können wir schon beweisen, wegen Anlagenbetrugs. Schneeballsysteme sind schließlich illegal. Ich persönlich werde Sie anzeigen wegen Behinderung der Ermittlungen in zwei Mordfällen. Ich kann es absolut nicht verstehen, und zwar von der rein menschlichen Seite her, wie Sie die Mörder Ihrer Freunde decken, wenn ich mir diese persönliche Bemerkung erlauben darf. Und dann müssen wir natürlich auch die Steuerfahndung auf Ihre Firma aufmerksam machen, denn Ihre Buchhaltung dürfte ja nach Herrn Sannwalds Ableben nicht mehr ganz in Ordnung sein. Und noch eine persönliche Bemerkung zu Ihrem Schneeballsystem oder Ponzi-Trick, falls Sie es lieber so nennen: Wenn ein Finanzgenie von der Wall Street wie Bernie Madoff damit auffliegt – das haben Sie ja sicher trotz Kopfschmerzen mitbekommen –, sollte so eine Hobby-Vermögensberatung wie Ihre VV4S nicht meinen, damit auf die Dauer durchkommen zu können.«

Kleinschmidt lächelte auf einmal und sagte: »Vielleicht haben Sie ja sogar Ihre Überschüsse bei Madoff angelegt. Das hätte schon was: Ein kleine Pyramide gliedert sich in eine größere ein und verschwindet mit ihr im Nichts. Klingt gut, oder?«

Gommel antwortete nicht, aber seine Halsschlagader schwoll nun doch etwas an.

»Wie Sie ja sicher wissen, kommen Sie im Strafprozess dann besser weg, wenn Sie mit uns zusammenarbeiten und uns Einblick in Ihre Schweizer Konten gewähren. Und nennen Sie uns die Leute, vor denen Sie Angst haben. Das muss nicht jetzt sofort sein. Wir lassen Ihnen unsere Karten da. Das wär's.«

Kleinschmidt nahm das Gespräch noch einmal auf.

»Abschließend hätte ich nur noch eine Frage an Sie, was Ihren Bekanntenkreis anbelangt. Haben Sie Herrn Gontscharow eigentlich jemals persönlich kennengelernt oder war er nur von Herrn Probst akquiriert worden?«

»Gontscharow? Nein. Von wem sprechen Sie da?«

»Von Ihrem größten Kunden, Ihrem Hauptinvestor, sagen wir mal.«

»Nein, ich kenne die Namen dieser Leute nicht. Georg Probst hat die meisten unserer Investoren angeworben oder anwerben lassen, und für die Korrespondenz waren er und Wilfried Sannwald zuständig. Damit hatte ich nichts zu tun.«

»Und was taten Sie dann? Sie waren dann wohl der Fondsmanager von Global Energy Invest.«

»Sie sagen es.«

»Gut. Dann wird Ihr Problem sein, vor Gericht das Fondsmanagement von Global Energy Invest einwandfrei darzustellen. Falls Ihnen das etwas Kopfzerbrechen bereiten sollte, können Sie ja Ihre vielen Mußestunden, die sie hier genießen, für Ihre Vorbereitung nutzen. Für den Fall, dass Ihnen schon vorab etwas dazu einfallen sollte, lasse ich Ihnen meine Karte da. Ich würde mich über Ihren Anruf sehr freuen.«

Auch Kupfer legte seine Karte auf den Tisch und die beiden Kripobeamten erhoben sich.

»Dann wünschen wir Ihnen guten Appetit. Bis bald, hoffentlich.«

Sie drehten sich um und verließen grußlos die Cafeteria, ohne sich noch einmal nach Gommel umzusehen. Dem sah man seinen Ärger nun doch an. Er zog die Brauen zusammen und atmete mit weit gespreizten Nasenflügeln ein.

***

»Strategisch hochwertige Aktion mit geringem unmittelbarem Ertrag. Ich bin nicht ganz zufrieden mit unserm Gespräch«, fasste Kleinschmidt das Ergebnis ironisch zusammen.

»Mit Ihrem Hinweis auf Madoff haben Sie ihn schon aus der Fassung gebracht«, lobte Kupfer seinen Kollegen.

»Ich wollte ihn eben reizen, dass er irgendetwas Falsches sagt. Vielleicht hätten wir zurückhaltender sein sollen. Jetzt weiß er nämlich, was wir über ihn und seine sogenannte Vermögensverwaltung wissen.«

»Ach, das war schon gut so. Anders war er ja fast nicht aus der Ruhe zu bringen, er war gefasst wie ein Pokerspieler, dieser Megazocker. Die Aussicht auf drei Anzeigen war ihm aber doch sehr unangenehm. Meinen Sie, Sie können sich Einblick in die Schweizer Konten verschaffen?«

»Nein. Da ist die UBS eisern. Aber ich bin sicher, dass sich sehr viele Anleger bei uns melden werden, wenn wir die Anzeige gegen die VV4S veröffentlichen, und dann werden wir sehen, wie sich die UBS im Fall einer Sammelklage verhält, wenn sich die Kläger erst zusammengeschlossen haben. Nur kennen sie einander ja noch gar nicht.«

Sie waren noch keine fünf Kilometer gefahren, als starker Schneefall einsetzte. Dicke Flocken nahmen die Sicht und blieben auf der Fahrbahn liegen. Kupfer fuhr langsam und schaltete das Licht ein.

»Passt fast zum Schneeballsystem«, lachte er vor sich hin. »Und wie dunkel das wird! Man könnte meinen, es sei schon fünf Uhr.«

Angestrengt sah er auf die Straße.

»Machen Sie mal das Radio an. Der Verkehrsfunk ist vielleicht ganz interessant.«

Dann sagte er lange Zeit nichts und konzentrierte sich auf die Straße. An der Abzweigung zur Burg Liebenzell kam ihnen ein dunkler Wagen entgegen.

»Haben Sie die Nummer gesehen?« fragte Kleinschmidt. »Nein? DD KB 262. Karl Baumgartner aus Dresden, geboren im Februar 1962. Gommel bekommt schon wieder Besuch. Sollen wir umkehren?«

»Nein. Wir behalten sie im Auge und nehmen sie getrennt in die Mangel.«

7. Januar 2009
Ein Win-Win-Geschäft

Auf der Rückfahrt hätte Kupfer seinen Kollegen auch schon an der S-Bahnstation auf der Hulb absetzen können. Aber da Mittagszeit war, setzte er ihn lieber zwei Stationen weiter am Goldberg ab.

»Wollen Sie noch mit zu mir auf einen schnellen Kaffee?«

»Vielen Dank, Herr Kollege, heute nicht. Ich muss gleich zurück ins Büro.«

So verabschiedeten sie sich und Kleinschmidt stieg in die S-Bahn. Einen Kaffee und zwei belegte Brote hätte Kupfer auch in der Polizeidirektion zu sich nehmen können. Aber da wäre es nicht so bequem gewesen. Zu Hause konnte er beim Essen die Füße hochlegen und in Ruhe über alles nachdenken. Was ihm Kleinschmidt über Leerkäufe erzählt hatte, ging ihm nicht aus dem Kopf, und er hätte es gern sofort seiner Frau erzählt. Aber ausgerechnet heute war sie über die Mittagszeit einkaufen gegangen. So kaute er still und nachdenklich vor sich hin.

Als er den letzten Schluck Kaffee nahm, war es kurz nach halb eins. Ein Mittagsschläfchen von zwanzig Minuten war also heute drin. Er stellte sich einen Wecker, setzte sich in seinen bequemsten Sessel und legte die Füße auf den Couchtisch.

Er hatte richtig gute Laune, als er geweckt wurde. Das war doch bis jetzt ein schöner Tag gewesen: ein angenehmer Außentermin mit einem sympathischen Kollegen, eine geruhsame Mittagspause in den eigenen vier Wänden und nun schien auch noch die Sonne. Als er dann am Bahnhof die Talstraße hinausfuhr, dachte er über Kleinschmidts Erklärung der Leerkäufe nach. Unglaublich fand er das und schüttelte leicht den Kopf.

Paula Kußmaul kaute das letzte Stückchen ihres Nachtischapfelkuchens.

»Und wie war's im Schwarzwald?«, fragte sie und schluckte den Bissen hinunter.

»Schön, eindrucksvoll, unterhaltsam, lehrreich«, spannte er seine Sekretärin auf die Folter.

»Toller Ausflug also«, meinte die Sekretärin.

»Ja, schon. Toller Ausflug in den Schnee.«

»Und was haben Sie gelernt?«

»Nun, wie man Geld macht und es wieder verbrennt.«

»Und? Wie? Jetzt erzählen Sie doch. Ich sehe es Ihnen doch an der Nasenspitze an, dass Sie etwas loswerden müssen.«

Kupfer grinste und begann.

»Stellen Sie sich vor, der Kollege Kleinschmidt vom LKA kann nachweisen, dass diese Vermögensverwaltung im Moment insgesamt 500 Millionen Miese, Außenstände oder Schulden hat, das weiß man allerdings noch nicht genau. Die Burschen sind mit schwindelerregenden Summen umgegangen.«

»Und wie sind die an so viel Geld herangekommen? Das kriegt man doch nicht so einfach von einer Bank?«

»Garantiert zum Teil durch Betrug und wahrscheinlich zum Teil durch so genannte Leerverkäufe.«

»Leerverkäufe? Was ist denn das?«

»Ganz einfach. Ich leihe mir etwas und verkaufe es teuer. Dann kaufe ich es billig wieder zurück«, erklärte er geheimnisvoll.

»Und das geht?« Paula Kußmaul schaute ihn ungläubig an.

»Klar geht das. Und wie das geht! Also zum Beispiel, sagen wir mal, ich verkaufe Ihnen heut zehn Zentner Mostäpfel für 8 Euro ...«

»Aber so viel hat es diesen Herbst für den Zentner nicht gegeben.«

»Also gut. Dann halt bloß für 6 Euro. Und dann kaufe ich sie Ihnen zwei Wochen später für 3 Euro wieder ab. Dann habe ich pro Zentner 3 Euro verdient. Die Rendite von meinem Geschäft liegt dann bei 50 %. Verstehen Sie?«

»Nein.«

»Warum nicht?«

»Was ist denn, wenn ich das Obst gleich vermoste?«

»Das geht nicht.«

»Wieso denn nicht? Ich kann doch mosten, wann ich will. Und bevor das Obst fault, tät ich gleich mosten. Und was ist denn dabei leer? Erst ist das Obst im Sack und dann haben Sie das Geld und ich meinen Most. Das Fässle ist voll. Und außerdem wär ich ja sowieso blöd, wenn ich Ihnen das zum halben Preis wieder verkaufen würde. So geht man mit dem Geld nicht um.«

Kupfer dachte einen Moment nach.

»Okay, nehmen wir ein anderes Beispiel. Ich leihe mir etwas ganz Teures, was ich mir eigentlich nicht leisten kann, zum Bespiel einen Tanker voll Rohöl.«

»Was? Und den leiht Ihnen einer? Wer denn?«

»Weiß ich auch nicht. Ist ja bloß ein Beispiel. Und ich behalte ihn ja auch nicht, sondern verkaufe ihn für, sagen wir mal, hm, 50 Millionen an Herrn X.«

»Wer ist das?«

»Weiß ich auch nicht. Ist ja bloß ein Beispiel. Und dann erzähl ich herum, dass es gerade so viel Öl gibt, dass es ganz billig wird. Und dann wird es billig. Und dann kauf ich den Tanker Öl für vielleicht 40 Millionen wieder zurück und gebe ihn dann dem zurück, der ihn mir geliehen hat.«

»Und warum ist der so ungeschickt und macht das nicht selbst?«

»Weil er zu faul dazu ist. Was ich mache, ist halt recht aufregend. Da muss man Fuchs und Has sein. Und der Eigentümer braucht bloß irgendwo in seiner Villa zu sitzen und die Hand aufzuhalten und von mir die Leihgebühr zu kassieren. Zwischen mir und dem herrscht sozusagen eine Win-win-Situation, er gewinnt und ich gewinne.«

»Immer? Das wäre ja dann ganz einfach.«

»Ja und da liegt der Hund begraben. Eben nicht immer.«

»Warum? Sie sagen doch allen, dass das Öl billiger wird. Warum klappt das dann nicht?«

»Da steckt man nicht ganz drin. Wenn jetzt nämlich zwischendurch ein Wirbelsturm über den Golf von Mexiko fegt oder bei den Saudis eine Pipeline platzt, dann wird der Stoff auf einmal viel teurer.«

»Ja und dann?«

»Dann muss ich meine Leihgebühr und die Differenz bezahlen. Also wenn jetzt der Tanker auf einmal 70 Millionen wert ist, dann habe ich 20 Millionen plus Leihgebühren Miese.«

»Das ist ja entsetzlich. Da geht man ja kaputt.«

»Eben.«

»Ich glaube, ich habe es jetzt begriffen. Bloß mit dem Mostobst geht das nicht. Denn das gehört ja Ihnen.«

»Nein, es würde mir nicht gehören. Ich brauche mein Obst für meinen eigenen Most. Ich würde es mir von meinem Nachbar leihen und dann wieder zurückgeben.«

»Aber bloß, wenn ich nicht zwischendurch gemostet hätte.«

»Ja, liebe Frau Kußmaul, bloß dann. Ich müsste halt dafür sorgen, dass die Mosterei in Bondorf so lang defekt wäre.«

»Aber Herr Kupfer, das wäre ja kriminell.«

»Ja, schon, aber darauf käm es dann auch nicht mehr an. Eigentlich ist ja auch ein Leerkauf ein krimineller Akt, und wenn er zehnmal legal ist.«

Damit hatte Kupfer seine neue Erkenntnis erfolgreich weitergegeben. Von Stund an entwickelte Paula Kußmaul ein reges Interesse für die Wirtschaftsseiten der Tageszeitungen. Schon am nächsten Morgen hatte sie die Stuttgarter Zeitung neben ihrem PC liegen und wollte in der Mittagspause einmal hineinschauen, wie sie sagte. Vielleicht wollte sie herausfinden, wo man sich einen Tanker voll Öl ausleihen kann und wem man ihn dann verkauft. Und die Frage, ob man auf diese Weise mit dem Obst von ihren Baumwiesen nicht vielleicht doch einen Reibach machen könnte, ließ ihr keine Ruhe. Denn deswegen ginge ja niemand kaputt und sie könnte sich ein nettes Taschengeld verdienen, einfach so. Aber das hatte ja noch Zeit bis zum Herbst.

8. Januar 2009
Nur so ein Gefühl

Ehe OW vom Schwimmen nach Hause fuhr, überquerte er oft noch die B 28 und steuerte die Bäckerei im Stadtteil Ziegelfeld an, um sein Lieblingsroggenvollkornbrot zu kaufen. »Ein Dreieckiges«, brauchte er nur zu sagen, und die freundlichen Verkäuferinnen wussten, was er wollte. Ein paarmal hatte er sich auch schon eine Brezel gegönnt und sie mit einem Kaffee an einem der kleinen quadratischen Tischchen verzehrt, wo man sich sogar hinsetzen konnte. Aber das war eigentlich nicht das, was er morgens nach dem Schwimmen wollte. Lieber fuhr er nach Hause und bestrich sich sein Roggenbrot mit Gänseschmalz und braute sich dazu einen Darjeeling.

Nun aber, nach seinem seltsamen Erlebnis in Baden-Baden, traute er sich nicht mehr ins Herrenberger Hallenbad. Ehe diese scheußliche Mordgeschichte nicht ganz aufgeklärt wäre, wollte er da nicht mehr hingehen. Weil er aber schwimmen musste, um sich wohlzufühlen, fuhr er nach Böblingen. Dort konnte er ebenso gut schwimmen, aber sein Lieblingsroggenvollkornbrot fand er nirgends. Es blieb ihm nichts übrig, als auf dem Heimweg einen Umweg zu machen und die Bäckerei im Ziegelfeld anzusteuern.

Schon von außen konnte er sehen, dass verhältnismäßig viele Leute an der Verkaufstheke standen. Nun ja, manchmal war er ganz allein in der Bäckerei, und manchmal eben nicht. So wie heute. Aber immer wurde er schnell bedient. Er stellte sich also bei der Verkäuferin auf der linken Seite an und hing seinen Gedanken nach, ohne die anderen Leute zu beachten. Da hörte er neben sich ein heiseres Räuspern und eine etwas kratzige Männerstimme: »Dass. Unn ein Kaffää gross.«

Eine derbe Faust mit einem ausgestreckten kurzen dicken Zeigefinger, der stark nikotinimprägniert war, deutete auf ein Gebäckstück. Es roch, als hätte sein Nebenmann einen vollen Aschenbecher in seine Manteltasche gekippt. Heimlich musterte er ihn aus dem Augenwinkel. Er war etwas kleiner als er selbst, kräftig gebaut, trug eine schwarze Kapuzenjacke und eine dunkle Trainingshose mit weißen Streifen. Er betrachtete sein Profil, die leicht aufgeworfene Nase, die hohen Backenknochen und die leichte Neandertalerwulst über den tiefliegenden Augen. Verdammt, dachte OW, der sieht aus wie der Russe. Er schaute genauer hin, war sich aber trotzdem nicht ganz sicher, weil der Mann eine graue Mütze aus grober Wolle weit in die Stirn gezogen hatte. Und darüber hatte er eine Sonnenbrille gesteckt, eine von diesen wrap-around-Modellen, mit denen sich normalerweise die Ken- und Barbietypen auf Mallorca oder Ibiza interessant machen. In einer schwäbischen Bäckerei an einem Januarmorgen kurz vor acht wirkte dieses Accessoire auf einer Wollmütze wie ein Schistiefel am Strand. OW dachte an das Foto, das er in Baden-Baden gemacht hatte. Darauf hatte das Blitzlicht dem Gesicht völlig die Tiefe genommen, so dass er nun nicht absolut sicher war, ob er dieses Profil dem Mann auf dem Foto zuordnen konnte.

Der Unbekannte bekam sein Gebäckstück und seinen Kaffee und setzte sich an eines der Tischchen.

Otto hörte, wie seine Gummisohlen auf den Fliesen quietschten. Das war Sviroff, da gab es für ihn keinen Zweifel. Genau dieses Geräusch hatte er gehört, kurz bevor er Sannwalds Leiche entdeckte. Sofort zog er seine Mütze etwas tiefer ins Gesicht und drehte ihm den Rücken zu. Als er an der Reihe war, brachte er kein Wort heraus und deutete stumm auf das Brot, das er wollte.

Dann zahlte er schnell und verließ grußlos den Laden. Er ging zum Parkplatz und setzte sich in sein Auto. Am liebsten wäre er so schnell wie möglich auf und davon gefahren. Aber er wollte doch abwarten, mit was für einem Fahrzeug dieser Mann unterwegs war. Durch die Glasscheiben konnte er sehen, wie der Russe an die Verkaufstheke ging, etwas entgegennahm und bezahlte.

Dann verließ er den Laden und kam auf ihn zu. OW stockte der Atem. Er traute sich nicht, ihn genau anzuschauen. So eine Situation wie in Baden-Baden wollte er auf keinen Fall wieder erleben, zumal er sich hier auf dem Parkplatz noch schutzloser fühlte als im »Amadeus«. Er beugte sich nach vorn, als suchte er etwas im Handschuhfach, um sein Gesicht nicht zu zeigen. Der Mann ging vorüber, ohne ihn zu beachten, stieg in den übernächsten Wagen, einen schwarzen Golf GTI, stieß zurück und fuhr Richtung Hauptstraße davon.

OW atmete auf. Erst als er sein Handy aus der Tasche zog, um Kupfer anzurufen, merkte er, dass er zitterte. Diese Begegnung war für sein Nervenkostüm zu viel gewesen.

»Du hast Glück«, meldete sich Kupfer, »im Moment komme ich zur Türe herein und schon klingelt das Telefon. Was gibt es so Dringendes, dass du in aller Herrgottsfrühe anrufst?«

»Ich glaube, ich hab gerade, nein, ich bin ganz sicher, der war es, ich hab den Russen aus dem Hallenbad wieder gesehen.«

»Du bist ja ganz durcheinander. Wen willst du gesehen haben?«

»Den Russen. In der Bäckerei in Herrenberg im Ziegelfeld.«

»Jetzt beruhige dich. Das kann gar nicht sein«, sagte Kupfer und OW konnte hören, dass er lächelte. »Dieser Sviroff, und den meinst du ja wohl, ist gestern Nacht in Dresden gesehen ...«

»Der ist nicht in Dresden, der ist hier«, unterbrach ihn OW.

»Jetzt mach mal halblang. Das wär doch ein seltsamer Zufall, wenn er dir schon wieder begegnen würde. Das glaub ich dir nicht.«

»Doch, wenn ich's dir sage. Ich hab ihn gesehen. Gerade eben, das ist noch keine fünf Minuten her. Er ist weggefahren in einem schwarzen Golf GTI.«

»OW, jetzt sei mal ganz ruhig und hör mir zu. Er ist gestern Nacht in Dresden gesehen worden.

Und stell dir mal die Unverfrorenheit von diesem Typ vor. Ging der doch mit einem Schweißbrenner in die Ruine der Baumgartnerschen Villa und hat sich an den Safe rangemacht. Wir wissen ja nicht, was er gesucht hat, aber er hat es garantiert gefunden. Sicher hat es sich für ihn gelohnt, oder für wen auch immer. Baumgartner hat ja wohl nichts mitnehmen können, was im Safe war, weil in dem Raum die Decke eingestürzt ist und der Safe teilweise verschüttet war. Sviroff muss ihn unter Lebensgefahr freigebuddelt haben, und er hat ihn geknackt und leer zurückgelassen.«

»Und woher wollt ihr wissen, dass es Sviroff war?«

Jetzt fing Kupfer an zu lachen.

»Reiner Zufall, der eine Nachbar, ein gewisser Oberhof, hat einen Dackel. Und dieses gute Tier machte morgens um vier ein solches Theater, dass Oberhof seinen Fiffi wieder mal in den Garten lassen musste, und da sah er, wie am Rand des Grundstücks einer in ein dunkles Auto stieg und ziemlich schnell wegfuhr. Er meinte, das sei genau der, der die Villa angezündet hat. Er hat es sofort der Polizei gemeldet. Bis die Streife kam, war Sviroff natürlich schon über alle Berge.«

»Und warum soll dieser Zufall wahrscheinlicher sein? Und warum soll dieser Oberhof recht haben und ich nicht? Woher wollt ihr denn wissen, dass das wirklich Sviroff war?«

»Weil er kurz danach bei Chemnitz auf der Autobahn geblitzt worden ist. Mit hundertachtzig statt den erlaubten hundertzwanzig. Er hat es offensichtlich sehr eilig gehabt.«

»Mit was für einem Auto?«

»Mit einem Audi TT.«

»Und habt ihr ihn jetzt?«

»Nein. Wir wissen nicht, wo er ist.«

»Vielleicht ist er inzwischen doch hier, wo er doch so gerast ist. Aber dann hat er jedenfalls das Auto gewechselt; mein Russe ist eben in einen schwarzen GTI gestiegen. Ich habe in der Bäckerei deutlich seinen russischen Akzent erkannt, allerdings hat er nicht viel gesagt. Und seine Schuhe quietschten genau wie die von dem im Hallenbad. Ich fahre jetzt heim und schau mir die Fotos von Baden-Baden noch einmal an. Ich bin mir nicht hundertprozentig sicher, weil ich im Hallenbad ja meine Brille nicht aufhatte. Ich schau mir meine Fotos noch einmal an und dann melde ich mich wieder.«

»Gut, wenn du meinst. Ich kann dich nicht dran hindern. Ich bin heute den ganzen Vormittag im Büro. Ich glaub aber nicht, dass dabei etwas rauskommt.«

***

OW stürzte ins Haus, legte seine Badetasche und den Brotlaib auf die Kommode in der Diele ab und ging sofort in sein Arbeitszimmer. Er war noch dabei, seinen PC hochzufahren, als Emma hinter ihm herkam.

»Was ist heute mir dir los? Bin ich Luft? Frühstückst du nicht?«

»Doch, gleich, nachher. Guten Morgen. Ich muss erst die Fotos von Baden-Baden noch einmal anschauen. Ich glaube, ich habe den Russen aus dem Hallenbad wieder gesehen.«

»Schon wieder? Otto, du bildest dir was ein!«

»Nein. Ich habe ihn gesehen. Ich hab das Gefühl, dass er das war. Nein, ich fress sogar 'nen Besen, wenn er das nicht war.«

»Du mit deinem Gefühl. Ich meine fast, dir fehlt ein wenig Aufregung. Willst du nicht lieber in der Schule ein paar Vertretungsstunden machen?«

»Jetzt hör bloß auf«, sagte OW gereizt.

Und während er den Ordner mit den Bildern öffnete, erzählte er seiner Frau von dieser Begegnung und seinem Telefonat. Emma hörte aufmerksam zu. Die entschiedene Art, wie OW zu seiner Behauptung stand, beeindruckte sie. Sie kannte ihren Mann und wusste, dass er nur so redete, wenn er von etwas felsenfest überzeugt war.

»Woher wissen die von der Kripo eigentlich, dass es nur einen Sviroff gibt?«, sagte sie nachdenklich. »Das könnten doch Zwillinge sein. Das wäre doch praktisch.«

»Vielleicht. Sviroff ist ja nach dem Brandanschlag in Dresden verdächtigt worden, war aber zur Tatzeit in einer Ausnüchterungszelle in Frankfurt eingesperrt. Vielleicht gibt's wirklich zwei.«

Inzwischen hatte er die beiden Fotos auf seinem Bildschirm.

Er zoomte Sviroffs Kopf heran und betrachtete ihn kritisch.

»Tja, die Gesichtszüge hier sind zugegebenermaßen sehr blass, da ist einfach zu viel Licht draufgekommen. Aber auf dem andern Bild haben wir den Typ im Halbprofil. Und ich wette eins zu hundert, dass das die Person aus der Bäckerei ist, auch wenn das Foto nicht ganz scharf ist.«

»Hast du eigentlich keine Angst?«, fragte Emma besorgt.

»Klar hab ich Angst. Und wie! Ich hatte ganz schön Schiss. Ich hab mich so hingestellt, dass er mein Gesicht nicht sehen konnte. Diese Dumpfbacke hat mich nicht erkannt. Er schaut sich nicht mal richtig um. Außerdem halte ich den Typen für sackdumm. Wenn der gescheiter wäre, würde er sich nicht gerade mal zwei Monate, nachdem er einen gekillt hat, ein paar hundert Meter von seinem Tatort entfernt offen zeigen.«

»Oder er war es wirklich nicht. Sei trotzdem vorsichtig. Du solltest weiterhin lieber nach Tübingen oder nach Böblingen zum Schwimmen fahren.«

»Ja, das wäre besser. Jetzt rufe ich Siggi noch einmal an.«

***

Siggi Kupfer hörte sich OWs Aussagen in aller Ruhe an, war aber sehr skeptisch.

»Bei der Brandstiftung in Dresden kann das ja eine Methode der Alibibeschaffung gewesen sein. Während der eine das wichtige Ding dreht, benimmt sich sein Bruder anderswo lautstark daneben. Aber diesmal? Was soll denn das, dass der eine in Dresden einen Safe knacken will, während der andere hier herumspaziert?«

»Weiß ich nicht. Aber ich hab so ein Gefühl, dass das heute Sviroff war. Und wenn der hier ist, dann führt er was im Schilde.«

»Ach, OW, selbst wenn ich dein Gefühl ernst nehmen würde, könnte ich deswegen keine Fahndung veranlassen. Ein Gefühl ist halt zu wenig. Was denkst du, was wir hier alle andauernd für Gefühle haben!«

»Ich weiß schon. Trotzdem. Vielleicht lasst ihr ein paar Streifen mehr durch Herrenberg fahren.«

»Das können wir schon machen. – Aber denk doch mal: Dieser Sviroff würde doch viel zu viel riskieren, wenn er sich hier in der Gegend wieder blicken ließe. Könnte sich dieser Gontscharow denn keinen intelligenteren Killer leisten, falls er wirklich dahintersteckt?«

»Das sollte man eigentlich meinen. Aber was macht ihr jetzt in dieser Sache?«

»Wir suchen gerade landauf, landab nach Gontscharow. Aber keine Spur von ihm. Er scheint sich wieder einmal zwischendurch nach Osten abgesetzt zu haben, weil ihm im Westen der Boden zu heiß geworden ist.«

»Aber für den Fall, dass seine Handlanger noch in der Gegend sind, lass ich mich beim Hallenbad eine Weile nicht mehr sehen. Ich hab einfach Schiss, dass er mich wieder erkennt.«

»Das muss nicht sein. Wenn das überhaupt einer von denen war, dann war es heute vielleicht der andere, und der kann dich gar nicht erkennen, weil du immer seinem Bruder begegnet bist.«

»Siggi, hör auf mit deiner Scheißlogelei. Warum nimmst du mich nicht ernst?«

»Weil ich deinem Gefühl nicht so einfach trauen kann.«

»Solltest du aber!«

Sicherheitsfragen

Baumgartner: »Und was ist jetzt? Eure letzten beiden Börsenaktionen waren ja wohl ein Schuss in den Ofen. Wenn ihr so weitermacht, wird es verdammt eng.«

Gommel: »Ach Karl, das kann schon mal passieren, dass man die Kursentwicklung falsch einschätzt. Aber sieh es doch einmal so: Wenn die Kurse sich nicht entwickeln würden, dann könnten wir gar nicht spekulieren. Und dabei geht eben mal was schief. Kleiner Betriebsunfall.«

Baumgartner: »Das kann und will ich nicht mehr hören. Letztes Jahr habt ihr bei der HRE danebengelangt und jetzt zweimal kurz hintereinander bei Infineon und Metro Millionen in den Sand gesetzt. Was ihr kaputtmacht, können wir mit neuen Anlegern schon lang nicht wieder gutmachen. Ihr wolltet doch die Pyramiden stützen und nicht einreißen.«

Probst: »Jetzt übertreib mal nicht. Die meisten von unseren Optionskäufen waren doch recht erfolgreich, oder nicht?«

Baumgartner: »Ich rechne ja nicht die Anzahl eurer Erfolge gegen die Anzahl eurer Flops auf, ich stell bloß eine Bilanz auf und sehe eben, dass ihr mindestens dieses Jahr noch keinen besonderen Gewinn gemacht habt. Jedenfalls nicht so viel, dass wir damit gesund wären. Und in dieser Situation finde ich es völlig übereilt, dass Wilfried diese fünfzig Millionen an die Wall Street überwiesen hat.«

Sannwald: »Aber die sind doch nicht weg. Die verzinsen sich mit mindestens zehn Prozent. Das Geld muss für uns arbeiten. Ende 2008 haben wir dann sechzig Millionen, und wenn wir damit dann einen Währungsdeal machen, dann kommen wir vielleicht an eine halbe Milliarde ran.«

Baumgartner: »Mann, das sind doch Illusionen.«

Gommel: »Karl, dass du von der Börse nicht viel verstehst, das werfe ich dir ja gar nicht vor. Aber lass uns halt einfach machen. Wir wollen ja dasselbe wie du. Wir passen schon auf, dass unser Unternehmen nicht gegen die Wand fährt. Das wollen wir doch auch nicht.«

Baumgartner: »Und was wollt ihr jetzt machen?«

Gommel: »Wir setzen noch einmal auf die Hypo Real Estate.«

Baumgartner: »Bloß nicht. An der habt ihr euch ja schon letztes Jahr gehörig die Finger verbrannt.«

Sannwald: »Ja, aber dieses Mal ist es etwas völlig anderes. Die HRE kauft für 5,7 Milliarden die Deutsche Pfandbrief. Sitz in Dublin, zahlt wenig Steuern dort. Das gibt eine Umsatzsteigerung bei geringerer Steuerschuld. Was denkst du, wie da die Aktie hochgeht. Diesmal bringt es wirklich was.«

Baumgartner: »Wie sicher seid ihr da?«

Alle drei: (unisono) »Sehr sicher. Absolut sicher.«

Baumgartner: »Na dann. Aber riskiert nicht zu viel. Ihr wisst, was auf dem Spiel steht. Ich habe kein gutes Gefühl dabei. Da könnt ihr mir sagen, was ihr wollt. Und dann will ich euch für alle Fälle noch einen guten Rat geben. Überschreibt euer Vermögen euren Frauen.«

Probst: »Witzbold. Du weißt genau, dass ich seit Jahren geschieden bin.«

Baumgartner: »Was du machen musst, weiß ich auch nicht. Hättest eben wieder heiraten sollen.«

Gommel: »Meinst du das ernst?«

Baumgartner: »Todernst. Was denkst denn du? Sonst habt ihr absolut nichts mehr, wenn etwas schiefgeht. Ich habe schon längst Gütertrennung gemacht und meine ganzen Immobilien Cornelia und den Kindern überschrieben oder gleich auf ihren Namen gekauft. Mir kann nicht viel passieren.«

Sannwald: »Ja, gute Idee. Vielleicht ist es höchste Zeit dafür. Könntest du die Papiere für uns vorbereiten?«

Baumgartner: »Klar, wenn ihr wollt. Einer von uns vieren muss ja wohl für Sicherheit sorgen. Markus, für dich auch?«

Gommel: »Wenn du schon einmal dabei bist, bitte.«

(Aus einer Telefonkonferenz, September 2007)

14. Januar 2009
Fernweh

Genau eine Woche nach der Winterreise in den Schwarzwald meldete Kleinschmidt nach Böblingen, dass die Staatsanwaltschaft Frankfurt beim Haftrichter einen Haftbefehl gegen Gommel erwirkt habe. Anlass war eine Sammelklage wegen Anlagenbetrugs, die eine Bankierswitwe organisiert hatte.

Nachdem sie zu Beginn der Finanzkrise vergeblich versucht hatte, mit Gommel in Kontakt zu treten, war sie argwöhnisch geworden und hatte eine Detektei damit beauftragt, die realwirtschaftlichen Hintergründe von Global

Energy Invest zu ergründen – eine Nachforschung, die natürlich ins Leere stieß. Nach diesen ernüchternden Erkenntnissen machte sie sich daran, – trotz der Peinlichkeit, die es für sie bedeutete, – ein kleines Grüppchen hintergangener Anleger, eben gerade diejenigen, die sie selbst angeworben hatte, um sich zu scharen und ihren Anwalt Klage erheben zu lassen. Gommel sollte nun unverzüglich verhaftet und nach Stuttgart-Stammheim gebracht werden. Sollte ein Anwalt seinen Gesundheitszustand geltend machen wollen und auf Haftunfähigkeit plädieren, könnte er ja dort ins Gefängniskrankenhaus eingeliefert werden. Da der Haftbefehl erst am Spätnachmittag bei der Polizeidirektion Böblingen einging, verabredeten sich Kleinschmidt und Kupfer für den nächsten Morgen um neun an der S-Bahnstation Goldberg. Soweit es bei einer Dienstfahrt möglich war, freute sich Kupfer darauf, mit Kleinschmidt noch einmal nach Schömberg zu fahren. Und nun endlich einen der vier Kompagnons verhaften zu können, nachdem man so lange nichts Greifbares hatte vorweisen können, machte ihm gute Laune.

»Ich muss noch schnell im Büro vorbeifahren«, erklärte er Kleinschmidt, als sie die Wolfgang-Brumme-Allee überquerten und auf den Bahnhof zufuhren. »Der Haftbefehl liegt noch in meinem Büro. Der kam gestern so spät rein. Da war ich schon zu Hause. Sie können sich vorstellen, wie ich mich über die telefonische Nachricht gefreut habe. Eine Flasche Wein habe ich aufgemacht und mir einen gegönnt, abends um halb sieben.«

Er stellte seinen Wagen auf den Parkplatz vor der Polizeidirektion.

»Wollen Sie mit hereinkommen?«, fragte er Kleinschmidt.

»Ach nein, das lohnt sich nicht. Ich warte hier.«

Während Kupfer den Haftbefehl aus seinem Büro holte, stieg Kleinschmidt aus und vertrat sich etwas die Füße. Er schaute sich um.

»Sie hatten wirklich recht neulich, als wir uns über die Umgebung unserer Büros unterhielten. Schauen Sie von Ihrem Büro aus dort hinüber?«, fragte er, als Kupfer zurückkam, und deutete auf die Bahnlinie.

»Ja, auf die Bahn, und was dahinter liegt, kann einen auch nicht gerade vom Sitz reißen. Die Gegend hier war noch nie sehr attraktiv, so lange ich zurückdenken kann.«

Dann fuhren sie los und bogen nach wenigen Metern in die Calwer Straße ein und überquerten die Eisenbahnlinie.

»Dieses gelbe Hochhaus ist das Etablissement, von dem ich neulich gesprochen habe, und in dem blauen hier können Sie sich ein teures und repräsentatives Büro mieten oder kaufen.«

»Sieht aber im Moment nicht sehr belebt aus«, meinte Kleinschmidt.

»Natürlich nicht«, lachte Kupfer, »rush hour ist dort erst nach Dienstschluss.«

Als sie sich dem Autobahnkreuz Hulb näherten, erklärte er: »Das kann man sich heute gar nicht mehr vorstellen. In meiner Jugend war hier nichts als Wiese. Keine Industrieanlage, keine Autobahn, nichts. Nur da oben an der B 14 gab es eine kleine Niederlassung von HP. Ich erinnere mich sogar noch an einen Flugtag, der hier abgehalten wurde.«

»Das muss aber lang her sein«, meinte Kleinschmidt.

»Ja, schon. Das war sicher noch in den fünfziger Jahren. Da war ich noch ein Schulbub.«

Es war inzwischen etwas wärmer geworden, es hatte getaut, die Straßen waren frei und das Heckengäu zwischen Weil der Stadt und dem Nagoldtal lag in der Sonne. Immer wieder, wenn sie über eine Kuppe fuhren, bot sich ihnen ein weiter Blick über die blauen Höhen des Schwarzwalds. Kleinschmidt rieb sich die Hände.

»Sehen Sie mal, was wir heute für ein herrliches Wetter haben. Was für eine Sicht! Der ganze Schwarzwald liegt vor uns. Und dann noch die Aussicht, diesen Nadelstreifengangster verhaften zu können. Diesen Tag beschreibe ich einmal in meinen Memoiren – falls ich welche schreiben sollte«, scherzte er.

»Manchmal macht der Beruf richtig Spaß, oder?«, pflichtete Kupfer bei. »Vor allem Sie haben so einen Ausflug mit Jagderfolg verdient, wo Sie doch immer über diesen hässlichen Zahlenkolonnen brüten müssen. Ich komme ja öfters mal aus meinem Büro raus.«

Sie lachten einander an.

»Ja, wenn dieser Gommel nicht wäre, dann sollte man heute einen Tag Urlaub nehmen und einfach geradeaus weiterfahren, bis ins Elsass.«

»Fernweh?«

»Manchmal ein bisschen. Wenn ich so einen Aktenberg durchwühlen muss, dann kommt mich zwischendurch mal so eine Anwandlung an und ich hätte Lust, den ganzen Bettel liegen zu lassen und irgendwohin abzuhauen.«

Kupfer schaute ihn erstaunt an.

»Aber nach einer halben Stunde geht es dann wieder. Man hat ja Familie und muss von etwas leben.«

»Sauber ist das heute gelaufen«, sagte Kupfer, als er nach kaum einer Dreiviertelstunde Fahrt vor dem Rehazentrum einparkte. Diesmal trank die freundliche Dame an der Pforte nur eine Tasse Kaffee.

»Guten Morgen«, grüßte Kupfer, »sicher kennen Sie uns noch, wir sind von der Kriminalpolizei und wollen zu Herrn Gommel«.

»Da haben die Herren aber Pech. Der Herr Gommel ist schon seit gestern Abend nicht mehr da. Spurlos verschwunden. Wenn Sie schnell in die Cafeteria gehen, dann erwischen Sie seine Frau. Die schwätzt gerade noch mit dem Krankenpfleger.«

Den letzten Satz hatte Kupfer schon gar nicht mehr gehört.

»Scheiße, der ist uns durch die Lappen. Das haben wir jetzt von unserer strategisch hochwertigen Aktion, Scheiße, Scheiße und nochmal Scheiße«, sagte er und rannte fast den Korridor zur Cafeteria entlang. Kleinschmidt hinterher.

»Jetzt rennen Sie doch nicht so; den fangen Sie so auch nicht mehr.«

Kupfer blieb stehen, ballte die Fäuste und atmete durch.

»Womit Sie leider recht haben. Konzentrieren wir uns also auf die verlassene Ehefrau.«

»Ich geb schnell noch eine Fahndung durch. Das große Programm, vor allem die Flughäfen. Gehen Sie ruhig schon vor.«

Die Cafeteria war fast leer. Ungefähr in der Mitte standen eine Frau in einem eleganten langen Mohairmantel und zwei Männer, Ärzte oder Pfleger. Sie schluchzte, tupfte sich die Tränen ab und schnäuzte sich. Ihre dunklen Augen waren rot gerändert, die Wimperntusche leicht verschmiert. Kupfer trat bis auf drei Schritte an die Gruppe heran und blieb stehen.

»Nein, ich verstehe das nicht, wo soll er denn hin?«, wiederholte sie schluchzend ein ums andere Mal.

Der jüngere der beiden Herren, offensichtlich ein Pfleger oder Physiotherapeut, nahm sie am Arm und führte sie ein paar Schritte weg zu einem Stuhl.

»Setzen Sie sich erst einmal.«

Der andere wandte sich mit einem fragenden Blick Kupfer zu.

»Guten Morgen«, sagte Kupfer und hielt dem Arzt seine Dienstmarke hin. »Ich komme von der Kriminalpolizei Böblingen. Mein Kollege ist draußen auf dem Korridor und gibt die Fahndung nach Herrn Gommel durch.«

»Fahndung?«

»Ja, Fahndung. Wir sind gekommen, um Herrn Gommel zu verhaften.«

Der Arzt hob abwehrend die Hände und legte dann einen Zeigefinger über die Lippen.

»Bitte langsam und behutsam. Ich weiß nicht, wie die arme Frau das alles auf einmal verkraften soll.«

In diesem Moment kam Kleinschmidt hinzu.

»Erledigt. Alle Grenzübergänge und Flughäfen werden dichtgemacht. Den kriegen wir«, sagte er laut. Judith Gommel blickte auf und starrte ihn an.

»Wen? Wen wollen Sie kriegen? Meinen Mann etwa?«

Kleinschmidt stutzte einen Moment und schaute in die Runde.

Er begriff und schwieg. Der Arzt kam ihm zu Hilfe.

»Ja, Frau Gommel, leider handelt es sich um Ihren Mann. Die beiden Herren von der Kriminalpolizei haben ihn schon einmal vor einer Woche besucht.«

»Warum? Warum?«, begann sie zu jammern. »Sagen Sie es mir. Mein Mann hat doch nichts verbrochen.« Ihre Worte gingen in einen Weinkrampf über. Nach vorn zusammengesunken saß die elegant gekleidete Dame mit dem kastanienrot gefärbten Haar vor den vier Männern und weinte wie ein kleines Kind.

»Wir müssen Sie etwas später befragen«, sagte Kupfer zu dem Arzt. »Könnten Sie bitte dafür sorgen, dass sie nicht weggeht?«

***

Am vorigen Tag kurz nach dem Mittagessen war Gommel das letzte Mal gesehen worden. Er hatte über Kopfschmerzen geklagt und sich einen Tee auf sein Zimmer bringen lassen. Die für drei Uhr angesetzte Krankengymnastik hatte er abgesagt.

Danach hatte er mit niemandem mehr Kontakt gehabt.

Kleinschmidt und Kupfer ließen sich in sein Zimmer führen und stellten auf den Kopf, was auf den Kopf zu stellen war, ohne aber irgendwelche Hinweise auf Gommels Absichten zu finden. Außer etwas schmutziger Wäsche, einer halben Flasche gutem Scotch und ein paar Pralinen hatte er nichts hinterlassen. Selbst sein Papierkorb und der Mülleimer in seiner Nasszelle waren absolut leer.

Sie trafen Judith Gommel eine halbe Stunde später noch in der Cafeteria an, wo sie in Gesellschaft eines Krankenpflegers an einem Tischchen saß. Vor ihr stand ein Kännchen Kaffee und ein großes Stück Schwarzwälder Kirschtorte, von dem sie das meiste schon gegessen hatte. Sie wirkte sediert und weinte nicht mehr.

»Was soll mein Mann getan haben?«, fragte sie die Polizisten, ehe sie mit der Kuchengabel das letzte Stückchen Torte, ein ziemlich großes allerdings, zwischen ihren rotgemalten Lippen verschwinden ließ.

»Frau Gommel, es tut uns leid, dass Sie so etwas Schweres erleben müssen. Ihr Mann wurde angeklagt wegen Behinderung der Ermittlung in zwei Mordfällen, wegen Betrugs und wegen Verdachts auf verschleppten Konkurs.«

»Nein, das kann nicht sein, das glaube ich nicht«, protestierte sie mit vollem Mund und nahm einen Schluck aus ihrer Tasse.

»Leider muss ich Ihnen sagen, dass sein plötzliches Verschwinden unseren Verdacht eher bestätigt. Warum sollte Ihr Mann denn sonst verschwinden, wenn all diese Anklagen gegenstandslos wären?«

Auf dem Kuchenteller waren nur noch ein paar Krümel. Sie starrte auf ihre Tasse. Aus ihrem Mundwinkel löste sich ein kleiner Spritzer Schlagsahne und tropfte auf ihren Seidenschal, dessen Enden sie ständig durchknetete, als wäre er ein Lappen, den sie immer wieder auswringen müsste. Für einen Moment schweifte ihr Blick über den Tisch, als suche sie nach etwas. Dann bat sie den Krankenpfleger um eine weitere Beruhigungstablette. Er setzte sich in Bewegung.

»Würden Sie uns bitte sagen, wann Sie Ihren Mann zum letzten Mal gesehen haben?«

»Gestern. So gegen zwei Uhr«, antwortete sie tonlos. »Ich kam nach dem Mittagsessen her. Ich wollte nach ihm sehen, wie jeden Tag. Da lag er im Bett und wollte schlafen. Er hatte die Nacht davor schlecht geschlafen, sagte er, und klagte über Kopfschmerzen. Er hat mich angelogen.«

Den letzten Satz brachte sie kaum noch heraus und fing wieder an zu schluchzen. Kupfer sah auf die Uhr. Es war kurz nach halb elf. Gommel hatte also fast zwanzig Stunden Vorsprung. Das war viel. Aber auch wenn sie gestern Abend hergekommen wären, um Gommel zu verhaften, wäre er schon weg gewesen, dachte Kupfer und schluckte seinen Ärger hinunter.

Allem Anschein nach stand Judith Gommel der unerwarteten Situation absolut fassungslos gegenüber und sollte für den Moment lieber nicht weiter befragt werden. Daher wurde sie gebeten, nach Böblingen zu kommen, sobald sie sich dazu in der Lage fühlen würde.

***

Judith Gommel kam schon am nächsten Tag. Sie war nun gefasst, wirkte aber sehr müde. Ihr Make-up konnte die Spuren einer schlaflosen Nacht nicht ganz verbergen. Ihre Augen waren etwas gerötet und lagen tief in den Augenhöhlen. Leicht nach vorne gebeugt saß sie auf ihrem Stuhl, die Hände im Schoß gefaltet, und gab bereitwillig Auskunft, wobei ihr Gesicht keine Emotion zeigte.

Sie sagte aus, dass ihr Mann seit Mitte September sehr überlastet gewirkt hatte und häufiger als sonst zum einen oder anderen seiner Geschäftspartner gefahren war. Selbst wenn er am Wochenende zu Hause war, hatte er sich nicht von seiner Arbeit trennen können und war ständig schlecht gelaunt gewesen. Auch an Weihnachten sei er unausstehlich gewesen. Egal ob Truthahn oder Wildlachs, Pommery oder Chateau Neuf du Pape, an allem habe er nur herumgemäkelt. Mit seiner üblen Laune habe er ihr und ihrer Tochter das Weihnachtsfest so gründlich verdorben, dass die Tochter, solange Gommel zu Hause war, zu ihren Großeltern gezogen sei, obwohl es dort nur Rehbraten gegeben habe, was ihre Tochter gar nicht möge. Und ihr Sohn habe sich nur bei seinen Freunden aufgehalten. Sie selbst sei nur mit nach Schömberg gekommen, weil sie schon lange keine Nähe mehr zu ihrem Mann gespürt hatte und um ihre Ehe fürchtete. Sie hatte es für angeraten gehalten, ihn wenigstens einmal am Tag zu sehen. Sie hatte gehofft, dass sie in der Ruhe hier einen Neuanfang mit ihm machen könnte. Aber das sei nicht so einfach gewesen. Kupfers Vermutung, dass er aus geschäftlichen Gründen das Rehazentrum in Schömberg ausgesucht habe, halte sie für richtig, sagte sie, obwohl ihr Mann es ihr gegenüber abgestritten habe. Ja, es sei wieder Schwarzwald, habe er gesagt, aber doch weit genug vom Unfallort entfernt, dass er trotzdem nicht dauernd an diesen Anschlag erinnert würde. Und wenn der oder die Attentäter noch hinter ihm her wären, dann hätten sie ihn bestimmt in Freiburg oder zu Hause ausfindig gemacht, hatte er sie zu beruhigen versucht. Er brauche Abstand zu Frankfurt und würde sich in der Abgeschiedenheit dieses Rehazentrums geborgen fühlen und zu sich kommen. Und nach all der Aufregung im letzten Vierteljahr freute er sich geradezu, wie er sagte, auf die Regelmäßigkeit und Beschaulichkeit dieses Aufenthalts. Was geschäftlich getan werden konnte und musste, das würde er Baumgartner und Silke Sannwald übertragen. Er habe ja während seines Klinikaufenthalts die Zusammenhänge ohnehin etwas aus den Augen verloren.

»Das heißt, dass Ihr Mann Ihnen gegenüber offen von einem Anschlag auf sein Leben sprach?«

»Natürlich. Daran gab es doch gar keinen Zweifel. Was haben Sie gedacht? Er hatte auch panische Angst, als ich ihn mit dem Auto hergebracht habe. Vor jedem Auto hat er Angst gehabt. Ich musste in Pforzheim kreuz und quer durch die Stadt fahren, weil er jeden abhängen wollte, der uns möglicherweise gefolgt war. Er wirkte absolut paranoid.«

Kupfer antwortete nichts und hörte ihr weiter zu. Hinsichtlich ihrer Ehe schien Judith Gommel keine Illusionen mehr zu haben. Zunächst wollte sie in ihr gemeinsames Haus zurück, vielleicht würde sie auch ihre Berufstätigkeit als Großhandelskauffrau wieder aufnehmen, um abgelenkt zu sein. Das Geschäft mit Feinkostartikeln habe ihr immer Spaß gemacht, sagte sie. Sie versprach sich zu melden, sobald sie einen Hinweis auf den Verbleib ihres Mannes hätte. Dabei hatte Kupfer den Eindruck, dass sie eigentlich keinen solchen Hinweis erwartete. Aber schon drei Tage später schickte sie ihm kommentarlos ein Fax.

Sheraton Heathrow Hotel, Januar 2009

Liebe Judith!

Ich weiß nicht, ob Du mir jemals verzeihen kannst. Trotzdem wage ich es, Dich um etwas Verständnis zu bitten.

Nach dem Anschlag auf Karls Haus ist mir die Luft vollends zu dünn geworden und ich habe meine Abreise vorbereitet. Meine körperliche Verfassung – Gott sei Dank! – ermöglicht es mir wieder.

Sorgen wirst Du nicht haben. Deine Finanzen haben Karl und ich schon vor dem Anschlag geregelt, weil es uns angezeigt schien, unser Vermögen unseren Frauen zu überschreiben und nur das Kapital, das wir zum weiteren Operieren brauchen, in unseren Händen zu lassen. Das heißt, dass unser Haus im Taunus wie auch die drei Mietwohnungen in Frankfurt Dir überschrieben sind. Dazu kommt noch ein Aktienpaket, das Du nicht anrühren solltest, auch wenn die Werte momentan in den Keller gehen.

Spätestens in zwei Jahren sind sie wieder oben und Du wirst an den Dividenden Deine helle Freude haben. Zur Überbrückung haben wir Dir 300 000 auf Dein Sparkonto überwiesen. (Vielleicht hast Du das schon selbst bemerkt.)

Obwohl in letzter Zeit zwischen uns beiden nicht alles in Butter war, fällt es mir schwer, Dich einfach so zurückzulassen. Aber ich denke, dass die Hoffnung auf ein Wiedersehen Dir das Leben leichter macht, als meine Verhaftung oder mein Begräbnis es könnten. (Letzteres hätte ja etwas schrecklich Endgültiges an sich.)

Wenn ich an meinem Zielort mich (standesgemäß!) eingerichtet habe, werde ich darüber nachdenken, ob wir gemeinsam weiterleben sollten und wie gegebenenfalls Du und Dein

Vermögen ohne Aufsehen zu mir transferiert werden könnten, immer Deine Bereitschaft vorausgesetzt. Ich habe keinen Zweifel daran, dass Du Dich an meinem künftigen Wohnort auch wohl fühlen würdest, denn in Äußerlichkeiten waren wir ja immer eins.

Lass uns also hoffen, dass sich die Wogen bald glätten. Glaube mir, ich möchte Dich bald bei mir haben. Nimm deshalb die hoffentlich vorübergehende Trennung nicht so tragisch. Das Leben ist ein Spiel, und wir haben eben etwas zu hoch gepokert. (Und wenn ich jetzt schreibe, dass Fortunas Rad sich weiterdreht, dann muss ich fast über meine eigene Phrase lachen. Aber es ist so!)

Wie schließe ich jetzt? Bis dann? Leb wohl? Auf Wiedersehen? Am besten schreibe ich alles: Bis dann, lebe wohl! Auf ein glückliches Wiedersehen!

Ich liebe Dich immer noch, ob Du es glaubst oder nicht.

Dein Markus

***

Auf den Fahndungsaufruf in der Presse hin meldete sich ein Taxifahrer aus Bad Liebenzell. Er hatte Gommel nachmittags kurz nach vier zum Stuttgarter Hauptbahnhof gefahren. Da die Bankverbindungen der VV4S die Vermutung nahelegten, dass Gommel seine große Reise von Zürich aus finanzieren würde, ließ das LKA die Passagierlisten des Züricher Flughafens überprüfen. Ergebnis: Gommel hatte am Mittag des folgenden Tages die Maschine nach London genommen. Und die Spur, die sich von London Heathrow weiterverfolgen ließ, endete in Montevideo.

Bedauerlicherweise weigerten sich sowohl die UBS als auch die Credit Suisse, über mögliche Abhebungen eines Herrn Gommel irgendwelche Aussagen zu machen. Solche

Aussagen seien ihnen schon vom Schweizer Bundesverwaltungsgericht untersagt worden, sagten ihre Sprecher, und man möge bitte verstehen, dass die Banken nichts Illegales tun wollten.

»Man sollte Baumgartner sofort verhaften. Er hat doch ebenso viel Dreck am Stecken wie Gommel«, meinte Kupfer.

»Wenn das so klar wäre! Dummerweise richtet sich die Klage gegen Gommel persönlich, nicht gegen die VV4S. Und deshalb müssen wir den Haftbefehl für Baumgartner eigens beantragen. Ich meine schon, dass unsere Unterlagen dazu ausreichen«, erklärte Kleinschmidt.

»Vielleicht sollten wir ihn aber lieber noch eine Weile laufen lassen. Er ist verheiratet, hat zwei Kinder, allzu viel Geld hat er sicher auch nicht mehr. Ich glaube nicht, dass er sich absetzt.

Und an Sannwalds und Probsts Mörder kommen wir wahrscheinlich leichter ran, solange Baumgartner frei ist. Stellen Sie sich mal vor, wie wir dastehen würden, wenn wir ihn voreilig einkasteln ließen und ihm dann im Knast etwas zustoßen würde. Das wäre nicht auszudenken.«

»Das ist wohl richtig«, stimmte ihm Kleinschmidt zu. »Aber wir müssen ihn im Auge behalten. Wenn ihm in Freiheit was passiert, stehen wir auch nicht besser da.«

16. Januar 2009
Erfolgreiche Testfahrt

Zehn Tage nach seinem Tod war Wilfried Sannwald eingeäschert worden. Trauerfeier und Urnenbeisetzung hatte man zusammengelegt, und so war in den letzten Novembertagen eine kleine Trauergemeinde auf dem Herrenberger Waldfriedhof zusammengekommen. Die neue Urnenwand aus grauem Beton hatten Sannwalds Angehörige furchtbar gefunden. Sie ließen seine Urne lieber in der Erde beisetzen, wo sie nun unter einer Natursteinplatte lag, die inzwischen mit einem Schriftzug aus einer Kupferlegierung versehen worden war. Als anfangs der dritten Januarwoche endlich einmal die Wolken aufrissen und die Sonne vom klaren Himmel schien, wollten die Baumgartners zum Waldfriedhof fahren und sehen, wo der gute Freund beigesetzt worden war.

Baumgartner war ganz begierig darauf, bei dieser Fahrt Silke Sannwalds neues Mercedes Coupé auszuprobieren, den CL 500 mit seinen 388 PS. Bisher hatte er dieses silbergraue Superspielzeug, wie sie es nannte, nur in der Garage stehen sehen. Fast 115 000 Euro hatte es gekostet, erklärte Silke stolz, und sie habe es sich selbst verdient. Sie habe sich von Wilfried erklären lassen, wie man auf der Website von FOREX mit Währungen spekulieren kann, und dann habe sie eben mal was riskiert. Wilfried sei von ihrem Erfolg ganz begeistert gewesen. Der Gewinn habe natürlich noch nicht ganz gereicht. Sie habe dann auch noch ihr altes Auto gut verkaufen können, es sei ja auch erst ein Jahr alt gewesen, und der gute Wilfried habe noch einmal 50 000 Euro draufgelegt, und so habe sie nun ein Auto, das sie ein paar Jahre mit Anstand fahren könne. Natürlich sei ein Dreitürer nicht ganz so praktisch, aber, mein Gott, man habe ja auch noch Wilfrieds große Limousine gehabt und meistens fahre sie ohnehin allein. Wenn sie jetzt allerdings zu dritt zum Friedhof wollten, dann müsste Cornelia eben hinten sitzen, wo es keine Tür gäbe. Aber das Auto sei ja sehr sicher, es habe sogar ABC, Active Body Control, so eine technische Neuheit, die das Auto ganz ruhig auf der Straße liegen ließe.

Sie setzten sich zu dritt ins Coupé, um die Steige hochzufahren, die zum Waldfriedhof führt, der gleich auf der Höhe rechts neben der Straße in einer Randzone des Mischwalds liegt. Karl Baumgartner steuerte die Steige mit 50 Stundenkilometern an und beschleunigte auf 70, sobald er das Ortsschild passiert hatte. Der Motor surrte ganz leise. Baumgartner war begeistert. Was für ein Auto! Er gab noch mehr Gas und nahm die scharfe Linkskurve mit 85 km/h und staunte über die perfekte Straßenlage. Und dann ging es in die Rechtskurve, die sogenannte Haarnadelkurve. Und wieder glich das elektronisch regulierte Fahrwerk die Fliehkraft perfekt aus. Baumgartner geriet ins Schwärmen. Was für ein Auto! Nach der Kurve tippte er nur leicht auf das Gaspedal, und das Coupé schoss wie ein Pfeil die gerade Steigung hoch.

»Karl, jetzt fahr doch nicht so närrisch. Du kannst das Auto doch später ausprobieren, aber jetzt bitte nicht, der Ausblick hier ist so schön«, ermahnte ihn seine Frau. Brav nahm er den Fuß vom Gas und das Auto schnurrte leise die Gerade hinauf, die am Südhang des Alten Rains, eines Westausläufers des Schönbuchs, stetig an Höhe gewinnt, ehe die Straße ungefähr hundert Meter über dem Ausgang des Autobahntunnels in einer Rechtskurve eine Bergnase zu umrunden beginnt.

»Herrlich, wie weit man hier sehen kann, die ganze Westalb«, schwärmte Cornelia Baumgartner. »Sogar den Hohenzollern sieht man heute ganz deutlich.«

»Ja, wir haben Glück, dass heute so klares Wetter ist«, fügte Silke Sannwald hinzu. Rechter Hand sahen sie, wie etwas unter ihnen eine drei Kilometer lange Autobahngerade die Landschaft zerschnitt.

»Ganz schöner Verkehr dort unten«, kommentierte Cornelia Baumgartner.

Sie waren vielleicht noch hundert Meter vor der Rechtskurve, wo das Gelände direkt neben der Straße steil über eine Böschung abfällt und dann in einen etwas weniger geneigten Wiesenhang übergeht, als Karl Baumgartner plötzlich zu schimpfen anfing.

»Verdammter Idiot, fahr mir doch nicht den Auspuff hoch. Überhol doch endlich, du Sausack«, keifte er.

»Aber Karl«, wollte ihn seine Frau ermahnen, indem sie sich umdrehte und durch das Heckfenster schaute. Doch sie stieß stattdessen einen gellenden Schreckensschrei aus, weil ein schwarzer Geländewagen hinter ihnen fast auf sie auffuhr und im letzten Moment zum Überholen ansetzte. Und schon krachte es. Der Geländewagen rammte das Coupé von links. Die drei wurden durchgeschüttelt, als das Auto mit kurz aufquietschenden Reifen etwas nach rechts gedrückt wurde. Silke Sannwald kniff die Augen zu und schrie nach Gott, Cornelia Baumgartner kreischte in den höchsten Tönen, ihr Mann aber steuerte gegen und gab Gas. Ein fürchterliches Kratzen von Metall auf Metall schmerzte ihnen in den Ohren. In dem Moment sahen sie einen Laster entgegenkommen. Das war ihr großes Glück. Der Geländewagen musste abbremsen und sich hinter das Coupé einreihen, wodurch er weit zurückfiel.

»Karl, gib Gas, häng ihn ab. Das ist der aus dem Schwarzwald«, kreischte Silke Sannwald. Baumgartner passierte die kritische Stelle über dem Autobahntunnel und kratzte mit wimmernden Reifen durch die Rechtskurve, raste durch die anschließende Linkskurve und ließ dann das Coupé die kurze Gerade auf die Höhe hinaufschießen. Aber weiter kam er nicht. Vor ihnen fuhr ein schwerer Lkw und es gab regen Gegenverkehr. Es war die Stunde des Berufsverkehrs, und ein Pkw folgte dem anderen. Geistesgegenwärtig bog Baumgartner nach rechts auf den Friedhofsparkplatz ein. Er hatte Glück. Er war nur halb belegt. In lockeren Reihen standen die Autos nebeneinander und ließen genug Raum zur Durchfahrt. Baumgartner setzte auf die Wendigkeit des Coupés und fuhr gute dreißig Meter in den Parkplatz hinein, fast bis ans Ende, und schon röhrte der Geländewagen hinter ihnen her. Baumgartner umrundete in der hintersten Ecke des Parkplatzes eine Reihe Autos und stoppte. Er wartete einen Moment, bis der SUV auf ungefähr zehn Meter an ihn herangekommen war, dann legte er einen Blitzstart hin und schoss, durch die Autoreihe geschützt, an ihm vorbei der Ausfahrt zu. Aber die Straße war nicht frei; ein paar Pkws passierten die Einfahrt zum Parkplatz so dicht hintereinander, dass sich Baumgartner nicht ohne weiteres in die Schlange einfädeln konnte. Er schaute in den Rückspiegel. Der Geländewagen holte auf. Kurz bevor er auf ihn auffuhr, riskierte Baumgartner es einfach. Er fuhr auf der linken Spur Richtung Stadt, beschleunigte, was der Motor hergab und setzte sich kurz nach der kleinen Verkehrsinsel, die dort die Straße teilt, vor einen roten Golf, den er leider riskant schneiden musste. Der Golffahrer hupte wütend. Da krachte es hinter ihnen, zweimal krachte es, erst hart, hell, metallen und dann dumpf mit einem hässlichen Kratzen von Blech, das über Asphalt rutscht.

»Den hat's erwischt, den hat's erwischt«, schrie Cornelia Baumgartner auf dem Rücksitz. Ihr Mann trat hart auf die Bremse. Der rote Golf schoss hupend an ihm vorbei, wobei ihm der Fahrer den Vogel zeigte. Aber von Karl Baumgartner war nur ein lautes hysterisches Lachen zu hören. Dann schaltete er den Warnblinker ein und stieß zurück die Straße hoch.

Siebzig Meter vor der Einfahrt zum Friedhof stand ein Langholzlaster. Der Fahrer stieg eben aus und schaute zurück die Böschung hinunter. Dann wandte er sich ab und stand mitten auf der Fahrbahn, reglos, versteinert. Baumgartner hielt an und stieg aus.

»Ich kann doch nichts dafür, ich kann doch nichts dafür«, sagte der Lkw-Fahrer ein ums andere Mal, wrang seine Hände und schüttelte leise den Kopf. Nun kamen auch ein paar Leute hinter dem Lkw vor, Autofahrer, die ihm gefolgt waren und den Hergang bezeugen konnten. Einer von ihnen fasste ihn an der Schulter und sagte: »Guter Mann, wir haben alles beobachtet. Das war nicht Ihre Schuld. Das können wir bezeugen.«

Aber der arme Mann nahm ihn kaum wahr und wiederholte nur immer wieder den einen Satz: »Ich kann doch nichts dafür.«

Baumgartner trat an den Straßenrand und schaute über die Böschung auf die alte Steige hinunter, die sich dort in einem extrem spitzen Winkel der Straße nähert. Dort lag, drei Meter unterm Niveau der Straße, der Geländewagen auf dem Dach.

Mit geballten Fäusten wie ein Boxer, der seinen Gegner eben niedergeschlagen hat, stand er da und keuchte.

»Was war denn los? Mussten Sie mit dem ein Rennen fahren? Das haben Sie nun davon«, sagte einer der Autofahrer, die das Manöver beobachtet hatten. Baumgartner fuhr herum, ging so weit auf ihn zu, dass er einen Schritt zurückwich, und fauchte ihn an: »Lassen Sie mich bloß in Ruh!« Sein Ton war so aggressiv, dass der Angeredete sich schnell abwandte. Er stieg die Böschung hinunter und machte sich an das Wrack heran, kauerte sich nieder und griff durch das zersplitterte Fenster. Dann rief er: »Ruft die Rettungssanitäter. Der lebt noch.«

Inzwischen waren auch die beiden Frauen aus dem Coupé gestiegen. Sie standen am Straßenrand und schauten, immer noch zitternd, auf das Wrack hinunter. Cornelia fing an zu stammeln: »Der wollte ... der wollte, dass wir ... wir sollten wohl ...« – und dann verstummte sie wieder. Silke nahm sie am Arm und zog sie zu ihrem Auto hin. Die beiden setzten sich wieder hinein.

Die Fahrer der beiden Pkws, die unmittelbar hinter dem Holzlaster gefahren waren, regelten den Verkehr, bis die Polizei angekommen war. Sie waren es auch, die den Unfallhergang schilderten.

Auszug aus dem Polizeiprotokoll:

Der Fahrer des Pkw, der dem Langholzlaster unmittelbar folgte, sah, wie das Mercedes Coupé von links auf die Straße einbog und auf der linken Spur beschleunigte, um sich vor dem Holzlaster und einem ihm vorausfahrenden roten Golf, den er selbst allerdings nicht sehen konnte, in die rechte Spur einzureihen. (Die Anwesenheit des roten Golfs bezeugt der Lkw-Fahrer.) Der schwarze Geländewagen folgte unmittelbar dem Mercedes Coupé, dem es gelungen war, die dort befindliche Verkehrsinsel links zu passieren und sich dann auf der rechten Spur einzureihen. Offensichtlich wollte der SUV-Fahrer das Manöver des Mercedes nachmachen. Da in diesem Moment aber Gegenverkehr kam, den er vorher we-

gen der leichten Biegung der Straße nach rechts nicht hatte sehen können, versuchte er, über die Verkehrsinsel weg auf die rechte Seite zu gelangen. Beim Auffahren auf die Verkehrsinsel verlor die Straßenlage des Fahrzeugs ihre Stabilität. Es kollidierte mit einem Langholzlaster und wurde durch den Aufprall nach links voraus geschleudert. Es durchbrach die Leitplanke, überschlug sich und stürzte die dort ungefähr drei Meter hohe Böschung hinunter, wobei es sich überschlug und mit dem Dach auf dem Straßenbelag des dort befindlichen Fußwegs aufkam und dort noch zirka fünf Meter weiter abwärts rutschte.

Der Lkw-Fahrer, der die dort vorgeschriebene Geschwindigkeit von 50 km/h eingehalten hatte, hatte den Bremsvorgang schon vor dem Aufprall des Geländewagens eingeleitet und brachte sein voll beladenes Fahrzeug so schnell zum Stehen, wie es die Schubkraft der Last erlaubte.

Der Fahrer des Geländewagens wurde von der Feuerwehr schwer verletzt aus dem Wrack herausgeschnitten und nach Tübingen in die Berufsgenossenschaftliche Unfallklinik gebracht.

Kupfer wurde sofort, nachdem die Herrenberger Polizei die Personalien von Karl Baumgartner und den beiden Frauen aufgenommen hatte, über den seltsamen Unfall in Kenntnis gesetzt und machte sich unverzüglich auf den Weg zur Unfallstelle.

Nach zwanzig Minuten schon lenkte er seinen Passat durch die scharfen Kurven, die Baumgartner vor nicht einmal einer Stunde im Mercedes Coupé durchschwebt hatte. Die Reifen quietschten und er fühlte, wie ihm das Adrenalin einschoss, als ihn in der Haarnadelkurve die Fliehkraft gegen die Tür drückte. Er gab Gas und wollte, so schnell es ging, zur Unfallstelle hinaufrasen. Aber nach vierhundert Metern erreichte er das Stauende. Er schaltete das Blaulicht und die Sirene ein und bretterte auf der linken Spur am Stau vorbei. Kurz vor der Rechtskurve rollte ihm ein Langholzlaster entgegen. Kupfer machte eine Vollbremsung, dass die Reifen rauchten, stieß rückwärts in eine Lücke und ließ den Laster passieren. Dann drängte er heraus und fuhr weiter. Der Gegenverkehr hielt an und ließ ihm eine schmale Gasse.

Die Feuerwehrleute wollten eben damit beginnen, mit Hilfe eines Kleinkrans das Wrack auf die Räder zu stellen, damit sie die Trennschere ansetzen und den ohnmächtigen Verletzten aus dem Wrack schneiden konnten.

»Lebt er noch?«, fragte Kupfer. Die Feuerwehrleute nickten. Kupfer bat um einen Moment Aufschub und beugte sich hinab.

Durch die Öffnung, die vom Fenster der Fahrertür übrig geblieben war, sah er in ein breites Gesicht, dessen rechte Wange von einem schweren Oberkörper gegen den eingedrückten Wagenhimmel gepresst wurde: aufgeworfene Nase, hohe Backenknochen. Die bis auf einen Schlitz geschlossenen Augen lagen tief unter einem Stirnwulst, der von dicken schwarzen Augenbrauen noch betont wurde.

»OW, du hattest Recht«, sagte er laut und trat zurück, damit die Feuerwehr ihre Bergungsarbeiten beginnen konnte.

»Bitte so vorsichtig wie möglich«, bat er noch, »der Innenraum dieses Fahrzeug muss genau untersucht werden, am besten gleich an Ort und Stelle.«

Für die Herrenberger Polizisten, die den Unfall aufnahmen, stellte sich vor allem die Frage nach dem Grund dieses seltsamen Autorennens. Nach dem, was die Zeugen aussagten, konnte es nicht den kleinsten Zweifel daran geben, dass der Geländewagen den Mercedes verfolgt hatte. Zudem fanden sie es recht merkwürdig, dass das Mercedes Coupé hinter der Fahrertür große Beulen aufwies, die offensichtlich neu waren. Ob diese Delle tatsächlich von dem Geländewagen verursacht worden war, ließ sich leider nicht sofort nachweisen, denn beim Aufprall auf den Holzlaster war seine rechte Vorderseite völlig deformiert worden. Allerdings deuteten einige Lackspuren darauf hin.

Cornelia Baumgartner saß zitternd und weinend im Mercedes. Vornübergebeugt, vergrub sie ihr Gesicht in ihren Händen, und ihr üppiges braunes Haar, das sie offen trug, fiel ihr wie ein Vorhang auf Schultern und Brust. Silke Sannwald versuchte sie zu beruhigen, was ihr aber wegen ihrer eigenen Erregung nicht gelingen wollte, und als eine Polizistin sich dem Mercedes näherte, fing auch sie an zu weinen. Die Polizistin wandte sich wieder ab und sagte zu ihren Kollegen, man könne die beiden Frauen im Moment kaum zum Unfallhergang vernehmen.

Karl Baumgartner aber spielte den Ahnungslosen. Er gab vor, sie seien aus dem Friedhof gekommen und hätten die Rückfahrt angetreten, als sie der Geländewagen auf dem Parkplatz gerammt hätte. Er habe Angst bekommen und habe sich deshalb an der Ausfahrt des Parkplatzes auf höchst riskante Weise in den Verkehr eingefädelt. Dass sein Verfolger es ihm nachmachen wollte und dabei auf so tragische Weise verunglückt sei, das sei doch nicht seine Schuld. Vielleicht sei der Fahrer durchgedreht, weil er ihm wegen eines irrsinnigen Bremsmanövers den Vogel gezeigt habe. Ohne jeden Grund sei der Geländewagen auf den Parkplatz gerast und habe kurz vor ihm eine Vollbremsung hingelegt. Da sei er eben erschrocken und habe sich an den Kopf gefasst. Also habe er mit der Angelegenheit doch nur am Rande zu tun.

Kupfer näherte sich der Gruppe, berührte den Polizisten sanft an der Schulter und sagte freundlich: »Kupfer, Kriminalpolizei Böblingen. Herr Kollege, es ist besser, wenn Sie den Herrn jetzt mir überlassen. Vielen Dank.«

Der Polizist sah ihn einen kleinen Moment überrascht an, schien aber sofort etwas begriffen zu haben und wandte sich einer anderen Aufgabe zu.

»Sie sind Herr Baumgartner?«, begann Kupfer seine Befragung.

Baumgartner nickte.

»Ich nehme an, Sie können mir erklären, warum Sie in halsbrecherischer Weise aus dieser Ausfahrt hinausgefahren sind. Das war ja doch ganz schön gefährlich.«

»Wie ich eben schon erklärt habe. Ich muss den Fahrer geärgert haben, weil ich ihm den Vogel gezeigt habe. Aber er hat sich schließlich ...«

»Herr Baumgartner, lassen Sie es. Erzählen Sie mir keine Märchen. Ich sage Ihnen gleich, wer der Fahrer des Geländewagens ist. Er heißt Nicolai Sviroff und gehört zum Gefolge eines zwielichtigen russischen Geschäftsmanns namens Dmitri Gontscharow. Sviroff wird dringend verdächtigt, Ihre Geschäftspartner Probst und Sannwald umgebracht zu haben und an dem Anschlag auf Markus Gommel mindestens beteiligt gewesen zu sein. Wahrscheinlich hat er auch Ihre Villa in Dresden angezündet. Nach unseren eindeutigen Erkenntnissen führt Gontscharow einen Privatkrieg gegen eine Finanzberatungsfirma, die sich VV4S nennt und zu der Sie gehören. Also machen Sie mir nichts vor.«

Baumgartners Fassade brach ein. Er gab zu, dass er von Sviroff verfolgt worden war und erzählte, wie sie über dem Autobahntunnel fast von der Straße abgedrängt worden wären, und wie er sich hatte retten können. Ja, das sei ein ähnlicher Anschlag wie der auf Gommel gewesen, gestand er ein, aber erklären könne er sich das trotzdem nicht.

»Ich war ja nur eine Randfigur. Ich habe Gontscharow nie kennengelernt. Ich hatte mit der Vermögensverwaltung sehr wenig zu tun, abgesehen davon, dass ich ab und zu mal meinen Studienkollegen den einen oder anderen Kunden vermittelt habe. Weitaus die meisten meiner Kunden waren ausschließlich meine Kunden. Mit denen hatten die Herren von der VV4S gar nichts zu tun – und ich nicht mit ihren. Und mit der Gestaltung und Verwaltung irgendwelcher Fonds habe ich auch nie etwas zu tun gehabt. Das müssen Sie mir glauben. Ich bin ja vor allem Notar und betreibe Amtsgeschäfte.«

»Tja, Herr Baumgartner, schade, dass das Dmitri Gontscharow offensichtlich nicht weiß. Dem Augenschein nach misst er Ihnen genauso viel Bedeutung bei wie Ihren Kompagnons. Oder wissen Sie das Neueste noch gar nicht?«

Baumgartner sah ihn völlig verunsichert an. Sein Blick flackerte zwischen Kupfers Augen hin und her.

»Man hat Ihre Ruine ausgeräumt.«

»Ausgeräumt?«

»Na ja, irgendein mutiger Russe hat es fertiggebracht, fast unbemerkt und unter Lebensgefahr Ihren Safe zu knacken und zu leeren.«

Baumgartner wurde bleich. Sein Kinn begann zu zittern.

»Ich hoffe, der wirtschaftliche Schaden ist nicht allzu groß. Herr Baumgartner, ich glaube, Sie sind uns doch noch einige Erklärungen schuldig. Ich verstehe schon, dass Sie unmittelbar nach dieser Bedrohung vielleicht nicht die allerklarsten Aussagen machen können, aber in den nächsten Tagen sollten wir uns doch länger unterhalten. Ich weiß, wo Sie untergebracht sind, und werde Sie aufsuchen. Und das Haus lassen wir ab sofort rund um die Uhr bewachen, damit Ihnen nicht doch noch etwas zustößt. Jetzt erholen Sie sich erst mal. Bis morgen.«

Damit ließ er ihn stehen.

***

Cornelia Baumgartner war nicht ansprechbar. Auf der ganzen Fahrt zu Sannwalds Haus wurde sie von einem einzigen Weinkrampf geschüttelt. Silke Sannwald, die wieder auf dem Beifahrersitz Platz genommen hatte, drehte sich nach ihr um und versuchte ihre Hand zu fassen, die sie aber immer wieder zurückzog.

Auch Silke kämpfte noch mit dem Schock. Sie zitterte am ganzen Leib, die Tränen quollen aus ihren Augen, ohne dass es ihr bewusst war. Sie brauchte körperlichen Kontakt, um ruhiger werden zu können, und legte ihre Hand auf Cornelias Knie. Schließlich fühlte sie Cornelias Hand auf der ihren, und die beiden Frauen stützten einander, soweit es ihnen in ihrer Erschütterung gelingen konnte.

»Deine Kinder?«, fragte Baumgartner, als sie das Haus betraten.

»Sind Gott sei Dank nicht da. Schule, Sportverein.«

Silke wäre nicht in der Lage gewesen, ihren Kindern sofort von diesem Horrortrip zu erzählen und dann auch noch nach dem Warum befragt zu werden.

Im Wohnzimmer ließen sich die drei in die Sitzlandschaft fallen. Cornelia streifte die Schuhe ab, zog die Beine an und legte sich auf die Seite. Sie schluchzte mit fest geschlossenen Augen leise vor sich hin wie ein Kind, das sich nachts verlassen fühlt.

Karl und Silke saßen einander gegenüber und schwiegen. Aus geröteten Augen schaute Silke über den Couchtisch hinweg Karl eine ganze Weile kritisch an. Dann griff sie nach einem Taschentuch, tupfte sich die Tränen ab und schnäuzte sich. Und dann kam die unangenehme Frage, vor der sich Karl gefürchtet hatte.

»Wer steckt dahinter? Wessen Vermögen habt ihr verzockt?«

Sie wartete seine Antwort nicht ab. Sie stand auf und goss sich an der Hausbar einen Whisky ein, ohne den anderen beiden etwas anzubieten. Sie trat ans Fenster und starrte hinaus.

»Ihr habt es einfach übertrieben. Ich hab Wilfried immer gesagt, dass ihr nicht zu weit gehen sollt. Schaut euch die Leute gut an, hab ich immer zu ihm gesagt. Und jetzt«, sie dreht sich um und ging einen Schritt auf ihn zu, »jetzt ist doch alles kaputt, oder etwa nicht?«

Sie ging zur Bar zurück und schenkte sich nach. Karl streckte seine Hand aus: »Gib mir auch einen.«

»Bedien dich selber«, sagte sie knapp und stellte ihr Glas geräuschvoll auf dem Couchtisch ab. Karl stand auf und holte sich seinen Drink. Cornelia fühlte, dass sie nun allein dasaß. Sie schaute aus dem Vorhang ihrer Haare hervor und fragte, als wäre sie eben erst aufgewacht: »Wieso wir auch? Wieso denn wir? Karl, du hast doch nur mitgemacht.«

»Schön wär's«, lachte Silke zynisch, »der gute, ehrliche Karl, der Notar mit der weißen Weste.«

»Das muss ich mir jetzt nicht geben«, sagte Karl, trank seinen Whisky ex und ging ins Büro hinunter. Er versuchte, mit Gommel Kontakt aufzunehmen. Eigentlich hatte er sich für den nächsten Vormittag mit ihm verabredet, doch da nun die lästige Angelegenheit eines Polizeiverhörs für ihn anstand, wollte er sich doch noch einmal ganz genau erkundigen, was Gommel der Polizei erzählt hatte. Es war eine Sprachregelung zu treffen. Und außerdem musste er Gommel warnen. Falls die Russen seinen Aufenthaltsort erkundet hatten, war ja auch er seines Lebens nicht mehr sicher.

Aber Gommel war auf seinem Handy nicht zu erreichen. Baumgartner wunderte sich, weil das bisher kaum einmal der Fall gewesen war, und versuchte, Gommel in seinem Zimmer in der Rehaklinik anzurufen. Es meldete sich eine junge Frauenstimme.

»Michael, endlich rufst du an. Ich warte seit zwei Stunden ...«

»Moment, das ist ein Irrtum. Ich bin nicht Michael.«

»Oh Entschuldigung, ich erwarte seit Stunden einen Anruf von meinem Mann. Sie müssen sich verwählt haben.«

»Nein, das glaube ich nicht. In welchem Zimmer sind Sie denn?«

»In 421.«

»Seit wann?«

»Na, seit heute. Das Zimmer war frei.«

»Dann entschuldigen Sie bitte. Ich dachte, mein Freund hätte das Zimmer noch belegt.«

Baumgartner wählte die Pforte und erhielt die niederschmetternde Auskunft.

»Der Herr Gommel ist schon seit vorgestern nicht mehr da. Der ist einfach verschwunden. Nicht einmal seine Frau weiß, wo er ist.«

Baumgartner war am Rand eines Nervenzusammenbruchs.

***

Der Führerschein wies den verunglückten Geländewagenfahrer als Nicolai Sviroff aus, geboren 1969 in Novosibirsk. Drei leere Pizzakartons, unendlich viele Krümel, leere Dosen, die auf einen abwechselnden Konsum von Bier und Red Bull hinwiesen, und eine Thermosflasche deuteten darauf hin, dass Sviroff die letzten Tage in diesem Auto gehaust haben musste. Auch ein Schlafsack, Waschzeug und etwas Wäsche waren zu finden. Im Handschuhfach lagen drei Packungen russische Zigaretten und eine Brieftasche mit fast 3000 Euro in kleinen Scheinen. Auch jetzt noch, wo die Scheiben fehlten und Teile des Daches abgetrennt waren, roch das Wageninnere völlig verraucht. Der Aschenbecher war voll von Kippen. Unter dem Fahrersitz befand sich eine Pistole. Es war eine Tukareff 9 mm, die Handfeuerwaffe der Warschauer-Pakt-Staaten.

Nicolai Sviroff kam nicht wieder zu Bewusstsein. Er starb nach zwei Tagen. Da keine Angehörigen ausfindig gemacht werden konnten, die für seine Beisetzung aufgekommen wären, wurde sein Körper zum Segen der Wissenschaft und Lehre dem Anatomischen Institut der Universität Tübingen überantwortet.

Nachdem sein Foto in der Tagespresse veröffentlicht worden war, meldete sich der Polier einer Großbaustelle in Stuttgart mit folgendem Hinweis: Sviroff war unter dem Namen Ivan Sokolov über eine polnische Leiharbeiterfirma eingeschleust worden und hatte seit Anfang November in einem Wohncontainer direkt bei einer Großbaustelle im Stuttgarter Raum gewohnt. Er war unangenehm aufgefallen, weil er sich öfter krankgemeldet hatte, aber während dieser Fehlzeiten nicht in seiner Behausung geblieben war. So sei es auch in den letzten paar Tagen gewesen, weswegen angedacht war, eine fristlose Kündigung auszusprechen.

Hast du einen Tipp?

Probst: »Welcher hirnverbrannte Idiot von einem Analysten hat dir bloß diesen verdammten Tipp gegeben! Hätt ich mich doch nicht von dir bequatschen lassen! Von wegen Anstieg auf 28 Euro. Arcandor ist im freien Fall.«

Gommel: »Dann stoß die Optionsscheine doch schnell wieder ab.«

Probst: »Na, so schlau wäre ich selber. Ich krieg sie aber nicht los. Wo denn? Sie sind doch nicht mal mehr das Papier wert. Du mit deinen sicheren Informationen! Dass ich nicht lache!«

Gommel: »He, das konnte wirklich niemand voraussehen. Von Mitte 2006 bis im April ist die von 15 Euro auf 28 Euro gestiegen, und dann ging es ein bisschen abwärts, aber die war doch wieder satt am Steigen. Wie viele Aktien hast du geordert?«

Probst: »Eine Million zu 22 Euro per 31.12.«

Gommel: »Mein Gott, mit so viel wäre ich auch nicht eingestiegen. Rechne mal aus, wie das zum Quartalsende aussieht, wenn die Entwicklung linear weitergeht.«

Probst: »Ich weiß, ich weiß. Genau das macht mir Sorgen. Wir müssen das eben irgendwie ausgleichen. Hast du jetzt einen Tipp?«

Gommel: »Eventuell. Die HRE sieht wieder gesund aus. Fängt gerade wieder an zu steigen. Ich denk, wir sollten da mitgehen. Ich denke mal, wir sollten einen Call machen, zu 45 Euro per 30.03.«

Probst: »Ich weiß nicht. Mir ist das fast zu riskant.«

Gommel: »Schau dir doch die Entwicklung im letzten Jahr an: immer zwischen 40 Euro und 58 Euro, und zwar näher bei 50 als bei 40, und da geht sie auch wieder hin. Ich glaube nicht, dass wir hier viel falsch machen können. Der HRE-Vorstand strotzt gerade vor Selbstbewusstsein.«

Gommel: »Und wie viel willst du einsetzen?«

Probst: »Wilfried hat eineinhalb Millionen bereitgestellt.«

Gommel: »Aber noch so ein Fiasko wie mit Arcandor können wir uns nicht leisten.«

Probst: »Das weiß ich doch. Aber wir können auch nicht nichts tun, du weißt warum.«

Gommel: »Schon klar. Trotzdem schau ich mich noch nach anderen Möglichkeiten um.«

Probst: »Das heißt, du bist mit der HRE-Aktion einverstanden?«

Gommel: »Ja, okay, probier's mal. Vielleicht bringt es nicht viel, aber ich glaube, dass wir auch nicht viel kaputtmachen.«

(Aus einem Telefongespräch vom November 2007)

18. Januar 2009
Der Zweck heiligt die Mittel

Kupfer und OW trafen sich an einem Samstagabend in Herrenberg im Schlosskeller zu dem Bier, das längst überfällig war, wie sie beide fanden. Sie hatten verabredet, sich dort oben auf dem Schlossberg zu treffen, wie sie es früher immer getan hatten, obwohl sie beide ihre Nostalgie etwas belächelten. Natürlich gäbe es im Städtle eine Menge ebenso guter oder gemütlicher Lokale, aber für jeden der beiden war die Erinnerung an den andern mit dem Schlosskeller verbunden. Sie meinten, es sei das einzige Lokal, das sich seit ihrer Jugend kaum verändert hatte.

Da Kupfer die Verabredung auf dem Schlossberg mit einem kleinen Spaziergang durch die Stadt verbinden wollte, ließ er sein Auto zu Hause stehen und fuhr mit der Bahn. Als er in Herrenberg ausstieg, war es schon längst Nacht geworden. Hell angestrahlt erhob sich die breite Westfront des Kirchturms über den dunklen Dächern der Altstadt, von einem diffusen Lichtkegel umgeben. Der Schlossberg dahinter war kaum zu erkennen. Wie er die Bahnhofstraße entlangging, fiel Kupfer auf, dass er mehr oder weniger in einer geraden Linie zum Schlosskeller gehen würde, die Directissima, und wunderte sich darüber, dass ihm das früher nie bewusst gewesen war. Es musste Jahrzehnte her sein, dass er das letzte

Mal zu Fuß durch diese Stadt gegangen war, obwohl er immer wieder einmal hier zu tun gehabt hatte. Aber er war immer mit dem Dienstwagen unterwegs gewesen.

Der Verkehr in der Horber Straße störte ihn und er war froh, als er in der Bronngasse die Fußgängerzone erreicht hatte. Die Gasse schien ihm breiter als früher zu sein, offener und freundlicher, als er sie in Erinnerung gehabt hatte, und das warme Licht der Straßenbeleuchtung hatte etwas Anheimelndes. Langsam ging er die Gasse hoch, blieb immer wieder stehen und schaute sich um. Er erinnerte sich an das Kopfsteinpflaster von früher, das glatten Granitsteinen gewichen war, und an das Café und die Bäckerei, in deren Räumen sich schon längst eine Buchhandlung eingenistet hatte. Auf der linken Seite der Gasse hatte sich alles verändert. Keines der alten Geschäfte existierte mehr. Alles war moderner geworden, aber schöner fand er es nicht. Im weichen Licht der Straßenlaternen verengte sich die Gasse zum Marktplatz hin. Oben an der Ecke, wo einst der Schwanen gewesen war, wo er in seiner Jugend manches Weizenbier getrunken hatte, war jetzt ein Italiener. Nein, wenn man an früher denken wollte, dann musste man schon hinauf in den Schlosskeller. Er schaute auf seine Uhr und merkte, dass er etwas schneller gehen sollte, wenn er OW nicht lange warten lassen wollte. Ohne die bunten Fachwerkhäuser des Marktplatzes zu betrachten, schritt er zielstrebig auf die Treppe neben dem Rathaus zu. »Zum Schlosskeller 5 Minuten« las er auf einer Leuchttafel. »Von oben nach unten ja, aber nicht hinauf. Ich renn doch nicht«, sagte er vor sich hin. Er wusste noch aus seiner Kindheit, dass es über zweihundert Stufen waren, und dann noch die vielen schiefen Ebenen dazwischen. Mit über sechzig Jahren in fünf Minuten da hinauf, nein, das ging wirklich nicht. Er wollte ja auch nicht ins Schwitzen kommen. Langsam stieg er die Granitstufen zwischen den schmuck hergerichteten kleinen Fachwerkhäusern hinauf. Trotzdem kam er etwas außer Atem und blieb einen Moment vor der Kirche stehen. Es war kurz vor sechs, und aus dem Glockenmuseum dröhnte das Sabbatläuten herunter. Er schaute an dem mächtigen Turm hinauf, den man in den Siebzigerjahren vorm Einsturz hatte retten müssen und der nun, in sich selbst und mit dem Schiff fest verschraubt, als Block weiter auf die Stadt zurutschte. Dieser Sandsteinkoloss mit seinem kupferbewehrten Zwiebelkopf faszinierte ihn immer wieder. Aber er riss sich los und folgte dem schwach beleuchteten Weg, der über weitere Stufen zwischen den Flanken der alten Stadtbefestigung zum Schlosskeller hinaufführt. Er kam leicht ins Schwitzen und war froh, als er schließlich die Gaststätte erreicht hatte. Denn der kalte Wind war unangenehm.

OW saß schon an einem Fensterplatz und hatte ein Kristallweizen vor sich stehen.

»Hallo«, begrüßte ihn Kupfer, »wenn du nicht so alt aussehen würdest, könnte ich mich um Jahrzehnte zurückversetzt fühlen.«

»Ohne den Bauch einzuziehen? Hallo, Grüß Gott«, erwiderte OW und beide lachten.

»Ich brauche erst einmal etwas Heißes«, sagte Kupfer, »mir ist es kalt. Dir nicht?«

»Nein, ich bin ja auch nicht zu Fuß gekommen«, lachte OW, »ich habe mich bis fast vor die Tür fahren lassen.«

»Das ist verboten.«

Kupfer drohte zum Spaß mit erhobenem Zeigefinger.

»Aber nur bis 18 Uhr und wird außerdem bei dem Wetter kaum kontrolliert. Wie bist du hergekommen?«

»Mit der S-Bahn und dann zu Fuß. Hat mir gutgetan und ich fand es auch ganz schön. Ich war ja eine Ewigkeit nicht mehr in der Altstadt, geschweige denn am Kirchplatz. Ist ja alles ganz toll hergerichtet. Neue Granitstufen statt dem runtergelatschten Sandstein. Fast schon zu geschleckt.«

»So ist das halt, wenn man in Deutschland etwas renoviert. Wenn schon, denn schon. Einfach weg mit der Patina.«

»Die stellt sich aber von selbst wieder ein, vor allem jetzt, wo die öffentliche Hand etwas leerer ist.«

Kupfer bestellte sich einen Kaffee und einen Schnaps und begann ohne Umschweife.

»Von der Karambolage am Waldfriedhof hast du ja sicher schon gehört?«, begann Kupfer.

»Aber klar. Das ist doch das Stadtgespräch. Siehst du, ich habe dir doch gleich gesagt, dass ich Sviroff gesehen hatte. Und du hast mir was von Dresden erzählt«, sagte OW spöttisch.

»Na ja, wir rechneten auch noch nicht damit, dass es zwei Exemplare von dieser Spezies gab. Und ich konnte mir einfach nicht vorstellen, dass dieser Sviroff so schnell zwischen Dresden und hier hin und her pendelt. Und so war es ja auch nicht, oder?«

»Nein, so war es nicht. Mir wurde aber auch erst im Gespräch mit Emma klar, dass es sich um Brüder oder sogar um Zwillinge handeln muss. Emma kam drauf, muss ich der Ehrlichkeit halber zugeben. Ich kann mir gut vorstellen, dass Gontscharow seinen zwei Edelexekutivkräften identische Papiere beschafft hat. So konnte sein Mann fürs Grobe gleichzeitig an zwei Stellen gesehen werden. Ziemlich gutes Alibi.«

»Ja, gar nicht so dumm«, stimmte Kupfer zu.

»Und du hast wirklich nichts bei Sviroff gefunden, was auf seinen Auftraggeber hinweisen könnte?«

»Nichts, gar nichts. Vor allem auch kein Handy. Es hätte mich auch gewundert. Schließlich ist Gontscharow ehemaliger Führungsoffizier des KGB. Bei dieser Firma war es üblich, die Agenten gut auszustatten und dann ganz auf sich gestellt ohne Nachrichtenverbindungen operieren zu lassen. Kontakt nahm man erst wieder auf, wenn die Operation gelungen war. Und wenn der Agent dabei draufging, dann war das seine Sache, dann hatte er Pech gehabt oder eben nicht professionell genug gearbeitet«, erklärte Kupfer.

»Dann passt alles gut zusammen«, kommentierte OW.

»Ja, das sehe ich auch so. Wer einmal diese Geheimdienstmethoden eingeschliffen bekommen hat, der wird sie nie mehr los. Das ist fast so verräterisch wie ein Fingerabdruck. Alles passt doch wunderbar zusammen. Nur sind unsere Indizien noch nicht ganz wasserdicht.«

»Und warum dieser Rachefeldzug?«

»Ich sollte dir das wirklich nicht alles erzählen.«

»Ach, jetzt komm schon, sei nicht albern, ich sag's nicht weiter. Du kannst dich auf die Verschwiegenheit deines Hilfssheriffs verlassen.«

»Na gut«, begann Kupfer bedächtig. »Du weißt ja, dass die beiden Mordopfer mit dem Baumgartner in Dresden und dem Frankfurter Broker, diesem Gommel, eine Vermögensverwaltung betrieben haben. Dabei haben sie vor allem fleißig in die eigene Tasche gewirtschaftet. Und wie jetzt im Herbst alles den Bach runtergegangen sind, da wurde es wohl etwas eng und manche Anleger haben sich nach der Sicherheit ihres Gelds erkundigt oder wollten es sogar schnell wieder haben. Wahrscheinlich auch dieser Gontscharow. Aber das sind bis jetzt alles nur Vermutungen. Uns fehlt eben die Einsicht in die Schweizer Konten dieser Vermögensverwaltung.«

»Wieso? Müssen die Banken euch in so einem Fall keine Auskunft geben?«

»Moralisch wären sie schon verpflichtet. Aber wir haben es mit Schweizer Banken zu tun, und das Einzige, was denen heilig ist, ist nun einmal das Bankgeheimnis. Ich befürchte, da kommen wir nicht ran. Wenn wir auf legale Weise Einblick in diese Konten bekämen und damit Gontscharow ein Motiv nachweisen könnten, wäre der Haftrichter sicher zu überzeugen.«

»Habt ihr denn keine Hacker im LKA? Wenn unser lieber Bundesinnenminister private PCs mit dem Bundestrojaner ausspionieren lassen will, dann müsste es doch auch möglich sein, sich aus einer Schweizer Bank ein paar Informationen zu holen.«

»Rein technisch schon. Aber es ist illegal und unsere Erkenntnisse wären nicht justitiabel.«

»Aber doch trotzdem hilfreich, oder?«

»Ja. Von ermittlungsstrategischem Nutzen sozusagen.«

»Dann verstehe ich nicht, warum ihr euch da so ziert. Gontscharow ist da sicher nicht so zimperlich.«

»Nein, das ist er nicht. Wahrscheinlich hat er sogar einen Hacker auf die Südwestdeutsche angesetzt, wo Sannwald arbeitete, und kennt inzwischen die finanzielle Lage dieser Firma besser als wir.«

»Ja dann aber los. Wie du mir, so ich dir.«

Kupfer schüttelte den Kopf.

»Wir dürfen nicht.«

»Ihr dürft nicht!? Mann, das kann euch doch in so einem Fall egal sein.«

»OW, ich glaube, du bist ein Anarchist. Wir leben in einem Rechtsstaat, was unter anderem bedeutet, dass auch die Kripo nur mit rechtsstaatlichen Mitteln arbeiten darf. Das LKA darf nicht einfach einen Hacker engagieren. Das ist einfach unmöglich.«

»Das weiß ich doch. Aber denk doch mal, dein Hilfssheriff ist nicht bei der Kripo und könnte dir vielleicht Informationen verschaffen, die zwar nicht justitiabel, aber doch sehr hilfreich wären.«

Kupfer runzelte die Stirn und sah ihn fragend an. »Ich habe nicht gewusst, dass du ein Hacker bist.«

»Bin ich auch nicht. Aber ich kenne einen, der soll richtig gut sein. Ein ehemaliger Schüler, bei dem ich noch etwas gut habe. Er war nicht sehr fleißig und hatte ein etwas bizarres Intelligenzprofil. Ein richtiger Computerfreak eben. Ich habe ihm damals eine Ehrenrunde in Klasse 11 erspart. Den könnte ich um einen Gefallen bitten.«

OW sah sein Gegenüber abwartend an. Kupfer sagte eine Weile nichts. Er schob nachdenklich die Unterlippe vor und schaute aus dem Fenster in die Dunkelheit hinaus.

»Die Versuchung ist groß«, sagte er schließlich langsam. »Aber ich weiß nicht, ich weiß nicht ...«

»Dafür weiß ich es schon. Ich nehme an, dass dem ein paar Überweisungsdaten genügen, und dann ist er drin. Ich werde ihm natürlich nicht verraten, für wen er eigentlich arbeitet. Irgendeine Ausrede wird mir schon einfallen.«

»OW, ich kann dir doch keine Daten aus einem Ermittlungsverfahren weitergeben. Das ist unmöglich!«, wandte Kupfer ein.

»Gut. Dann muss ich bei der Südwestdeutschen Handelsbank ein Konto eröffnen und Homebanking machen.«

»Du bist ja richtig besessen von deiner Idee, ich glaub es nicht.«

»Jetzt versteh doch endlich meinen sportlichen Ehrgeiz. Dreimal bin ich durch reinen Zufall hautnah mit eurem Fall in Berührung gekommen. Ich habe den Sviroff in der Bäckerei erkannt, was du nicht glauben wolltest, und jetzt soll ich klein beigeben, wo ich vielleicht eine Lösung für eines eurer Probleme finden kann?«

Er machte eine Pause und wartete auf eine Antwort. Kupfer aber sah ihn nur schweigend an.

»Übrigens habe ich ja auch einen Zeugen auf der Autobahn verfolgt, und zwar nur für euch«, fügte OW hinzu. »Da kam Jagdinstinkt in mir auf, mein Lieber, und den solltest du ausnutzen.«

»Wenn du auf der anderen Seite wärst, würde man deinen Jagdinstinkt als kriminelle Energie bezeichnen«, versuchte Kupfer auszuweichen.

»Ich bin aber auf der richtigen Seite, und für mich wäre es ein ungeheurer Spaß, irgendwo hineinzuschauen, wo ihr nicht hineinschauen dürft.«

»Du bringst mich wirklich in ein Dilemma, Mann. Ich muss noch eine Nacht darüber schlafen«, wollte Kupfer das Thema abschließen.

»Wenn du kannst«, lachte OW. »Ich könnte nicht schlafen, wenn ich an deiner Stelle wäre. Ich wäre viel zu neugierig.«

»Du bringst mich in Teufels Küche.«

»Überhaupt nicht, du kannst ja die Informationen für dich behalten, und sie nützen dir trotzdem, nehme ich mal an. Außerdem hackt der Hacker ohnehin im Netz herum, ob wir ihm nun einen Auftrag geben oder nicht. Da ist es doch besser und sozusagen pädagogisch richtig, wenn wir ihn etwas Sinnvolles tun lassen, was vielleicht sogar etwas mehr Gerechtigkeit in die Welt bringt. Wir verleiten doch niemand zu einem illegalen Akt, wir lenken nur einen ohnehin schon in der Ausübung befindlichen illegalen Akt auf ein gutes Ziel hin.«

»Amen«, seufzte Kupfer und faltete die Hände. »Du hast gewonnen. Aber sage bitte nicht immer wir, sondern ich. Und Ausgangsdaten kann ich dir keine liefern. Das darf ich wirklich nicht.«

»Brauchst du vielleicht auch gar nicht. Wir kennen Sannwalds Bank, die BLZ, den Namen seiner Firma und probieren es einfach einmal mit der UBS und der Credit Suisse. Mal sehen, was dabei herauskommt. Ich werde dir auch gar nicht sagen, an wen ich mich wende. Wenn sich neue Informationen ergeben sollten, dann kriegst du sie ohne Angaben über die Quelle. Das ist doch okay, oder? Ich nehme das ganz auf meine Kappe.«

»Dann tu, was du nicht lassen kannst. Vielleicht hättest du lieber Kriminaler werden sollen. Oder lieber doch nicht.«

***

Stunden später, als die Bedienung ein klein wenig zu laut die Theke zu putzen begann, verließen die beiden als letzte Gäste das Lokal.

»Lass uns noch kurz auf den Aussichtsturm gehen«, schlug Kupfer vor. »Auch dort war ich ewig nicht.« OW stimmte gerne zu.

Dunkel hob sich die Silhouette des Zwiebelturms von dem beleuchteten Stadtbild ab. Als weich geränderte Lichtflecken lagen die Dörfer im leichten Nebel, verbunden durch die unsichtbaren Linien, auf denen sich die Lichter der Autos bewegten. Auch jetzt noch schallte der Verkehrslärm herauf. Einen Moment standen die beiden da und sagten nichts. Nach ein paar Glas Bier waren sie etwas außer Atem. Schließlich beugte sich OW etwas vor und schaute auf die nördliche Stadtmauer hinunter.

»Weißt du noch, wie wir da herumgeklettert sind? Es ist eigentlich ein Wunder, dass da nie etwas passiert ist.«

»Doch. Einer hat sich einmal ein Bein gebrochen.«

»Das war aber keiner von uns.«

»Aber ist dir klar, dass gerade ungefähr dort, wo wir immer auf dem Wehrgang gesessen sind, ein Teil der Mauer mal eingestürzt ist? Die Stelle haben sie wieder geflickt.«

»Ach so«, sagte Kupfer, »das ist auch restauriert. Ich dachte schon, das sieht alles etwas anders aus als damals, nicht nur kleiner, auch anders. Aber ich habe mir keine Gedanken darüber gemacht. So genau kann man das alles bei Dunkelheit sowieso nicht sehen. Auf jeden Fall ist es schön, dass die Stadtmauer noch steht.«

Darin waren sich die beiden einig. Sie stiegen in die Stadt hinab und suchten das ideale Lokal für ein letztes Glas.

***

Auf der Homepage seiner ehemaligen Schule fand OW Alex Steinhilbers Emailadresse. Er schrieb ihm eine Nachricht und fragte an, ob er ihn wegen eines dringenden Problems sprechen könnte und wo er zu erreichen sei. Es dauerte keine zehn Minuten und die Antwort war da. Er wohne in der Tübinger Altstadt, in der Kornhausstraße, und sei heute Abend zu Hause. OW sollte nur klingeln, er werde dann aufmachen und ihm entgegenkommen.

Abends um neun klingelte OW an der Tür des alten Fachwerkhauses. Es dauerte eine Weile. Dann hörte er eine Treppe knarren, Schritte über einen Steinfußboden näher kommen, und die Tür öffnete sich. Sein ehemaliger Schüler Alex, lang wie eh und je, aber etwas dick geworden, stand vor ihm und grinste ihn an.

»Guten Abend, Herr Wolf. Das hätte ich nie gedacht, dass Sie mich einmal besuchen.«

»Guten Abend, Herr Steinhilber.«

»Alex, bitte Alex. Sie können immer noch du zu mir sagen, so wie wir es gewöhnt sind.«

»Danke. Guten Abend, Alex.«

»Kommen Sie rauf in mein Zimmer. Dort können wir uns in aller Ruhe unterhalten.«

Er führte ihn über eine ausgetretene Holztreppe, deren Knarzen OW schon von außen gehört hatte, durch ein schlecht beleuchtetes Treppenhaus in den zweiten Stock hoch. OW folgte ihm und musterte ihn von hinten. Besonders gepflegt hatte Alex Steinhilber nie ausgesehen, aber seit er nicht mehr zu Hause wohnte, hatte sein Äußeres noch mehr gelitten. Seine fettigen blonden Haare stießen auf den schmuddeligen Kragen eines rotgrün karierten langärmeligen Hemds, das er über grauen verwaschenen Jeans trug. Die Hosenbeine waren zu kurz und gaben den Blick auf hellblaue Socken frei. Und die Nähte seiner alten schiefgelatschten Turnschuhe lösten sich schon etwas auf.

»Jetzt noch eine Treppe, nur noch eine«, sagte er und führte OW noch einmal gute zwanzig steile Stufen hoch, die wohl neueren Datums waren.

»Ist es nicht unglaublich, wie dieses Haus bis unter den Dachfirst ausgebaut ist? Wenn Sie so ein Haus haben, Herr Wolf, dann haben Sie ausgesorgt. Alles voll mit Studentenbuden, nicht groß, aber dafür etwas teurer. Und trotzdem muss ich mit dieser Bude noch zufrieden sein.«

Durch einen kleinen Vorraum mit Waschbecken und Elektrokocher betraten sie Steinhilbers Zimmer. Es roch etwas muffig und war spärlich eingerichtet: ein Bett, ein billiger Schrank, ein Nachttisch und an der Fensterseite eine große Holzplatte auf Böcken, die gleichzeitig als Ess- und Arbeitstisch dienen musste. Das Bücherregal aus Backsteinen und rohen Brettern, halb voll mit Lehrbüchern und CDs, sah aus, als hätte der Bewohner beim Einzug die Sachen in aller Eile dort abgelegt und sei noch nicht dazu gekommen, sie zu ordnen. Ein paar leere Colaflaschen, eine halbvolle Chipstüte und ein leerer Pizzakarton zeugten von seiner Lebensweise. Aus einer Mini-Hifi-Anlage dröhnte Heavy Metal. Steinhilber schaltete die Musik sofort ab und sagte entschuldigend: »Ein bisschen primitiv hier. Mehr wollte ich aber nicht investieren. Ich gehe im April weg, nach Berlin oder nach München, das weiß ich noch nicht. Ich habe ja mit Mathe angefangen, aber jetzt wird es doch vor allem Informatik. Na ja, die drei Semester Mathe waren auch nicht schlecht, aber ich bin nicht so fürs Abstrakte. Und wie geht es Ihnen? – Aber nehmen Sie doch erst mal Platz.«

OW setzte sich auf einen der harten Stühle, die ihn an verrauchte Bierkneipen von früher erinnerten. Steinhilber musste sie aus dem Sperrmüll geholt haben. OW erzählte ihm, wie er seit einem halben Jahr seinen Ruhestand genoss.

»Und da sind Sie nicht laufend irgendwo in der Welt unterwegs, ein paar Monate in Spanien oder auf Teneriffa zum Beispiel? Nicht? Keine Lust?«

»Zwischendurch als Abwechslung mal, das schon, aber nicht für länger. Weißt du, es gibt so viele Dinge, die ich immer tun wollte, und zwar hier, und für die ich keine Zeit hatte. Zum Beispiel kann ich jetzt Freunde und Bekannte besuchen, wenn es mir danach ist, und muss nicht immer warten, bis wieder Ferien sind oder wenigstens keine Berge von Korrekturen auf meinem Schreibtisch liegen. Meine Kontakte habe ich doch vor allem hier in der Gegend und nicht im Ausland. Ich will doch nicht irgendwo im Süden unter lauter Aussteigern und Rentnern leben. Hier ist es schön, wenn man etwas Zeit hat. Und dann ist das ja auch eine finanzielle Frage, womit ich zum Anlass meines Besuchs komme. Mein Reisegeld ist futsch.«

Alex Steinhilber schaute ihn aufmerksam an.

»Ich hatte etwas Geld bei einer Vermögensverwaltung angelegt, und das Geld scheint jetzt weg zu sein. Auf meiner Bank wurde mir gesagt, dass man zurzeit nicht jeden

Verlust aufklären könnte. Ich bin als Kleinanleger wahrscheinlich nicht wichtig genug. Aber ich möchte unbedingt gerne wissen, was die Burschen mit meinem Geld gemacht haben. Wenn ich die Angelegenheit verstehen würde, könnte ich vielleicht besser mit ihr fertig werden. Aber so, wie es ist, nagt der Ärger an mir. Naja, und da hab ich an dich gedacht. Du warst doch schon in der Schule für gewisse Fertigkeiten bekannt. Und jetzt, wo du sogar noch Informatik studierst ...«

Alex Steinhilber strahlte, als ginge die Sonne in seinem Gesicht auf. Seine Augen blitzten und er nickte verständnisvoll OW zu.

Was OW ihm sagte, war die Bestätigung, nach der er sich schon lange gesehnt hatte, schon als er noch in der Schule war.

»Wenn ich Ihnen da helfen kann, natürlich gerne. So eine konkrete Aufgabe ist ja viel interessanter als das, was die an der Uni von uns verlangen. Was soll ich versuchen? Sagen Sie's.«

OW erzählte ihm von Sannwald, seinen Kompagnons und der Südwestdeutschen Handelsbank und gab vor, dass er auf dessen Konto vor einem Jahr 20 000 Euro eingezahlt hatte, die dieser dann wahrscheinlich nicht wie vereinbart in einem Fonds angelegt, sondern auf ein Nummernkonto bei der UBS oder der Credit Suisse weitergeleitet hatte. Jedenfalls habe er Ende Dezember keine Zinsabrechnung bekommen. Die Herren von dieser Vermögensverwaltung seien inzwischen alle nur schwer erreichbar, sodass nicht zu erfahren sei, was mit dem Geld nun passiert sei. Er nannte den Namen der Firma, die Kompagnons und die Südwestdeutsche Handelsbank. Steinhilber machte sich Notizen.

»Ich soll also ein paar Geldströme in die Schweiz verfolgen«, sagte er und schien schon über die Methode nachzudenken.

»Ja, und wenn es geht, auch wieder aus der Schweiz heraus, nach Irland oder den USA zum Beispiel.«

»Ehrlich gesagt, so etwas habe ich noch nie gemacht. Ich weiß schon, wie man in ein System hineinkommt, aber in einer Schweizer Bank war ich noch nie. Wäre ja mal was Neues.«

OW schaute ihn eine Weile wortlos an und konnte seine Anspannung nicht verbergen.

»Aber keine Angst«, lachte Steinhilber schließlich, »diese Herausforderung nehme ich gerne an.«

Er schaute auf seinen Schmierzettel mit den Notizen. »Also: Ausgangspunkt Südwestdeutsche Handelsbank, VV4S, die Namen der Herren sind Sannwald, Probst, Gommel und Baumgartner, Ziel sind die beiden Schweizer Banken. Und dann sehen wir mal, wohin das Geld weiterfließt. Aber das geht nicht auf Anhieb. Da muss ich probieren und kann Ihnen leider nicht sagen, wie lange ich brauche.«

»Und wann kannst du frühestens anfangen?«

»Wenn ich es so machen will, dass sie mich nicht erwischen, muss ich mir vorher noch von einem Kumpel ein neues Programm besorgen.«

»Einen Anonymizer?«, fragte OW dazwischen.

»Kompliment, Sie sind ja ganz gut informiert. Ja, einen Anonymizer. Den krieg ich, kein Problem, es kann aber unter Umständen ein, zwei Tage dauern. Und dann klemme ich mich aber dahinter.«

»Wunderbar, Alex, und was bin ich dir dann schuldig?«

Der Junge machte eine abwehrende Handbewegung. »Nichts. Natürlich nichts. Wollen Sie mich beleidigen?«

»Nein, aber der Zeitaufwand ist doch sicher beträchtlich. Davor habe ich allen Respekt.«

»Machen Sie sich da mal keine Sorgen. Das ist bei mir wie bei einem guten Klavierspieler. Richtig gut wird er nur, wenn er gerne übt, und so ist es bei mir auch. L'art pour l'art. Ich kann sogar noch drei Wörter Französisch«, kicherte er. »Ich mach das, weil es mir Spaß macht, Zeit spielt dabei keine Rolle. Das ist übrigens auch der Grund, warum ich zu Hause ausgezogen bin. Es wäre ja von daheim nicht weit nach Tübingen gewesen und ich hätte ja auch ein bequemeres Leben bei meinen Eltern, aber meine Mutter konnte einfach nicht verstehen, warum ich manchmal bis morgens um sechs am PC saß und dann bis um zwei geschlafen habe.«

»Okay, aber du hast nichts dagegen, wenn ich dich jetzt zu einer Pizza einlade und du erst gegen Mitternacht weiterhacken kannst? Lass uns zum nächsten Italiener gehen.«

»Ja, gut. Darüber kann man reden. Dankeschön.«

Alex Steinhilber notierte sich noch OWs Adresse und Telefonnummer und ging dann mit seinem ehemaligen Lehrer essen.

22. Januar 2009
Schwarze Löcher

Alex Steinhilber klemmte sich dahinter. Am Morgen nach OWs Besuch war er noch einmal einkaufen gegangen, um sich mit Cola, tiefgekühlter Pizza, Chips und Brot und Wurst einzudecken, und ging dann in Klausur. Die Beschaffung des Anonymizers machte ihm etwas Mühe, weil er seinen Kumpel an der TU Dresden nicht gleich erreichen konnte. Aber da er Mitglied in verschiedenen Internetcommunities war, konnte er sich das Programm in kurzer Zeit anderweitig beschaffen. Und dann setzte er zum Angriff gegen die Schweizer Banken an. Ihre Sicherheitssysteme waren vom Feinsten; daran konnte er sich schon die Zähne ausbeißen, und vielleicht hätte er noch länger als drei Tage gebraucht, um diese Firewalls zu durchdringen, wenn er sich nicht ein paar Tipps von hochspezialisierten Hackern hätte holen können, die – real gesehen – irgendwo in Asien oder Amerika saßen, virtuell aber direkt neben ihm Platz genommen hatten und ihm sozusagen über die Schulter schauen konnten. Ihre richtigen Namen wusste er so wenig wie sie den seinen. Er war für sie nur *wallbuster*, während sie Künstlernamen wie beispielsweise *shadowintruder* oder *penetrator* führten. Mit Letzterem hatte er sogar schon einmal über das Internet telefoniert. *Penetrator,* ein Indonesier aus Singapur, war für ihn ein wichtiger Kontakt, mit dem er sich beim Chat recht gut verstand. Es gab kaum einen Tag, an dem die beiden nicht in E-mailkontakt gestanden hätten, und sei es auch nur, dass sie nichtssagende Informationen austauschten. (»Bei uns hat es heute geschneit. Wie ist das Wetter bei euch?«) Meistens aber ging es um die neuesten Hackertricks. Am Telefon allerdings hatte er *penetrators* Englisch kaum verstanden; er kam mit seinem Akzent nicht zurecht.

Während Alex seinen Angriff auf die Schweizer Banken fuhr, saß immer wieder einer seiner *virtual pals* an seiner Seite und stand ihm beratend bei, am ausdauerndsten *penetrator.* Und er wäre ihm gerne um den Hals gefallen, als er schließlich melden konnte: *Now I am inside.* In solchen Situationen wurde ihm immer klar, wie unzureichend diese virtuelle Nähe eigentlich war, denn wie sollte man mit jemandem zusammen feiern, der auf der anderen Seite des Globus saß?

Der entscheidende Moment war am dritten Tag morgens um halb drei gekommen. Die letzte Stunde davor hatte er mit Müdigkeit gekämpft und war versucht gewesen, sich ins Bett zu legen und ein paar Stunden später etwas ausgeschlafener weiterzumachen. Aber nun war seine Müdigkeit verflogen. Hellwach machte er seinen virtuellen Spaziergang durch die Konten der VV4S und folgte den Geldströmen so munter wie ein Kind, das an einem Sommertag einen Bach entlangläuft.

Es war nicht ganz leicht, sich in diesem Chaos aus Eingängen, Überweisungen und Entnahmen zurechtzufinden, vor allem, weil nicht alle Eingänge mit einem Verwendungshinweis versehen waren. Aber insgesamt wurde ihm das System verständlich, nur war es sehr schwer darzustellen, ohne diese Zahlenkolonnen zu kopieren, und damit wäre ja seinem Auftraggeber auch nicht geholfen. Also griff er nach einem Schreibblock und machte sich Notizen, was ihm sehr schwer fiel, weil er natürlich kaum noch von Hand schrieb.

Als sich sein virtueller Freund *penetrator* von seinem Bildschirm entfernt hatte, wurde Steinhilber sich bewusst, dass er bei Licht betrachtet morgens um drei mutterseelenallein in seiner traurig-kargen Studentenbude saß. Er wollte seine Freude mit jemandem teilen und verschickte ein paar Mails, was ihn aber nicht ganz zufriedenstellte. Am liebsten hätte er gleich OW angerufen und ihm von seinem Triumph erzählt. Das hätte ihn befriedigt. Aber zum Telefonieren war es einfach noch zu früh. Um seinen Mitteilungsdrang abzureagieren, blieb ihm nun nichts anderes übrig, als seine Erkenntnisse in fieberhafter Eile zusammenzufassen und sie per Anhang an OW zu mailen.

***

Schon vor dem Frühstück fuhr OW seinen PC hoch.

»Erwartest du etwas Besonderes?«, fragte Emma interessiert.

»Ja, und hier ist es«, antwortete er, ohne den Blick vom Monitor zu lassen. »Der Bericht von meinem Hacker.«

»Dein Hacker?«

»Na ja, du weißt schon, von diesem ehemaligen Schüler.«

»Ich kann mir die Schlagzeile schon vorstellen: ›Pensionierter Lehrer verführt Stundeten zu Straftaten‹ oder ›Grauer Panther lässt im Netz wildern‹ – Was gefällt dir besser?«

»Keine Angst, Emma, das kommt nicht raus. Mein Informant war sehr diskret.«

»Dein Informant! Jetzt muss ich aber lachen. Du schwätzt gerade raus, als wolltest du eine zweite Karriere anfangen.«

OW überhörte ihren Spott und redete einfach weiter.

»Was da drin steht, soll ja nicht gerichtlich verwertet werden. Das soll nur ein bisschen mehr Hintergrundwissen für die Kripo liefern.«

Damit öffnete er die Mail.

Guten Morgen, Herr Wolf!

Ich glaube, ich habe alles herausgefunden, was interessant für Sie sein könnte. Von Ihren 20 000 Euro gibt es aber keine Spur. Sind Sie wirklich sicher, dass Sie Ihr Geld bei dieser Firma angelegt haben??? Jedenfalls hat mir die Übung Spaß gemacht, und wenn Sie wieder einmal eine solche Etude für mich haben, setze ich mich gern wieder an die Tasten.
Meine »Forschungsergebnisse« finden Sie im Anhang.

Liebe Grüße
Alex S.

»Wo willst du 20 000 Euro angelegt haben? Hast du irgendwo Geld versteckt, von dem ich nichts weiß?«, fragte Emma stirnrunzelnd. Sie hatte ihm über die Schulter geschaut.

»Nein, natürlich nicht. Woher denn? Aber ich konnte dem doch nicht die Wahrheit sagen.«

»Du Schwindler!« Sie drohte scherzhaft mit dem Zeigefinger.

»Es war für einen guten Zweck«, rechtfertigte sich OW. »Ich musste doch Siggi versprechen, dass ich niemandem etwas von dem Fall erzähle.«

Dann las er Steinhilbers Bericht durch, während Emma den Frühstückstisch deckte.

»Das ist unglaublich, absolut unglaublich«, sagte er nach einer Weile vor sich hin. »Solche Beträge und nichts mehr da!«

»Was? Worum geht's?«

»Um astronomische Geldbeträge. Du glaubst es nicht, was für Geldströme über diese paar Konten geflossen sind.«

»Und nichts mehr da, sagst du?«

»Fast nichts mehr. Das Geld ist verschwunden, wie von schwarzen Löchern verschluckt. Das heißt, man kann die schwarzen Löcher schon benennen, das tun die Astrophysiker ja auch. Das größte schwarze Loch scheint an der Wall

Street zu liegen, mitten im globalen Geldvernichtungszentrum. Ich kann es nicht so schnell zusammenzählen, aber ein paar hundert Millionen sind nach New York überwiesen worden, und wahrscheinlich kam von dort noch kein Cent zurück.«

»Ich finde das gar nicht unglaublich«, widersprach Emma. »Das liegt doch voll im Trend. Oder hast du schon vergessen, dass eine sehr bekannte deutsche Bank von bestem Ruf dreihundert Millionen an Lehman Brothers überwiesen hat, keine Woche, bevor Lehman zusammenbrach?«

Emma trat hinter ihn und beugte sich über seine Schulter, um selbst etwas von der Aufstellung sehen zu können.

»Aber da stehen ja auch Namen«, sagte sie und berührte eine Stelle auf dem Monitor.

»Fass den Monitor nicht an; das macht man nicht«, wies OW sie zurecht.

»Passiert doch nichts«, sagte sie.

»Trotzdem. – Aber jetzt guck mal.. Da hatte wohl jeder sein Privatkonto in der Schweiz und hat aus dem großen Topf geschöpft. Schau mal, der hier, dieser Probst, der hat immer wieder mal kleinere Beträge abgezweigt.«

»Fünfzigtausend nennst du einen kleineren Betrag!?«

»Emma, du musst das jetzt nicht an unserer Pension messen. Schau doch die Zahlen an. Alles, was unter hunderttausend ist, ist hier eben ein kleinerer Betrag.«

»Du passt jetzt aber auf, dass sich dir der Maßstab nicht verschiebt.«

»Schon klar. Man sieht ja hier, was unterm Strich bleibt. Der Probst hat noch am meisten auf seinem Privatkonto, zweihunderttausend, aber nur, weil er schon fast ein Vierteljahr tot ist. Ausgezockt! Der hat nichts mehr davon.«

»Und wo ist das ganze Geld hergekommen?«, wollte Emma wissen.

»Das ist mir noch nicht ganz klar. Der Steinhilber schreibt da was von einem Großanleger und vielen kleineren. Aber guck mal«, er deutete auf eine lange Zahlenkolonne, »die sogenannten kleineren haben zum Teil auch Beträge von über hunderttausend eingezahlt.«

»Verstehst du diese Abkürzungen da? FOREX, HRE, AIG und die anderen da, was heißt das alles?«

»HRE und AIG kennt jeder ja inzwischen, Hypo Real Estate in München und American Insurance Group an der Wall Street, beides berühmt-berüchtigte Geldverbrennungsanlagen. Höchste Effektivität des Verbrennungsvorgangs, keine Rückstände, keine Abfallprodukte. Bei denen hat diese Bande offensichtlich den großen Reibach machen wollen, schau mal, die letzten Überweisungen auf deren Konten stammen noch von Anfang September 2008. Dieses Geld ist weg. Die anderen Kürzel kenne ich aber auch nicht, vielleicht sind das auch sogenannte Geldinstitute im Ausland, irgendwelche Investmentbanken, halt kleinere schwarze Löcher.«

Er betrachtete die letzte Seite und schüttelte den Kopf.

»So ein Schwein, so ein freches.«

»Wer?«

»Dieser Gommel, den sie in die Botanik katapultiert haben. Ist aus der Reha abgehauen, hat sich in Zürich die letzten 20 Millionen gegriffen und ist auf und davon. Stell dir vor, so viel Geld hebt dieser Typ auf einmal ab, bar. Muss einen Riesenkoffer dabeigehabt haben.«

»Und mir würde schon eine Handtasche voll Scheinen reichen«, seufzte Emma. »Ja und wer ist dann noch übrig?«, fragte sie nach einer Weile.

»Nur einer. Und der muss die Suppe auslöffeln.«

»Der kann einem ja fast leid tun«, sagte Emma.

»Ja«, lachte OW sarkastisch, »mir kommen fast die Tränen.«

Dann leitete er die Mail an Kupfer weiter.

»Aktion gelungen«, sagte er stolz. »Ich bin sicher, dass Siggi mit diesen Informationen was anfangen kann. Jetzt kann man mit Sicherheit sagen, dass diese Herren Finanzberater pleite sind. Ich ruf ihn gleich mal an.«

Unerwarteter Erbfall

Baumgartner: »Ich sage dir, ich war gestern so fertig, dass ich dich nicht einmal mehr anrufen konnte, obwohl es jetzt wirklich brennt.«

Sannwald: »War es so schlimm?«

Baumgartner: »Es war die Hölle. Die ganze verdammte Schmidtlein-Rodenacker-Sippe saß mir gegenüber, alle gierig wie die Aasgeier, und ich muss ihnen ein Testament vorlesen, das mich in Teufels Küche bringt. Ich konnte mir ja nichts anmerken lassen und musste wie immer mein Notarsgesicht zeigen. Solange die Testamentseröffnung ging, hatte ich mich ganz gut im Griff. Aber als ich dann im Auto saß, zitterten mir die Hände. Wie ich heimkam, habe ich erst mal einen geschluckt.«

Sannwald: »Und was ist jetzt?«

Baumgartner: »Was jetzt ist? Eine Katastrophe ist jetzt. Zum Jahresende müssen alle Anlagen auf den Tisch. Alles soll liquide gemacht werden, die Erben wollen nur Cash sehen und frei darüber verfügen können. Die haben mit Aussicht auf das Erbe alle irgendwo Schulden gemacht. Die wollen sie jetzt loswerden.«

Sannwald: »Davon abraten geht nicht?«

Baumgartner: »Du bist gut! Wie denn? Du glaubst doch nicht, die fragen nicht nach, warum ausgerechnet ich von der Liquidierung von Fonds abrate? Schon am Montag kommt der älteste Schmidtlein-Rodenacker zu mir und will das Portfolio einsehen.«

Sannwald: »Na, dann mach dich mal ran.«

Baumgartner: »Was denkst du, was ich schon den ganzen Tag treibe! Ich überprüfe meine gezinkten Bilanzen und bringe sie auf den aktuellen Stand. Und den Saldo musst du mir sofort überweisen, sonst sind wir geliefert.«

Sannwald: »Wie viel schätzt du?«

Baumgartner: »Dreißig Millionen. Und zwar sofort.«

Sannwald: »Du bist gut! Ausgeschlossen! Woher soll ich die im Moment nehmen?«

Baumgartner: »Vom UBS-Konto.«

Sannwald: »Geht nicht. Da liegt gerade nicht genug.«

Baumgartner: »Das kann doch gar nicht sein? Was habt ihr mit dem Geld gemacht?«

Sannwald: »Markus hat wieder fünfzig Millionen an der Wall Street angelegt, bei Bernie Madoff.«

Baumgartner: »Verdammt, hat der damit nicht noch ein paar Wochen warten können?«

Sannwald: »Jetzt mach dir nicht ins Hemd. Es ist ja noch etwas da, aber nicht so viel, dass wir jetzt dreißig Millionen abziehen könnten. Vor Jahresende müssen wir nichts ausbezahlen. Du musst nur verhindern, dass sie die Global-Energy-Papiere sofort verkaufen wollen. War das eigentlich nicht abzusehen, dass der Alte bald abkratzt?«

Baumgartner: »Eben nicht. Vor vier Wochen war er noch putzmunter. Niemand hat dem seine neunzig Jahre angesehen. Achtzig ja, aber doch nicht neunzig. Und da kriegt er eine Grippe und gibt den Löffel ab. Dabei sagte sein Sohn neulich erst, der Alte hätte eine beneidenswerte Gesundheit. Er war kaum einmal beim Arzt.«

Sannwald: »Tja, so kann man sich täuschen.«

Baumgartner: »Kannst du also nicht wenigstens für alle Fälle die dreißig Millionen bereitstellen?«

Sannwald: »Muss das denn sein? Im Moment habe ich ganz andere Sorgen. Dieser Russe da, Gontscharow, nervt mich schon die ganze Zeit. Er will fast sein ganzes Geld auf einmal zurück, und das ist viel mehr, ich rechne es gerade aus, und ich weiß langsam nicht mehr, wie ich den noch länger hinhalten kann.«

Baumgartner: »Aber dem müssen wir doch vor Jahresende auch nichts auszahlen. Halt ihn einfach hin. Er soll halt warten wie alle anderen auch.«

Sannwald: »Das sag ich ihm die ganze Zeit. Karl, mir ist es nicht wohl bei der Sache. Wir hatten neulich einen Einbruch in unser System. Irgend so ein Hacker war bei uns drin. Unsere Informatiker konnten nicht sagen, woher der Angriff kam.

Aber seither fällt mir dieser Gontscharow mindestens einmal die Woche auf die Nerven. Und du weißt ja, dass er unser größter Anleger ist.«

Baumgartner: »Du meinst, dass er ...?«

Sannwald: »Ja, eben, dass er uns durchschaut hat. Und wenn das so ist, dann wird er uns kaum anzeigen, sondern sein Geld zurückfordern mit all dem Gewinn, den ihm Georg versprochen hat, oder er wird sehr unangenehm. Verstehst du, dann geht es uns an den Kragen. Das kannst du sogar wörtlich nehmen.«

Baumgartner: »Ich glaub es nicht. Ich hab euch doch immer gesagt, dass wir eines Tages in der Scheißgasse landen, wenn wir nicht liquide genug bleiben. Und damit meine ich Bargeld und nicht irgendwelche Papiere, und wenn sie noch so rentabel sind. Die Anleger wollen manchmal einfach Geld sehen, Bargeld, das sie selber neu anlegen wollen. Das solltest du als Banker am besten wissen.«

Sannwald: »Okay, okay, jetzt komm mal runter. Wir kriegen das schon hin. Es geht nur um die Priorität, first things first. Am wichtigsten ist Gontscharow. Markus und Georg wollen deshalb an der NYMEX mit Gold und Öl einsteigen, damit wir den Russen bis Ende Oktober zufriedenstellen können, und dann kriegst du deine fünfundzwanzig Millionen bis Jahresende.«

Baumgartner: »Dreißig hab ich dir gesagt, dreißig. Hörst du?«

Sannwald: »Dann eben dreißig. Lass dir mal keine grauen Haare wachsen. Die machen diesen Herbst noch einen ganz großen Deal. Eventuell auch mit VW-Aktien. Markus denkt an einen Leerkauf.«

Baumgartner: »Hoffentlich geht alles gut, sonst sind wir geliefert.«

Sannwald: »Wenn es wirklich Spitz auf Knopf geht, dann müssen wir halt mal zwischendurch unsere ganzen Immobilien verpfänden. Das kriegen wir sicher hin.«

Baumgartner: »Bei deiner Bank?«

Sannwald: »Bist du wahnsinnig!? Hier doch nicht. Damit würde ich dann schon zur Depfa beziehungsweise HRE gehen. Ich habe gute Beziehungen zu ein paar Leuten dort.«

Baumgartner: »Hoffentlich geht das alles gut.«

Sannwald: »Das geht gut. Wirst schon sehen, bis zum Jahresende ist wieder alles in Butter.«

(Aus einem Telefongespräch vom 12. August 2008)

24. Januar 2009
Baumgartner bricht ein

Eine halbe Stunde, nachdem Kupfer sich angemeldet hatte, klingelte er am Gartentor. Baumgartner stand schon bereit, begrüßte ihn und betrat mit ihm Wilfried Sannwalds Büro durch den Kundeneingang. Ohne die Ordner in den Regalen wirkte es so steril wie der Ausstellungsraum eines Büromöbelhandels, was auch der herrliche Ausblick übers Gäu nicht wettmachen konnte. Kupfer blieb stehen und wartete ab, wo sich Baumgartner hinsetzen würde. Dieser stand unsicher im Raum.

»Wollen Sie hier ... soll ich mich da hinsetzen?«

»Setzen wir uns doch beide in die Besuchersessel«, schlug Kupfer vor, »wir wollen doch auf Augenhöhe miteinander reden. Wie die Dinge stehen, gibt es ja keinen Geschäftsführer mehr.«

Baumgartner verstand nicht, was er damit meinte, und war verunsichert. Schweigend nahm er Platz. Kupfer drehte seinen Sessel so, dass er seinem Gesprächspartner in die Augen schauen konnte.

»Ja«, wiederholte er, »einen Geschäftsführer brauchen Sie auch nicht mehr. Die Geschäfte sind zu Ende.«

Dann sagte er nichts mehr und blickte Baumgartner herausfordernd an. Peinliches Schweigen dehnte sich aus. Schließlich räusperte sich Baumgartner und begann zu reden.

»Wir vier kannten uns vom Studium her. Wir haben zusammen BWL studiert und waren in derselben Schwimmstaffel.«

»Das weiß ich schon«, unterbrach ihn Kupfer und deutete auf das Foto an der Wand. »Ich habe mir das hübsche Foto von Frau Sannwald erklären lassen. Kommen wir direkt zum Kern der Sache: Was war Ihre Geschäftsidee?«

Baumgartner begann sich zu winden wie ein Regenwurm auf der Mistgabel.

»Die VV4S beschäftigte sich mit Vermögensvermehrung, indem sie die Gelder ihrer Kunden gewinnbringend anlegte, wobei hohe Renditen erzielt wurden.«

»Das ist nichts Neues. Das haben Vermögensverwaltungen so an sich«, unterbrach ihn Kupfer mit leichtem Sarkasmus in der Stimme. »Kommen Sie zum Kern der Angelegenheit.«

»Die Kunden erhielten bis Ende 2007 für ihre Anlagen bis zu zehn Prozent«, fuhr Baumgartner fort, als habe er Kupfers Aufforderung überhört. »Natürlich ist das für 2008 nicht mehr möglich. Das pfeifen ja die Spatzen von den Dächern. Bei der gegenwärtigen Finanzkrise ...« Er suchte nach weiteren Worten.

»Bei der gegenwärtigen Finanzkrise ist die VV4S pleitegegangen. Herr Baumgartner, wir wissen Bescheid. Wir haben Ihre Konten überprüft«, unterbrach ihn Kupfer.

»Bei allem Respekt, Herr Kupfer, das können Sie nun wirklich nicht. Das allermeiste Kapital unserer Firma liegt nämlich in der Schweiz.« Baumgartner konnte eine gewisse Beunruhigung nicht verbergen.

Kupfer schnaubte spöttisch und setzte ein überlegenes Lächeln auf.

»Herr Baumgartner, es lag in der Schweiz, es lag dort. Vielleicht wissen Sie es ja noch nicht: Ihre Konten bei der UBS und der Credit Suisse sind leer. Tabula rasa. Die beiden Banken haben uns gestern Einblick gewährt. Ihren Freund Markus Gommel hat plötzlich das Fernweh gepackt. Stuttgart, Zürich, London, dann Montevideo. Und er ist nicht mit leeren Händen abgereist, ich müsste eigentlich mit leerem Koffer sagen, denn einundzwanzig Millionen Euro kann man ja nicht in der Hosentasche forttragen.«

Baumgartner öffnete den Mund, als wollte er etwas fragen, sagte aber nichts.

»Ja, Sie verstehen richtig. Markus Gommel hat abgeräumt«, er betonte jedes Wort, »und benutzt die letzten zwanzig Millionen als Reisespesen, sozusagen.«

Baumgartner war sprachlos. Wie versteinert saß er da, nur sein Gesicht zuckte in unregelmäßigen Abständen. Jetzt erst schien er seine Lage in vollem Umfang zu begreifen.

»Wussten Sie das denn nicht? Das ist ja schon gute zehn Tage her.«

Er schluckte und fing leise an zu reden.

»Ich hatte nur auf mein eigenes Schweizer Konto Zugriff. Die Geschäftskonten führten Sannwald und Gommel. Und über die meisten Aktionen, die von dort aus gelaufen sind, hatte ich gar keinen genauen Überblick. Ich wurde erst immer informiert, nachdem sie die entsprechenden Transaktionen bereits gemacht hatten. Ich war nur eine Randfigur, und das könnte ich Ihnen auch beweisen. Nur sind ja meine Unterlagen alle verbrannt. Ich könnte höchstens mit den Unterlagen von Wilfried Sannwald den Nachweis führen, dass ich unschuldig bin.«

»Herr Baumgartner, es wird Ihnen wohl nichts übrig bleiben, als ein Geständnis abzulegen. Sie sind genauso Geschäftspartner wie Ihre drei Kompagnons es waren, und als solcher sind Sie bankrott und extrem hoch verschuldet. Und was Ihre Spekulationen auf eigene Rechnung, wie Sie so schön sagen würden, anbelangt, so haben die Herren Probst und Gommel immense Summen an der Wall Street untergebracht, falls Sie das tatsächlich nicht wissen sollten, und zwar bei ganz berühmten Adressen: bei Lehman Brothers, bei Bernie Madoff und, last not least, auch bei der American Insurance Group AIG. Und dort, mein lieber Herr Baumgartner, ist Ihr Kapital einfach verbrannt.«

Baumgartner konnte sich kaum beherrschen. Seine Augen wurden feucht. Er begann zu zittern. Er ballte die Fäuste, dass die Fingerknöchel weiß wurden.

»Wir wollten, wir wollten, raus wollten wir wieder«, stammelte er, »wir wollten wieder raus. Wir wollten alles zurückzahlen. Noch höchstens ein Jahr, und wir hätten alles zurückgezahlt, alles. Niemand hätte Geld verloren, niemand.«

»Gut, Sie wollten raus. Aus was wollten Sie raus? Aus dem Schneeballsystem, dem Flugzeugspiel – oder soll ich lieber Pyramidenbau sagen? Wollten Sie da raus?«

»Ja. Wir wollten alles zurückzahlen und die neuen Anlagen dann anders anlegen. Wirklich, das war abgemachte Sache.«

»Das müssten Sie aber auch beweisen können. Das wird nicht sehr leicht sein, oder?«

Baumgartner schüttelte den Kopf.

»Herr Baumgartner, ich müsste Sie jetzt sofort verhaften wegen Anlagenbetrugs. Wir wissen, dass Ihre Firma, sag ich mal, mit dem Geld der Anleger ohne deren Wissen auf dem Finanzmarkt spekuliert hat – außerhalb jeder Legalität. Nur brauchen wir leider auch Ihre Hilfe bei unseren Ermittlungen gegen Gontscharow.«

Baumgartner schüttelte den Kopf.

»Ja, ich weiß, Sie kennen den Herrn natürlich nicht persönlich, aber Sie werden wohl einiges von ihm gehört haben, oder etwa nicht? Da gibt es einige Unterlagen bei der Südwestdeutschen Handelsbank, die unsere Wirtschaftler vom LKA nicht ganz verstehen. Wenn Sie hier mit uns kooperieren könnten …?«

»Selbstverständlich, natürlich«, nickte Baumgartner dem Anschein nach diensteifrig. Aber seine Fäuste entspannten sich nicht.

»Das freut mich für Sie. Damit können Sie sich nämlich die Untersuchungshaft sparen. Die Staatsanwaltschaft hat übrigens beim Haftrichter für Sie eine elektronische Fußfessel beantragt – und genehmigt bekommen. Wissen Sie, Sie haben großes Glück. Das gibt's bis jetzt nur bei uns im Ländle, und auch erst seit letztem November. Sie brauchen nicht erschrecken. Wenn Sie mit der Fessel einverstanden sind, können Sie hier im Haus bleiben oder dorthin gehen, wo wir es Ihnen erlauben. Allerdings kostet das für Sie 20 Euro pro Tag. So viel haben Sie doch noch, oder? Das ist es Ihnen doch wert?«

Baumgartner schluckte.

»Vielleicht können wir außerhalb der Öffnungszeiten der Südwestdeutschen einen Termin mit Herrn Henschel, dem Geschäftsführer, und meinem Kollegen vom LKA vereinbaren. Samstagnachmittag zum Beispiel. Und dann könnten wir auch Ihr komplettes Geständnis aufnehmen. Oder Sie beweisen uns, dass Sie tatsächlich unschuldig sind, und dann wären Sie ja auch die Fessel wieder los. Bloß glaube ich daran eigentlich nicht.«

»Ja«, sagte Baumgartner und schaute Kupfer mit offenem Mund an, als wollte er noch etwas sagen.

»Und? Ist momentan noch etwas?«

»Ja, ich hätte eine große Bitte. Ich möchte nicht ... Es wäre nett, ich wäre Ihnen sehr dankbar, wenn Sie das nicht unbedingt meiner Frau oder Frau Sannwald sagen müssten ... würden. Ich würde gern selbst in einem geeigneten Moment ...«

»Schon gut, selbstverständlich, wenn Sie das wünschen. Aber hoffentlich finden Sie auch den geeigneten Moment, ehe die Ereignisse Sie überrollen und man Ihnen morgen die Fußfessel anlegt.«

Baumgartner sah ihn fragend an, aber Kupfer sagte nichts mehr.

17. Januar 2009
Shopping bis Mitternacht

Kupfer war am frühen Morgen gekommen und hatte unter dem Vorwand, mit Baumgartner ein vertrauliches Gespräch führen zu müssen, ihm unten im Büro die Fußfessel angelegt und war wieder gegangen. Er hatte ihm erklärt, dass er sich nach Stuttgart in die Bank begeben könne, das sei als Ausnahme geregelt, im Übrigen dürfe er sich aber vorerst nicht vom Haus Sannwald entfernen.

Baumgartner trug eine Anzughose, die am Bein sehr weit war, denn er wollte die Fußfessel zunächst verbergen, weil er noch nicht den günstigen Moment erwischt hatte, in dem er seine Frau über die wahre Lage hätte unterrichten können. Er war ja in extremer Erklärungsnot. Was sollte er den Frauen sagen? Wie sollte er, nachdem er immer alles verharmlost hatte, dazu stehen, dass er in die dubiosen Geschäfte genauso verwickelt war wie seine Kompagnons? Wie sollte er abstreiten, dass er von Anfang an gewusst hatte, welchem Rachefeldzug zwei seiner Freunde und Geschäftspartner zum Opfer gefallen waren? Und dass der dritte, der einen Anschlag knapp überlebt hatte, sich mit dem Restguthaben der Firma nach Südamerika abgesetzt hatte, wagte er den Frauen noch nicht einmal zu sagen.

Cornelia hatte sich nie um seine Geschäfte gekümmert. Sie hatte sich nur gewundert, warum Karl vor nicht einmal eineinhalb Jahren in einer für sie seltsamen Anwandlung sich daran machte, ihr die Villa in Dresden und die Leipziger und Berliner Immobilien zu überschreiben. Auch die Sache mit dem Ehevertrag, der Gütertrennung, hatte sie nicht ganz verstanden. Und was sie am meisten überrascht hatte, waren die üppigen Überweisungen auf ihr persönliches Konto, auf das sie ganz allein Zugriff hatte. Wie kam es nur, dass Karl ihr neulich fast vier Millionen überwiesen hatte? Wenn sie ihn danach fragte, erklärte er ihr etwas von Steuervorteilen, was ganz gut klang, auch wenn sie es nicht ganz verstand. Und auch jetzt, wo er die Time-Sharing-Rechte in Vilamoura so plötzlich verkauft hatte, war der gesamte Erlös von 300 000 Euro auf ihrem Konto gelandet. So viel Geld zur Verfügung zu haben, viel mehr, als sie jemals auszugeben gedachte, hatte ihrem Lebensgefühl eine heitere Leichtigkeit verliehen, die zum ersten Mal getrübt wurde, als Karl auf die Nachricht von Sannwalds Tod und Gommels Unfall hin Hals über Kopf mit der ganzen Familie die Flucht nach Portugal antrat. Von Georg Probsts

Tod erfuhren sie erst dort, was sie beide in Schrecken versetzte. Karl erklärte ihr, dass die anderen wohl betrügerische Geschäfte gemacht haben mussten, über die er, als der Außenseiter, der ja etwas abseits vom Geschäft in Sachsen lebte, nicht unterrichtet war. Er redete von einer Fehlinvestition seiner Partner und verkaufte die Wohnrechte in Vilamoura weit unter ihrem Wert. Als sie gleich darauf über den Brand ihrer Villa unterrichtet wurden, tat er ihr gegenüber so, als könne er diesen Anschlag auf ihr Anwesen nicht verstehen und sähe darin einen unmotivierten Racheakt, der weit über das Ziel hinausschieße. Schließlich habe er ja nur ehrbare Anleger angeworben, ehrbare Bürger, die nie und nimmer gewalttätig würden, selbst wenn er sie betrogen hätte, was ja nicht der Fall sei. Er vertraue auf die Polizei, die diese Verbrecher bald hinter Schloss und Riegel bringen würde, und glücklicherweise sei die Villa ja gut versichert.

So hatte sich in Cornelias Kopf ein Nebel aus Halbverstandenem, Halbwahrheiten und Merkwürdigkeiten gebildet, der sie ratlos machte, manchmal ängstigte, dann aber wieder zuversichtlich werden ließ, weil für sie selbst finanziell ja nichts schief gehen konnte. Karl sagte immer wieder, dass diese Killer doch absolut leichtsinnig sein müssten, wenn sie sich in der Gegend noch einmal sehen ließen; die Kriminalpolizei sei schließlich nicht dumm. Er fühle sich nicht bedroht, gab er vor. Aber sie hatte doch auf alle Fälle ihre beiden Kinder nach Ulm zu ihren Eltern gebracht, wo sie bleiben sollten, bis man sich, wahrscheinlich in der Stuttgarter Gegend, auf Dauer niedergelassen hätte. Sie war unruhig. Sie wollte ständig in seiner Nähe sein, obwohl er fast nichts redete. Er wirkte geistesabwesend und sehr besorgt. Er konnte nicht einmal mehr lächeln. Silke ging er aus dem Weg, soweit es unter den gegebenen Umständen möglich war.

Nach einem langen Telefongespräch, das er von Wilfried Sannwalds Büro aus geführt hatte, sagte er zu den beiden Frauen, er müsse am Samstagnachmittag zu einem dringenden Termin nach Stuttgart zur Südwestdeutschen Handelsbank. Wenn die Bank geschlossen sei, dann habe der Geschäftsführer Henschel endlich Zeit für ihn, und auf dessen Hilfe sei er angewiesen. Nach Sannwalds Ableben sei ja niemand mehr dort gewesen, die ganzen Geschäfte der VV4S ruhten und nun müsse er sich richtig einarbeiten und die Sache in die Hand nehmen, um zu retten, was noch zu retten sei. Es wisse nicht mehr, wo ihm der Kopf stehe, und müsse nun alles regeln. Natürlich auch wegen der lästigen Fragerei der Polizei. Er kündigte an, dass er länger dort beschäftigt sein würde und man deshalb mit dem Abendbrot nicht auf ihn warten sollte.

Cornelia schaute Silke Sannwald fragend an. Auch ihr war inzwischen klar geworden, dass die furchtbaren Ereignisse eng mit den Geschäftspraktiken ihrer Männer verknüpft sein mussten. Mehr wusste sie nicht. Denn wie sehr sie auch in ihn zu dringen versuchte, er blieb verschlossen. Und wenn sie Silke fragte, was sie denn Genaues wisse, dann zuckte diese nur mit den Achseln, sagte »keine Ahnung« und sorgte schnell für einen Themenwechsel.

Eigentlich hatte Cornelia Baumgartner am Wochenende nach Ulm zu ihren Kindern fahren wollen. Aber sie hatte Angst um ihren Mann und wollte ihn nicht allein lassen, obwohl er so seltsam abweisend wirkte. Sie hätte es aber auch nicht ertragen, mit Silke allein in diesem fremden Haus zu bleiben, während er sich mit bedrohlichen Problemen auseinandersetzen musste, von denen sie nur nebulöse Vorstellungen hatte. Sie war ruhelos und musste etwas unternehmen, um sich abzulenken. Und wenn sie schon nicht mit ihm in die Bank gehen konnte, was ja sinnlos gewesen wäre, so wollte sie ihn doch so weit begleiten, wie es ihr möglich war. Und es sollte belanglos wirken.

»Ach Karl«, begann sie ganz beiläufig, »wenn du ohnehin nach Stuttgart fährst, dann könntest du uns doch mitnehmen. Heute sind die Geschäfte ausnahmsweise mal bis Mitternacht geöffnet, und da könnten wir in aller Ruhe einen gemütlichen Bummel durch die Kaufhäuser machen.« Und sie fügte, zu Silke gewandt, hinzu: »Man kann ja nicht immer nur in diesem Kaff hier herumsitzen, oder?«

Silke war von dieser Idee geradezu begeistert. Seit Wilfrieds Tod war sie gerade ein einziges Mal richtig einkaufen gewesen, und das auch nur, um sich mit Trauerkleidung einzudecken. Zu genießen war dieser Einkauf natürlich nicht gewesen, und so war sie schon seit Tagen begierig darauf, sich wieder einmal bei einem richtigen schicken Einkaufsbummel so zu erleben, wie sie eigentlich war, Mäntel, Blusen, Röcke, Schuhe und Accessoires anzuprobieren, sich von Verkäuferinnen beraten und bewundern zu lassen und, elegant gekleidet, mit neuen, noch eleganteren Kleidungsstücken in den Tüten, aufgekratzt in bester Stimmung mit dem Taxi nach Hause gefahren zu werden.

»Eine Superidee, Cornelia, ich denke, das sind wir uns schuldig. Karl bringt uns hin und mit dem Taxi kommen wir zurück. Die siebzig oder achtzig Euro sind dann auch noch drin.«

Karl Baumgartner nahm die beiden Frauen mit. Schweigend saß er am Steuer, während Silke Sannwald seiner Frau von verschiedenen schicken Geschäften erzählte, die sie in den nächsten paar Stunden aufsuchen würden. Gegen sechzehn Uhr setzte Karl die beiden Frauen in der Kronprinzenstraße ab und stellte sein Auto auf den Firmenparkplatz in der Tiefgarage, den Wilfried Sannwald immer benutzt hatte.

»Dann sehen wir uns vielleicht erst morgen wieder«, sagte Baumgartner mit einem gequälten Lächeln und drückte seiner Frau einen flüchtigen Kuss auf die Wange. »Ich wünsche den Damen erfolgreichen Einkauf.«

»Und wir wünschen dem Herrn erfolgreiche Geschäfte, auf dass wir noch oft bummeln gehen können«, scherzte Silke Sannwald.

»Keine Angst, Silke, das wird schon. Wenn es ganz schlimm kommt, müssen wir halt vorübergehend ans Eingemachte ran.« Sein Tonfall klang nicht sehr überzeugend, aber er grüßte mit erhobenem Daumen und verschwand um die Ecke.

»Fangen wir oben oder unten an?«, fragte Silke.

»Wie? Was meinst du?«

»Die Königstraße meine ich. Sollen wir hier erst hochgehen und dann die Königstraße zum Hauptbahnhof hinunter durchmachen oder umgekehrt?«

»Ich weiß nicht. So gut kenne ich mich ja nicht aus.«

»Gut, dann gehen wir zuerst hier die Calwer Straße zum Rotebühlplatz hoch und machen dann die Königstraße von oben nach unten.«

Dann hakten sie sich unter, die etwas größere Blonde mit den hochgesteckten Haaren und die etwas kleinere Brünette mit der glänzenden wallenden Haarpracht, die ihr bis zwischen die Schulterblätter reichte, und steuerten wippenden Schrittes die Calwer Straße an.

Das städtische Ambiente tat Cornelia gut. Hier war sie in einer Umgebung, die sie belebte. Sie liebte die Auslagen in den Schaufenstern, und das Bewusstsein, sich nichts, was ihr gefiel, verkneifen zu müssen, gab ihr etwas von dem Schwung und der Leichtigkeit zurück, die sie seit ihrer Abreise nach Portugal nicht mehr gefühlt hatte.

Stundenlang klapperten sie die Geschäfte ab, schnupperten an Parfums, begutachteten den Farbton von Lippenstiften und Lidschatten, schlüpften in unzählige verschiedene Schuhmodelle, hielten seidene Halstücher an ihren Ausschnitt, betrachteten allerhand Modeschmuck und liebäugelten mit in Weißgold oder Platin gefassten Diamanten, Perlen- und Korallenketten, und zwischendurch gönnten sie sich am Schlossplatz einen Kaffee mit Heidelbeermuffins bei Starbucks.

Es war schon gegen elf Uhr, als Silke ihre Freundin amüsiert betrachtete: »Du bist zwar schon ziemlich bepackt. Aber wir sollten unbedingt noch in den Kaufhof gehen. Ich habe gehört, dass es dort gerade sehr schicke Lederhosen geben soll, ganz enge, und gar nicht teuer. Das ist natürlich sonst nicht mein Geschäft, aber bei dem Angebot sollten wir doch einmal hineinschauen.«

Sie tippelten auf ihren Pumps schnell vom Schlossplatz zum Kaufhof hinunter. Erfreulicherweise hatte sich die Fußgängerzone schon ziemlich geleert, und die wenigen Passanten, die noch unterwegs waren, strebten fast alle dem Hauptbahnhof zu. So kamen sie trotz ihrer vielen Tüten schnell voran. Auch im Kaufhof war es schon sehr ruhig.

Die beiden Frauen fanden das Lederhosenangebot sofort. Und Silke Sannwald entschied ebenso prompt mit sachkundigem Blick, dass dieser Schnitt nichts für sie war. Die Hosen waren für sie in den Oberschenkeln zu weit, so dass sich rechts und links leere Taschen bildeten, richtige Beulen. Eine schwarze Hose kam für sie auch nicht in Frage, und der Braunton der anderen gefiel ihr nicht. Nein, für sie waren diese Hosen ihr Geld nicht wert, auch wenn sie zehnmal nur vierhundert Euro kosteten. Cornelia Baumgartner hingegen war von einer dieser Hosen sehr angetan. Das Rehbraun gefiel ihr, das weiche Leder schmeichelte ihrer Hand, wenn sie darüberstrich, und als sie die Hose an sich hielt, meinte Silke: »Dir würde sie gut passen. Du bist ja etwas breiter. Das ist deine Größe, und du bist einfach der Typ für diese Hose.«

Eine ältere Verkäuferin kam heran, metallisch schwarz glänzendes Haar, auf hellem Make-up etwas zu viel Rouge aufgelegt, dick geschminkte Lippen, und sagte: »Doch, diese Hose wäre etwas für Sie. Wollen Sie nicht einmal hineinschlüpfen?«

Cornelia probierte sie an. Sie kam aus der Kabine, ging auf den Spiegel zu, drehte sich, schaute an sich herunter, warf noch einen Blick in den Spiegel und konnte sich nicht entscheiden.

»Was meinst du, Silke?«

»Ich finde sie gut, sie steht dir. Allerdings kenne ich ja deine Garderobe nicht so gut, dass ich sagen könnte, womit du sie kombinieren kannst. Davon würde ich es abhängig machen.«

»Ja, ich weiß nicht, schwer zu sagen«, sinnierte Cornelia.

»Dieser Farbton harmoniert ideal mit Ihren Haaren«, schaltete sich die Verkäuferin ein. »Ich habe die Hose in allen möglichen Kombinationen gesehen, und sie sieht immer ganz schick aus, wirklich schick. Aber an Ihnen wirkt sie schon besonders elegant; das muss ich schon sagen. Und das hier sind die letzten paar, die wir haben. Das Lager ist leer und wir bekommen keine mehr rein.« »Trotzdem, ich weiß nicht«, sagte Cornelia, zog die Hose wieder aus und ging mit Silke in eine andere Abteilung.

»Ich könnte noch einen Übergangsmantel fürs Frühjahr brauchen«, erinnerte sich Silke. »Wie gesagt, das hier ist nicht mein Laden, aber vielleicht haben sie ein richtiges Schnäppchen.«

»Gut, wie du meinst. Wir haben ja noch Zeit.«

Silke nahm einen Mantel nach dem anderen aus dem Ständer, zog ihn an, ging ein paar Schritte vor dem Spiegel hin und her, drehte sich und zog ihn wieder aus. Es ging ihr wie Cornelia mit den Lederhosen. Sie war sich nicht hundertprozentig sicher, fand aber das preiswerte Angebot sehr verlockend. Beim sechsten oder siebten Mantel sagte Cornelia dann: »Lass dir ruhig Zeit. Der Kauf will ja wohl überlegt sein. Ich glaube, ich gehe noch einmal zu der Lederhose zurück. Vielleicht kauf ich mir sie doch.«

»Okay, ich bin hier bald so weit. Ich komme dann zu dir. Wir treffen uns bei den Lederhosen.«

Die beiden trennten sich. Nachdem sie den achten Mantel angezogen hatte, kam Silke Sannwald schließlich mit sich überein, dass diese Mäntel alle viel zu billig aussahen und es ja nicht sein müsste, dass sie im März oder April auf der Straße irgend so einer Verkäuferin, kaufmännischen Angestellten oder Lehrerin begegnete, die denselben trug. Das hatte sie nun wirklich nicht nötig. Sie ließ diese acht Mäntel locker über dem Ständer hängen und bekam langsam Lust, wieder nach Hause fahren.

Sie hatte erwartet, Cornelia Baumgartner sofort zu sehen. Dem war aber nicht so. Bei den Lederhosen war niemand.

Vielleicht war Cornelia im Moment in der Kabine. Sie wandte sich einem runden Ständer voller breiter Ledergürtel zu und wollte sich die Preise ansehen. Da hörte sie die Verkäuferin hinter sich.

»Ihre Freundin ist schon lange fort und hat ihre ganzen Tüten in der Kabine gelassen. Ich weiß nicht, hat sie die Tüten vergessen oder kommt sie mit ihrer Begleiterin gleich noch einmal herauf. Oder soll ich sie zur Hauptkasse hinuntertragen? Können Sie mir das vielleicht sagen?«

»Mit was für einer Begleiterin?«, fragte Silke erstaunt.

»Na die, mit der sie aus der Kabine herausgekommen ist. So eine große. Ich glaube, die hatte eine braune Perücke auf. Ich denk noch, mit wem kommt die da raus? Und ganz eng beieinander sind die gelaufen. Das fand ich schon komisch. Und die andere hatte ich doch vorher gar nicht gesehen.«

Silke rannte auf die Kabine zu, riss den Vorhang zurück und stand einen Moment mit aufgerissenen Augen und offenem Mund da. Cornelias Einkaufstüten standen auf dem Boden und ihr Mantel hing noch am Haken. Sie drehte sich um, stürzte auf die Verkäuferin zu, packte sie an den Schultern, schüttelte sie und schrie: »Polizei! Polizei! Rufen Sie doch die Polizei! Meine Freundin ist entführt worden.«

Die Verkäuferin zögerte angesichts dieser hysterischen Reaktion, ließ sich aber schließlich überzeugen und rief den Kaufhausdetektiv herbei, der die Polizei informierte, während Silke vor lauter Aufregung dreimal ansetzen musste, ehe sie Karl Baumgartner am Handy hatte.

»Karl, wo bist du? Komm schnell! Sie haben Cornelia entführt.«

Baumgartner befand sich gerade auf der Rückfahrt. Auf der A 81 hatte er eben die Ausfahrt Sindelfingen Ost passiert. Er wendete über die Ausfahrt Böblingen und fuhr nach Stuttgart zurück.

Er hatte Silke zurückgerufen und erfahren, wo er sie treffen würde und wie er in das Kaufhaus käme, das inzwischen geschlossen worden war.

Noch ehe Baumgartner ankam, nahm die Polizei die Angaben der Verkäuferin auf. Sie beschrieb die fragliche Person als eine auffällig große schlanke Frau mit üppiger brauner Dauerwelle. Sie trug einen beigen Kamelhaarmantel mit Gürtel über einer dunkelbraunen Hose. Das Gesicht habe sie nur einen Moment sehen können und habe daher keine klare Erinnerung daran, und auch die Schuhe seien ja von den Kleiderständern verdeckt gewesen. Darüber könne sie also nichts sagen.

Der Kaufhausdetektiv sagte mit ruhiger Gelassenheit, dass die Überwachungskamera ja eingeschaltet gewesen sei und alles aufgenommen habe. Natürlich sei um diese Zeit kurz vor Dienstschluss niemand mehr vor dem Bildschirm gesessen, weil ja schon ab neun Uhr nur noch das halbe Personal im Einsatz gewesen sei.

Karl Baumgartner war in zwanzig Minuten da: grau im Gesicht, dunkle Augenringe, geistesabwesender Blick. Mit hängenden Schultern stand er da und wirkte deprimiert, als fühlte er im Moment nichts, keine Angst, keine Wut, nicht einmal Hilflosigkeit. Dumpf starrte er vor sich hin und musste zweimal angesprochen werden, ehe er reagierte. Man stellte ihm fast dieselben Fragen, die er schon nach dem Anschlag mit dem Geländewagen so ausweichend wie möglich beantwortet hatte.

Doch dieses Mal stand er zu allem Überfluss auch noch unter dem Eindruck der Erkenntnisse, die er während der letzten Stunden in der Bank gesammelt hatte, und hatte keine Kraft mehr.

»Hinter diesem Verbrechen steckt einer unserer Anleger, Gontscharow«, gestand er ein. »Mehr will ich aber ohne meinen Anwalt nicht sagen.«

Dann stand er in sich selbst versunken da und nahm kaum wahr, was um ihn herum geschah, bis Silke Sannwald ihn am Arm nahm.

»Komm, gib mir deinen Autoschlüssel, ich fahre uns jetzt nach Hause. Hier sind wir im Moment nicht mehr gefragt.«

Willenlos folgte er ihr aus dem Verkaufsraum.

Auf dem Band der Videoüberwachung konnte die Frau mit der Perücke eindeutig als Ilona Gersky alias Sergei Pokrovskij identifiziert werden.

18. Januar 2009
Woher nehmen, wenn nicht stehlen?

Schon ab drei Uhr früh war im Hause Sannwald alles in Hochspannung und für den Empfang jeder möglichen Nachricht vorbereitet: Der PC war hochgefahren, die Fangschaltung für die Rufnummern der Sannwalds eingerichtet und die Handys waren eingeschaltet. Kupfer und zwei seiner Kollegen saßen abwartend da und nippten immer wieder an dem Capuccino, den ihnen Silke Sannwald vorgesetzt hatte. Karl Baumgartner lehnte kraftlos in einem Sessel. Es war ihm sogar gleichgültig, dass sein Hosenbein etwas hochrutschte und den Blick auf seine Fußfessel freilegte. Er sprach nichts. Alles, was er hätte sagen können, wusste die Polizei schon, er fühlte sich durchschaut, und das Gefühl ohnmächtiger Angst beschämte ihn. Er kam sich winzig klein vor, weil er für Cornelias Wohl nichts tun konnte, weil er an Cornelias Entführung schuld war, weil er jedem der drei Polizisten anmerkte, dass sie mehr wussten, als er zugegeben hatte. An ihre Kinder durfte er nicht einmal denken. Was sollte er ihnen sagen, wenn sie am Morgen anrufen würden und erfahren wollten, warum denn ihre Mutter nicht gekommen war? Er goss sich immer wieder einen Whisky ein, bis Silke energisch aufstand und ihm die Flasche wegnahm.

»So wird es auch nicht besser«, zischte sie voller Wut. »Sauf nicht so viel, du bist schließlich nicht alleine hier«, fügte sie leise hinzu.

Baumgartner ließ sich willenlos auch das Glas wegnehmen. Mit gesenktem Kopf starrte er vor sich hin. Er hatte keinen Verbündeten mehr und stand allein mit dem Rücken zur Wand, wehrlos und ratlos.

Als es schon hell wurde, schreckte ihn das Telefon auf. Er fuhr hoch und griff nach dem Hörer.

»Karl Baumgartner«, sagte er heiser.

Man hörte Straßenlärm, dann ein leises Knacken. Eine Automatenstimme ertönte: »Zwanzig Millionen bar bereitstellen. Nix Nummern. Bis Freitag. Nix Polizei, nix Zeitung. Sie lieben doch Frau.«

Wieder ein leises Knacken, Ende des Gesprächs.

»Russen, das war klar«, sagte Kupfer und warf seinem Kollegen an der Fangschaltung einen fragenden Blick zu. Der aber schüttelte den Kopf.

»Es ging zu schnell. Wahrscheinlich aus Stuttgart. Sie sollten ihn das nächste Mal länger hinhalten.«

Und das Warten ging weiter. Aber es kam kein Anruf mehr, keine Mail ging ein, es herrschte absolute Funkstille.

***

»Für alle Fälle sollten Sie den Entführern glaubhaft machen, dass Sie versuchen, das Geld bereitzustellen.«

»Ich habe kein Geld mehr, ich kann nicht. Sie haben doch selbst gesehen, dass wir pleite sind«, sagte Baumgartner tonlos.

»Trotzdem. Wir müssen unbedingt Zeit gewinnen. Bei der ersten besten Gelegenheit müssen Sie sagen, dass Sie das Geld auftreiben können, nur würde es länger dauern als bis Freitag.«

»Ich weiß nicht, woher ich es nehmen soll.«

»Können Sie denn nichts verkaufen oder beleihen?«, fragte Kupfer. »Sie werden mir doch nicht sagen wollen, dass Sie kein Vermögen auf die Seite gebracht haben – bei all den Zugängen auf Ihrem Privatkonto.«

Baumgartner schüttelte resigniert den Kopf. Er sah sehr traurig aus, antriebslos, depressiv.

»Alles, was noch da ist, gehört meiner Frau«, sagte er.

»Und haben Sie keine Vollmacht?«

»Nein. Die lag in meinem Safe in Dresden. Bei meinen Bargeldreserven und Aktien. Das ist alles weg. An das Vermögen meiner Frau komme ich ohne sie nicht ran.«

»Dann muss das Geld geliehen werden. Sicherheit bietet ja das Vermögen Ihrer Frau. Auf wie viel beläuft es sich?«

»Schwer zu sagen. Ich weiß nicht, was wir für die Immobilien jetzt noch bekommen. Auf dem Konto vielleicht viereinhalb Millionen.«

»Gontscharow hat wohl einmal herausgefunden, wie viel in der Schweiz gebunkert war, scheint aber jetzt nicht mehr auf dem Laufenden zu sein. Dass ihr Freund Gommel inzwischen abgeräumt hat, das hat er noch nicht erfahren. Blöde Sache, dumm gelaufen«, dachte Kupfer laut nach. »Schätzen Sie Ihre Immobilien auf zehn Millionen oder weniger?«

»Höchstens. Eher weniger.«

»Na ja, besser als nichts«, sagte Kupfer trocken. »Vor diesem Hintergrund sollten wir versuchen, die Forderung auf zwölf Millionen herunterzuhandeln. Nehmen Sie mit der Bank Kontakt auf, bei der das Geld Ihrer Frau liegt. Oder wollen Sie sich an andere Banken wenden?«

»Und wenn wir nichts bekommen?«

»Dann müssen andere Mittel und Wege gefunden werden. Kann Ihnen denn Frau Sannwald nicht aushelfen?«

Als Silke Sannwald um Hilfe gebeten wurde, erklärte sie umständlich, dass ihr ganzes Vermögen langfristig angelegt sei und es mindestens zwei Wochen dauern würde, bis sie die fehlenden Millionen auftreiben könnte. Und dass man die Entführer so lange hinhalten könne, das sei ja zu bezweifeln.

»Außerdem«, schloss sie ihre Erklärung, »hat ja sicher das Innenministerium einen Etat für solche Fälle.«

Dann hüllte sie sich in Schweigen.

***

Am fünften Tag ging Post ein, eine leichte Schachtel mit Paketband verklebt, ohne Absender, etwa 20 mal 30 Zentimeter und 10 Zentimeter hoch, so leicht, als sei gar nichts drin. Sie war auf dem Hauptpostamt in Stuttgart aufgegeben worden.

Kupfer wurde telefonisch verständigt und kam sofort. Er gab die Anweisung, das Paket zu wiegen. Es waren knapp 400 Gramm. Das war wohl nicht sehr viel mehr als das Gewicht der Schachtel selbst. Er nahm sie in die Hand und schüttelte sie vorsichtig. Nichts war zu hören. Nichts schien sich in der Schachtel zu bewegen.

»Sollen wir nach Fingerabdrücken suchen?«, fragte ihn einer der Polizisten, die das Haus bewachten.

»Ich glaube nicht, dass das sinnvoll ist. Wir suchen ja nicht nach dem Postboten.«

»Könnte das Päckchen nicht explodieren?«

»Das glaube ich nicht. Wir haben es ja mit einer hohen Lösegeldforderung zu tun, deswegen dürfte die Schachtel nichts Gefährliches enthalten. Ich riskiere es, aber im Freien.«

Mit diesen Worten zog er ein Taschenmesser aus der Tasche und trug die Schachtel in den Garten. Vorsichtig stach er hinein, zog das Messer wieder heraus und kippte die Schachtel, um zu sehen, ob aus dem Loch etwas herausrieseln würde. Aber es kam nichts.

Dann machte er einen Schnitt an der langen Oberkante entlang, so dass er den Deckel etwas aufdrücken konnte. Er stauchte die Schachtel etwas, drehte den Schlitz nach unten und schüttelte vorsichtig. Ein paar braune Haare hingen nun heraus. Nun wurde Kupfer mutig. Er stellte die Schachtel auf den Boden und schnitt die Oberkanten auf, so dass sich der Deckel ganz aufklappen ließ. Cornelia Baumgartners Haarpracht füllte die Schachtel bis zum Rand. Obenauf lag ein Fetzen BILD-Zeitung. Kupfer nahm ihn mit einer Pinzette heraus und drehte ihn um. Auf dem Zeitungsrand stand in ungelenken Bleistiftbuchstaben: »Keine Polizei oder wir sneiden weiter.«

***

Die Polizei wurde aus dem Haus Sannwald abgezogen, die Überwachung gleichwohl fortgesetzt. Personal der Zivilstreife war nun in Pkws stationiert, die ständig ausgetauscht und an verschiedenen Stellen im Wohnviertel abgestellt wurden. Aber es tat sich nichts, und nach drei Tagen glaubte auch Kupfer nicht mehr daran, dass sich die Entführer noch einmal dem Haus nähern würden.

Am Tag darauf nahm die Sache eine Wendung. Baumgartner erhielt einen mit dem PC geschriebenen Brief mit knappen Anweisungen.

20 000 000 Euro in schwarzen Müllsack packen.
Müllsack in Koffer. Flugticket kaufen. Siberian Airlines Flugnummer S7 900 Frankfurt–Moskau, Di 30.01. 14:50 h
Koffer einchecken, nicht mitfliegen.
Wenn Koffer in Moskau auf Gepäckband, Frau wird freigelassen.

Letzte Nachricht.

Die Zeit drängte. Die paar Tage waren für die Vorbereitung sehr wenig. Kupfer wurde zu einer Besprechung ins Innenministerium gebeten. Der Präsident des LKA, Staatssekretär Dr. Rutschler-Kalteisen vom Innenministerium, ein Vertreter von Interpol und mehrere Mitglieder des Sonderkommandos »Entführung VV4S« waren zugegen. Dass man den Koffer mit dem Geld tatsächlich aufgeben müsse, wenn man Cornelia Baumgartner lebend wiedersehen wollte, stand für die Diskussionsrunde sehr schnell fest. Man betrachtete es als Aufgabe der Interpol, in Moskau Ermittlungen anzustellen und die Personen, die den Koffer vom Band nehmen würden, zu verfolgen. Statt Baumgartner sollte ein Interpolagent mitfliegen. Sicher wäre das auch eine Möglichkeit, Gontscharow beizukommen.

»Ich befürchte, dass das nicht glattgeht«, äußerte Kupfer seine Bedenken. »Da ist noch irgendetwas geplant, was wir im Moment nicht erkennen.«

»Und was schlagen Sie vor?«, fragte der Staatssekretär mit aufmerksamer Miene.

»Ich weiß es nicht. Aber stellen wir uns doch einfach die Szene am Moskauer Flughafen vor. Da stehen Leute am Gepäckband, der Koffer kommt, jemand nimmt ihn weg und müsste doch dann aller Wahrscheinlichkeit nach sofort verhaftet werden. Das kann so nicht gehen. Das sieht mir viel zu einfach aus.«

»Wir können eigentlich nur dafür sorgen, dass der Koffer auch unversehrt in den Gepäckraum der Maschine gelangt«, sagte der Herr Präsident.

»Das ist aber auch alles, was wir tun können«, bemerkte Kupfer, womit er einige gereizte Blicke auf sich zog. Aber er fuhr einfach fort: »Das können wir aber erst tun, wenn der Koffer gefüllt ist. Woher soll das Geld kommen?«

»Dafür sorgt das Innenministerium. Herrn Baumgartners Hausbank hat sich bereit erklärt, Frau Baumgartners Vermögen als Sicherheit für eine Anleihe von fünf Millionen zu akzeptieren. Das liegt etwas über ihren Bareinlagen. Das Land Baden-Württemberg ist bereit, Frau Baumgartners Immobilien als Sicherheit für die restlichen fünfzehn Millionen zu nehmen, auch wenn deren Wert etwas niedriger anzusetzen sein mag. Aber wir hoffen ja, dass das Geld nicht in den Händen der Entführer bleibt. Die Hausbank und die LBBW arbeiten zusammen. Herr Kupfer, Sie können den Geldkoffer am Morgen des betreffenden Tages bei der Landesbank abholen und begleiten mit einem anderen Beamten zusammen Herrn Baumgartner zum Frankfurter Flughafen. Und sorgen Sie dafür, dass das Ticket sofort gebucht wird. Ich danke Ihnen, meine Herren.«

»Entschuldigung, Herr Staatssekretär, etwas möchte ich doch noch vorschlagen. Man sollte nun doch die Presse einschalten.«

»Aber Sie kennen doch die Drohung der Entführer«, wandte Dr. Rutschler-Kalteisen ein.

»Natürlich. Aber sehen Sie, die Entführer selbst haben mit uns auf einem Rand der BILD-Zeitung korrespondiert, und der Schrift nach sind sie fast Analphabeten. Und sie formulieren sehr schlecht. Ich traue ihnen keine guten Deutschkenntnisse zu. Einen längeren Zeitungsartikel werden sie nicht lesen, und wenn wir auf Fotos verzichten, werden sie kaum erkennen, dass von ihnen die Rede ist. Wir müssen nur unsere Pressestelle beauftragen, genaue Personenbeschreibungen in Umlauf zu setzten – und die Eigenschaften konspirativer Wohnungen. Vielleicht bekommen wir dann Hinweise aus der Bevölkerung.«

»Ich bin mir nicht sicher, ob wir hier nicht zu viel wagen«, sagte der Staatssekretär. Er biss sich auf die Lippen und schaute mit zusammengekniffenen Augen aus dem Fenster.

»Wir wagen mehr, wenn wir es nicht tun. Ohne Hinweise aus der Bevölkerung werden wir nicht schnell genug an die Entführer herankommen. Und ihre Gewaltbereitschaft kennen wir ja. Stellen Sie sich vor, man würde diese Frau mit durchgeschnittener Kehle irgendwo im Park finden. Dann hätten wir erst ein Problem.«

Der Staatssekretär sah ihn prüfend an.

»Sie meinen also wirklich, dass die Einschaltung der Presse das geringere Risiko ist?«

»Unbedingt.« Kupfer nickte ernst.

Der Staatssekretär schaute in die Runde und nahm das allgemeine Kopfnicken als Hinweis dafür, dass er diese Aktion politisch verantworten könnte.

»Nun gut, dann will ich Sie damit beauftragen, die Pressestelle des LKA entsprechend zu informieren. Meine Herren, ich danke Ihnen.«

Damit war die Besprechung zu Ende und der nächste Schritt geplant.

Sannwald: »Nicht einmal eine halbe Stunde vorher hat er mich in Freudenstadt abgesetzt. Ich mag mir gar nicht vorstellen, was mir passiert wäre, wenn Silke in Baden-Baden auf mich gewartet hätte und ich noch bei ihm im Auto gesessen wäre.«

Probst: »Du hast eben Glück gehabt. Nimm's einfach so und mach dir keine Gedanken.«

Sannwald: »Ich mache mir wohl Gedanken. Ich kann mir einfach nicht vorstellen, dass Markus gerade an dieser Stelle von der Straße abgekommen ist. Er hatte doch gar nichts getrunken. Ich glaube schon, dass die Polizei Recht hat. Den haben sie von der Straße abgedrängt.«

Probst: »Jetzt hör doch auf. Wer sollte denn so etwas tun?«

Sannwald: »Sag mal, bist du naiv? Da gibt es gerade genug, die so was veranlassen könnten. Was weißt denn du, wer uns auf die Schliche gekommen ist? Wir wissen ja noch nicht einmal, wer bei uns ins Intranet eingedrungen ist. Und lass das mal einen von unseren Großanlegern sein, deinen Russen zum Beispiel, dann sind wir nicht mehr sicher.«

Probst: »Du meinst Gontscharow? Ich kenne Gontscharow schon seit vier Jahren. Wir haben immer wieder mal miteinander Golf gespielt und im Casino und auf der Rennbahn viel Spaß miteinander gehabt. Er redet mich immer mit Towarischtsch Probst an. Das ist ein ganz sentimentaler Typ. Der mag uns. Und die Geschäfte, die er angeblich macht – darum muss es doch nicht gleich ein Verbrecher sein. Mir kommt er immer nur gutmütig vor. Das kann ich mir absolut nicht vorstellen, dass der so etwas macht.«

Sannwald: »Und wer sonst?«

Probst: »Weiß ich auch nicht. Du wirst sehen, das klärt sich alles auf, wenn Markus wieder zu sich kommt. Vielleicht hat er bloß ins Handschuhfach gelangt und ist dabei von der Straße abgekommen. Du musst nicht immer gleich das Schlimmste annehmen. Vielleicht wollte er auch einem Stück Wild ausweichen. Wer weiß?«

Sannwald: »Dein Wort in Gottes Ohr. Ich habe Angst, hörst du, richtig Angst. Und nicht bloß wegen Markus, sondern weil uns das Wasser bis zum Hals steht. Siehst du das denn nicht? Alles ist schiefgegangen, aber auch alles.«

Probst: »Jetzt mach mal halblang. Der Flop mit den Lehman-Zertifikaten war natürlich schlimm, aber das meiste hat Markus ja bei Madoff und der AIG angelegt. Und wenn wir das zum Jahresende auflösen, dann sind wir wieder liquide. War dann zwar eine schlechte Runde, dieses Jahr, aber es geht weiter, Wilfried, es geht immer weiter. Manchmal verliert man eben, aber man gewinnt auch wieder. Denk doch mal an die Jahre 2005 und 2006. Du hast doch auch deine Gewinne aus dieser Zeit gut verwertet. Und damit kommst du doch zwischendurch einmal über die Runden, wenn es nicht so gut läuft.«

Sannwald: »Mann, du verstehst mich nicht. Mir geht es nicht nur ums Geld. Klar käme ich über die Runden. Ich hab einfach Angst, richtig Angst wie noch nie in meinem Leben.«

Probst: »Wilfried, ich weiß jetzt wirklich nicht, wie ich dich beruhigen soll. Jetzt glaub mir einfach, dass sich das alles aufklärt und sicher viel harmloser ist, als du denkst.«

Sannwald: »Hoffentlich irrst du dich nicht. Vielleicht bin ich auch überreizt. Wir haben ja am Wochenende in Baiersbronn gut gelebt und wenig geschlafen, und letzte Nacht habe ich kaum ein Auge zugetan. Mag sein, ich sehe alles weniger pessimistisch, wenn ich einmal ausschlafen könnte.«

Probst: »Na dann nimm dir noch einen und leg dich ins Bett. Ich melde mich bald wieder. Ciao.«

Sannwald: »Ja, bis bald. Tschüss.«

(Aus einem Telefongespräch am 17. November 2008)

28./29. Januar 2009
Eine Frau und zwei Männer

In Stuttgart-Hallschlag saß der zweiundachtzigjährige Franz Sattler missmutig am Fenster und wartete auf die Tageszeitung, die schon seit vier Stunden, siebzig Stufen oder fünf Stockwerke unter ihm im Briefkasten steckte. Knie und

Rücken plagten ihn bei diesem nasskalten Wetter. Er war schon froh, wenn er keine starken Schmerzen hatte, solange er stillsaß. Aufstehen und die Treppen hinuntersteigen wäre zu schmerzhaft gewesen. Jeder Schritt ein höllischer Stich. Seit einer Woche hatte er seine kleine Eineinhalbzimmerwohnung nicht mehr verlassen und war davon abhängig, dass die freundliche Frau von der Nachbarschaftshilfe wenigstens einmal am Tag bei ihm vorbeikam, für ihn einkaufte und das Nötigste in seinem Haushalt erledigte.

Er hasste diese Wohnung und wäre schon lange gerne in ein Haus mit Fahrstuhl gezogen. Aber schon die Miete fraß einen beträchtlichen Teil seiner Rente auf. Er kam knapp über die Runden und seine geringen Ersparnisse hätten für einen Umzug und drei Monatsmieten Kaution niemals gereicht. Er war in seiner kleinen Behausung gefangen.

Vor ihm lag die Fernsehzeitung, darauf stand noch die Teetasse von gestern neben dem Fernglas, einem großen russischen Feldstecher, den er anfangs der 90er Jahre auf einem Flohmarkt ergattert hatte. Fernsehen mochte er nur abends, Bücher zu lesen hatte er nie gelernt, und so war dieses Fernglas über lange Stunden hinweg seine Unterhaltung. Nicht, dass er einen weiten Ausblick gehabt hätte. Keine hundert Meter von seinem Fenster verriegelte ein zwölfstöckiger, langgestreckter Wohnblock die Aussicht, und Franz Sattler sah nichts als fünf Eingänge, sechzig kleine Balkons, und einhundertundachtzig Fenster. Von all den Leuten hinter diesen Fenstern und Türen kannte er nur die Frau von der Nachbarschaftshilfe. Sie hieß Margarete Kittelberger und wohnte mit ihrem Mann und zwei Kindern fünf Stockwerke über dem mittleren Eingang, ungefähr auf derselben Höhe wie er selbst. Manchmal hatte er die Familie schon bei Tisch sitzen sehen. Jedes Mal, wenn sie kam, ließ er sein Fernglas hinter der Gardine auf dem Fenstersims verschwinden, weil er nicht wollte, dass sie sich von ihm überwacht fühlte. Er hätte sich geschämt, wenn die gute Frau gewusst hätte, dass er ihr manchmal ins Wohnzimmer schaute.

Seine Beobachtungen mit dem Fernglas waren allerdings oft sehr langweilig, vor allem an den Vormittagen. Waren erst einmal die Erwachsenen zur Arbeit und die Kinder in die Schule gegangen, dann spielte sich lange Zeit fast gar nichts ab. Hie und da ging eine Frau zum Einkaufen, ein älteres Ehepaar führte seinen Hund aus oder ging einfach spazieren, in letzter Zeit musste auch öfters Schnee weggeräumt werden, aber mehr passierte an den Vormittagen meistens nicht. So hatte er, mangels Ablenkung, ohne es zu wollen, im Lauf der Jahre gelernt, die Leute ihren Wohnungen und Autos zuzuordnen. Er sah einen Bewohner durch seinen Eingang gehen, er konnte erkennen, wie weit er die Treppe hinaufstieg oder wo er aus dem Lift kam, und dann sah er, wo das Licht anging oder die Jalousie heruntergelassen wurde. Das hatte sich ihm eingeprägt. Er wusste, welche Wohnungen leer standen, und konnte sich daran erinnern, wann es die letzten Wohnungswechsel gegeben hatte.

Er wollte schon die Fernsehzeitung ein weiteres Mal durchblättern. Da sah er, dass Margarete Kittelberger aus ihrer Wohnung trat und auf den Lift wartete. Er griff nach dem Fernglas und beobachtete sie, wie sie das Haus verließ und auf seine Haustür zuschritt. Ein Lächeln entspannte sein Gesicht. Er versteckte das Glas.

Kurz darauf schloss Margarete Kittelberger seine Wohnungstür auf, klopfte an seine Tür und begrüßte ihn freundlich.

»Heute haben Sie aber lange auf Ihre Zeitung warten müssen, Herr Sattler. Es tut mir leid. Ich habe noch waschen und vorkochen müssen. Ich komme ja heute erst wieder um eins in meine Wohnung, und da sind ja auch gleich meine Kinder da.«

»Ist schon gut, danke«, sagte Franz Sattler und griff nach der Zeitung.

»Ich schau mal in Ihrer Küche nach dem Rechten«, kündigte sie an und ging nach nebenan.

Der alte Mann blätterte die Zeitung durch. Die Politik verstand er schon lange nicht mehr und sie interessierte ihn auch nicht. Er wollte vor allem lesen, was es Neues hier in Stuttgart gab und was im Umland passiert war, und außerdem interessierten ihn die Todesanzeigen und Nachrufe. Die las er immer zuerst.

»Ich mache Ihnen gleich Ihren Tee«, rief Frau Kittelberger aus der Küche und stellte ihm ein paar Minuten später eine Kanne Tee und eine saubere Tasse auf sein Tischchen.

»Haben Sie das gelesen von der Entführung im Kaufhaus? Ich sag Ihnen, man ist nirgends mehr sicher. Neulich schreiben sie noch, Stuttgart sei die sicherste Großstadt in Deutschland, und jetzt geht es hier auch schon los. Wenn man Geld hätte, könnte man sich ja gar nicht mehr aus dem Haus trauen. Zwanzig Millionen wollen die.«

»Wo? Was?«, fragte Franz Sattler, indem er sich von Todesanzeigen löste.

»Hier, gleich auf der ersten Seite, und im Lokalteil noch einmal.«

Sie griff zu und drehte die Zeitung um, so dass er den Artikel vor sich hatte. Dann ging sie wieder hinaus.

Sattler las die beiden Artikel sehr aufmerksam. »Für Hinweise auf den Verbleib der Entführten wurde eine Belohnung von 5000 Euro ausgesetzt.« Seine Augen weiteten sich, als er diesen Satz las. Er las ihn noch einmal und noch einmal. Dann schaute er zu dem großen Wohnblock hinüber. Die drei Neuen im zehnten Stockwerk gegenüber, die hatte er doch schon immer merkwürdig gefunden. Sollte er nun seiner Nachbarin von seinem Verdacht erzählen? Dann müsste er ihr das Fernglas zeigen. Und was wäre, wenn er sich täuschte? Dann hätte er sich umsonst verraten. Aber 5000 Euro! Die Belohnung oder nur ein Teil davon könnte ihm vielleicht sein Leben erleichtern. Er konnte sich nicht entscheiden, starrte auf die Zeitung und sinnierte.

»Was schauen Sie so? Ist was?«, fragte Frau Kittelberger, als sie ihn regungslos dasitzen sah. Er blickte mit offenem Mund und aufgerissenen Augen zu ihr auf und deutete auf den einen Artikel.

»Sie müssen keine Angst haben, Herr Sattler, Ihnen kann in Ihrer Wohnung nichts passieren. Hier kommt keiner rauf«, meinte sie ihn aufmuntern zu müssen.

»Nein«, sagte er, »ich hab keine Angst, aber ... ich weiß nicht, vielleicht.«

Sein seltsamer Blick beunruhigte die Frau.

»Herr Sattler, was ist? Wenn Sie so gucken, machen Sie mir Angst. Was ist denn?«

Sattler deutete auf eine Stelle in dem Zeitungsartikel.

»Die schreiben hier doch, man soll aufpassen, gerade in so großen Wohnanlagen wie hier. Solche Leute mieten manchmal extra Wohnungen für so was.« Und dann deutete er stumm mit dem Zeigefinger auf den Wohnblock gegenüber.

»Was? In unserm Haus? Das glaub ich nicht.«

»Nein, links neben Ihnen, im zehnten Stock.«

»Was ist da?«

»Da sind im Dezember zwei Männer und eine Frau eingezogen. Die haben keine Möbel. Ich hab da nie einen Möbelwagen gesehen.«

»Aber das kann doch sein, dass die Wohnung möbliert ist, das ist doch nichts Besonderes.«

»Doch. Weil ich weiß, dass die junge Frau, die die Wohnung vorher hatte, mit ihren Möbeln ausgezogen ist. Das war nicht viel, was die gehabt hat. Aber die, die jetzt drin wohnen, die haben überhaupt nichts mitgebracht. Bloß zwei große Taschen. Und dann ist da immer die ganze Nacht Licht, die machen gar nie das Licht aus, das ist doch nicht normal. Und ich seh immer nur einen Mann oder die Frau. Von denen geht immer nur eine Person auf die Straße.«

»Ja um Gottes willen, Herr Sattler, sagen Sie Sachen. Sind Sie denn sicher? Dann müssten wir ja sofort die Polizei rufen.«

»Sicher bin ich nicht ganz, aber man soll sich ja melden, wenn man einen Verdacht hat, schreiben sie hier«, sagte er nachdenklich.

»Meinen Sie, die sehen so aus, wie man sie hier beschreibt? Haben Sie die Leute richtig gesehen?«

»Ja, schon. Wissen Sie, ich hab ein Fernglas«, fügte er etwas verlegen hinzu. Margarete Kittelberger nahm das nur als Versicherung, dass Sattler wirklich richtig gesehen haben konnte. Sie war eine so gute Seele, dass sie den Besitz des Fernglases gar nicht erst mit sich selber und ihrer Wohnung in Verbindung brachte.

»Wenn Sie so sicher sind, dann müssen Sie sofort telefonieren. Da steht doch in der Zeitung, wo man anrufen soll, oder?«, drängte sie ihn. Sattler nickte. Er griff nach dem Telefon und wählte die angegebene Nummer.

***

Ein paar Stunden später trafen Kupfer und sein Kollege Schnaidt in Sattlers Wohnung ein, um die Fenster und den Zugang zudem verdächtigen Appartement zu observieren.

»Ich weiß ja nicht, ich bin unsicher; hoffentlich habe ich Sie nicht umsonst angerufen«, sagte Sattler bei der Begrüßung.

»Da machen Sie sich mal keine Sorgen«, beruhigte ihn Kupfer. »Was glauben Sie, wie oft wir unterwegs sind, ohne dass etwas dabei herauskommt. Ihr Anruf war auf jeden Fall gut, denn wo kämen wir ohne Hinweise aus der Bevölkerung hin.«

»Da bin ich erleichtert. Ich weiß nicht, ob ich ohne meine Nachbarin angerufen hätte. Man will ja nicht ...«

»Herr Sattler, Sie sagen, dass dort zwei Männer und eine Frau wohnen«, unterbrach ihn Kupfer. »Können Sie die Frau beschreiben?«

»Au, das ist schwer«, überlegte Sattler. »Was soll ich sagen? Sie ist groß und schlank, aber auch breit, sportlich, stark. Sie sieht aus, als sei sie vielleicht Mitte vierzig, aber sie hat so eine altmodische Frisur.«

»Ich fress einen Besen, wenn das nicht Pokrovskij alias Ilona Gersky ist«, sagte Kupfer zu Schnaidt. Mit diesen Worten griff er in seine Tasche und legte das Foto, das OW in dem Restaurant in Baden-Baden gemacht hatte, vor Franz Sattler auf den Tisch.

»Schauen Sie sich bitte dieses Foto genau an. Erkennen Sie darauf jemand?«

Schon nach einem flüchtigen Blick wurde der alte Mann ganz aufgeregt.

»Jawohl, jawohl, das sind sie. Da gibt es gar keinen Zweifel. Das sind die beiden Männer.«

Kupfer und Schnaidt nickten einander erleichtert zu.

»Und die Frau? Kennen Sie die auch?« Kupfer legte die Kopie von Ilona Gerskys Führerschein auf den Tisch.

»Jawohl, jawohl, das ist sie. Die wohnt dort drüben. Alle drei wohnen dort drüben.«

Kupfer legte Franz Sattler freundschaftlich die Hand auf die Schulter und sagte: »Herr Sattler, Sie haben uns nicht umsonst angerufen. Wir haben allen Grund zu der Annahme, dass wir genau diese Leute suchen. Es sind übrigens nur zwei. Der Schlanke da verkleidet sich manchmal als Frau. Und so hat er auch diese Geisel entführt.«

Franz Sattler strahlte und schüttelte gleichzeitig den Kopf.

»So was, ich glaub's nicht. Ich glaub's einfach nicht«, sagte er immer wieder vor sich hin, zog eine Schere aus der Tischschublade und machte sich daran, den Artikel auszuschneiden.

Kupfer wandte sich seinem Kollegen Schnaidt zu.

»Sehen Sie, unsere Vermutung war doch richtig. Von der Marke Sviroff gab es also doch zwei Exemplare. Und hier greifen wir uns die Nummer zwei.«

Franz Sattler schaute fragend zu ihm auf.

»Jetzt nicht, Herr Sattler, das erzähle ich Ihnen später. Sie kriegen schon noch die ganze Geschichte erklärt.«

Obwohl es noch hell war, waren die Jalousien im zehnten Stock heruntergelassen.

Kupfer sah durchs Fernglas.

»Schauen Sie mal«, sagte er zu seinem Kollegen, »das ist die einzige Wohnung, in der die Rollläden geschlossen sind und das Licht an ist. Man sieht es durch die Ritzen. Alle anderen Leute freuen sich über die paar seltenen Sonnenstrahlen und sparen Strom. Das hat Herr Sattler gut beobachtet.«

Lange Zeit tat sich nichts. Niemand kam, niemand ging, das Licht hinter den Jalousien blieb an.

»Wer wohnt in der Wohnung gegenüber?«, fragte Schnaidt.

»Ein junges Paar. Die beiden sind immer lange weg. Vor acht Uhr abends kommen die eigentlich nie heim«, sagte Sattler.

»Wissen Sie, wie sie heißen?«

»Nein, aber ich weiß, dass sie einen ganz alten roten Kadett fahren, wo man sich wundern muss, dass er nicht auseinanderfällt.«

»Gut. Dann könnten wir die beiden gegebenenfalls abpassen. Aber erst müssten wir mal ...«

»... sicher sein«, hatte Schnaidt sagen wollen, wurde aber von Kupfer unterbrochen.

»Jetzt kommt einer raus«, sagte Kupfer schnell, »nehmen Sie die Kamera.«

Und während er beobachtete, wie der Mann das Haus verließ und zum Parkplatz ging, schoss Schnaidt so viele Aufnahmen wie möglich.

»Das ist eindeutig Sergei Pokrovskij. Schnaidt, fordern Sie zwei Mann Verstärkung an. Ein Mann muss auf dem Parkplatz stehen und aufpassen, dass er die Leute aus der Wohnung gegenüber erwischt.«

»Und sonst? Sollen wir ein SEK beantragen?«, fragte Schnaidt.

»Könnte man schon rechtfertigen. Aber ich glaube, der Aufwand wäre zu groß. Das müssten wir auch so hinkriegen. Wir müssen die Leute aus der Wohnung gegenüber abfangen. Wir müssen in ihre Wohnung rein.«

Während des ganzen Gesprächs war Franz Sattler auf seinem Stuhl gesessen und hatte gebannt das Gespräch der beiden Kriminalbeamten verfolgt. Immer wieder schaute er zu Kupfer auf, der leicht erahnen konnte, was den alten Mann bewegte.

»Herr Sattler, jetzt müssen wir Sie leider noch ein paar Stunden stören. Vielleicht sogar die ganze Nacht. Aber ich denk, das lohnt sich für Sie. Dafür setze ich mich ein.«

Franz Sattler strahlte und träumte schon von einer anderen Wohnung.

***

Der Posten auf dem Parkplatz musste nicht sehr lange warten. Schon kurz nach sieben bog der rote Kadett in eine Parklücke ein und das junge Paar stieg aus. Die Lage war schnell erklärt.

Matthias Straub, ein junger Angestellter der Stuttgarter Verkehrsbetriebe, hatte von seinen Nachbarn auf der anderen Seite des Treppenhauses bisher kaum etwas gesehen. Er hatte sich nur gewundert, dass er nie jemandem von ihnen im Fahrstuhl begegnet war, und hatte sich gefragt, wieso sich einer, der im Fahrstuhl vielleicht Platzangst bekommt, im zehnten Stock einmietet. Und erst vor ein paar Tagen hatte er eine seltsame Begegnung gehabt. Er selbst war wie immer mit dem Lift hochgefahren, und als er ausgestiegen war und eben seine Wohnung aufschloss, kam einer seiner Stocknachbarn mit Einkäufen bepackt die Treppe hoch, alle hundertundvierzig Stufen. Er hatte sich ihm zugewandt und ihn gegrüßt, ohne aber zurückgegrüßt zu werden. Ehe sein Nachbar seine Wohnung aufschloss, hatte er schon hinter sich die Tür ins Schloss fallen lassen. Pokrovskij konnte er auf dem Fahndungsfoto leicht erkennen, war sich aber unsicher über die Anzahl der Nachbarn und konnte auch nicht mit Sicherheit sagen, dass er Sviroff wirklich schon einmal gesehen hatte. Seine Frau gab auch nichts anderes zu Protokoll und äußerte nur ihre Verwunderung darüber, dass sie trotz der Hellhörigkeit des Hauses aus dieser Wohnung noch nie einen menschlichen Ton gehört hatte, seit die Vormieterin ausgezogen war. Deren Radio oder Fernseher hatte sie immer wieder einmal gehört.

***

Kupfer veranlasste, dass die verdächtige Wohnung von acht Polizisten rund um die Uhr überwacht wurde: Zwei Mann saßen in Franz Sattlers Wohnung, zwei saßen in Straubs Korridor direkt hinter der Wohnungstür und lauschten auf alle Geräusche von gegenüber. Zwei weitere saßen vor dem Haus in einem Pkw, der alle drei Stunden ausgetauscht wurde. Zwei Lauscher hatten sich in der Wohnung unter den Entführern eingenistet. Die acht versahen eine recht langweilige Aufgabe. Die ganze Nacht von Mittwoch auf Donnerstag und den ganzen Tag bis abends um zehn waren sie auf Posten, um festzustellen, wie viele Leute sich in der Wohnung aufhielten, und um Anhaltspunkte für eine mögliche Befreiung der Geisel zu finden. In der ganzen Zeit verließ Pokrovskij einmal die Wohnung, offensichtlich um einzukaufen. Zweimal ging Sviroff für kurze Zeit weg. Er ging zur Bushaltestelle und nahm einen Bus Richtung Stadtzentrum und kam jedes Mal nach ungefähr zwei Stunden wieder. Von einer Beschattung hatte man abgesehen, weil man die Aktion nicht gefährden wollte.

Beide schauten sich aufmerksam um, wenn sie das Haus verließen. Die beiden Lauscher in der Wohnung gegenüber machten eine weitere verwertbare Beobachtung. Weder Sviroff noch Pokrovskij nahmen einen Wohnungsschlüssel mit, wenn sie weggingen. Sie klingelten zweimal lang, einmal kurz an der Haustür, worauf der andere auf den Türöffner drückte. Wenn derjenige, der zurückkam, an der Wohnungstür war, klopfte er in einem bestimmten Rhythmus, tam tatata tam, worauf sein Komplize die Türkette aushängte und ihn einließ. Dieser Klopfrhythmus war den Bewohnern gegenüber auch schon aufgefallen.

Die beiden Lauscher in der Wohnung unter den Russen hörten immer wieder seltsame Geräusche, die auch den dortigen Wohnungsinhabern nicht vertraut waren. Immer wieder schlug etwas Metallenes an die Heizungs- oder Wasserrohre, ganz genau konnte man das nicht immer sagen, aber fest stand, dass dieses Geräusch seit höchstens vier Tagen zu hören war, wenn nicht sogar erst seit dreien.

30. Januar 2009
Nach Moskau mit Zwischenstopp

Interpolagent Norbert Neumann stand in der Schlange an Gate E 25 und bog nervös seine Boardingcard zwischen den Fingern hin und her. Immer wieder schaute er sich um, aber er wusste nicht, wen er eigentlich suchte. Wer war der Passagier, den Gontscharow mitschickte? Wer sollte in Moskau den riesigen Koffer vom Gepäckband nehmen? Unauffällig musterte er die Leute um sich herum. Aber sie sahen aus wie überall. Jeder von ihnen hätte an jedem beliebigen Gate warten können, ein paar Familien, ein paar Geschäftsleute in dunklen Anzügen und beigen Kamelhaarmänteln, Gruppen, Einzelne – wie überall.

Sein Kollege Heinz Eitel, der etwas Russisch sprach, war vorausgeflogen. Er sollte sich mit der Moskauer Flughafenpolizei verständigen und bewerkstelligen, dass wenigstens er bewaffnet am Gepäckband stehen durfte oder von bewaffneten Kräften der Flughafenpolizei begleitet wurde, die dann die Verfolgung des Kofferträgers aufnehmen könnten. Natürlich hatten LKA und BKA schon um Amtshilfe gebeten, aber die Kommunikation mit den russischen Stellen hatte an deren Einsilbigkeit gelitten. Die Stellungnahmen der Bundeskanzlerin zum Krieg in Georgien und die Diskussionen über eine Osterweiterung der Nato hatte eine Frostigkeit gezeitigt, die den russischen Behörden bei solcherlei Anfragen aus Deutschland den Mund zu verschließen schien.

Kupfer war mit Baumgartner schon vor einer guten Stunde nach Stuttgart zurückgefahren, nachdem sie einen großen grauen Schalenkoffer Marke Samsonite aufgegeben hatten, der tatsächlich das gesamte Lösegeld enthielt. Und den sollte

Neumann verfolgen. Er wusste nicht wie, es sei denn, Eitels Verhandlungsgeschick stellte die Hilfe der russischen Polizei sicher.

Das Gate wurde geöffnet, Neumann stieg in den Bus und schaute hinaus auf das Rollfeld. Eine unbestimmte Angst stieg in ihm auf. Er hätte jetzt gerne etwas getrunken. Er zog eine Packung Kaugummi heraus, riss sie mit nervösen Fingern auf und steckte einen Streifen in den Mund. Er kaute hektisch schnell. Als er aufschaute, blickte er in die Augen einer rothaarigen Schönheit, die ihn allem Anschein nach amüsiert musterte. Sie lächelte ihn an, als sei er ein kleines Kind, das getröstet werden musste. Sofort hörte er auf zu kauen und schaute auf die andere Seite.

Endlich setzte sich der Bus in Bewegung und brachte sie hinaus zu einer Tupolew 154 M. Er fand seinen Fensterplatz im hinteren Teil der Maschine, legte die Hände über dem Bauch zusammen, schloss die Augen und versuchte ruhig zu werden. Er hatte viel Platz, denn der Sitz neben ihm war für Baumgartner vorgesehen gewesen.

Die Zeit verging, die Maschine stand. Eine Stewardess machte eine Durchsage auf Russisch. Dann in einem Englisch, das er wegen ihres Akzents kaum verstehen konnte. Man möge bitte entschuldigen, dass die Maschine noch nicht zur Startbahn hinausrollen könne, man müsse noch auf einen Passagier warten.

Fliegt schon los, der kommt nicht, der ist schon wieder in Stuttgart, dachte Neumann.

Gereizte Ungeduld machte sich unter den Passagieren breit und endete in einem allgemeinen Aufatmen, als man das Warten schließlich aufgab und die Maschine sich endlich in Bewegung setzte.

Er zog die Broschüre der Fluglinie aus dem Netz vor sich und schlug sie auf: Informationen über die Maschine, in der er saß, die Tupolew 154M, die russische Antwort auf die Boeing 727, die bis 2006 gebaut wurde. Er schaute sich um. Die hier ist aber noch aus dem letzten Jahrtausend, dachte er.

Die Sitze waren schon ziemlich abgeschabt, der Boden recht mitgenommen und die Sprechanlage rauschte und knackte, so dass man die Stewardessen schon aus technischen Gründen kaum verstehen konnte. Na hoffentlich funktioniert sonst alles, dachte er, als die Stewardess im Mittelgang mit ihrer Demonstrationsgymnastik begann und im professionellen Flugbegleitersingsang ihren Pflichttext rezitierte, den er in Englisch so wenig wie in Russisch verstand. Er musste nur grinsen, als sie das Anlegen einer Schwimmweste vormachte.

Nach dem Start schloss Neumann die Augen und versuchte, an etwas Schönes zu denken, an den letzten Urlaub an der Nordsee, wo er abends allein am Strand gesessen hatte. Er sah die Weite des Meeres vor sich, die ihn aber leider zu der Schwimmweste zurückführte, die man auf diesem Flug doch gar nicht brauchte. Und schon war er wieder bei seinem Flug nach Moskau und seiner Mission, die er lieber schon hinter sich gehabt hätte. Er konnte sich einfach nicht vorstellen, wie dieser Einsatz ablaufen könnte.

Den angebotenen Snack lehnte er ab. Nein, essen könnte er jetzt wirklich nichts; er ließ sich aber ein Bier geben, das er langsam, Schlückchen für Schlückchen, trank. Es entspannte ihn etwas.

Er legte den Kopf auf die Seite und döste vor sich hin.

Plötzlich wurde er angestoßen. Verwirrt schaute er um sich. Die Stewardess beugte sich zu ihm her, hielt ihm die Sauerstoffmaske hin und sagte: »Please, Mister, put on your oxygen mask. We are losing pressure.«

Automatisch griff er danach und legte sie an. Er schaute sich um. Alle Passagiere hatten sie angelegt und nun spürte er auch ein starkes Druckgefühl in seinen Ohren. Die Maschine befand sich in steilem Sinkflug.

Die Stewardessen wurden geschäftig. Zuerst verteilten sie in Windeseile Schokoladenbonbons, dann gingen sie mit Getränken durch die Reihe. Mit nichts wurde gespart. Ob Bier, Wein, Sekt, Whisky, Wodka oder was auch immer – alles bekamen die Passagiere gratis. Je näher sie seiner Reihe kamen, umso deutlicher hörte Neumann die Wünsche seiner Mitpassagiere: »Whisky please, wodka please.« Kaum jemand wollte Kaffee oder Tee im Moment, und auch Neumann ließ sich einen Wodka geben, obwohl er im Dienst war und eigentlich allen Grund hatte, einen klaren Kopf zu behalten.

Dann kam die Durchsage des Kapitäns. Neumann verstand etwas von leichtem Druckabfall, einer kleinen harmlosen Havarie, die man in Minsk kurz beheben müsse. In zehn Minuten werde man landen. Die Passagiere seien gebeten, auf ihren Plätzen zu bleiben und etwas Geduld zu haben. In spätestens zwanzig Minuten würde die Flugreise fortgesetzt.

Als die Maschine in gewisser Entfernung vom Flughafengebäude zum Stillstand gekommen war, konnte Neumann sehen, wie eine Art Lieferwagen, einem alten VW-Bus nicht unähnlich, auf das Flugzeug zugefahren kam. Er fuhr so dicht heran, dass er für ihn praktisch unter dem Rumpf verschwand.

Aus den Lautsprechern dröhnte plötzlich laute Rockmusik. Rock mochte Neumann nicht, Russenrock noch weniger. Er riss zwei kleine Fetzchen von einem Tempotaschentuch, kaute etwas auf ihnen herum und steckte sie sich in die Ohren. Mit geschlossenen Augen verharrte er, bis die Maschine wieder abhob. Glücklicherweise hatte der Zwischenstopp nicht lange gedauert.

Eine starke Stunde später landete Neumann in Moskau.

Morgen früh gehe ich schwimmen

Sannwald: »Und Georg tut dabei so, als sei alles in Ordnung. Ich weiß nicht, was mit ihm los ist, wieso er die Gefahr nicht sieht.«

Baumgartner: »Er will sie halt nicht sehen. Das würde ihn nur aus seinem Trott bringen. Du kennst ihn doch.«

Sannwald: »Aber das muss doch jeden aus der Ruhe bringen, dass ein Hacker in unserem System war und wir nicht wissen, wer es war und was er wollte. Und seither verlangt dieser Gontscharow eine genaue Bilanz von unserem Fonds. Das wollte er vorher nie. Er hat sich doch nie darum geschert, wo sein Geld geblieben ist, wenn er nur seine neuneinhalb oder zehn Prozent gekriegt hat.«

Baumgartner: »Und hast du ihm eine Bilanz geschickt?«

Sannwald: »Was denn sonst! Aber das wird nichts nützen. Wenn er von diesem Hacker eine Übersicht über unsere Konten bekommen hat, dann nützt meine Bilanz gar nichts. Im Gegenteil: Dann weiß er, dass wir ihn übern Tisch gezogen haben.«

Baumgartner: »Da wird es mir aber auch ungemütlich, obwohl ich hier ja ein wenig abseits sitze.«

Sannwald: »Ich bin Tag und Nacht am Überlegen, wie wir aus dieser Geschichte wieder heil herauskommen. Ich hatte alle Hoffnung darauf gesetzt, dass Markus endlich wieder mal eine glückliche Hand hat. Aber nichts war's. VW, Öl, Gold – jedes Mal der gleiche Reinfall. Die ganze Börse spinnt. Wir hätten das alles gar nicht anfangen sollen.«

Baumgartner: »Tja, die VW-Aktien wären die letzte Rettung gewesen. Wenn da Porsche nicht zugelangt hätte, dann wären wir fein raus. Aber nimm es nicht so tragisch. Da haben sich noch ganz andere als wir verspekuliert. Wilfried, es gibt einen Ausweg. Auch wenn Markus jetzt im Krankenhaus liegt, müssen wir, so schnell es geht, alles verpfänden, damit ich das Geld für die Schmidtlein-Rodenackers aufbringen kann.«

Sannwald: »Jetzt warte doch mal. Vielleicht reicht das, was am Jahresende an der Wall Street liquide wird.«

Baumgartner: »Darauf will ich mich nicht verlassen.«

Sannwald: »Aber Karl, denk doch mal, was unsere Frauen sagen. Die kriegen doch die Panik, und das ist das Letzte, was ich im Moment brauchen kann, auch noch Stress zu Hause.«

Baumgartner: »Aber es würde reichen und wir hätten noch ungefähr drei Millionen übrig, mit denen wir weitermachen könnten.«

Sannwald: »Und wo willst du das alles verpfänden?«

Baumgartner: »Bei eurer Landesbank in Baden-Württemberg. Die ist doch noch gesund.«

Sannwald: »Auch das noch! Und das dringt dann bis zu meiner Bank durch. Dann traut mir doch da keiner mehr. Karl, mir schnürt's die Kehle zu. Ich laufe die ganze Zeit schon mit einem Druck in der Brust herum. Ich muss etwas für mich tun, sonst haut es mich um.«

Baumgartner: »Jetzt beruhige dich ein bisschen. Ich bereite die Verpfändungen vor, ich habe ja die Papiere seit der Überschreibung auf unsere Frauen hier. Das kann dann in zwei Wochen über die Bühne gehen, falls wir von New York nicht genug Flüssiges kriegen. Ich muss ja auch kämpfen, dass ich nicht auffliege. Wenn ich das Geld für die Schmidtlein-Rodenackers nicht locker machen kann, dann kann ich hier einpacken, wenn es gut geht, und wenn es normal läuft, dann sitze ich im Knast. Glaub ja nicht, dass ich keine Angst hab.«

Sannwald: »Karl, mit der Verpfändung machst du mir noch mehr Angst. Ich weiß nicht mehr, wo mir der Kopf steht.«

Baumgartner: »Dann tu erst mal was für dich. Geh doch wieder mal schwimmen, am besten frühmorgens, hau deine tausend Meter runter, dann kannst du wieder frei atmen. Das war doch immer so. Ich verstehe gar nicht, warum gerade du von dieser Stressbewältigung abgekommen bist. Du hast uns das doch sonst immer gepredigt.«

Sannwald: »Okay, Karl, ich danke dir fürs Zuhören. Vielleicht sieht die Welt tatsächlich etwas anders aus, wenn ich endlich wieder etwas für mich tu. Morgen früh gehe ich schwimmen.«

(Aus einem Telefongespräch vom 17. November 2008)

30. Januar 2009, 16 Uhr
Zugriff in Stuttgart-Hallschlag

Kupfer war noch keine Stunde von Frankfurt zurück am Einsatzort, da erfolgte der Zugriff. Obwohl es nach den Beobachtungen möglich gewesen wäre, einen der beiden bei seinen Besorgungen an anderer Stelle zu fassen, hatte sich

Kupfer aus Sicherheitsgründen entschlossen, ihn in direkter Nähe des Hauses festzunehmen. Er wollte jede Gefährdung von Passanten vermeiden. Mit seinem Kollegen Schnaidt bildete er die Einsatzleitung, die ungefähr fünfzehn Meter von der Haustür entfernt in einem Pkw saß. Mit den vier bewaffneten Kräften in Straubs Wohnung standen sie in Funkkontakt. Etwas weiter von der Haustür entfernt warteten zwei Polizisten auf ihren Einsatz. Nach einer guten Stunde kam von den Männern in der Wohnung gegenüber das Signal: Einer der beiden hatte eben die Wohnung verlassen und befand sich auf dem Weg nach unten.

Kupfer gab das Kommando zum Zugriff und blieb mit seinem Kollegen vorerst in seinem Auto sitzen. Die beiden anderen Polizisten vor dem Haus stiegen aus und postierten sich auf beiden Seiten der Haustür, einer nur vier, fünf Schritte entfernt, der andere etwas weiter weg. Pokrovskij trat aus dem Haus, die Haustür fiel hinter ihm zu. Er schaute sich kurz um und wandte sich nach rechts. Er wollte nach ein paar Schritten den Polizisten passieren, der ihm entgegenkam, wobei er an ihm vorbeischaute. Ohne auszuholen schlug ihm der Polizist seine Faust mit aller Kraft in die Magengrube. Pokrovskij stöhnte laut und knickte vornüber. In diesem Moment wurde er von den beiden Beamten gepackt, seine Arme wurden auf den Rücken gedreht und die Handschellen schnappten zu. Ein Polizist drückte ihm ein Tuch auf den Mund, damit er nicht schreien konnte, und ehe er sich's versah, saß er schon auf dem Rücksitz von Kupfers Pkw. Schnaidt hielt ihn in Schach. Kupfer gab das Funksignal nach oben, dass man Pokrovskij verhaftet habe, und stieg aus, um die weitere Aktion zu beobachten. Er schaute zu der Wohnung hoch und sah, wie sich eine schwarz vermummte Einsatzkraft vom Balkon im elften Stock auf den Balkon der fraglichen Wohnung abseilte. Als er gerade das Haus aufschließen wollte, hörte er zwei Schüsse und das Splittern von Glas. Er rannte ins Haus. Er wartete nicht erst auf den Fahrstuhl, sondern hetzte die Treppen hoch, fing an zu keuchen und musste auf Höhe des vierten Stockwerks einen Moment stehen bleiben. Er hörte die Stimmen seiner Leute und das panische Kreischen einer Frau.

Nachdem Kupfer den Einsatzkräften im zehnten Stock das Signal gegeben hatte, dass sie nun Sviroff festnehmen konnten, postierten sich die vier Männer mit Gewehren im Anschlag auf beiden Seiten der Wohnungstür. Einer klopfte, tam tatata tam.

Keine Reaktion. Er klopfte ein zweites Mal, tam tatata tam. Dann hörten sie Schritte kommen und der Mann auf dem Balkon im elften Stock bekam das Signal, dass er sich abseilen konnte. Sviroff hängte die Kette aus und wollte die Tür nur einen Spalt öffnen. Doch einer der Männer warf sich gegen die Tür, so dass sie aufflog. Im ersten Schrecken richtete Sviroff seine Pistole auf ihn, erhielt aber von einem anderen einen Schlag auf den Arm, so dass sein Schuss danebenging. Blitzschnell drehte er sich um und rannte in die Wohnung.

»Stehen bleiben«, riefen sie ihm nach, aber da war er schon außer Sicht und knallte eine Zimmertür hinter sich zu. Sviroff lief geradewegs auf die Balkontür zu, neben der Cornelia Baumgartner mit einer Handschelle an die Heizung gefesselt war. Er sah den Polizisten vor der Balkontür und hob die Pistole. Einen Bruchteil einer Sekunde, ehe er abdrücken konnte, traf ihn ein tödlicher Schuss in die Brust. Pjotr Sviroff, der Zwillingsbruder von Nicolai Sviroff, der bei dem Anschlag am Herrenberger Waldfriedhof sein Leben gelassen hatte, stürzte nach vorn und kam mit einem dumpfen Schlag auf dem Linoleumboden auf. Die Glassplitter der Balkontür flogen ihm entgegen.

Cornelia Baumgartner saß, an die Wand gelehnt, neben dem Heizkörper auf dem Boden, hatte die Augen geschlossen und schrie aus Leibeskräften. Ohne ihre Haarpracht wirkte ihr Kopf klein und zerbrechlich. Mit grober Rücksichtslosigkeit hatte man ihre Haare abgeschnitten. An verschiedenen Stellen waren lange Strähnen stehen geblieben, daneben Stoppeln und ein paar Stellen mit bürstenartigem Kurzhaar. Ein Küken in der Mauser. Krank sah sie aus, bleich, mit tiefliegenden Augen. Von der attraktiven Brünetten, die durch die Läden der Stuttgarter Königstraße gezogen war, war nur ein Häufchen Elend übrig geblieben. Selbst als man ihr die Handschellen abgenommen hatte, konnte sie sich nicht beruhigen. Sie stand unter Schock und konnte nicht begreifen, was eben geschehen war.

»Es ist alles gut, Frau Baumgartner, alles gut«, sagte Kupfer mehrmals zu ihr und legte ihr sacht seine Hand auf die Schulter.

»Wir bringen Sie jetzt zu Ihrem Mann.«

Nachdem man ihr etwas zu trinken gegeben hatte, wurde sie etwas ruhiger, weinte nur noch fassungslos und ließ sich hilflos wie ein Kind aus der Wohnung führen.

30. Januar 2009, 20:30 Uhr Ortszeit
Zugriff in Moskau

Schon auf der Gangway zückte Neumann sein Handy und schaltete es wieder ein. Als er die SMS las, fiel ihm ein Stein vom Herzen: KÄFIG OFFEN. Die Geisel war also befreit. Das vereinfachte seine Mission beträchtlich. Er brauchte niemanden zu verfolgen, er musste nur versuchen, den Koffer auf dem Flughafen mit Hilfe seines Kollegen Eitel selbst zu übernehmen und nach Stuttgart zurückzubringen.

Einhundertundachtzig Passagiere versammelten sich um das Gepäckband. Sie verteilten sich ungleich: Ein große dichte Menschentraube bildete sich im Bereich der Schachtöffnung, besonders als die ersten Koffer herauspolterten. Neumann nahm mit seinem Kollegen Blickkontakt auf und nickte ihm zu. Eitel nickte kaum merklich zurück. Das aber genügte. Neumann konnte nun sicher sein, dass Eitel dieselbe Nachricht erhalten hatte. Er deutete mit einem leichten

Anheben seines Kinns eine Frage an. Eitel verstand ihn sofort, zuckte mit den Achseln, sah vor sich hin und schüttelte leicht den Kopf, als sei er in Gedanken versunken. Der Kontakt mit der russischen Polizei war also nicht so erfolgreich gewesen, wie es nötig gewesen wäre. Aber wenigstens waren sie zu zweit und hatten sich verständigt. Neumann schob sich Schulter voran durch die Menschentraube und gelangte gleich neben der Schachtöffnung an das Gepäckband. Eitel stellte sich zwei, drei Meter weiter unten auf. Neumann war es unangenehm, mit wildfremden Menschen auf Tuchfühlung zu gehen, sich recken und vordrängen zu müssen, um als Erster das Zielobjekt identifizieren zu können. Er schwitzte, obwohl es in dieser Halle sehr kühl war. Wenn die Russen sie nicht unterstützten, dann musste er den Koffer einfach greifen und mit Baumgartners Ticket nachweisen, dass er ein Anrecht darauf hatte. Immer wieder schaute er sich um. Wer unter den Leuten hier konnte hinter dem Koffer her sein? Alle hätten es sein können, oder niemand. Die Koffer purzelten in ungleichmäßigen Abständen auf das Band. Neumann konnte seine eigene Ungeduld und Spannung fast nicht ertragen. Aber da rutschte mit dem zweiten Schwung ein großer grauer Samsonite heraus. Neumann drängelte etwas nach links dem Koffer entgegen, packte mit beiden Händen zu und hob ihn herunter.

»Aber mein Herren, ich glaube, Sie irren sich«, sagte eine Frauenstimme mit russischem Akzent, und Neumann sah sich der rotblonden Schönheit aus dem Flughafenbus in Stuttgart gegenüber, deren grüne Augen ihn geradezu anlachten.

»Sehen Sie«, lächelte sie und zeigte ihm die Gepäcknummer auf dem Abschnitt ihrer Boardingcard. Ja, sie stimmte mit der auf der Banderole am Koffer überein. Neumann fühlte, wie er rot wurde.

»Entschuldigen Sie vielmals«, sagte er und hob ihr den Koffer auf das Wägelchen, das hinter ihr stand. Gern hätte er ihr nachgesehen, als sie zum Ausgang hin verschwand.

Er wandte sich aber sofort wieder dem Gepäckband zu und warf Eitel einen Blick zu. Eitel machte eine beruhigende Handbewegung. Das Zielobjekt hatte sich in diesem Moment nicht gezeigt. Nach einem weiteren Dutzend Koffer polterte ein anderer dicker Samsonite aus dem Schacht. Aber der war mit einem roten Kofferband deutlich markiert. Neumann und Eitel ließen ihn passieren. Neumann heftete seinen Blick gebannt auf die Schachtöffnung. Braune, blaue, schwarze, rote Koffer kamen heraus, einer kleiner gelber und einer in Schottenmuster, aber kein großer grauer Schalenkoffer. Ein paar Minuten vergingen. Als Neumann sich unsicher nach Eitel umsah, musste er feststellen, dass außer ihnen fast niemand mehr am Gepäckband stand. Und da kam der graue Schalenkoffer mit dem roten Gurt wieder. Neumann wollte es nicht wahrhaben, aber Eitel griff zu. Er hielt Baumgartners Koffer in der Hand, leicht und leer, das Schloss aufgebrochen. Nur der rote Gurt sorgte dafür, dass die beiden Schalen nicht auseinanderklafften.

1. Februar 2009
Unterm Strich

Am Abend des 1. Februar, eines Sonntags, bekam OW eine Mail, die ihn wirklich aufregte.

»hallo ow!

gute nachrichten: geh ruhig wieder zu deinen morgenschwimmern. wir haben sie!!! sollten das eigentlich sofort feiern, muss aber morgen zu einer fortbildung nach freiburg. bin freitag wieder da. schlage vor: samstagabend schlosskeller, gegen halb sieben, damit du dich fahren lassen kannst. wenn ich nichts höre, bis dann.

grüßle
siggi«

So knapp die Mail war, so sehr freute er sich über sie, auch wenn er gerne jetzt schon Genaueres gewusst hätte. Aber wichtig war zunächst einmal, dass er zum Schwimmen nicht mehr nach Böblingen fahren musste, denn das hatte seinen Tagesablauf ziemlich durcheinandergebracht. Nur dienstags konnte man dort schon um sechs Uhr schwimmen, sonst immer erst ab sieben. Und wenn er dann nach einer guten Stunde die Heimfahrt antrat, steuerte er mitten durch den Berufs- und Zulieferverkehr. Allein von der Schönaicher Straße wieder zurück auf die Autobahn zu kommen, kostete ihn mehr Zeit als die ganze Strecke, die er in Herrenberg zum Schwimmen zurücklegen musste. Manchmal war es gegen halb zehn gewesen, als er von Böblingen nach Hause kam; und da hatte er noch nicht einmal gefrühstückt. Für ihn war das ein »angebrochener Vormittag«, und das mochte er nicht.

In Vorfreude auf seine gewohnte Schwimmstunde setzte er sich am nächsten Morgen gut gelaunt in sein Auto. Kurz vor halb sieben betrat er das Hallenbad. Erst stieg er in den Whirlpool, streckte die Beine aus und schloss die Augen. Es war schön, sich wieder so entspannen zu können. Nur dauerte das Vergnügen nicht lange. Jemand stieß an seine Füße. Er schlug die Augen auf und sah sich einem Ehepaar gegenüber, das ihm immer mal wieder morgens begegnet war, ohne dass sie aber miteinander gesprochen hätten.

Die Frau musterte ihn ungeniert und fragte: »Gell, Sie sind der Mann, der die Leiche in der Kabine gefunden hat.«

OW nickte.

»Also das muss ja grausig sein. Ich glaube, wenn ich an Ihrer Stelle wäre, ich könnte gar nicht mehr allein in so eine Kabine gehen. Wie geht es denn Ihnen damit?«

OW zuckte mit den Achseln.

»Es geht so.«

»Aber in den letzten Tagen haben wir Sie hier gar nicht gesehen. Haben Sie nicht doch ein wenig Angst gehabt?«

OW zuckte wieder mit den Achseln.

»Jetzt lass doch dem guten Mann seine Ruhe«, schaltete sich der Ehemann ein, »du siehst doch, dass er sich entspannen will.«

»Entschuldigung«, sagte nun die Frau, »aber wenn hier so was passiert ist, dann darf man doch auch mal fragen.«

OW schloss die Augen und stützte seinen Nacken auf dem Beckenrand auf. Er wartete noch einen Moment, dann nickte er den beiden zu und ging ins Schwimmbecken. Ohne Pause schwamm er seine vierzig Minuten durch und ging dann duschen. Auch im Duschraum wurde er angesprochen. Ein älterer Mann, mit dem er noch nie ein Wort gewechselt hatte, wollte von ihm wissen, ob man denn jetzt diesen Mörder schon verhaftet habe, und versuchte, ihn zu diesem Fall auszufragen.

OW gab sich einsilbig. Das wisse er auch nicht. Die Polizei gebe während laufender Ermittlungen keine Informationen heraus. Damit ging er in die Schwimmhalle zurück und zog noch ein paar Bahnen, bis er annehmen konnte, dass er jetzt im Duschraum seine Ruhe haben würde.

So ähnlich erging es ihm drei Mal in dieser Woche. Er mochte es nicht, wenn er rundheraus gefragt wurde, und das wissende Lächeln, das der eine oder andere Morgenschwimmer ihm zuwarf, war ihm unangenehm.

»Ich bin berühmt; es ist zum Davonlaufen«, erzählte er Emma. »Erst redet kaum einer ein Wort mit dir, und jetzt werde ich mehr angequatscht, als mir lieb ist. Sollen die Leute doch in der Zeitung nachlesen!«

Und ein klein wenig ärgerte er sich darüber, dass all diese Leute stillschweigend voraussetzten, dass er den Fall bis ins letzte Detail kannte, was ja nicht der Fall war.

So sah er seiner Verabredung mit Kupfer mit besonderer Spannung entgegen. Emma fuhr ihn am Samstagabend auf den Schlossberg.

»Danke. Heim komme ich allein. Es kann auch ein bisschen spät werden«, verabschiedete er sich von ihr.

Kupfer erwartete ihn bereits, mit einem dunklen Hefeweizen vor sich.

»Ich habe mir schon mal einen großen Schluck gegönnt«, lachte er.

»Den hast du aber auch verdient.«

»Ich nehme an, du bist diese Woche fleißig schwimmen gegangen«, eröffnete Kupfer das Gespräch.

»Ja, aber manche Leute gingen mir etwas auf die Nerven«, entgegnete OW und erzählte von all den Neugierigen, die ihn hatten ausfragen wollen. »Und so viel weiß ich ja gar nicht. Wie würde es dir gehen, wenn alle um dich rum meinen würden, dass du alles weißt und du keine Ahnung hast?«, beendete er seinen Bericht und sah Kupfer auffordernd an.

»Okay, okay, ich erzähl dir ja gleich, wie die Sache ausgegangen ist«, beschwichtigte ihn Kupfer und berichtete von der Entführung Cornelia Baumgartners und dem Ende der Geschichte.

»Ja«, sagte er, »zwanzig Millionen sind verschwunden, und von Gontscharow keine Spur. Als hätte es ihn nie gegeben.«

Gontscharows Handel lief nach Kenntnis der Interpol jedoch weiter. In seinem Büro in Frankfurt saß seit kurzem Fjodor Karamsinoff. Als er von der Polizei aufgesucht wurde, klagte er darüber, dass sein ehemaliger Kompagnon Gontscharow ihn betrogen hatte und mit einem Teil des Firmenkapitals verschwunden war – menschlich sehr enttäuschend. Er könne aber den Verlust mit Rückgriff auf sein Privatvermögen ausgleichen, was ihn zwar schmerze, aber doch eine Firma stabilisiere, die sich erstklassiger Beziehungen zu westeuropäischen Unternehmen erfreue.

»Und das Land steckt jetzt die zwanzig Millionen Miese einfach so weg?«, fragte OW.

»Das ist noch nicht entschieden. Die Baumgartner hat wohl etwas über vier Millionen Barvermögen. Die muss sie natürlich berappen. Aber da bleiben dann immer noch 15,8 Millionen Euro. Sie soll ja auch Immobilien haben, in Randlagen Dresdens und im Leipziger Osten. Aber bei der derzeitigen Marktlage sind die sicher nur schwer zu verkaufen. Ich habe gehört, dass die mit ungefähr fünf Millionen hypothekisiert werden sollen. Das ist alles. Die wertbeständigeren Immobilien in Frankfurt gehörten Baumgartners Kindern und werden treuhänderisch von ihrem Lieblingsonkel, dem Bruder Cornelias, verwaltet. Und die kann man ja nicht enteignen. Das wäre sittenwidrig. Die Einkünfte daraus machen jetzt das gesamte Einkommen der Familie aus. Unterm Strich sieht es im Moment aus, als bliebe das Land auf 10 Millionen sitzen.«

»Das darf nicht wahr sein. Da muss es doch noch eine Möglichkeit geben«, entrüstete sich OW.

»Vielleicht; aber das ist noch lang nicht klar. Mein Kollege Kleinschmidt, einer der Wirtschaftler vom LKA, versucht nachzuweisen, dass Baumgartner in seinen besten Zeiten auch noch sein eigenes Süppchen gekocht hat. Wenn ihm das gelingt, dann kommen schon noch ein paar Millionen rüber, und Baumgartner würde noch ein paar Jahre länger sitzen.«

»Jetzt wird's aber interessant. Kann man diese Machenschaften auch als Nicht-Banker verstehen?«

»Theoretisch schon. Aber nachmachen könntest du das nicht, und ich auch nicht. Da musst du schon ein Fuchs sein, sagt Kleinschmidt. Baumgartner war garantiert nicht der Raffinierteste von den vieren. Aber du glaubst es nicht, was dieser Mann alles getrickst hat, sogar noch hinterm Rücken der anderen. Er hat fast ein finanzielles Perpetuum mobile erfunden. Er kaufte nämlich einer Familie aus Dresden, Schmidtlein-Rodenacker heißen sie, diese Villa in dem Dresdner Vorort Oberloschwitz ab. Kaufpreis 2,9 Millionen Euro. So viel konnte er natürlich gar nicht aufbringen, ohne sich horrend zu verschulden. Er holte sich einen Kredit und refinanzierte sich auf sehr clevere Weise. Er schaffte es nämlich, dass die Schmidtlein-Rodenackers viel mehr als den Kaufpreis bei ihm anlegten. So was musst du erst einmal schaffen! Das Geld lag kaum auf seinem Konto, da reservierte er zehn Prozent davon auf einem Sonderkonto, damit er in einem Jahr die versprochene Rendite auszahlen konnte. Und mit dem Rest spekulierte er für die VV4S. Über die FOREX beteiligte er sich an Währungstermingeschäften und hatte Glück. Sein Einsatz wurde vervierfacht. Damit hat er zehn Millionen Gewinn gemacht. Davon ließ er aber seine Kompagnons gar nichts wissen, sondern verschob fast acht Millionen auf ein Nummernkonto bei der UBS in Zürich und ließ den Rest von zwei Millionen in der Firma als Kapital. Er hätte die Villa jetzt ohne weiteres bar bezahlen können. Aber das tat er nicht. Denn dann hätte er ja seine Büros nicht mehr voll steuerlich geltend machen können. Die paar Euro, also vielleicht 5000, wollte er auch noch mitnehmen. Dafür war er sich nicht zu schade. Die waren sozusagen für seine Portokasse. Und mit den zwei Millionen, die er in der Firma gelassen hatte, ging es in die nächste Runde. Auf den Betrag hatten alle vier Zugriff. Wer die beste Idee hatte oder die sicherste und profitabelste Möglichkeit an der Börse sah, der konnte damit weiter spekulieren. Und der Knüller kommt vielleicht noch am Schluss: Die Feuerversicherung soll ihm nun zwei Millionen für das abgebrannte Gebäude bezahlen. Und wenn er das Grundstück verkaufen kann, was durchaus möglich ist, dann kassiert er noch einmal eine halbe Million. Im Vergleich dazu sind die Zinsen, die er für den Kredit bezahlen musste, peanuts. Daran könnte sich das Land dann schadlos halten. Aber nur, wenn die Feuerversicherung tatsächlich zahlt, was sehr fraglich ist. Die Versicherungsjuristen finden sicher irgendetwas im Kleingedruckten.«

»Und warum kassiert das Land nicht die acht Millionen von dem Schweizer Konto?«

»Weil sie nicht mehr da sind. Er behauptet, er habe Lehman-Zertifikate gekauft, womit das Geld verbrannt sei. Doch die Staatsanwaltschaft will es ihm nicht so recht glauben. Wie lange Baumgartner sitzen muss, hängt unter anderem davon ab, was man in dieser Frage am Ende herausfindet. Aber ich will 'nen Besen fressen, wenn der nicht noch irgendwo ein paar Millionen gebunkert hat. Das Land kann also noch hoffen.«

»Wenn man sie findet.«

»Ja, natürlich nur dann.«

Als OWs Neugier gestillt war, überkam ihn ein Gefühl tiefer Zufriedenheit, was sich noch steigerte, als ihm Kupfer zugestand, dass er einen großen Beitrag zur Lösung dieses Falles geleistet hatte.

»Ohne deine Beobachtungen hätten wir die Kerle kaum so schnell gekriegt. Ich hab dir ja manchmal nicht gleich geglaubt. Das musst du bitte entschuldigen. Jede Aktion nach solchen Hinweisen kostet eben Geld und Arbeitsstunden. Da ist man einfach vorsichtig. Aber jetzt am Ende muss ich dir dankbar sein, dass du so auf deinen Beobachtungen und Aussagen beharrt hast.«

»Aber gern«, lächelte OW stolz.

Es wurde tatsächlich ein bisschen spät. Wie bei ihrem letzten Besuch im Schlosskeller putzte die Bedienung schon die Theke, räusperte sich immer lauter und fing an, die Stühle auf die Tische zu stellen, bis die beiden endlich die Rechnung beglichen und sich auf den Heimweg machten. Bierselig glücklich stiegen sie vom Schlossberg in die Stadt hinab.

***

Pokrovskij schwieg sich für den Rest seines Lebens aus, genauer gesagt für die drei Monate, die er noch lebte, ehe er im Gefängnis ums Leben kam. Er wurde im Speisesaal bei einer Massenschlägerei mit einem Stuhl niedergeschlagen. Die Kante eines Stuhlbeins traf seine linke Schläfe und beförderte ihn ins Jenseits. Dass ihm dabei jemand auch noch eine Gabel in den Kehlkopf steckte, war hässlich und völlig unnötig.

***

Während Baumgartner bang seiner Verurteilung entgegensah (und wahrscheinlich um die versteckten acht Millionen zitterte), ließ seine Frau Cornelia, kaum dass sie eine passende Perücke gefunden und den Schock der Entführung einigermaßen überwunden hatte, die Immobilien der Kinder durch ihren Bruder verkaufen und bemühte sich in deren Namen um einen neuen Wohnsitz in einer von Stuttgarts besten Lagen, auf dem Killesberg. Und die häufigen Besuche bei ihrem Mann gerieten immer mehr zu Unterrichtsstunden in kreativer Vermögensverwaltung. Denn das Leben musste ja weitergehen.

ISBN 978-3-87407-852-8

Michael Wanner
MADONNEN
MORD
Ein Tübingen-Krimi
Silberburg-Verlag